U0466980

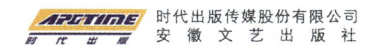

啊，北京

时代出版传媒股份有限公司
安徽文艺出版社

A, Beijing

啊，北京

徐则臣 著

图书在版编目(CIP)数据

啊,北京/徐则臣著. —合肥:安徽文艺出版社,2015.8
ISBN 978-7-5396-5218-4

Ⅰ. ①啊… Ⅱ. ①徐… Ⅲ. ①中篇小说-小说集-中国-当代
Ⅳ. ①I247.5

中国版本图书馆 CIP 数据核字(2014)第 281195 号

出 版 人:朱寒冬　　　　　　　　　　策　　划:朱寒冬
责任编辑:刘姗姗　　　　　　　　　　装帧设计:许含章

出版发行:时代出版传媒股份有限公司　www.press-mart.com
　　　　　安徽文艺出版社　www.awpub.com
地　　址:合肥市翡翠路 1118 号　邮政编码:230071
营 销 部:(0551)63533889
印　　制:安徽新华印刷股份有限公司　(0551)65859551

开本:880×1230　1/32　印张:14.125　字数:300 千字
版次:2015 年 8 月第 1 版　2015 年 8 月第 1 次印刷
定价:39.00 元(精装)

(如发现印装质量问题,影响阅读,请与出版社联系调换)

版权所有,侵权必究

自　　序

这些年总会被读者和评论界视为一个"写北京"的作家。说得多了，我也以为自己的确写了很多关于北京的小说，于是堂皇地决定来个彻底的清理，出一本"北京小说"的中篇集子，以纪念寄寓北京十余年的峥嵘岁月。收拾完了，发现除了《跑步穿过中关村》外，所有关于"北京"的中篇也就八个，全在这儿了。短篇差不多也是这个数。都在八个左右，多还是不多呢？

说多也少。在别人和我自己的想象里，肯定该更多，否则真枉担了个"写北京"之名。得有多少作品才能与此名相称，我不知道，想必大家也说不清楚。我担心我辜负了这顶大帽子。此其一。其二，就我对北京这座城市不竭的兴趣，就"城与人"之关系的丰富与复杂，我确实觉得还可以写得再多一点。如此一座现代与后现代的巍巍古城，如此流转和瞬息万变的铁打营盘，如此五方杂处鱼龙混杂各阶级阶层林立、全球化与本土经验交互农耕文明与网络生活并行的巨无霸，要把它弄明白，岂是区区这几个简陋故事所能胜任？浩荡之城，行处止，止处行，指点之间皆"说来话长"——说来话长也说来话多，那些更多的看不见的哀乐与歌哭，那些人间纷繁的焦虑与犹疑，那些深藏内心逐渐生长的向往与追问，于我想象里的那个北京，还需要更多的故事与文字。我尚须努力再努力。

说少也多。能否说出你看到的北京，能否说尽你看到的北京，说到底跟篇目和篇幅没必然关系。有半部论语可治天下，有不着一字尽得风流，有以一当十、一夫当关万夫莫开和四两拨千斤，可见规模和大型团体操并非全可靠。同一座城市我花了八个中篇来写，可能还没写出什么道道来，起码离我的愿望还有中关村到中南海的距离，我在写作上也算够铺张的。具体到题材和单个小说，回头看免不了要悔少作：理想地推敲，有些相似的题材实在不必一遍遍地处理，有些小说大可有瘦身的空间，有些想法需要再执着一些，有些表达还可以更加精准与尖锐。它们可以不这么多，它们可以少些再少些。

——但它们已经在了。即使这些小说是你写的，你也无权在事后以完美之名逆向推演，你一个字一个字敲出了它们，端方跟跄都跟你姓。思虑或有不精严，表达可能不准确，但它见证了你思想和艺术行进至今日的轨迹：写作本就是思索与探求的过程，没有一就不会有二就不会有三和四，万里征程谁也没法从起跑线一跃而至终点。

那就让它们在。除去《跑步穿过中关村》的八个中篇，我把它们按照写作的时间顺序排列在这本书里。最早一篇《啊，北京》写于2003年11月，那时候我还在北大念书，整天窝在一把廉价的电脑椅里打字；最后一篇《浮世绘》，写于2010年9月，当时正在美国，参加爱荷华大学的国际写作计划，出门时和国外的作家说英语，回到房间里一个个写汉字。

书名叫《啊，北京》，因为是第一篇小说，也因为面对繁复浩大的北京，我几乎和小说中的边红旗一样，一肚子话将要开口时却归于了虚无，只能轻浮但沉痛地感叹这么一声：

"啊，北京……"

是为序。

2015年2月18日，除夕，知春里

目录

自序 /1

啊,北京 /1

西夏 /75

伪证制造者 /118

我们在北京相遇 /159

三人行 /223

把脸拉下 /289

逆时针 /322

浮世绘 /377

啊，北京

一

我查了一下过去的日记，3月26号，我在北大英杰交流中心认识了边红旗。看明白了这个日期就觉得实际上没必要查，3月26号是海子的祭日，1989年的这一天他在山海关卧轨自杀。这是个纪念。我在诗歌朗诵会上认识的边红旗，在交流中心会议厅里，热烈地挤满了说诗、听诗和看诗的人。我是看诗的，具体地说，是来看诗人的。这是我一直的愿望，想集中地看看诗人们到底长什么模样。我不写诗，也不大懂诗，所以好奇。

朗诵会轰轰烈烈地开场了，穿裙子的主持人激情澎湃地介绍了诗歌节的有关情况，然后请出第一位朗诵的诗人。接着是第二位、第三位、第四位。我就看见了那些传闻中的诗人从我面前走过，站到了灯光闪耀的舞台上。很高的，很矮的；身材臃肿的，细脚伶仃的；披一头长发的，剃光头的；满面稚气的，一脸大胡子的；忸怩近于女性的，粗犷肥硕更像是屠夫的。走马灯一样，从右边的台阶上去，朗诵完了再从左边的台阶下来。声音也各不相同，有的普通话很好，不写诗了可以改做播音员；也有的整个是一结巴，一两个字就要分一次行；还有的干脆用家乡的土话，四川的、湖南的，出口就是干货，用上海、广州的方言我就听不懂了，稀里糊涂的，像在听歌。每一次我都热烈地鼓掌，比他们朗诵时还要认真，尽管有些诗我听不懂。比如一个正在读中学的小女孩,在主持人宣布下一位朗诵的诗人之前,见缝插针地冲到了台上,她说她要朗诵。她解释了一番理由,就是这个以诗会友的机会难得,她大老远跑来,还花了三十块钱打出租车,然后接着说她刚出家门就看到一个比她还小的小男孩,大概上幼儿园的模样,一直跟着她,把她吓坏了,她让他走开,他不听,还是跟着,于是她想到了绑架、勒索、性骚扰和谋杀。就在她忐忑不安的时候,那个小男孩冲到她前面,抱住了拴在花坛的砖头上的一条长毛狗。然后她说,我朗诵完了,谢谢大家。

就这么结束了? 她朗诵完了,也就是说,她的诗结束了。我根本就没听到诗是从哪里开始的,还以为她一直在述说她朗诵的前奏呢,它就结束了。这让我更加自卑,我的确不是写诗的料。有了这个经验,我后来逐渐发现,很多诗人的朗诵都像那个小女孩,我只看到他或她在台上哗啦哗啦地说话,然后告诉我们,他们的诗歌朗诵完了,就下来了。应该说,是那个女孩把朗诵会推向了一个新的高潮,接下来就不断有诗人从大厅的各个角落里挺身而出,毛遂自荐地抢在入选名单的诗人之前来到了台上。边红旗就是其中的一个。

开始我对他并不感冒,甚至有点讨厌,他坐在我后面,一直在不住地叽叽歪歪,不是说这个的诗烂,就是批评那个的诗缺少冲击力。我回头看了他一眼,一个高大英俊的年轻人,留一个平头,松松垮垮地套一件红色毛衣,嘴还在动。我讨厌别人在会场上嘴伸得老长去义务评点,哪怕他说的全是真理。过一会儿,我又回过头,我说你能不能听听别人怎么说。

"我一直在听。"他很认真地说,"他们说得不好,你一定听出来了,不刺激。诗怎么能这样写呢?"

我咳嗽两声没理他,他却看见了我放在腿上的一件广告衫。那东西是我和朋友到他供职的报社去玩,办公室的主任坚持要送我的,说多的是,谁穿都一样,就当给他们做广告了。我就拿了一件,大冷的天。

"你那文化衫借我用一用吧。"边红旗拍拍我肩膀。

为了让他住嘴,我一点都没犹豫就扔给了他。他呵呵地笑两声,又问我有笔没有,最好是签字笔,越粗越好。我真是烦透他了,把水笔又扔给他。三个诗人朗诵完后,他把笔递给我。然后我就看到他大步流星地经过走道,一边走一边往身上套那件文化衫。在主持小姐惊愕的当儿,他已经登上了舞台,站在了众多的灯光和目光之下。文化衫已经收拾停当了,套在红毛衣外面,前面写着两个粗大的英文单词:NO WAR。他一定把我的墨水全用光了。

"我叫边红旗,一个绝对的民间诗人,"他说,看起来还是有点紧张,"写诗的时候我叫边塞。从来没在报刊上发表一首诗,这辈子第一次看到了这么多诗人,我有点紧张。对,我叫边塞。拿起笔的时候我是个诗人,目前可能只有自己承认;放下笔我是个办假证的贩子,就是在北大门口见人就问办不办证的那些。哪位要想办假文凭可以找我,诗人打八折。"

他说得大家都笑了,不知道他要搞什么名堂,主持人也在考虑是不是要把他哄下台去。这时候他说:

"我现在以诗人的身份说话,我痛恨刚刚开始的美国对伊拉克发动的战争!人类不要战争!NO WAR!NO WAR!我听了太多不疼不痒的诗歌,现在我给大家朗诵我在半个小时前创作的一首诗,刺激的、担当的、过瘾的、呐喊的——《让美国的战车从伊拉克的土地上滚出去》!"

然后诗人边塞就斗志昂扬地朗诵起了他的新作。我记不清那些像钢筋一样干硬火热的诗句了,大致意思就是他说的,人类不需要战争,让美国的战车从伊拉克的土地上滚出去。这首诗我是听明白了,尽管有的地方有点不对味,总体来说还不错,加上他的声音豪放而且煽情,效果很好。朗诵完了,他下台的时候全场爆发了经久不息的掌声,我看到他转身的时候文化衫的后背上那条鲜红硕大的报纸的广告词。

那几天美国刚对伊拉克开战,传媒每天都向我们报告伊拉克人无辜死难的数字。边红旗的诗激起了大家的共鸣,他从台上下来,像英雄从伊拉克苦难的土地上归来。我都对他刮目相看了。

"怎么样,哥们?"他回到座位上,依然穿着他的灵机改造的反战T恤,把脑袋伸到我旁边说,"够味吧?"

我笑笑,转脸看了他一眼,这家伙一脸天真的得意,像个抢到了糖果的小孩。我对他的感觉好了一点。"很不错,"我说,"枪响之后,应该有这样的诗歌出现。"

随后又有好几个诗人朗诵了反对战争的诗歌,把朗诵会像潮水一样一浪一浪地推向深远的地方。这是另外一个话题了。我要说的是边红旗,这个自称诗人边塞的家伙,在朗诵会结束之后要请我去西门的小酒馆喝一顿,因为我不打算要他还我一件T恤衫,也不想要他一件T恤衫的钱。

"你一定要去。"他说,当时我们站在英杰交流中心门外阴冷的水泥地上,观众和诗人们逐渐散去,"我是用一个诗人的身份请你,而不是一个搞假证的二道贩子。"

他都说到这样了,我只好答应。我们穿过三月底清冷的北大校园,来到西门外一家叫"元中元"的小饭店。他说他经常在这里吃饭,在海淀附近晃悠累了,就到这里要两个小菜、两瓶啤酒,自己安抚一下自己。一个人在外面混,还是干这个的,不容易。

边红旗和饭店的老板很熟,酒菜很快就上来了。

"你是干什么的?"边红旗问我,"学生?"

"无业游民。"

"就这些?我不信,这在北京是活不过两个月的。"

"没事写点小说和豆腐块的小文章。"

"是这样,"他说,"我们还是同行哪。来,干掉这一杯。"

喝酒的时候,他说,我一定见过他,他在海淀附近已经晃荡了两年了,向陌生人揽活儿,办假证。因为我也在北大附近生活,抬头不见低头见,蚂蚁和大象有时候还要碰碰头呢。我想了想,没想起来,我对办假证的一向敬而远之,尽管我也需要一个冠冕堂皇的文凭和身份,但我知道,这些东西对我屁用没有。

"干这行生意不错吧?"

"怎么说呢,碰上了三五百不成问题,运气好了,逮着个冤大头,千儿八百也不在话下。就怕撞不上,一周喝上七天风也不是没有过。"

"听说抓得还挺严的,你不怕?"

"怕又怎么样?总得活下去,我喜欢这地方。北京,他妈的这名字听着心里都舒服。"边红旗咕嘟咕嘟又喝下了一杯,"抓到了就给打一顿,大不了罚点钱,就出来了。也有蹲的,三两年,那就不好弄了。我是小杆子,赚个拉皮条的钱,接了活儿送给人家干,身上搜不到东西风险就小多了。说这个干吗?我们谈谈诗,说说文学。你搞小说几年了?"

几年了?六七年了。不过24岁之前的东西算不上小说,正儿八经搞出点像样的东西也就这几年,多少知道点小说是怎么一回事了。写得慢,发得少,稿费连买书都不够,所以要给报纸和杂志写些甜蜜蜜的小文章。就这样。

"呵呵,"边红旗在我对面笑起来,"都一样,就这么回事。喜欢北京?"

"喜欢。觉得自己像只蚂蚁,和一千多万只其他的蚂蚁一样。蚂蚁太多了,拥挤得找不到路了,找不到也得找,不然干什么呢?"

"喝酒,喝酒,让诗人和小说家干杯。"边红旗又举起了杯子,我们又要了两次啤酒,桌子上已经摆了八个空瓶子了,燕京牌的。"不行了,喝多了,喝。"

的确喝多了。我还好,酒量有限,不敢放开肚皮。边红旗喝多了,他以为自己很能喝。我们一直喝到饭店打烊,老板示意我们该走了的时候,边红旗已经趴在了桌子上。我拍拍他的脸让他醒醒,他在鼻子里嘟嘟哝哝地答应我,眼睛就是睁不开,我后悔跟他一块喝这顿酒了。一顿无聊的酒,说了一堆无聊的话。架着他离开饭店的时候我更后悔了,他重得像头牛,闭着眼歪在我身上,还不忘抓住那件写了"NO WAR"的T恤。我突然觉得这家伙其实蛮有点意思的,一个办假证的,却想着写诗,还理直气壮地在谴责战争的时候亮出自己不法分子的身份。真是有点意思。现在已经问不清楚他住在哪儿了,我只好把他带到我的住处。

我住在北大承泽园里的一栋破楼里,和大学同学孟一明合租的三室一厅的房子。原来还有一个老同学与我们合租,他想考北大的研究生,考了两年没考上,心灰意懒地回老家去了。他走了,空出一间房子,反正也没人住,就成了孟一明的储藏室。他老婆也在这里,乱七八糟的东西一间房子装不下。若是平常,我从北大出来就直接步行,穿过蔚秀园,过了万泉河就到了承泽园的住处。现在不行了,边红旗成了一头失去行走能力的牛,我只好打车把他带到了承泽园。

费了好大的力气才把他弄上三楼,孟一明和他老婆已经睡了。

我开了门,边红旗准确地躺到了我的床上,已经是子夜一点了。我骂了他一句,他没反应。我的床给他占了,这一夜我的日子是不好过了。他的脚很臭,但却自觉地伸进了我的被子里,看得我心疼。我洗脚的时候他的手机响了,《铃儿响叮当》的调子。他哼了一声,转身又睡了。手机顽强地响着。我拿过来,上面显示"老婆"两个字。是他老婆打过来的。我替他接了。

"你在哪儿?"对方的女声吓我一跳,有点凶,声音不是很悦耳。

"你是边红旗老婆?"我说,"他喝醉了,没法回去了,睡在我这里。"

"我,我是他老婆。"对方说,"你是谁?他没事吧?"

"没事,就是喝多了。我是他朋友。"

"好的,麻烦你了。他醒过来让他给我打个电话。"就挂了。

二

第二天上午边红旗醒来,问我的第一句话是:"我怎么睡到了这里?"我一听就冒火,我他妈的把舒舒服服的床铺让给你睡,自己在沙发上蜷缩了一夜,你好像还委屈了。他蹲在沙发边上,他的口臭我受不了。我扇了扇鼻子前的空气,说:

"你还有点人性没有?要不是房间里还有点暖气,我早冻成人干了!"

"哎呀老兄,不好意思,昨晚我喝多了。"他又冲着我说话,自觉地用手遮住嘴,"送佛送到西,有空牙刷没有?旧的也行,只要不脏。"

我裹着毯子起来,从抽屉里找了一个用过的牙刷给他,然后打了一个哈欠躺到了床上。这一夜把我折腾死了,蜷在小沙发里,几乎把自己折叠起来了。还有点冷,凌晨四点钟我被冻醒了,爬起来到箱子里找了羽绒服穿上。

边红旗从洗手间里出来,人精神了不少。"这地方很不错呀,叫什么名字?"

"你说我这房子?左岸。"

"塞纳河边上的左岸?"他笑起来,悠闲地点上一根烟,"现在附庸风雅的人可真不少,什么都叫左岸。没看出来你还很小资。"

"穷得叮当响,小个鸟资!万泉河左边的岸。"

"我说呢。你这房子有点问题好像,我刚刚看到一个女人从洗手间里出来,"边红旗诡异地说,"是不是还有段好看的故事?"

"扯淡,那是人家的,朋友之妻。我们合租的这房子。"

"一套三的,你们住得完吗?"

"住不完也得住,闲着也是闲着。"

"租给我怎么样?我想要一间,最小的也行,钱一分不少。"

"这事我得和一明商量一下再说。"我说,看来也睡不着了,索性起来,"对了,你老婆半夜三更打电话,查你的岗。你原来住哪儿?"

"我老婆?"他有点吃惊,拿起手机看了看。"这个女人!"他说。拨了一个号码,刚拨通手机没电了,断了。

我把手机给他,他没用,说算了,不打了。又点上一根烟,在烟雾里半天才说:"她不是我老婆,我老婆在乡下的小镇上。"边红旗的脸色板起来了,他一正经我就不好意思再问下去了。用他的话说,这里头看来很有点故事可讲了。

边红旗抽完那根烟就离开了我的住处,临走的时候又恢复了先前的洒脱,说这个左岸也不错,万泉河的左边,能靠上水就是好地方。我把他送下楼,他拍了拍楼前那棵空了心的老柳树又嘱咐

8

我,他想跟我们合租那房子,请我务必和孟一明商量一下,他是个办假证的,但绝不是坏人,还是个诗人呢,他拿自己打趣。

他走了我就把这事给忘了,第二天晚上正在电脑前敲键盘,他打了我的手机。口气很郑重,他说他的确想租,现在住的那个地方他实在待不下去了,每天都要为什么时候回去睡觉而伤脑筋,他不想见那个正处在更年期的女房东。他让我尽快和孟一明商量,越快越好。我只好去敲一明的房门,他老婆,其实是他女朋友,沙袖,让我进去,她正坐在被窝里嗑瓜子、看电视。她说一明在隔壁赶教案。一明在北大法学院读研究生,业余给一个民办高校代课,赚钱养家糊口。我想这事先和沙袖商量可能更妥当,就把边红旗的要求说了。

"就是昨天上午那个人?"

"就是他,一个办假证的,不过人倒是挺不错。"

"办假证的?"沙袖犹豫了,"我们家一明可是搞法律的。你能保证他不会出问题?"

"这个,怎么说呢,他人的确很不错,没事还写诗。"

"还是个诗人?"沙袖眉目有点松动了,她对着墙敲了几下,喊一明过来。

孟一明进了门就开始擦眼镜,问我们什么事。我简单地重复了一遍。一明戴上眼镜,说:"我看算了吧,一个办假证的,让人不放心。"

"那好,我就把他回绝掉。"

我回到自己的房间,刚拨好边红旗的电话,沙袖就在客厅叫我了。边红旗问我结果怎么样,我只好说,先等一下,过会儿再打给你。

一明说,沙袖同意了,她希望那一个房间也能租出去。

"那你的意见呢?"我问他。

"就按袖袖说的办吧。"一明说,"当然是听老婆的。"

沙袖说:"装好人!我就是想省点钱,现在房租太贵了,三个人承担总比两个人要舒服点。给一明省一点,也给你省一点。"

"一明,看你老婆多体贴。我一个京漂住这么好的房子的确有点奢侈。"

事情就这么定了,他们俩答应了。看得出来,一明也想把那间空房子租出去,沙袖现在无业,所有的花销都靠北大每月发给他的那点补助和代课赚来的钱,一个人挣的粮食两张嘴吃,真够他受的。

我把这个消息告诉了边红旗,他很高兴,说总算可以搞一搞战略转移了。后来我才知道他所谓的战略转移是什么意思,接下来我会说到。边红旗第二天就把行李找辆车搬过来了。东西不多,被褥和一些基本的生活用品,此外就是一大堆书,都是文学方面的,小说和诗集,还有一些关于中学教育的。他的藏书让一明和沙袖放心了不少。

和边红旗一块儿来的还有一个块头小一号的小伙子,是他在北京为数不多的朋友之一,他叫他小唐,是他生意上和生活里的小兄弟。另外一个是女孩,长相还行,头发有点干枯,后来细看一下,不是干枯,而是焗油焗得欠火候,成了干涩的土黄。边红旗没有介绍,但她一开口我就知道是谁了,就是半夜里打电话找他的那个女的,大概是边红旗在北京的女朋友。她自我介绍说,她叫沈丹。在整个搬家过程中,沈丹执行的完全是女主人的任务,床铺和桌子如何摆设,书籍如何堆放,生活用具怎样使用,都由她一一安排。边红旗、小唐、一明和我,都服从她的调遣,磨磨蹭蹭从下午三点钟一直搬到傍晚六点。原来房间里一明的桌椅和书架一部分搬回了他们的房间,剩下的一部分移到了客厅里。沙袖说,就放客厅里好了,空着也是空着。

结束后边红旗请我们吃饭,在承泽园附近的一个川味馆子里。尽管一起搬了家,一明两口子和边红旗他们还是不熟,所以让他们点菜就很矜持,沙袖微笑着不愿意点,意思是客随主便。边红旗就说,他是真心请我们三个的,不是因为我们帮他搬了家,而是能够接受他住进来。

"我知道办假证的名声很臭,"他大大咧咧地说,"尤其是在海淀这儿,警察见着就逮,过路人碰上了也要绕个弯子走。有什么办法呢,想活得好一点,呵呵,有罪啊。你们能接受我,很感谢,从今天开始,我用诗人的名义在左岸生活。不会牵连你们的,只管放心。"

边红旗的话我听得半真半假的,他的样子有点像开涮,语气却很真诚。这话起了作用,一明说:"诗人见外了,既然住到一起了就不说两家话,都是小人物,有什么连累不连累的。袖袖,点吧。"

边红旗拍着手掌说:"嗯,一明这话我爱听。"

沙袖说:"水煮鱼。"

一盆四十。平常我们很少吃的,以我和一明的进账,隔三岔五吃上一顿还是相当奢侈的。如果我们在一起吃饭,点了水煮鱼基本上就不会再点更多的菜了,三个人伸长脖子,用筷子在盆里打捞,能捞到最后一根豆芽都看不见了。

边红旗又说:"好!我就喜欢吃这道菜。麻,辣,香。"

沈丹说:"红旗嗜辣,三天不吃辣心里就痒痒。他跟我说,回到老家就想起水煮鱼了,一想到水煮鱼就待不下去了,就得回北京。是不是呀,红旗?"她挑衅似的斜起眼看边红旗。

边红旗伸手揽住沈丹的腰,笑了笑,说:"是啊,离不开水煮鱼,离不开北京了,三天见不着心里就空荡荡的。水煮鱼可是丹丹的拿手绝活,离不开呀。"

这种暧昧的表达让沈丹很舒服,一下子回到了小姑娘时代,脸都幸福得红了。那顿饭我们就水煮鱼聊了不少,边红旗说,他去过成都,在那儿也吃过水煮鱼,感觉味道也不错,但不知怎么的,就是放不下北京的水煮鱼。小唐说,不是放不下北京的水煮鱼吧,是放不下别的吧?沈丹就隔着边红旗去打小唐。边红旗就笑,不说话。后来,有一次边红旗做成了一桩大买卖又请我们吃饭,他解释说,其实不是因为沈丹,为什么他目前也想不明白,就是觉得北京好,他经常站在北京的立交桥上看下面永远也停不下来的马路,好,真好,每次都有作诗的欲望,但总是作不完整,第一句无一例外都是腻歪得让人寒毛倒竖地喊叫:

啊,北京!

是啊,北京。我们也都喜欢,都莫名其妙地希望在这里生根发芽,大小做出点事来。我和一明已经毕业五年了,我们在不同的城市转了一圈,又不约而同地回来了。读大学的时候没怎么觉得北京有多好,但是几年以后就不一样了,人人都说北京是个机遇遍地的地方,只要你肯弯腰去捡,想什么来什么。正如所有人说的那样,这是个做事的地方,先来了再说。既然别人能干出名堂,我们就没有理由两手空空。于是就一天一天住了下来。

晚饭后小唐先回去了,边红旗把沈丹带到了我们的住处。都知道是怎么回事,他关上门我们就不便打扰了。我泡了杯茶,点上烟,对着电脑开始发呆。这个长篇已经写了一个多月,除了混点零花钱的小文章之外,这段时间我把心思都放到这上了。断线了,一个拐弯处我不满意,重写了三次还是没感觉。这个青黄不接的关节眼陡然让我觉得,自己实际上已经老了。不是年龄上的老,而是生活上的老,我的生活停止呼吸似的那种老,那种茫然无措、万念俱灰的老。甚至有那么一会儿,觉得边红旗那样的日子也不错,整天就是逛逛街,寻找一些可疑的眼睛,见到了就上去和他们搭话,然后动动嘴就让这些急于求成的家伙把钱送到自己的口袋里。边红旗他们赚钱是如此地偶然和可观,几乎已经具有了必然性。一根烟抽完了我还忍不住为之心动。

十一点钟结束了,我还在抽烟、喝茶和发呆。外面的门不时在响,可能是一明他们在出入洗手间。我知道今天晚上已经到此结束了,没写出来的也不会再写出来了,于是从抽屉里翻出一张盗版碟准备放进电脑。有人敲我的门。是边红旗,松松垮垮地站在门前,来找开水喝的。

"把水瓶提过去吧,"我说,"差不多够你们俩喝的。"

"她回去了。"

"惹人家生气了?"

"没有,她妈晚上看得严。"他说,倒了半杯水,加了我的一半凉茶,咕咚咕咚一口气喝完,"没意思,真是没意思。我都快渴死了。"

"你这人,搞完了就抱怨,没意思。"

"是没意思,两头吊着,你说男人有个鸟意思啊。"

"不行了?你应该拿出朗诵诗歌的劲头去搞。"

"不一样,老兄,朗诵诗歌是用大脑的,那事大脑大部分时间是使不上劲儿的。"

"看来你潜力有限啊,你看那些官儿的、款儿的,哪个不是三个两个的都玩得挺转。"

"那是人家。说正经的,我是拿你当朋友的。上午我老婆打电话来,要我回家,她不想让我继续待在北京了,她已经感觉到我出问题了。刚刚沈丹又叽叽歪歪让我马上离婚,跟她过。操,你说这事,男人就这么一个东西,总不能分两下用吧。"

他问我该怎么办。开玩笑,我要知道怎么办也不至于现在还守着自己过。

"你不是写小说嘛,知道怎么编瞎话骗人。"

这话让我有点伤心。编好了可以骗别人,编不好就只能骗骗自己了。现在看来,我那些卖不出去的小说大概就只有骗自己的功用了。荒诞的是,我还自视甚高,对它们好像还有用不完的信心。真他妈的鸟鸟。

三

2001年,新世纪之前的边红旗还是苏北一个小镇上的中学教师,教初三年级的语文。应该说他是一个不错的中学语文教师,在那个镇中学里多少也算是一块牌子,人长得不错,课讲得也动听,能把上上下下的人都逗得开心。老婆是镇上的小学教师,教美术的,一天到晚不停地画画,白天在黑板上向一帮小孩描绘各种美丽的图画,晚上到了家里,躺在被窝里就在边红旗的肚子上描绘他们美好的新生活。她是个知足常乐的好女人,边红旗一直对这一点持肯定态度,和她在一起生活男人不会有气受。问题是边红旗不是,他觉得日子有点别扭,一是诗再也写不出来了,再一个就是当地的教师工资几乎减半,每月只发总数的56%。据说是当地地方财政包干,政府没钱,只好拿这帮老师开刀。这样一来,在小镇上仅有的一点成就感都被取消了,稍微头脑活络一点的都跑出去了。和边红旗年纪相仿,乃至更小一点的年轻的小伙子和姑娘都离开了小镇,到外面的大好世界去闯荡了。在边红旗当时看来,继续留在那个地方是毫无出路的。别人能走,他也能走,就辞职了,带了一本诗集和一套中学语文课本来到了北京。本来他是不想带课本的,老婆坚持让他带,说是早晚还是要回来的,不能把老本行丢掉。开始老婆死活不同意他离开家,刚结婚没两年,甜蜜的小日子还没有过够,就分开了,而且分得很彻底,谁能受得了。但是边红旗还是来了,一个人懵懵懂懂地进了北京城。

  这是他有生以来第一次来到北京,大客车在傍晚时分进了首都,边红旗激动得哭了。这时候已经是新世纪第一年的第三个月了,北京正值沙尘暴的高峰,手伸出车窗外,抓哪一把都是干涩粗粝的空气。邻座的老头问他怎么流眼泪了,他说沙子进了眼,抹了一把脸又说,你看,一脸的沙子,这北京。尽管笼罩在沙尘暴下的北京没有想象中的雍容和繁华,边红旗还是十分满足,借着沙尘暴的借口,一直把眼泪流到车站。从车站出来,他把脚结实地踩在马路上,扔下手里的旅行包开始给老婆发信息。他在手机上诗情画意地说:

  老婆,我站在了冰凉的水泥地上,看见了夜幕下火热的北京。

  然后又发了一条信息:老婆,我爱你;老婆,我也爱北京。

  就这样,边红旗没来由地就喜欢上了北京。后来他才醒悟到,其实那天晚上很冷,和每一个三月的沙尘暴夜晚一样冷。但是他只感到热,夹克的拉链一夜都没拉上。他就敞着怀在北京的大马路上走,他想投奔的那个在北京打工的远方亲戚他没找到,打了四次电话都找不到人影,索性不找了,就在马路上逛一夜也不错。后半夜的路上车辆和行人少了,他走得有些清冷,但是感觉很好,满肚子都是诗人的情怀,觉得路灯下的影子也是诗人的影子。然后他来到了天安门前,见到毛主席的巨幅画像时,眼泪又下来了。从小就唱《我爱北京天安门》,现在竟然就在眼前了,像做梦一样。他趴在金水桥的栏杆上,看见自己的眼泪掉进了水里,泛起美丽精致的涟漪。他就想,北京啊,他妈的怎么就这么好呢?

没事的时候我琢磨,边红旗哪来的这些激情?我当初来北京时怎么就没发现有多美呢?后来想出了一个理由,就是边红旗是晚上到的北京,而我是白天到的。晚上霓虹灯下的北京的确漂亮,哪儿都是繁华庄重,那些灰扑扑的街道和建筑,那些不好看的东西全都被夜色遮蔽了,能看到的就是那些灯,它们被五彩的光芒装饰着,然后用这些五彩装饰灯光所及的一切事物。我第一次来北京,下了火车就是早晨,空气清凉,可见度极好。我就纳闷了,北京怎么这么旧呢,跟电视上完全不一样呢,车到了海淀,我都快哭了。那时的海淀完全可以说是荒凉,和我生活的那个小城的郊区没有任何区别。大学四年我几乎都待在校园里,不想出去。这种先入为主的感觉到了现在才逐渐改变,现在海淀也不同了,到处都闪耀着玻璃和不锈钢的刺眼的光芒,像一个不知深浅的虚幻的世界。

边红旗坚持他的看法。即使当初几乎活不下去时,他也一直在心里大声地赞美北京。第二天他总算找到了亲戚,拖着一大包行李挤进了亲戚的小屋里。出乎他的意料,他的亲戚混得实在不怎么好,完全不是他在小镇上天真地想象的那样,到了北京,狗也是个人物了,现在看来,狗还是狗。亲戚正在煮面,小桌子上摆着三四个馒头和一碟咸菜。亲戚三下五除二吃了半锅面,抓起外套就走了。临走的时候让他先好好睡一觉,养好精神了好找活儿干。然后他就看到亲戚骑着一辆破旧的三轮车出去了。他们住在巴沟村的一户小院里,租人家的平房。

养好精神了他独自出门找工作,他也不知道自己到底能干什么,不过还比较自信,找个记者、编辑之类的活儿干干总还是可以的吧。一路上见到报纸就买,专门找过去从来不看的夹缝里的广告,挑好的工作,谦恭地把电话打过去。那一天他用了两张手机卡,一个也没成,直到最后口袋里只剩下坐车回家的钱时,才想起亲戚告诫,别挑挑拣拣的,不管什么活儿,能找到一个填饱肚子的就不错了。边红旗不服气,自己好歹也是个中学教师,还写诗呢。电话里的人为什么总是问他的生活和居住情况呢?这跟工作有个鸟关系!第二天他接着找,他觉得自己不应该和亲戚一样,亲戚是个大老粗,靠力气吃饭是正常的,他不是。怎么说自己也是个知识分子。这一天他学乖了,不用手机打电话了,用公用电话,省了不少钱。但是这一天的运气也不比前一天好。晚上他垂头丧气地回到巴沟,像从滑铁卢归来的拿破仑。亲戚已经躺下了,他说今天被警察追着跑了很远,累坏了,原因是他的三轮车没有牌照。亲戚没有问他成功了没有,都摆在脸上,哪还要问。边红旗很悲伤,把亲戚从床上拖起来,两人瓶碰瓶地喝了五瓶啤酒。

他在海淀附近转了好几天,连公交车站牌上贴的广告都看了,都联系了,还是不行。整个世界都跟他对着干,真是没办法。边红旗还是不怀疑,一千多万人都活下来了,凭什么我边红旗活不下来,没道理嘛。我们的边红旗找呀找,又找了两天还是没找到。不是一个都找不到,而是他想找的那种看起来体面、干起来轻闲的没找到。他只好去了中关村人才市场,周三、周六才开放的地方。排了半个下午的队,轮到了,把身份证交上去。玻璃窗里的女人问,证呢?边红旗说,不是交给你了吗?那女人心情很糟,大概中午和丈夫吵架了,什么证都不知道还找什么工作!下一个!话音还没落他的身份证就被扔出来了,搞得边红旗半天没回过神来。

"她要什么证?"他问旁边的人。

"暂住证。"

"什么暂住证?"

"老兄,"那个用安徽口音和普通话杂交出来的声音说话的小伙子说,"这东西都没有,可要小心点,别让警察给揪到了。"

"下一个!"窗口里面的女人气急败坏地敲着玻璃,边红旗只好让出了位置,他排了半个下午就等来了这几句训斥。

眼看着一天一天地晃下去,快坐吃山空了,最要命的是,没法向家里交代。老婆担那个心,每天都要打电话问他有没有着落,打得他心疼,他快光了。我不知道边红旗是怎么克服心理障碍的,反正最后他是和亲戚一块儿出去骑三轮车了,到巴沟的一个土著家里租了一辆没有牌照的三轮,见缝插针地跑到硅谷那儿揽生意,帮别人运电脑。边红旗讲到这些时一点也不伤感,相反,这段三轮车夫的生活他还相当满意,觉得自己很像电影《有话好好说》里的张艺谋,整天骑着三轮车到处跑。他说,人一旦降低了自己,就无所谓了,就像妓女,卖一次就想着卖第二次,然后第三次,这东西搞不清楚,它一定是有快感的。他在那段时间甚至还经常跑到北大听讲座,隔三岔五还进课堂,以便瞻仰那些久闻其名的学术界大师。他和我住一块儿后,我们聊天,我发现他对北大的老师,尤其是中文系的老师,了解的不比我少。

边红旗在蹬三轮期间没有告诉家人他在靠什么吃饭,他的亲戚也同样没有告诉自己的家人。他们只说是一项工作,不好也不坏。他更不可能告诉他老婆,他最倒霉的时候,一个星期被警察追过四次,好在都逃脱了。他都没想到自己还有骑三轮车的天赋,能在到处是汽车和人的马路上跑得飞快。这个新工作对他是个刺激,所以这个时候他还坚持写诗。据他自己说,在他秘不示人的诗歌生涯中,这是一个创作的高峰。坐在三轮车上满脑子都是诗,他由衷地觉得北京就是好,你看看,蹬三轮也照样诗兴盎然。

接下来生活就有了变故,亲戚家里出了点事,他要回去了。回去之前他把能带走的东西都收拾好了,不想再在北京混下去了,他觉得蹬三轮,即使在北京也不是件值得称道的事,还是回家干点正事。他在北京找不到自己的位置。尽管他走得不免伤感,还是义无反顾地走了。临走的时候他终于说实话了,待在北京几年了,他一直都不服气,希望能有所起色,心里恐惧着、希望着,但是现在,他语重心长地说,他服了。就这样。他把房子留给边红旗,自己组装的那辆破三轮也给了他,希望他不要一直把这个破三轮蹬下去,也蹬到他离开的北京的那一天。

现在边红旗独自奋战了,骑着三轮回到家,自己跟自己喝酒。左手一杯,右手一杯,相互致意,互相祝福。这样的日子没过多久,出事了,他的三轮在人民大学西门那儿被警察扣住了,他一不小心闯了红灯。警察发现竟然还是个没户口的黑车,立马扔进了立交桥底下的仓库里,那里面已经堆了很多黑车。边红旗想花几块钱赎出来,警察不让,随口出了一个买一辆新车也绰绰有余的价。边红旗没辙了,恨得门牙都痒痒。当时还只是觉得难堪,后来突然有了恐惧,那种一下子失去依靠的恐惧。他一直以为他在北京就是光溜溜的一个人,十三不靠的主,现在才发现,他还是有所依靠的,就是那辆破三轮车。它是他和北京的大地发生联系的唯一中介,现在没有了,他觉得脚底下空了,整个人悬浮在了北京的半空里,上不能顶天,下不能立地。唯一能和北京发生关系的凭证丢了,他第一次发现北京实际上一直都不认识自己,他是北京的陌生人、局外人。除了那个警察,谁会知道他失去了那辆三轮车?说不定那个警察转身也忘了这事。他悲哀地蹲在桥底下的柱子旁,有那么一会儿想到,即使他死了也没人会知道,别人凭什么知道?你边红旗算是哪根葱哪根蒜?他觉得自己蹲在那儿像个猥琐的农民,哼哧哼哧干了这么多天,一辆破三轮一下子就把他送回了苏北的一个小镇上。

他想拿回那辆三轮车,其后的几天他一直在算计这事。吃过早饭他就出了门,像往常一样,步行到人大西门,为了省下坐车的钱。到了北京边红旗发现自己的一个变化,就是对钱斤斤计较了,外出的时候他都要考虑坐不坐车,坐公交车还是打的。在老家是从来不把钱放在心上的,不是他腰包鼓,而是那地方的生活开支永远也不会超出他的想象力。北京不行,说不准什么时候就要花钱,花多少心里也没个底,所以出门前他总忘不了看看钱包。他来到立交桥底下,冷着眼看在红绿灯底下指手画脚的警察。早已经不是那天找他麻烦的那个了。他盯着他们,因为他们手里有开仓库门的钥匙。那个仓库其实只是一个铁栅栏围起来的一块场地,栅栏太高,要想把车子弄出来必须经过铁门。他希望警察能把铁门打开,然后忘掉这回事,他就可以偷偷地进去,把车子推出来。边红旗想好了,他只要自己的那辆破三轮,不要别的,尽管里面新车子也不乏其数。

　　这种守候相当辛苦,几乎无机可乘。要么是铁门不开,要么是警察不来,要么是门开了,警察却站在门边上,或者是隔三岔五地回头。真要命,边红旗都守了好几天了,他像中了魔一样,非要把车子给弄出来。有一次几乎成功了,他趁警察盘查另一辆三轮车的空当溜进了仓库,刚从乱七八糟的车子堆里找到他的破三轮,还没来得及拽出来,就听到警察对他大喊:

　　"你,就你,干什么的?!"

　　他慌忙撤回手,装作找东西的样子,对着向仓库跑来的警察说:"我找我的打火机。"

　　"打火机怎么会跑到这里来?"

　　"我走路时扔着玩,不小心扔到这里了。"

　　"出去出去,"警察说,顺手锁上了门,"超市里多的是,到那里找去!"

边红旗对我说,当时他突然产生一种要和警察拼命的冲动,他觉得那家伙很讨厌。当然没动手,动了手他恐怕就不会安安稳稳地过到现在了。他拳头都攥起来了又松开,还是有点怕,毕竟是警察。他无望而又顽强地守在桥底下,车子最终也没能再回来,却撞上了现在的这种办假证的生活。

那天和往日没有什么不同,他蹲在桥底下,看着车子和行人水一样从眼前流过。他都快睡着了,似乎已经忘了来这个地方是干什么的了。一个大男孩拼命地向这边跑来,后面二十米远追上来一个警察,喊着让他站住。大男孩的惊慌显而易见,完全是捞不到救命稻草的模样,看到边红旗站起来,甚至都想躲到他身后。边红旗把路让开,那大男孩跑过去了,他却斜穿路面迎上去,正好和警察撞到了一起,警察一个趔趄,差点摔倒,大盖帽掉下来滚了好远。警察骂骂咧咧地捡起帽子后,那男孩已经不知去向了。边红旗受到的惩罚是,连着向警察道了三次歉。

第二天,那男孩在桥底下找到了边红旗,要谢谢他。边红旗说,没什么好谢的,他不认识他,没想到要帮他,他只是看那个警察不顺眼而已,就这样。

"但是你确实帮了我,我知道。"那男孩说,"请你吃顿饭总可以吧。"

边红旗没和他客气,他已经很久没吃上一顿像样的饭了。这些天他一直蹲在桥下,一分钱没挣到,连房租都要成问题了。他们吃饭的时候瞎聊,边红旗爽快地说起自己的破三轮。那男孩觉得他很真诚,就告诉他,他是个办假证的,刚出道,不懂行,差点湿了水,然后向边红旗大力推荐这种发财的中南捷径。

男孩说:"说到底,就是讨价还价的事。你能侃倒客户,就能赚到钱。"

边红旗不这么想,他明白这是犯法的事,所以同样爽快地拒绝了。男孩说没什么,给他一张名片,说想通了随时可以找他,他负责向他的朋友推荐。当然,如果没钱了,过不下去了,也可以找他,多了没有,解他几天燃眉之急还是没问题的。然后就散了,两个人喝得很开心,觉得对方可以成为不错的朋友。

喝完了边红旗就把那个男孩给忘了,直到房东催着要房租时才想起来。那几天他大部分时间已经开始花在寻找一份新的工作上了,但还没找到。他翻出名片,死马当活马医,拨了电话。那男孩说,他正在北大的蔚秀园里,现在就可以过去找他,中午一块儿吃顿饭。边红旗就去了,那男孩正在和一个西装革履的胖男人谈话,争执是八百块合适还是五百块合适。男孩要八百,胖子只给五百。男孩就对边红旗说:

"这是北大的,不好搞的,你说值不值八百?"

"当然值,"边红旗说,"要是其他学校的你给八百也不敢要。不给拉倒。"

经他这么一说,胖子就软了,犹豫了一下点出了八百块钱。

胖子走了以后,男孩说:"边哥,多亏你那句话,一句话就赚了三百。你要干这一行肯定前途远大。"

"干什么?我不会,犯法的事。"

"怎么不会?刚才不是干得很漂亮嘛。"

"那也算?"

"就是这么干的。你觉得犯法了吗?犯在哪里?不过是说几句大话,吹牛又不犯罪。"

说得边红旗一愣一愣的,他觉得不可思议,这么就算做成生意了?好像感觉不到在犯法呀。

后来边红旗请我们吃饭的时候,笑嘻嘻地拍着小唐的肩膀说:"妈的,就这样上了小唐的贼船了。"

那男孩就是小唐。那时候他还不成熟,混了两三年了,吃得膘肥体壮的,已经看不到当年那个大男孩的影子了。之后边红旗和小唐混在了一起,逐渐发现,办假证并不像蔚秀园里的那样简单,当然,即使通晓了其中的所有门道,他也发现,也并不像想象的那样恐怖。他就逐渐干上了,给自己定的原则是,绝不涉足大的,只挣嘴皮子的钱。

日子很快就好过了,他搬了家,从巴沟搬到了西苑。租了那儿一户人家的一间平房,然后认识了沈丹,因为沈丹就是房东的女儿。他和沈丹搞上,是半年以后的事了。

四

我没有觉得和一个办假证的生活在一起有什么不对劲儿,一明和沙袖大概也是这样。如果说开始他们还有所顾忌,那么一段时间以后,所有的疑虑都打消了。我们在一起的任务,只是在一个屋檐下生活而已。大家都忙,一明要上课和教书,我要写东西,要到处乱逛,边红旗要出门怂恿有钱人办假证,清闲的只有沙袖,除了偶尔找个工作干两天,大部分时间都是在房间里做饭和看电视。我们同时在一起的时间主要集中在晚上,偶尔相互串串门、聊聊天,或者是聚会,一周出去吃那么一两顿。主要是边红旗请客,如他所说,他的钱来得容易。

他的钱来得容易,这个我信。他晚上经常到我房间里来,讲一些白天里好玩的事,说是给我的小说提供素材。比如他说,半年前他就宰过湖南的一个当官的。那天他寻寻觅觅地在海淀周围转悠,天快黑了也没有一个生意,他就倚着一棵树抽烟。一辆轿车停下了,他直觉是有事干了,果然,刚掐灭了烟车门就打开了,出来一个戴墨镜的家伙,一看就知道是司机。车里还坐着一个四十多岁的中年男人,西装领带,眼睛瞅着别处。边红旗歪头看见了车牌,湖南的车。他凑上去说,办证? 戴墨镜的四下看了看才说,到前面说。边红旗跟他到了一棵树底下,墨镜才说,要个硕士毕业证书,学位班的那种,北大工商管理的。边红旗说没问题,开价两千。墨镜认为太贵,说他了解过了,一般都在八百块钱左右。边红旗说,看来老兄还是门外汉,北大工商管理的证书原件不好找,找个原件看看还要请客送礼,还担心两千块钱不够呢。你知道读北大工商管理的学费是多少吗? 边红旗伸出几个指头晃了晃,这个数。实际上他也不知道这个数是多少。他们压低声音争执了一会儿,轿车的喇叭响了。墨镜屁颠屁颠地跑回去,撅起屁股和车里的老板谈。一会儿过来了,说就这样吧,两千就两千,给了边红旗一千块钱定金,又给了他两张照片。就是车里的那个人。然后约好了取货时间,墨镜就上了车跑了。

　　有意思的还在后面,边红旗说。他把照片拿回去,找到小唐,让他把东西拿过去找人制作。小唐一看照片就乐了,照片上衣冠楚楚的家伙两年前就办过一个假的,是本科毕业证书。那时候小唐刚到北京,跟他表哥混着玩,当初他表哥就狠敲了他一回。小唐说,那家伙是长沙一个什么局的局长,不敲白不敲。边红旗心里有数了。交货那天他卖了一个关子,说两千不够,他找原件就花了一千五,再花成本费,还有人力,赔大了,要提价,三千。他把做好的假证给墨镜看,要就三千,不要拉倒。假证看起来比真的还诱人,墨镜只好屈服了。

　　"那你到底赚了多少?"我问边红旗。

"两千七。"

"操,这么容易。"我说,"今天如何?"

"还行,一千。"

"赚了这么多,老边,要不要表示一下?"

"没问题,走,吃水煮鱼去。"

就去了。往往都是这样,我一怂恿,就去了。叫上一明和沙袖。走到半路,沙袖提醒他要不要叫上沈丹,边红旗说,叫就叫吧,反正她在家也屁事没有。打沈丹的手机,她说正在和朋友逛街,怕是赶不回来了,明天晚上再过来。边红旗关了电话说,这样最好,女人有时候很烦,总喜欢叽叽歪歪地说你不爱听的话。我知道他的意思,就是沈丹见了面就让他赶快离婚。

遥远的战争还在打,美国的战车正在向伊拉克南部挺进。我们坐在饭店里边吃边看电视,中央四套,几个军事专家正在屏幕上分析即将到来的战争局势。所有人的分析似乎都有道理,水煮鱼的味道也好,所以吃得大家都很开心。后来画面切换到战火过后的断壁残垣和伤亡的伊拉克人时,就让人有点吃不下了。

边红旗说:"死一个伊拉克人跟死一个法国人是一样的,跟死一个丹麦人是一样的,跟死一个中国人、一个俄罗斯人、一个阿根廷人、一个哥伦比亚人、一个毛里求斯人,也是一样的,跟死一个美国人也是一样的。他妈的美国人有什么权利去草菅人命?!"

他是容易激动的那号人,嘴里骂骂咧咧,筷子也跟着摔起来。老板赶快把电视关上,都熟悉,老板知道关了电视边红旗就会没事的。

一明说:"老边,说点别的吧。"

"说什么?"

沙袖说:"你在老家也这样?"

"哪样?"

"激动呀。"

"不激动,"边红旗说,把水煮鱼里的豆芽挑来挑去,"激动不起来。现在想来,在家里简直就是生活在世界之外,什么事都不知道,也不关心,激动个啥? 也不是不关心,就是觉得那东西离你很远,远得根本与你的生活无关,完全是另一个不相干的世界的事。"

"现在呢?"

"世界一下子离我近了。我跟你说,不矫情,到了北京我真觉得闯进了世界的大生活里头了。这话是不是像把自己当个人物了? 没关系,随你们怎么想,就是这样。我感觉看到了自己在世界上占据的那个点了,别人可能看不见我的那个点,可我自己看见了。过去我什么都看不见,像一头蒙上眼睛拉磨的驴那样过日子。"

"那样也不错,"我说,"一到阴雨天,我心情就低沉,就想着找个好女孩结婚算了,生个儿子,老婆孩子热炕头,安静平和地守着两间屋檐,就像拉磨的驴一样活着也挺好。"

"操,作家就这境界?"边红旗说,"这可不行。不就活得惨点儿吗? 都一样,首要的是先说服自己,什么才是最重要的。"

这话听得我和一明都不明白。啥意思?

"举个例子,"边红旗说,刚才义愤填膺的边红旗不见了,取而代之的是一个意气风发的边红旗,捋起了袖子,"比如我,比如今天上午,我遇到了两个要办假证的女孩。说是韩国人,想办北师大的硕士毕业证,我就骗了她们一千块钱。"

"你不是说办假证也讲职业道德的吗?"

"那两个女孩让我不想讲了。跟我说话的时候操着硬邦邦、结结巴巴的普通话,她们俩商量价钱的时候,一转身你猜怎么着,一口流利的山东腔。把我给气坏了,一气之下我给了她们我的拷机号码。"

"怎么说?"

"拿到定金我就把拷机给扔了,又不值钱。不道德是吧?我不觉得,我要挣钱,要干自己的事,我不喜欢她们这样搞,既想当什么又想立什么的。所以我问心无愧。"

"你就是这样说服你自己的?"我说。

"还不充分吗?"边红旗呵呵地笑,让我们继续喝酒,"我想多赚点钱做点事。还有,这事你可不能写到小说里,否则那两个女孩看到了找我拼命。"

边红旗说得我们一愣一愣的。你摸不透一不小心他会怎么想。说实话,从边红旗住到我们的房子里一直到他离开,我都没法说清楚他到底是怎样的一个人。不过这也没关系,一明说,大家萍水相逢,只要相安无事,弄那么明白干吗。是啊,搞得太清楚也许就没意思了。我们碰到了就在一起玩玩、聊聊天、吃吃饭,生活说到底还是每个人自己的。

按理说,我和边红旗的关系应该是很不错的,但我很少向他打听生意上的事,在这一行有些应该是忌讳的。他平常也会说起一些,说了也就说了,都没往心里去,当一句笑话。有时候他也会找我和一明帮忙。比如翻译个东西,或者随便写点假材料什么的。翻译我不行,英文只记得二十六个字母了。这种事他都找孟一明。一明念书刻苦,英语这些年都没丢掉,加上在读书,又要复习考博,翻译一点小东西还是没什么问题的。我的字写得还不错,有什么假材料要钢笔誊写,他就找我。我写过三个,一个是毕业鉴定,我在那份假材料上过了一回系主任的瘾,签了一个后来怎么也想不起来的名字。另外一个是班主任评语,按照边红旗的要求,尽拣好听的说。还一个只是签名,大概是模仿某个单位的头头的笔迹,签之前练了大半个小时,把那个名字绕完了我都不知道写的是什么。但是很像。为此他又请我们吃水煮鱼。席间他说,和我们住在一起真不错,基本不要再求别人。原来每次翻译材料都要联系甘肃的一个外语老师,长途跋涉地把材料寄来寄去,因为北京这边找不到合适而又可靠的人。边红旗开玩笑说,我和一明都是从犯。我们就笑笑,大家在一起时间长了,对这些东西已经不再敏感了,在翻译和签名的时候,头脑里根本没有什么办假证的概念,只想到是在帮室友一个小忙,如此而已。

水煮鱼吃完了,刚到住处,一杯茶还没喝完,沈丹就打车过来了。我推推边红旗后背,让他赶快回自己的房间。一明和沙袖也暧昧地笑了,就那么回事,他们俩当然比我更懂。然后就听到洗手间传来水声,我开玩笑地问一明,你猜他们在干吗?

"你又在耍流氓了,"一明说,"轮到你,你的动静会比谁都大。"

我说:"沙袖,你看看一明,满口胡言。赶快把他带回去修理一下,动静最好不要太大。"

沙袖像往常一样,脸及时地红了,嘟囔着抱怨我,把一明拉走了。一明很乐意,他们俩已经触景生情了。

我百无聊赖地躺在藤椅上喝茶,电脑里的音乐响起来,觉得这些锣鼓笙箫的声音离我很远。别人的快乐离我也很远。也许是该找一个女朋友了,可是总以为时候不对,我感觉脚底下空空的,站不稳,这样的生活让我一直有漂着的感觉。也的确是漂着。可是这种漂着的难以生根的感觉,让我不愿意在爱情和婚姻上扎根。大概就这样。我没法说服自己安定下来,尤其是打开电脑,看到我敲出的那些字的时候,我不得不怀疑它们存在的意义。就这样,让我难过。

喝了一点酒,现在上头了,有点晕乎,半真半假地在藤椅上就迷糊过去了。我是被边红旗和沈丹的吵架声弄醒的。他们又吵了,为离不离婚的事。我听到沈丹说,你看我这样像什么?三天两头往这跑,半夜三更地再摸黑回家。我为什么不能跟自己的男人在一起,为什么不能有一个心安理得的家?

边红旗说:"你给我一点时间好不好?要离我也得回去再离吧,现在跟谁离?"

沈丹说:"那你现在就回去,离不了就不要回来!"

边红旗说:"都十二点了,我怎么回去?"

"好,你不回去我回去!"沈丹的声音突然放大了,带了一点哭腔。她把门打开了,"我现在就回去!我像什么呀?我不是个妓女,招之即来,挥之即去!"她穿过客厅,狠狠地带上了大门。

我听到边红旗穿着拖鞋在客厅里拖拉来拖拉去,然后敲响了我的门。

"兄弟,给根烟,"他说,"我的抽完了。"

"你怎么不追出去?"说完我又觉得不合适,我应该装作什么都没听到。

边红旗走到窗户边,伸出头向下看,点上了烟。"她打车了。车开了。"他说,"你看,女人嘛,就要跟你闹,闹完了什么事都没了。我知道的。"

我把音乐声音调低。边红旗沉默着抽完那根烟,掐灭的时候说:"这烟,中南海,中南海。"停了一下又说,"兄弟,你说我到底该怎么办。"

"什么怎么办?"

"还有什么?女人呗。"

"你更喜欢哪个?"

"说不清楚。"他又点上一根烟,"在家里觉得老婆是世界上最好的女人,到了北京,又觉得和沈丹在一起其实也不错。"

"有种说法你试试。就是认真想着哪个女人要离开你了,如果你觉得有股尖锐的痛楚从小腹泛上来,那这个女人就是你最爱的。"

"早就试过了,是我老婆。可是如果把北京和我老家比作女人,离开北京我会更难受。"

"你就这么想待在北京?"

"我觉得北京更适合我,我能做出点事来。"

"让你老婆过来就是了。"

"她不愿意,她一直觉得北京很可疑。她希望能在那个小镇上安安静静地教书,她是个不错的小学教师。"

我也点上一根烟:"那怎么办?"

"我也不知道,"边红旗说,"快把我烦死了,搞假证也没这么复杂。有的女人你他妈的就不能惹,惹了一辈子就没办法清静。"

"谁让你光着屁股去惹马蜂的?"

"是啊,妈的,谁让我光着屁股去惹的呢?"

五

西苑那地方我去过很多次,从北大西门坐公交,很多车都经过西苑。如果从承泽园出门左拐,步行去那里也很方便。有一回一起去颐和园,边红旗指着西苑站牌附近的一条小巷对我说,沈丹家就在那里,就是那栋小灰楼后面的一个小四合院,沈丹祖父留下的,破得不成样子了,但听说很值钱,大概打算奇货可居。

边红旗租到沈丹家的房子,纯粹是一个偶然。巴沟不想待了,房东在他最困难的时候催得他屁滚尿流,他跟小唐合伙赚的第一笔钱就填补了欠下的房租,声明第二天就搬走。当时小唐就住在西苑,他说那地方有很多人家愿意租出空房子,只要价钱合适。他们俩花了一天的时间在西苑打听,傍晚的时候找到了沈丹家。沈丹的妈妈说,先前家里是住过一个房客,刚走,现在不太想租了,价钱太便宜,整天还跟着提心吊胆的,划不来,除非价钱合适。她和老头耳语一番出了一个价:每月六百。

边红旗和小唐说:"每月五百吧。"他们实在不想再跑了。

老夫妻俩说:"六百。还加上免费的洗澡间哪。"

边红旗说:"五百。就是因为可以洗澡才出五百的,要不就四百了。"

他们为着一百块钱争执不下的时候,沈丹带着两个朋友回来了。边红旗说,当时他对沈丹没什么感觉,就是一个比较时髦的北京女孩,说不上难看,也说不上有多漂亮,很青春很活力的那种。她的一个朋友小声说,那是你们家亲戚?蛮帅的。沈丹就停住了,她本想穿过院子和朋友进自己的房间的。她站在边红旗对面,知道了他们争执的原因,就对父母说:

"五百就五百吧。闲着也是闲着。"

她妈说:"丹丹,这钱可是都归你的,少了也是少你的。"

沈丹说:"不就一百吗,多这一百我也发不了。"

边红旗和小唐顺着沈丹这个梯子就上去了,坚持五百。老两口也不好再说什么,就答应了。后来沈丹告诉边红旗,所有的房租都是留给她做嫁妆的。

刚住进沈家,边红旗还很老实,从来不往歪处想,也没那个心思。老婆在远处如饥似渴地思念,还是个好老婆。办假证他刚出道,胆怯、谨慎,而且尽心尽职,生怕有一桩生意做不好。尝到甜头了,想赚点大的,又不敢十分深入,觉得两脚悬着,弄得整天心事重重的样子。他曾想过赚足了钱自己搞,所有东西都自己来,从拉客到制作一条龙,那样赚多少都是自己的。后来打消了这个念头,因为有个类似的家伙被抓到了,警察在他的住处搜出了制作假证的一套设备,挨了一顿打,罚了好几万,还被判了五年。这就太不值了。他有点怕,为了过好日子到头来蹲了班房,他不愿意,从此才定下心来做一个皮条客,凭一张嘴赚个差价。这一担子事放下了,边红旗才觉得生活比蹬三轮的时候轻快多了,好日子近在眼前,伸手就能抓到。他才开始注意到沈丹,这时候,他已经在沈家住了半年了。

根据边红旗的介绍,如果不是我的歪曲,应该是沈丹更主动一点。边红旗说,不记得具体日期了,反正是一个晚上,房东的女儿敲响了他的门,问他要不要开水。沈丹刚下晚班,坤包还挎在肩上。她站在门外微笑着,光影里边红旗觉得她突然有了点味道,女人的味道。他喜欢这种娴静的平和的女人的味道,他老婆就是这样的女人,处处都像一个女人,尤其是扎着围裙在厨房里忙碌的时候,边红旗心中总能在两秒钟之内升起温暖巨大的爱意,他喜欢在老婆做饭的时候从背后抱住她,把脑袋贴在她背上。这种时候他觉得自己像个踏实的孩子,老婆像他妈。边红旗在房东女儿的身上突然看到了一个女人,他慌得拖鞋都穿倒了。

"要开水吗?"沈丹说。

这句话边红旗已经听过很多次了,沈丹从天刚有了一点凉意时就开始给他送开水。她说边红旗一个单身的男人,大概连开水都懒得烧,不过是顺便,多烧一壶就是了。

"要吗?"沈丹又问。

"要,呵呵,"边红旗都有点结巴了,"要。"

门敞着,沈丹拎着水瓶到了门前,"水。"

边红旗走上去接住,说了声谢谢就往回走,准备放到床前。

沈丹说:"不请我进去坐坐?"

边红旗搓着手说:"请进,请进。你看,多不好意思,乱七八糟的。"

沈丹说:"单身汉的房间都这样。"她在椅子上坐下,"北京过得惯吗?"

"还行,我喜欢这地方。"

然后是一大段沉默,两个人都数着自己的手指头。

沈丹说:"我朋友说你很帅。"

边红旗说:"往哪帅? 都老得不像样了。"

沈丹说:"瞎说,三十都没有老什么?"接着莫名其妙地小声笑起来。

跟着气氛就放松了,和谐了。其实他们早就很熟悉了。他们聊起来,不再只看着自己的手指,眼光谨慎地放到对方的身上去,经意的,不经意的,聊得很好。外面的风有点冷,沈丹伸手关上了门。她说她是百盛超市的收银员,边红旗说他知道,他在她工作的超市里买过东西,不过不是她收的钱。他们又笑了,觉得这种事也很有意思。后来又聊了一些,但是不多,因为沈丹的妈妈在院子里叫她了,说电话来了。

就这样,第一次深入一点的接触结束了。有了第一次事情就好办多了,未来的道路并不漫长。

这一段时间沈丹都是下午班连着晚班,下班回到家大约十点。父母是那种老派的市民,习惯早睡早起,天冷一点就早早上了床,睡不着就坐在被窝里看电视、说话。现在沈丹也养成了一个习惯,就是进了家门先问问边红旗要开水不要。当然是要的,每次的回答都是肯定的。她还是先问。聊过天的第二个晚上,沈丹没有问,直接拎着水瓶敲了边红旗的门。第一下敲门声刚响,门就开了,边红旗站在门口。

"下午我看见你了,"沈丹说,"到超市去买烟。为什么不到我的收银台去?"

"怕你不要我的钱。"

"美得你!"沈丹笑着,把水瓶放到该放的地方,直起腰来斜着眼睛看他。边红旗又看到了一个女人。

"你很漂亮。"边红旗说,说完了立刻觉得自己俗不可耐,他知道自己心思已经出了问题。但是说出来了,而且被对方听到了。

沈丹低着头不吭声,坐下的时候差点碰倒了椅子,边红旗伸出了手。其实没必要伸手,他想缩回来时已经迟了,沈丹抓住了他的手。她没有坐下,而是站起来钻进了边红旗的怀里。真简单,老边想,当年他花了一年的时间才算计到他老婆,现在就这么简练的几下子。怀里多了个东西,他倒觉得心里空了,有点紧张,莫名其妙地有点怕。他觉得自己应该表现得像个男人,于是把沈丹抱紧了,两个人找了半天才扭扭捏捏地找到对方的嘴。

对这一段我本能地产生好奇,我问他:"下面演什么?"

"什么也没演,亲完了就差不多了。有点快,我没反应过来。"

"压轴戏什么时候唱的?"

"三天以后。"

还是晚上。白天边红旗要出门做生意,租房子时他对沈丹的父母说,他是个搞推销的,白天上班,晚上休息。他担心他们知道他是个办假证的不愿意把房子租给他。三天时间足够他反应了,而且其后的几个晚上他们一直都在温故知新,边红旗的两只手到处乱跑,跑得他们两人都快受不了了。

边红旗等沈丹回来,十点半了还不见人影。他决定先洗澡。肥皂刚冲干净,有人推门,是沈丹。沈丹一手抱着衣服,一手捂住了眼,嘴里发出弱化了的惊讶之声,以表明她的闯入是无辜的。窗户的灯光在院子外面,又听不见水声。边红旗毫不犹豫地把她拽进了浴室。接下来的事情在他的想象里已经发生过了很多次,唯一的区别是,他把地点搞错了。

门插上了,他们在热水存留的暖气里赤裸着身子,沈丹缠在他身上,像一根饱满的藤蔓。都是忍了很久的样子,有点凶狠,有点残酷,所以十分激烈。

边红旗气喘吁吁地说:"我等你好长时间了。"

沈丹也气喘吁吁地说:"我知道。"

边红旗说:"我喜欢你。"

沈丹说:"我知道。"

边红旗说:"我是个办假证的。"

沈丹说:"我知道。"

边红旗说:"我已经有老婆了。"

沈丹说:"我知道。"

边红旗说:"你知道。你知道。你知道。你知道。"

沈丹说:"我知道。我知道。我知道。我知道。"

结束以后,边红旗问她:"你怎么什么都知道?"

沈丹说:"我当然知道。"

边红旗说:"你是怎么知道的?"

沈丹说:"半年多了,什么事打听不到?"

边红旗长出了一口气,原来人家都知道,自己还绷着脸打算把能藏的都藏着,能掖着的都掖着,没必要。

边红旗又说:"你知道我是办假证的,又有老婆,干吗还跟我这样?"

沈丹说:"你说呢?喜欢呗。"

这话听得边红旗浑身毛孔都舒展开来了。听听,喜欢呗。他觉得有点像那么回事了。他一直把婚外恋视为洪水猛兽,没想到这个庞然大物被这个北京女孩三个字就给消灭了。你再听听,喜欢呗。多好。听得他心安理得。

他们的关系秘密地维持了三个月才被沈丹的父母发现。都是该死的房租。老太太有一天对边红旗说,现在烧暖气了,过去的房租有点少了,加五十吧,顺便也把前两个月暖气费一块儿交了。边红旗爽快地答应了。过了几天,老太太问女儿,房客的房租交了没有?女儿说,昨天就交了。老太太又问,他交了多少?女儿说,当然是每月五百了,不是早就说好了吗?老太太是个过来人,大概梳理了一下这段时间以来女儿和房客的蛛丝马迹,觉得可能有问题了。事实上的确有问题了,自从他们俩搞上以后,沈丹就再也没收过边红旗的房租。每次边红旗装模作样地要交房租,沈丹就说,交什么交,留着买点补品吧。

边红旗嬉皮笑脸地说:"我交的还少吗?哪个月不交个几十次?"

沈丹羞了,要打他,两人又抱在了一起。半个小时后,边红旗疲惫不堪地说,又交了一次房租。

老太太把她的疑心告诉了老头,老头给她这么一说,越想越像,汗都出来了。房客不过是个房客,来路还都没摸清楚呢。他们没敢声张,决定暗查。他们和平常一样,晚上早早就熄灯睡下了,到了午夜十二点,老太太摸黑起来,轻轻地敲响女儿的房门。里面的灯还亮着,就是不见回应。老太太觉得寒气开始上身,从脚底往上爬。她回到卧室,扼要地把情况跟老头说了,两个人趴在黑暗的窗前看着边红旗的小屋,两眼瞪得出了火。一点钟,房客的门开了,他们看到女儿抱着一堆衣服鬼鬼祟祟地跑回了自己的房间,女儿只穿着贴身的棉内衣,月亮在半天上明晃晃地照。

老两口泪流满面地拷问女儿,越问越多,房客竟然是个结过婚的假证贩子。老太太差点当场晕倒,老头子痛不欲生,家门不幸啊。沈丹倒很平静,说,反正都这样了。老两口一下子听懂了,"都这样"了,女儿都给人家"这样"了,他们不能不想得开一点了。

"你图他个什么?"

"我喜欢他,人好。"

"他是个办假证的!"

"我知道。"

"他结过婚了!"

"我知道。"

"你知道什么!"父亲气得浑身哆嗦,"你说你知道什么?你这是第三者插足!是和有妇之夫通……通那个!你什么名分都没有!"

"那我怎么办?"

"你真的断不了?"

"断不了,也不想断。"

"那好,让他离婚,明天就滚回家离婚!"

老两口的教育起了不小的作用,效果不在阻止沈丹和边红旗的交往,而是提醒了沈丹,对一个女人来说,仅有爱情是不足以保障的,还得有婚姻。沈丹觉得这么长时间实在是昏了头了,稍微动一点脑子也知道,没有一张结婚证书你拿什么拴住边红旗。他老婆离得再远也还是老婆。她觉得父母说得对。她找到了边红旗。

"我要你离婚。"沈丹说。

37

"你怎么突然有这个想法?"

"我为什么不能有这个想法?"

"我不是说了我结过婚了吗?"

"我不知道!"

"我也告诉过你,我是个办假证的。"

"我不知道!"

"你不是什么都不在乎的吗?"

"我不知道。我什么都不知道!我就要你离婚!"

边红旗头都大了,果然是天下没有免费的午餐。这女人,头脑犯晕的时候什么都知道,一清醒了就什么都不知道了。边红旗无话可说,吃了几个月丰盛的大餐,人家逼着统一付账了。他气呼呼地摔了门出去了。他希望沈丹能够再次想通,就像当初一样,两眼盯着所谓的爱情,而不是像十字架似的婚姻。他不想离婚。

好玩的是,沈丹的父母突然也回过神来了,开始反对他们俩在一起,离了婚也不行,理由是边红旗不是北京户口。工作可以暂时放一放,有没有北京户口是大事,谁知道他以后会跑到哪儿去。沈丹不答应,她就是不愿意断,用她的话说,她想跟红旗过一辈子。边红旗听了头皮都发麻。他们不断地谈判,终于有一点击中了边红旗的要害。

沈丹说:"你喜欢我吗?"

边红旗说:"喜欢。"

沈丹说:"你喜欢北京吗?"

边红旗说:"喜欢。"

沈丹说:"你想留在北京吗?"

边红旗说:"想。"

沈丹说:"我们结了婚你就可以一辈子留在北京了。"

边红旗把勾到裤裆里的脑袋抬起来,死鱼一样的眼里放出了光。他觉得手心里出了汗,什么话都不敢说,怕说错了。沉默是金,先沉默才有可能抓到金子。过了半天他才说:

"你让我想想,离婚是需要时间的。"

这句话里充满了希望,成了沈丹以后很长时间里安慰自己的工具,也是她和父母相持的武器。看得出来,沈丹是那种坚忍不拔的人,从她和边红旗吵架中就能发现,她喜欢把自己的想法顺利地贯彻到底。老头老太太的反对无效,只好妥协了,没办法,女儿已经跟人家"这样"了,而且现在在依然"这样",甚至都不太注意回避他们老两口了。他们只好寄希望于边红旗早点离婚,偏偏边红旗只说不练,拖拖拉拉一个婚一年了也没离掉。他们也没辙,婚是人家的,你急也没用,他们就唠叨,边红旗一回去他们就唠叨。边红旗终于受不了了,就搬到我们那里了。

六

从三月份开始,流行于广州的非典型性肺炎就开始向北京转移。开始大家都没当回事,再非典型它也是个肺炎。二月中旬我给家里打电话,姐姐说,家里现在到处都在抢购白醋和板蓝根冲剂,听说可以预防广州的那种肺炎,让我赶快到药店去买点,防患于未然。我安慰姐姐说,别听谣言,广州人最喜欢大惊小怪了,报纸上不是说已经差不多了吗?那时候的报纸的确是这么说的,没什么,能有什么?广州人畏之如死,让我好笑,觉得是一场闹剧,有点隔岸观火的冷嘲。没想到好日子不长,非典型性肺炎过来了,人们愤恨地简称之为"非典",医学界则科学地称之为"SARS"。

这个叫作"非典"和 SARS 的东西在四月中旬开始像股市和国

际新闻一样挂在了北京人的嘴上。伊拉克战争的枪声零零落落地响,一般市民的神经已经被拖得疲沓了,在伊拉克战争几乎不再成为新闻时,非典像一盆冷水,让整个北京激灵了一下,然后哆嗦不止。北京人原来比广州人更怕死。

五月份非典开始进入高发期,报纸和新闻整天都在头条报道最新情况。我定了一份《北京青年报》,头版中下位置每天雷打不动一个报告:今日新发病例多少,疑似多少,死亡多少,出院多少。第二版详细地介绍病人的所在区域。后来又增加了外地"非典"信息,全国在今天的"非典"状况一目了然。终于看得我头皮发麻,我也害怕了,不能不怕。大街上行人开始减少,几乎所有人都戴上了口罩,有的还戴上了手套、帽子和眼镜,因为传闻曾说,病菌也可以存留在头发和手上,还可以通过角膜传染。宁可信其有,不可信其无。不仅他人成了"病魔",就连自己也不安全了,你没法完全相信你自己,你不知道什么时候你的头发、你的手、你的角膜将会和空气中的一颗病菌合谋起来置你于死地。我们惴惴不安,担心非典的鬼魂附体。

我有了一个很好的借口逼迫自己待在房间里写小说,因为外面乱糟糟的,太不安全。白天写上一天,晚上再写一会儿,然后在十一二点下楼散步,散步回来看碟。很有规律,因为哪里也去不了。很多地方都关了门,朋友上班的也越来越少了,都窝在家里,有事就打电话。非典期间其实是我的好日子,我完成了长篇小说的初稿,看了六七十部碟。一明的课后来也停了,上不下去,听说北大出了一例"非典"病例,医学部还有一位年轻有为的教授牺牲在岗位上。一惊一乍的,能停的都停了。出门的主要是边红旗,他在家里待不住,待了半天就烦。沈丹开玩笑说,他就是沿街乞讨的命,待着不动就活不下去。

边红旗的确是待着不动就活不下去,但是他出去不是为了沿街乞讨。没人可以乞讨了,正儿八经干正事的都轻易不敢上街,何况想办假证的,海淀周围已经没人有心思再去看公交车站牌上贴的办假证的小广告了。开始的时候,边红旗每天回来都说,妈的,生意难做,要办证的是不是都得非典死绝了? 转了一天连个暧昧的眼神都没见着。后来他就不再提生意上的事了,而是及时向我们报告外面的最新动态。比如哪家饭馆熄火了,哪家娱乐场所关门了,硅谷附近怎么门可罗雀。又说,大街上车子少多了,公交车常常空荡荡地晃来晃去,没人敢坐了。坐出租的也少了,有钱的都去买私家车,没钱的就只好改骑自行车,或者步行,因为一夜之间人人都明白了提高体质的重要性。他还断言,非典期间北京私家车的增长率一定远远大于同期的任何时候。

"反正满大街都是口罩。"边红旗摘下自己的口罩说,"我进承泽园的时候,门卫差点没让我进。我戴了口罩他就不认识了。他让我带话给你们,下次出门一定要把出入证带上,马上要换一个新来的门卫。"

边红旗说,到处都在查证件,非本单位本住宅区的一律不让进入。为了让沈丹能够和过去一样出入承泽园,边红旗给她也办了一个出入证。有一天小唐也来了,我很奇怪他是怎么进来的。他说当然是凭证进来的,然后对我亮了一下他的出入证,上面有他的照片,写的地址却是我们的房间,他还特意注了"左岸"两个字。

我问小唐:"你什么时候办的证? 我们几个是统一办的。"

小唐一脸狡猾的笑:"别忘了我是干什么的,办假证的。"

因为"非典",边红旗也很少到外面的馆子里吃了,和我们搭伙,轮流买菜,沙袖掌勺。有时候是沙袖和沈丹两个共同在厨房里忙活。沈丹现在空闲的时间多了不少,非典同样极大地影响了超市的生意，客流量只是原来的三分之一。顾客们戴着双层口罩，一次至少要采购一周的用品，大包小包地往回拎，因为超市是人口密集的公共空间，传染的概率比较大。她经常可以轮到歇班，歇了班就来找边红旗。买菜，做饭，吃饭，温存一番，然后为离婚的事吵架，吵完了就骑着边红旗给她买的电动自行车回家。不吵架的时候一般心情都比较好，就叫我们几个陪他们打扑克。打八十分，沈丹放苍蝇的技术很高。

　　周末的一个早上，沈丹打电话告诉边红旗，她进承泽园的出入证丢了，问他怎么办。当时小唐也在，小唐说，还能怎么办，搞个假的呗。然后他就回去了。大概一个小时以后，小唐挎着一个小包回来了，往桌子上一摊，纸片、印章、刻刀、封塑薄膜、印泥，一应俱全。我第一次目睹制作假证的全过程。小唐按照出入证的格式，在我的电脑上打印了纸片，然后让我模仿真本上的字迹写好有关文字，贴上沈丹照片。他在一边刻章，大约一个小时，印章搞定，在一张白纸上试了一下，很像那么回事。午饭之前沈丹的出入证就弄好了。他让边红旗给沈丹打电话，只管过来，到时候边红旗把她的出入证送下楼去。

　　我和一明、沙袖他们多少有点大开眼界，就这么轻松做好了。这就是办假证。

　　小唐说："这是正儿八经的小儿科，我只会搞这一点。看毕业证造假那才叫过瘾，水纹，暗记，全是专业人员电脑分析出来的。纸张也要特制的。"

　　我们只有瞪大眼睛的份了。果然隔行如隔山啊。

　　那天我们四个男人碰巧了都无聊，就放开了肚皮喝酒，我酒量不行，喝了两瓶啤酒就爬到床上睡觉了。一觉醒来，他们喝完了，清醒的只有边红旗，一明和小唐的筷子都抖了，总是夹不住菜。我继续躺着,不想起,听他们叽里咕噜地说酒话。接着迷迷糊糊又睡了过去。后来,我被沈丹的哭声弄醒,他们又吵了。

沈丹说:"再不离我就死给你看!"

边红旗说:"那我明天就回家。"

沈丹说:"'非典'这么严重,你怎么回去?我不放心。"

边红旗说:"你到底想不想我回去?"

沈丹说:"我也不知道。"

边红旗说:"好,好,我回去。反正待在这里也赚不到钱,回去算了。"

沈丹就算默认了。这么长时间以来,他们总算达成了一点共识,就是边红旗最近就回家,把婚离了。但是怎么回去是个问题。外面传闻,北京居民外出受限,很多地方都在歧视北京来客,担心他们把非典也顺便带过去。据说有个在北京打工的小伙子刚回老家,又被村里人赶了出来,村领导找了几个壮汉,硬是把他拖到了村子外面,从公款里拿出几百块钱,让他想办法再回到北京去。更有甚者,地方上的领导公开通知客居北京的人,不得随便返乡。我一个朋友告诉我,他们那地方的火车站贴了告示,凡有举报北京来客者,每个奖励人民币五百元。能不能回得去,这是个问题,还有一个问题是,如何在途中避免病毒感染。汽车火车都不保险,飞机更难说,空气流动差,感染的机会更多。

"那怎么办?"沈丹说。

"什么车都不能坐,自行车还不能坐吗?"

边红旗的回答吓了我一跳,从北京到他们家,大概不少于一千公里,骑自行车还不骑死。小唐半梦半醒,听了也不免兴奋,说:

"操,边哥,真的假的?你骑车回去?"

"有什么?我爹当年贩卖私盐,牵着毛驴一次就步行五百里,不也过来了?"

"都老皇历了,那是什么年代。你真能骑回去,我就陪你。"

"好,就这么定了。我们就骑自行车回去。"

小唐的酒一下子醒了,噌地从椅子上坐起来:"真干?"

"真干。"

小唐打了一个饱嗝说:"操,这下亏大了。"

边红旗的决定让所有人都觉得不可思议,在一个交通如此便利的时代,这种做法完全是超出我们的想象力的。送走了沈丹,边红旗和小唐就商量起了骑自行车回家的事。这家伙做事常常让你不知所措,他不按常理出牌。非典在北京刚刚兴起时,他老婆打了好几次电话让他回家,说家里更安全。边红旗不回去,他说这边挺好的,不是出门就能撞上非典的,大不了待在屋里睡觉。他对我说,的确是不想回去,待北京两年多了,回到家反倒不适应了,他还是喜欢待在北京,没事也喜欢。现在他突然又要回去了。我想可能是被沈丹逼急了,一个女人在你耳边把同一句话唠叨了一年,你就是块石头也受不了。

小唐问他:"真离?"

边红旗说:"真离。"

小唐说:"想结婚不容易,想离还不好办。我帮你。"

他们第二天到商场里买了两辆赛车,要撅起屁股才能骑的那种。一人一辆。然后是准备地图、食品和水、背包、墨镜、返乡的详细路线。出发之前他们憋足了劲睡了一天一夜,第二天凌晨四点就出发了,那是为了减少出城的麻烦,他们怕在路上遭到交警的盘问。我起床时已经上午十点,看到边红旗留给我的便条贴在门上,他祝我健康,还在开玩笑,让我无论如何也要活过这场非典。一明门上也有一张便条,边红旗让他们快点结婚算了,早晚的事,越迟麻烦越多。

我刷牙的时候接到沈丹的电话,问我边红旗走了没有,她说他的手机关了。我说边红旗四点就走了,便条上注明了时间,大概是为了节约用电才关机的。半下午的时候,边红旗给我发了一条信息,说他到天津了,一路狂奔,两条腿快变成木头了。

他们沿着京沪高速公路走,沿途能找到地方住就找地方住,找不到就在路边找一个避风的角落睡上一觉,醒了填饱肚子继续上路。我每天都通过手机信息打听他的行程,他回信说,越来越觉得做人真他妈的荒诞,就这么跑,像西绪弗斯,累得都想死在路上了,但是没办法,还得跑,上了路就回不了头了。不知他指的是什么,是赶路这件事还是关于离婚的事,或者二者兼有。半个月后,他和小唐终于穿过辽阔的天津、河北和山东地界,回到他的苏北小镇。他打电话给我说,像死了一回,又像活了一回,总算是回来了,裆部都快被车座磨烂了,现在吃饭都得站着吃。真他妈的鸟鸟。

七

边红旗在家的日子具体好不好过,我就不得而知了。我们的联系主要是手机信息,隔三岔五也会打一次长途电话。信息往来中,他只提到过沈丹两次,更多的话题是,他开不了口,一看到老婆安静贤惠的样子他就成了哑巴,怎么离?这样不行,他说,我得找机会说。可是一个月差不多过完了,他还是没找到机会。他跟我说,他还是开不了口。

"北京的'非典'如何了?"

"如火如荼。"我说,"是不是离不了了?"

"不知道。老婆是感觉到了,可就是不说话。实话跟你说了吧,自从回到家我们就没干过那事。开始是她排斥,后来我就不行了,有心理障碍,一想到回来是为了离婚,就他妈的心虚,心一虚就什么感觉都没了,不像个男人了。彼此心照不宣,天也热了,就背靠背睡。半夜里她经常哭,我听见了,只能装作睡着了。妈的,没办法。"

"那你打算怎么办?"

"不知道。过一天算一天,希望她能主动提出来。想回北京了。"

边红旗在家很无聊。那里防"非典"防得也很可怕,他们刚回到家,当天晚上镇上领导就知道了,戴着口罩和秘书登门,后面跟着一个医生。医生先给他们测量体温,确保一切正常了领导才开始和他们说话。都是套话,希望他们一周内不要随便出门,要留在家里观察,一周后仍然没有发烧迹象才能和正常人一样到外面活动。又详细地询问了首都的"非典"状况,慰问了一番才离开。这一周不能出门,他就待在家里给朋友打电话,聊天。正巧一个朋友跳槽到县里的报社做记者,听说他从北京回来了,就骑着摩托车来采访他。让他说说对北京的感受,以及眼下中国人都关心的北京的疫情。边红旗叽里哇啦说了一通,总的意思只有一个:不管怎么说,北京是个好地方。

过了一周,报纸出来了,题目就是《北京是个好地方》。当然,在文章里朋友没有说他是个办假证的,而是说,边红旗同志是个孤身闯京城的猛士,是他所在的镇上第一批在北京打工并获得初步成功的年轻人,完全可以成为青年人的楷模。边红旗在电话里把报纸念给我听,很得意,说这辈子总算上了一回报纸,还是个正面形象。

上报纸的兴奋劲儿过去了,边红旗又无聊了。小唐更无聊,他原来以为边红旗回家后很快就能把婚离了,没想到一拖再拖,让他攒足开口的勇气大概遥遥无期了。更要命的是,从北京回来很不容易,现在要离开小镇回北京更困难。他们给市里的汽车站打电话,竟然被告知开往北京的客车已经停了好多天了,一切为了防"非典",地方上不惜切断和外界的交通联系。小唐没办法,他实在不想再把自行车骑回去,他怕死在路上。所以不得不百无聊赖地待在边红旗家。他们俩没事就喝酒,喝了酒就睡,瞎玩,竟然无聊到给边红旗家的狗和猫分别取了一个让人浮想联翩的名字。看门的大狼狗叫西门庆,因为见到有狗从门前经过就兴奋不已。那只整天昏昏欲睡的白猫叫潘金莲,小唐说那只猫老是向他软绵绵地抛媚眼。

刚开始小唐还动员边红旗挺起腰杆来,向老婆说明一切,他说只要边红旗挑明了,他就可以帮上忙了,可是边红旗就是挺不起来,小唐也灰心了。过了一段时间,小唐连动员也免了,他在电话里说,他深刻地体会到了边嫂的贤惠淑贞,换了他他也开不了口。他成了一个名副其实的食客,吃了睡,睡了吃,实在睡不着了就和边红旗一起出去玩。边红旗的老家那儿也没什么好玩的,一片毫无特色的大平原,没山没水,连点古迹文物都找不到。当他们俩在野地或者哪个俗不可耐的娱乐场所里玩时,就痛心疾首地怀念起北京了。比小唐的怀念更深刻的是边红旗,他连着好几夜梦见北京了。我问他是不是梦见沈丹了,他说不是不是,他现在害怕梦见沈丹,他梦见的是一盆盆总也吃不腻的水煮鱼。

"我都快想疯了,真想吃,"边红旗说,"我让老婆做,她做不好。这边没人能做好。北京怎么样了?能不能回去?"

"再等等吧,听说又要来一个发病高峰。"我告诉他,"水煮鱼不能吃太多。刚看了报纸,上面说,一个家伙吃水煮鱼吃多了,就是吃辣吃多了，毒素一时排不出去，就在屁股上害疮。两个大疮，流脓，为了清除脓和坏死的腐肉，只好在屁股上钻洞下捻子，一下下了十几厘米。还有一个家伙屁股上被下了十根捻子。"

"下二十根捻子也想吃。只要嘴巴能快活，屁股吃点苦也值。"

边红旗在家的事情很少，除了想想北京的水煮鱼，唯一烦心的就是如何向老婆开口。沈丹这边他基本上不要烦神，离开北京之前他就嘱咐过沈丹了，为了能够顺利离婚，沈丹千万不要贸然给他打电话，发手机短信也要谨慎，以免坏事。沈丹很认真地遵守了，因为离婚这种事有时候要讲究艺术，该快的时候要快，该慢的时候，你必须得让它慢下来。沈丹的短信都是先发给我，我再转发给边红旗。沈丹在短信里只重复两句话，一是她想边红旗，第二句就是问他谈妥了没有。说得比较隐蔽，这样我发给边红旗就不会引起他老婆注意了。

后来边红旗告诉我，其实他老婆有一次主动问过他，当时他们是背靠背躺在竹席上，睡不着也装着想睡。老婆突然问他："北京的那个长得漂亮吗？"

边红旗以为她在说梦话，也没反应过来，就没应声。他老婆又问了一句："漂亮吗？"

边红旗一脸无辜地说："什么漂亮吗？你说谁？"

"北京的那个女的。"

"哪个女的？"

"她。你的那个女人。"

"别瞎说，我哪有什么那个女人。"

"你不想说就算了。"他老婆轻声地抽泣起来。

"没有我怎么说？"

"你变了，北京把你给变了。"

"我哪儿变了？关北京什么事！"

他用手碰了一下老婆的屁股，这是他过去哄她的习惯性动作。当他的手落到老婆身体上的时候，她的身体抖了一下，他也抖了一下，赶紧把手拿开了。他没有勇气把手放的时间哪怕延长一秒钟。"睡吧，别瞎想了，"他说，"什么事都没有。"

这句话彻底断送了他挑明真相的勇气，说过之后他就后悔了，他知道，以后哪怕透露出一点关于离婚和另一个女人的信息，都是自己给自己来一记耳光。他把自己送进了绝望的沼泽地里，爬不出来了。也许从一开始他就知道，离婚是一件遥遥无期的事，他知道自己，更知道自己的老婆。她的温柔贤惠让你无话可说，因此也让你痛苦不堪。所以他又想离开小镇回北京了。沈丹对他的折磨不过是听觉和视觉上的折磨，而老婆于他却是精神上的、灵魂上的炼狱，让他时刻感觉到自己是怎样昧着良心活着的。

六月中下旬，他和小唐准备回北京了，那会儿北京虽然很多公共场所还没解禁，但是疫情已经完全控制住了。《北京青年报》头版中下方的小方框里，已经连续好多天表明，该日的病例为零。就在他要无功而返的那几天，出了一件谁也想不到的事：他老婆和小唐抱在一起的时候被边红旗撞见了。

那天午睡起来，已经四点多钟了，边红旗起来后一身大汗，他想到镇子北边的运河里洗个澡。他让小唐一块儿去，小唐不愿去，正抱着西瓜在电视前看碟片。边红旗就一个人骑着摩托车去了。他避开周围洗澡的人，独自找了一个偏僻的地方洗了一个百无聊赖的澡，想游上一会儿，游了几米远就觉得气不够喘了，有点恼火，这么快就衰了，于是冲完肥皂沫就上了岸。他骑着摩托车进了镇子，快到家时遇到了本家的一个堂弟，正猴急地要去商场买东西，见了他大叫，要借他的摩托车用。就给了他。大门敞开，他甩着毛巾向屋里走,电视的声音开得老大,他伸头向里看了一眼,眼珠子差点掉了下来。电视上画面变换,电视前面的沙发上,小唐和他老婆抱在一起。他看见小唐的后脑勺在动,他的嘴显然在寻找他老婆的嘴。

边红旗当时突然就被击垮了,毛巾从肩头上滑下来。一种荒诞感让他悲愤不已,悲哀和愤怒。他处心积虑地要离婚,就得到了这个结果。他老婆眼睛闭着,下巴高高抬起,一脸痛苦,脸上的泪水还没干。边红旗跳进屋里时差点摔倒,右脚踩了左脚的拖鞋。他抓着小唐的T恤一把将他扔到了一边,顺便给了他的右腮一拳。他老婆睁开眼,叫了起来。

"你给我起来!"他指着老婆喊,声音都变了。

他老婆站起来,下意识地后退了两步。此刻小唐捂着半边脸跑到他前面,结结巴巴地说:"老边,你听我说。"

"听你说什么?"

"我是想帮你。"

"就这样帮我的?你他妈的为什么不到床上去帮?!"

"边哥,我不是——"

"你给我滚一边去!"边红旗眼都红了,指着老婆,"你说!"

他老婆突然镇定了,大义凛然地擦干眼泪,说:"说什么?你不是都看到了?你外面有女人,为什么我就不能有男人?!"

小唐争辩着:"嫂子,你怎么这样说?"

"你给我滚一边去!"边红旗对小唐吼起来,指着老婆的手开始哆嗦,"好。好。"他眼泪跟着就下来了。

边红旗快速地向门外走,走掉了一只拖鞋也没回头去捡,就这么一只赤脚一只拖鞋到了院子里。他老婆此刻开始大哭,他觉得她的哭声很可笑。那只名叫潘金莲的白猫不识时务地挡在路上,边红旗又看到了某种象征,他的光脚抡起来,潘金莲尖叫着起飞,一个黄昏时分耀眼的弧度,嘭地撞到了南墙上,四肢抽搐一阵就安静了。边红旗觉得脚有点疼,低头一看,白猫在飞出去时救命似的想抓住一点东西,把他的脚面抓破了,血珠渗出来。他又看到了那条叫西门庆的狗,此刻正茫然地看着他,然后又转头去看叫潘金莲的猫。边红旗顺手操起倚在桃树上的铁锹,气势汹汹地向西门庆走去。西门庆感到大事不好,夹起尾巴跑出了院门,一路委屈地哼唧。边红旗用力把铁锹掷出去,还是落在了狗的身后。

晚饭之前出奇的安宁,边红旗坐在茶几前吃西瓜。其实不想吃,他空荡荡地一片片地削着西瓜,想起来就放一片进嘴里。他说不清心里什么味,莫名其妙地想哭又想笑。小唐犹犹豫豫地走过来,在他对面的沙发上坐下来。

"边哥,"小唐说,两只手放在茶几上不安地蠕动,"边哥,你别误会,我真是想帮你的。嫂子问我沈丹的事,我只是想安慰她一下,没想到,我、我看到嫂子伤心很心疼,就——"

"就什么?"

"就给你看到了。"

边红旗的火噌地又起来了,小唐没有任何防备。边红旗突然摁住小唐伸过来的左手,右手上切瓜的菜刀跟着就下来了。小唐的叫声撕心裂肺,像泡沫擦过玻璃。边红旗的老婆从厨房里跑过来,她看到了小唐抱着自己的左手在沙发边上跳舞,左手的中指和无名指的第一个骨节连同指甲血淋淋地躺在茶几上,边红旗的脸上溅了几滴血,刀还在手里举着。她站在门口放声大哭。

小唐的两个指头在小镇上没能接上去,医生的能力仅限于帮他止血、包扎、防止感染。两天以后,小唐抱着他的伤手离开了边红旗的小镇,那时候市里去往北京的班车重新开通。边红旗送他到车站,一路上两人一句话也没说。

不知道边红旗后悔了没有,他没说,事后的想法他也没有告诉过我,也许他有所忌讳。我知道这种时候,他的心里一定和麻一样乱,和麻一样复杂。小唐离开之后的三天,他也回到了北京。当时的北京刚刚全面开禁,"非典"之后的生活渐渐变得和"非典"之前的生活一样,街上的人多起来,陆续摘掉了口罩,公交车重新开始拥挤。

八

边红旗回到北京的当天晚上,我请他和一明、沙袖去北大东门外的蓝旗营吃水煮鱼,那儿有一家很不错的川菜馆。为了给边红旗接风,也是小小地庆祝一下,我的长篇小说已经和出版社签了合同,八月份就能出来。去饭店之前,我问边红旗要不要把沈丹叫上,他说不要叫了,沈丹还不知道他已经到了北京,他现在也不愿意让她知道,他想安静两天再说。吃饭的时候,沈丹给我发了短信,让我转告边红旗,北京已经全面开禁,离了婚就可以回来了。我问边红旗怎么回,他说,告诉她,还在磋商阶段,会尽快回京的。我按原话回了。

我们要了两盆水煮鱼,边红旗要大开吃戒。一明也提起屁股上下捻子的事,沙袖说他净拣吃饭的时候恶心人,老边气色不好,应该让他好好吃一顿。边红旗说无所谓,就是谁把下了捻子的屁股撅在他面前,他也照吃不误。

那顿饭吃得很痛快,喝得也很痛快。边红旗喝多了,闷着头喝,很少说话。本来打算边喝边聊,了解一下离婚的进展状况的,我们也不好多嘴了,就拣好玩的事说,"非典"时期的奇闻怪事,以及人面对疾病的恐惧。

拖拖拉拉吃到了十一点,离开的时候留下一大串空啤酒瓶子。六月底的天气已经比较热了,夜晚还好,有点黏稠的凉爽。边红旗诗兴大发,要到高处看一看,我们就上了万圣书园前面的天桥。都市的夜景看上去很美,车辆从脚底下穿过,拖曳着流动的灯光,车显得很小,人站在桥上觉得自己也很小。对面不远的地方是夜间的北大校园,那些雍容的建筑伏在大地上,安静而又庄重。校园里灯光稀疏,一副沉醉不知归路的样子。边红旗双手撑在栏杆上,嘴里咕噜咕噜地响,我以为他要吐,谁知道他竟做起了诗。一共三句:

啊,北京
我刚爬到你的腰上
就成了蚂蚁

一明说,靠,你还打算爬到哪儿?沙袖笑出声来,大骂男人的无耻。我刚想也凑上一嘴,手机响了,响了两声就挂了。我看看号码,是沈丹的,还有两条短信。打开一看,也是沈丹的,饭店太吵,手机响了我没听见。第一条说的是:他是不是离不了?看来我爸妈说得对,他根本就不想离!第二条是:怎么不回话?是不是他嫌我烦?我就烦,他一天不离我就烦他一天!全用惊叹号结尾。我把短信给边红旗看,边红旗看完了又咕噜咕噜地说:

"离婚,离婚,离他妈的鸟婚!"

他的手掌击打着栏杆,忽然哇地吐了出来,他真是喝多了。酸腐的秽物越过栏杆自由落下,恰好落到了一辆从桥下经过的别克轿车上。小车紧急刹了一下车,为了防止后面的车追尾,又向前行驶了一段才停下。一男一女从车上下来，凑到车前挡风玻璃上看了一眼，那个男的顿时大骂起来，急吼吼地向天桥这边来，穿着短裙子的女人在后面企图拉住他，但是那个男的还是过来了。我知道惹事了，叫上一明跟我下桥向人家赔礼。

"真是对不起，"我说，"我朋友喝多了，吐到您的车上，不好意思啊。"

那个男的说："对不起就完啦？车脏成那个样子我怎么开？"

我想最好还是息事宁人，就提出来给他擦，可是擦也不行，那么多一摊。我和一明把口袋里所有的卫生纸都用光了也没擦干净。

"这样吧，先生，麻烦您洗一下车，费用我来出，怎么样？"

那家伙看看我和一明，又看看身边的短裙女人，脖子一梗，挥挥手说："算了，我自己来吧，车都买起了还在乎一点洗车的钱？让你的朋友下次少喝点，管不住自己的嘴就往厕所跑，别在大街上乱搞，简直是破坏伟大首都的形象！"

我和一明不住地点头。他们上了车走了，我们才笑起来，男人哪，死要面子活受罪，就为了在短裙子跟前长点脸。

回去边红旗倒头就睡，半夜里渴醒了，爬起来问我要水喝。一声不吭灌下去两杯水，扔下杯子又回去睡了。他的状态显然有问题。此后的两天他都没有上街，也不提办假证的事，就待在房间里，在自己房间里抽一会儿烟，然后再跑我的房间里抽一会儿烟。问他话，他就说，什么都不想说，像做了一场梦，说不好。他把手机关了，让我转告沈丹，就说他的手机出了毛病，正找人修。他以为这样就能清净两天。

一天中午，我们刚要睡午觉，有人敲门。边红旗去开门，打开门就愣了，沈丹站在门外。沈丹也愣了，她揪着边红旗的T恤说：

"你不是在家吗？你不是在修手机吗？"

"回来了，"边红旗说，"你怎么知道我今天刚回来？"

沈丹没理他，直接进了他的房间，她在里面巡视了一番，然后把满满一烟灰缸的烟头端到边红旗的鼻子底下："你骗我！你一直在骗我！你说实话，你来了多少天？"

"没几天。真的没几天。"

"一天也不行！你说要再过几天才能回来，你一直在骗我！"

"我只是想休息两天再找你。你看我这精神，你来了我也什么都干不了，大家都难受。"

边红旗的调侃多少收到点效果，沈丹不再继续追究为什么回来了不通知她，她开始追问离婚的事。

"这个我抽空再和你细说。"

"不要细说，"沈丹说，"就直说，一句话，离还是没离？"

"怎么说呢，你听我慢慢解释。"

"解释？我都听你解释一年多了！边红旗，你直说，你是不是要跟我解释一辈子？"

"小点声，别让人家听见了。"

"我偏不！我就大声，丢人都丢到家了我还怕什么？你骗我，你离不了还骗我！"

"离！我他妈的一定离还不行吗?！"

动静小点了。他们关上了房门。沈丹走后边红旗说，她是到海淀买东西，顺便经过这里，她想在他回来之前，帮他把床单、被罩什么的给洗一下，没想到却撞了个正着。他们说了些什么、做了些什么，我就不知道了，我睡着了。午睡起来，边红旗红着眼在抽烟，一副失败者的狼狈相。

"不行了？"我想开个玩笑。

"早就不行了。"边红旗笑得像哭,掐灭烟头的动作都比过去迟钝了,"他妈妈的怪事,你怕女人它也跟着怕,怎么也不听使唤了。没治了,都怕了。"

"沈丹怎么说?"

"还能怎么说？她对我很失望,说我离婚不力。我说力不力你都看见了,这就是我闹离婚的见证。"

"你到底打算怎么办?"

"不知道。她说以后只要有空,下了班就过来,让我当她的面跟我老婆谈离婚。"

"没办法,世上有个性的女人都给你摊上了。她竟然还没绝望,要是我,早绝望几百回了。"

"好像有点绝望,她爸妈说,我离不了。她不甘心。说实话,我也绝望,我觉得我早就绝望了。"

沈丹不再像过去那样,几乎每个晚上都来,她常常对边红旗说,她有点累,也许已经看到了将来,今晚就不过来了。边红旗且喜且忧,喜当然是少受一点逼迫之苦,忧的是觉得好像在一点点失掉沈丹。他也说不清楚为什么会这么想,他跟我说,看来男人有时候更贱,我到底怕什么呢？他都不知道我哪里知道。事实上沈丹只逼着他给家里打过一次电话,长时间没人接,挂掉后边红旗出了一身的汗。

一天早上,我正在做梦,边红旗把我叫醒了,让我赶快起来帮他一个忙。我问他什么忙这么急,他说他老婆来北京了,已经到了莲花池车站,让他去接站,她是第一次来北京,不识路。他认为他老婆这次一定是来者不善,让我跟着去解解围,天大的事也得到了房间里再说。

我们打车到了莲花池车站,我们的边嫂正坐在候车室里默默地抹眼泪。见到陌生人她很不好意思,赶快把泪水都擦干了,对我露出友好的微笑。尽管生活在小镇上,边嫂给人的感觉却很好,眉眼清爽娴静,尤其身上的某些气质,是都市里的时装装饰不出来的,朴素、大方,很有女人味。看到她你就不自主地会想到温暖的家庭和幸福的生活。我想这也是边红旗大概迟迟开不了口的原因,一个好老婆,丢了就再也找不回来了。

上了车他们俩就没有正儿八经地交谈过几句。为了避免尴尬冷场,我充分发挥了大功率电灯泡的作用,一路都在询问边嫂旅途是否愉快,工作是否满意,因为我妈也是小学教师,找到了一点共同语言。我喋喋不休地说,不知道她烦没烦。到了宿舍,他们关上门我就解放了,赶快找水润嗓子。

他们关门的时间不长,一个多小时,边嫂出来洗澡,换了一身干净的衣服。收拾好了边红旗就叫我和一明、沙袖一起去吃饭。当然是水煮鱼。当着我们的面,边嫂有关他们俩感情和离婚的话一句都没说,说的都是上得了台面的话,怎么看他们都是一对恩爱夫妻。她向我们表示感谢,这么长时间来对边红旗的照顾和帮助,她说他是个生活上粗枝大叶的男人,有什么冒犯我们的地方还请原谅。完全是一个心地坦荡的好妻子。边红旗只在一边吃,脸上波澜不惊,偶尔笑笑,一个幸福的丈夫模样。

边嫂给他夹菜,夹了很多水煮鱼里的豆芽,她说:"红旗喜欢吃水煮鱼,其实倒不是因为鱼,而是喜欢这菜的辣味和豆芽。"

我听了悚然一惊,细细想来,边红旗的确很少吃鱼,更多的是吃豆芽。我看看一明,一明也颇有会心,惋惜地摇摇头。沙袖正在给一明夹菜,他喜欢吃剁椒鱼头的鱼脑。边嫂一顿饭把我们三个全给搞定了。

午饭过后,他们俩直接出门,去看北京。我们回去,一路上唏嘘不已，边嫂天生就是一个好女人、好老婆。此后，我们三个从心底里都不赞同边红旗离婚，尽管都没有放在嘴上。第二天边嫂走后，我问边红旗，到底怎么想？

"慢慢来吧。"他说。

"为了对沈丹有个交代？"

"也不全是。"

"还有北京？你就这么想留在北京？"

"你不懂的。"

这么说我就不太懂了。北京是个好地方，可我还是不太懂。边嫂大概比我更不懂，听边红旗说，她对北京有点失望。和我们分了手，他们俩上了公交车，去公主坟坐地铁，边嫂想看一看天安门。从西单地铁站出来，边红旗对他老婆说，这就是著名的长安街，然后告诉她，这是西单，这是时代广场，再前面的是图书大厦。他把老婆带进了西单，那里充斥着各种各样大大小小的专卖店，沈丹一直都热衷于让边红旗陪她逛西单。边嫂似乎对西单兴趣并不是很大，她对边红旗详细的介绍产生了怀疑。

"你经常陪她来这里？"边嫂说。

"没，没有。都是和他们几个一起来的，买点便宜衣服。"

"我不是来买减价货的。"边嫂的委屈开始显露出来，"我想看天安门，看真正的北京。"

他们沿着长安街向前走，一路豪华的大厦和富丽的民族建筑，玻璃和不锈钢在闪光，琉璃瓦和水流一样的轿车也在闪光。

"这里就可以看见北京，"边红旗说，"高贵的，伟大的，繁华的。"

这是边红旗所看到的北京，边嫂的北京不在这里，在天安门。她多次向边红旗表示过，一定要亲眼看看天安门。我们这代人，尤其是外省的,大多都有一个天安门情结,从小就唱"我爱北京天安门"。从幼儿园的美术课上开始,老师就反复教我们画天安门,威严壮观的天安门,飘扬着五星红旗。边嫂是个美术老师,现在依然在教学生画天安门。在他们的小镇上,她大概是天安门画得最好的人,镇上的重大活动若需要,都请她去画天安门。他们沿长安街继续走,天安门越来越近,边嫂开始紧张了,然后天安门出现在眼前。

"这就是天安门?"边嫂站在广场前,突然就哭了,"怎么没有我想象中的高大?"

她哭得很认真,很伤心,她画了这么多年的天安门,原来是这样的。

边红旗安慰她说:"天安门也是个建筑,是建筑就有它的局限性。它和艺术是有区别的。"

这些道理我们的边嫂当然都懂,但她就是不能接受,它们之间有距离,二十多年的距离,她一两步跨不过去。此后她的情绪一直不高,到了王府井依然伤怀。

边红旗说:"你再看看这些,这也是北京。"

边嫂干掉的眼泪又出来了,第一次挎着边红旗的胳膊说:"我不喜欢这些。红旗,我们回我们的镇上去吧,我们不挣这个钱了。"

边红旗不置可否,看看天上飘过来的厚云朵:"先回去吧,要下雨了。"

他们在海淀下了332支线公交车,雨就开始下了,还跟着电闪雷鸣。从蔚秀园跑进去,到了北大产业招待所时已经是瓢泼一般,边红旗突然想起了沈丹,便拉着边嫂进了招待所。他决定让老婆住在招待所里,理由是宿舍人多,洗澡不方便。边嫂同意了,她也不太习惯那么多人男男女女的都住在一起。开房间的时候出了点

问题,他们的结婚证没带,不能住在一个房间里。边嫂挽住边红旗的胳膊,盯着经理看,说:

"我们就是夫妻,你看不像吗?"

经理愣了一下,说:"我信。你们俩很有夫妻相。"

他们洗了澡,到招待所外的"老家快餐店"吃了晚饭,又回到了客房。边红旗有点坐不住了,他担心沈丹会找他。他的手机一直关机,却跑到服务台给我打了一个电话,问我沈丹过去没有。我说可能要过来,她说打你电话你关机了,雨停了可能就会过来。他打电话给我时大约晚上九点,雨已经停了。边红旗说,这样,三分钟后我开机,你打过来,我有事。

三分钟后我打过去,刚问了一句什么事,边红旗就不喘气地说起来:

"哎呀不好意思,李先生,你要的那个证件我已经办好了,现在就给你送过去好吗?真不好意思啊,今天我老婆来了,陪她出去看了天安门。好的,好的,麻烦你等一下。客户,一个常客。不是和你说话,我是在跟我老婆说话。我要出去一下。好的,好的,待会儿见。"

十分钟后,我见到了边红旗。进了房间他就说,我救了他一命。他担心沈丹过来,也害怕留在招待所里,只好要了个滑头跑回来了。我问他这么干嫂子会不会怀疑,他说怀疑个啥。我对她说,我去给客户送货了,回来得早就过去,迟了就算了,招待所十一点半锁门。当然会迟了。边红旗在表达自己的小聪明时,看起来一点都不狡猾,倒像个天真烂漫的小孩。

十一点钟的样子,边嫂来了。把边红旗着实吓了一跳,他正抽着烟和我瞎聊,她竟然杀了一个回马枪。

边嫂说:"货送过了?"

边红旗说:"送过了。你怎么来了?"

边嫂说:"十一点半不是没到嘛,我怎么不能过来?"

她语气平静,让边红旗一句话没上来。正如边红旗所说,其实他老婆对他了如指掌,他翘一翘尾巴就知道他要拉什么屎。我要把电扇转过头对着她吹,她拒绝了,她说她不热,边红旗已经快让她凉透了,从里向外凉。

边红旗把烟抽得很响,呵呵地说:"你看我老婆,幽默吧?我早就说,她应该去写小说。"

"有你一个写诗就够了,"边嫂说,"我再写小说,一家人就没一个正常的了。"

我打圆场,夸她的话说得才华横溢。她笑笑,忍住了才没把眼泪掉下来。然后她就随便问我的一些情况,比如在北京生活得怎么样,比如觉得北京如何,比如是否想在北京待上一辈子,有没有女朋友,等等。我听出来了,她其实是在当我的面问边红旗。我看看边红旗,只好含含混混地回答了。

我的手机响了,是沈丹发来的短信,说今晚不过来了,刚刚一直在跟爹妈吵架,太晚了,也没心情,边红旗关机了,只好发给我。我略略放了一点心,边红旗可急坏了,坐立不安的模样边嫂却视而不见。时间过得很快,一会儿工夫就十一点半了。边红旗像是抓到了一根救命稻草,指着手表说:

"已经十一点半了,再不回去招待所就关门了。"

"十一点半关门,现在过去也迟了。"边嫂说。

"这里不太方便。"

"有什么不太方便?我跟我老公住一起有什么不方便?要么我在客厅里坐一夜好了。"

边红旗没招了,两眼扑闪扑闪向我求救。我脑袋一亮,把沈丹的信息拿给他看,说是一个好玩的信息。他看后长出一口气,放松地笑起来,嘴里说,这是哪个无聊家伙,净发黄段子。然后对边嫂说,你要不嫌弃,那就留下来好了。

可是第二天上午还是出事了。沈丹上午歇班,昨晚上吵架塞了一肚子气,一大早跑过来是准备撒气的,没想到在边红旗的床上看到了另外一个女人。她呆住了,边红旗也呆住了,镇定的只有我们的边嫂。她慢慢腾腾地穿好衣服,然后才问边红旗:

"这就是沈丹小姐吧?"

"你是谁?"沈丹说。

"还用问吗?睡在边红旗的床上还能是谁?当然是他的老婆了。"

沈丹指着边红旗,昨晚郁积的火气一下子全出来了:"边红旗,你给我说清楚!"

"你想听什么?"边嫂说,"我告诉你。我男人胆小,你别把他吓坏了。"

沈丹大声哭着说:"边红旗,你流氓!你说过要离婚的,你们还一起睡!你骗我!"

边嫂说:"他不跟自己老婆睡跟谁睡?跟别人睡要犯法的。"

沈丹有点急了,声音怎么也压不下去:"你流氓!"

"你说清楚,谁流氓?随随便便就跟男人睡,你说到底谁流氓?"

"我愿意!我就是喜欢边红旗,他说过他要离婚,他早就不想要你了!"

"是吗?你让他跟我说一句,他要离婚,他早就不想要我了。"

"边红旗!边红旗!"沈丹发现边红旗突然不见了。

此刻边红旗正躲在我的房间里无计可施,他从来没想过两个女人会撞到一起。他像报仇一样吸着烟,牙都没刷,他跟我说,让她们闹吧,闹明白了我就省事了。沈丹用脚踹我的门,边红旗不吭声,也不让我开,我担心她把我的门踹坏了。

"边红旗,你这个胆小鬼!你滚出来!"

边嫂说:"别踹了。我不是说过吗,我男人胆子小。"

沈丹还是踹,力道越来越小了,嘴里还是不饶人:"边红旗,你这个胆小鬼!我妈说得对,你就是个骗子!大骗子!"

"谁骗谁还难说呢!你回去吧,他离不了婚的。"

"我就不信他离不了!我一定要让他离婚!"

"好,那你就等着吧。"边嫂说,"我告诉你,我是不会和他离婚的。你还是早点回去吧。"

最先离开的当然是沈丹。边红旗躲在我的房间里,一明不在家,是沙袖出来劝的架。再吵下去也没什么意义了,边嫂主动回到边红旗的房间里,关上门。沈丹在客厅里哭了一会儿,在沙袖的劝说下极其失落地离开了。我和边红旗从窗户向下看她,她骑到电动车上还在抹眼泪。边红旗长叹一声。

边红旗和他老婆最后谈到了什么程度,我就不太知道了。那天下午她就离开承泽园去了车站,她决定坐夜车回家。我不清楚她为什么这么急着回去,按理说她应该留在北京,趁机再给边红旗多加几把火的。边红旗送她去车站,临走的时候她向我们告别,说打扰我们很不好意思,她把边红旗就托付给我们,恳请我们多多地照顾他。她和刚来的时候一样平静,看不出什么风吹草动。

九

边嫂回去之后,沈丹到我们这里大闹了几次,每次边红旗都以尽快离婚许诺。他请求沈丹耐心一点,再耐心一点,他现在不想出人命。都等了一年多了,还在乎这几天吗?快了。一个女人就好收拾了,这是边红旗说的。他对沈丹说,天地良心,你知道的,我做梦都想在北京生活一辈子。你看我一年回过几次家?若没有特殊情况,我在家从来没有超过一周。我喜欢北京,你比谁都清楚,你应该理解我。北京有我的事业,有我的希望,有我的丹丹,我是绝不会放弃的,你还怕什么?边红旗一定还说了很多,而且大约也把沈丹说服了,此后她就很少再闹了。当然来的次数也减少了,她说忙,超市又迎来一个购物的黄金时期。我得到的信息大多片言只语,也许是实情,也许边儿都不沾。反正边红旗的婚一直没有离成,生活像一个圆,跑来跑去又跑到了过去的某个状态,至少看起来比较像。

有所变化的是,他和小唐重新交好,恢复了称兄道弟的热情。小唐和过去一样来到承泽园,我们都看到了被砍剩下的两根指头。尖端圆秃秃的,找不到指甲。大约缺了指头并不影响生活,他依然用残疾的两根手指夹住香烟,好像根本没看见它们已经和过去不一样了,或者是时时刻刻都在意识到它们的存在和不存在,但是时间早就让他习惯了。他拎着酒菜来到我们的饭桌上,说着和过去一样的黄段子,大大咧咧地讲述他在北京遭遇的古怪和好玩的事。和我们一起打牌,甚至参与边红旗的离婚事业的讨论。他现在的观点是,一个字:离。这是他重新回到北京才彻底省悟过来的。不彻底解决后顾之忧,怎么在北京混?你只有产生了家的意识和感觉,才会全身心地投入到一个地方的创业中。边红旗表示赞同,他大约已经原谅了他,理解了他,不再觉得有所谓了,或者对他的两个指头怀有深深的歉意。

现在边红旗重新走上街头,在海淀周围寻找那些可疑的眼神。

他和小唐一起出门,合兵一处或者分散工作,然后再聚到一起,生意很不错,隔三岔五就能赚到一笔大的。他的心情逐渐好起来,周末我们照例聚一聚,去北大东门外吃水煮鱼。离婚是每顿饭的保留节目,吃得差不多了,这节目就上来了。也争论不多,各自的想法都知道,主要听的都是边红旗一个人的内心独白,听听他对自己婚姻在这一周的新思考。没什么新东西,他就是每每要感叹一番,像所有的诗人一样。然后就说到了他的忧虑,他感觉到沈丹的热情已经大踏步后退了,他搞不清这是个好预兆还是个坏苗头,言语之间充满了失落感。两个人的事别人哪说得明白,我们就瞎猜,好的坏的都说,边红旗就更不明白了。沙袖从女性心理学角度做了总结,有三种情况:一是对边红旗基本上绝望,天要下雨,娘要嫁人,随它去吧;二是忠贞不渝,就等你,往死里等;三是拖着,就像等车,反正也等了这么久,若抽身就走,那这么长时间就白等了,不甘心。沙袖说,女人天生都有等车心理,这是情感惯性,像《等待戈多》里的那两个小东西。问题是,就怕突然来了一辆物美价廉的出租车,那就完了。

边红旗听了不住地点头,"离,"他说,"一定尽快离。"

然后说到在北京创业的事。边红旗说,办假证这事不能长干,他有点厌倦了,毕竟不是堂堂正正的事业。经过这场旷日持久的离婚,他更觉得办假证的不稳定性。他想再搞一搞,再赚点钱,差不多了就收摊,去从良,这也是沈丹多次提出来的。应该让她有点安全感。这个我们当然都赞同。

正在他准备和他老婆公开讨论离婚的时候,假证生意不好做了。又要严打了,海淀周围经常可以见到坐车的、步行的警察在大街上转悠。他的生活也变得不规则起来。要防呀,基本干不了,像老鼠一样到处乱窜,大部分时间还不得不待在家里。有一天早上刚出去一个小时不到就回来了,说收到一个朋友的短信,跟他经常碰面的办假证的一个家伙被抓到了,进去三天了。那几天他行踪不定,一会儿见着,转眼又没影了。我也没太在意他,那两天我正在和书商吵架,我的长篇出来了,被包装得不成样子,看起来像地摊货。

原来想找一家正儿八经的好出版社出版,但是把小说巡回寄了一圈,没有一家回话。我忍不住给其中一家打了电话,一个编辑说,没在意,收到的小说太多了,名家的小说还在排队呢,你叫什么名字?我报了家门,对方失望地告诉我,呵呵,没听过,不好意思啊。就挂了。这让我很伤感,陡然觉得在北京的几年其实非常失败。后来一个混出名堂的作家朋友告诉我,别太自责了,实际上很多刊物都是不看自由来稿的。就是不看,跟作品质量没有任何关系。人家不尿你。就这样。当我明白这个道理的时候已经迟了,我已经和一个书商签了出版协议,为了赌一口气,我就是要把它出出来。拿到样书的时候我的眼都蓝了,竟然被折腾成这个样子。我觉得我做梦的时候都没有这种想象力。书商跟我说,要做适当的调整和包装,我说随你们,卖出去的东西就不是我的了。

他们搞得很痛快,简直就是再创作。小说题目改了,叫《一个"京漂"作家的非常日记》,他们私自给小说添加了无数的日期,活生生地肢解成几百段。封面上是一幅简笔画,一对夸张的裸体男女纠缠在一起,旁边是一堆内衣的照片。广告词是:直面文化京漂的生存现状,袒露都市男女的灵肉历程。"灵肉"二字咋咋呼呼地从其他汉字中跳出来,鲜红欲滴。其实小说里面没有什么灵与肉的大问题,但他们就是胆敢睁眼说瞎话。我哪受得了?看到书我就后悔当初太大方了,跟商人打交道,什么时候都得先小人后君子。我给责任编辑打了电话,他说没办法,老板说怎么样就得怎么样,何况你当初就是这么答应的。我无话可说,又给书商打了电话,他永远都比我有道理。他说,这是跟着市场走,也是为了更好地推销你嘛。你看现在的作家,为了成名不时地让别人骂他糟蹋他,不然怎么过上好日子呢?稿费这两天就兑现了,你看钱都拿到手了,还有什么好说的呢?我再次无话可说。那感觉,就像被强奸了一回。

因为这本书闹的,我的心情好几天才调整过来,一直为怎么向朋友们交代而大伤脑筋。边红旗行踪不定,我和一明他们都没多想,直到警察敲开了我们的门,才意识到边红旗出事了。两个警察站在门口说:

"边红旗住这儿吗?"

我说是,请问两位有何贵干?

"搜查,"胖一点儿的说,"看还有没有假证。"

我明白了,他一定是进去了,我这才想起来他昨天一夜未归。我把他们拦在门外,赶紧叫一明,告诉他警察来搜查了。一明手里还抓着一本书。

"你们有搜查令吗?"一明问。

瘦一点儿那个说:"你也是办假证的?"

"不是。"

"那就到一边去站着。哪一间?"

他们撞开门进去了,乱七八糟地翻了一通,满头大汗地空手出来。胖的问我:"你们的房间窝藏没有?"

一明说:"你们不是问过了吗?我们不是办假证的。"

他们洗了手悻悻地走了,嘟嘟囔囔抱怨跑了大老远路屁事没干。他们刚下了楼,又爬上来,说差点忘了,边红旗已经被抓到公安局了,让你们谁去探望一下,有事要跟你们交代。说完又下了楼。他们把我吓坏了，边红旗要跟我们"交代"一下，一"交代"事就大了。我不能不往死刑上想。一明说不会的，不可能这么严重，法律不是用来瞎搞的，可能他有什么事要我们帮他做一下。一明有课，马上去北大，我决定去公安局看看边红旗。

去公安局的路上，我打通了沈丹的手机，响了很久她才接。那边一片喧嚣，她喂喂了半天，说，有什么事她回北京再说，现在她在河北，外婆去世了，忙得一团糟。然后有人哑着嗓子叫她，她说了一句什么我没听清楚，就挂断了。倒了一次车才到公安局，打听了好几个公安人员才打听到边红旗的下落，问明白了我的身份，签过字，他们把我带到一个空荡荡的房间里，让我等一等。那房间一看就是个探监室，被一道铁栅栏一分为二，我坐到一个长条凳子上，看着栅栏对面的小铁门，等待边红旗像电影里那样走出来。

一天不见，边红旗变得鼻青眼肿，说话的声音都变了。他穿过铁栅栏抓住我的手，说：

"我总算看到一张让我心安的脸。待在这里有点怕，想办法让我快点出去吧。"

"怎么回事，不是好好的吗？"

"昨天上午被抓到的，还有小唐，他害了我。"

事情很简单，边红旗说，像他们这样的被抓到的事情都很简单。他和小唐在北大南门口到处乱逛，等客户来取办好的证件。是小唐的客户，说好了午饭之前来取。他们已经很谨慎了，轻易不随便招揽生意。他们俩都觉得自己的眼光不错，不会看错人，偏偏就看错了。两个油头粉面的家伙凑过来，先是问他们是干什么的，边红旗说，他们是来北京游玩的观光客。那两个很失望，他们说自己也是外地人，受朋友之托想办个毕业证书，听说北大附近有，可是转了好几圈也没见到一个，看来要空手向朋友交差了。他们失望地走了。小唐见他们走了,就对边红旗说,看起来不像警察,而且警察也不会无聊到装便衣来抓人吧。边红旗想想也是,觉得可以做。小唐就跑上去把他们叫住了,他们开始谈生意。谈得差不多的时候,那两个人突然转到他们两人身后,没等他们反应过来,两只胳膊已经被别到了背上,想逃都逃不掉。他们知道上当也迟了,边红旗的左手和小唐的右手被一个手铐铐在了一起。小唐的左手和其中一个便衣的右手铐在一起。另一个便衣在后面赶着,走向太平洋大厦前的警车。

边红旗知道栽了,只能希望从轻发落。首要的是身上不能有东西,所以他不断地抖手铐,暗示小唐把口袋里的假证瞅着空扔掉。小唐也急,可是没办法,他的两只手都被铐着,后面还跟着一个监视的,一举一动都逃不过便衣的眼。他们俩都急得满头是汗,一直上了警车都没找到机会。上了车机会来了,他们被锁在关押犯人的后车厢里。在车上,小唐把假证偷偷地丢到了座位底下。到了局里,两人被带下了车,一个便衣就把他们俩押进去了。按照其他同行的经验,他们也不会有大问题,打一顿,发一点钱,差不多就能放了。问题出在另一个便衣那儿,他在关后车厢时低头系了一次皮鞋带,抬起头看到了车座底下一个红色的东西,就是小唐丢下的假证。

因为这个假证,他们俩又被提出来,再次审问。

"谁的?"警察问。

都不说话。

开始用刑,很简陋的那种刑罚,但是很痛苦。他们俩趴在地上,一个警察在他们身上走。然后是打,很原始的那种打。

"谁的?"

小唐先开口了,说:"是他的。"

他们看着把两个人拽起来,站好了,问边红旗:"是你的?"

边红旗气坏了,说:"不是。"

"那是谁的?"

"不知道。"

他们又问小唐:"到底是谁的？说不清楚都没有好日子过。"

小唐说:"是他的!"

边红旗看到小唐指着他的那两根断指,突然就消气了,小唐满脸眼泪地对他摇晃他的断指。边红旗说:"是我的。"

他们被隔离审讯。边红旗才知道包揽责任是多么愚蠢的一件事,他得受更多的苦,更可怕的是,他可能要为此坐上几年牢。这么想他才急了。审讯还在进行,他们向他追究更详细的东西,比如组织、窝点、办假证的客户的有关情况。有的不能说,有的不清楚,他只好瞎编。这些瞎编都是他过去一直预备的,他说他只是一个新手,这个假证是他的一个表哥让他交给客户的,表哥现在回老家了,只是交代一个任务,其他的真的就不清楚了。他刚刚干上这一行。边红旗的说辞基本上没有漏洞,警察对这种事似乎也司空见惯,并没有要更进一步调查的意思。他们觉得他自圆其说了,接下去该怎么办,就不再是他们的事了。

边红旗现在除了忍受皮肉之苦外,就是恐惧即将到来的判决,当他身在警局的时候,才发现过去自己是多么轻视了自由的重要性。他让我想办法让他出去,只要能出去,什么门路都可以试一试。

"让我想想,看北京的朋友哪个能帮上忙,"我说,"沈丹可以吗？她家在北京,应该有点关系。"

"她,"边红旗犹豫地说,"如果能不让她知道最好。我怕她有看法。你试试吧,一定不能让她父母知道,他们恨不得我坐上一辈子大牢呢。"想了一会儿,他又说,"钱不是问题,我还有点钱在沈丹那里,实在不行,我老婆那里还有钱,我这几年挣的钱大部分都给她了,我想离了婚也不能苦了她。"

临走的时候边红旗一再嘱托我,能快一天就一天,能快一小时就一小时,他一秒钟也不想在里面待了。他受不了。我答应他一定尽最大力气找到门路。

回到承泽园我就给北京的朋友打电话。他们五花八门的人物都能认识两三个,唯独戴大盖帽的没有路子。他们对这事不急不慢,还开玩笑说,他们都是摇笔杆子的秀才,跟当兵的不搭界。没办法了,我把一面之缘的朋友的号码都翻出来了,一个一个轮着打,快绝望的时候,总算在我的长篇小说编辑那里找到了一点福音。他告诉我,出我小说的那个书商有点门路,他的姐夫就在公安局里做事。但是这种事,他含蓄地说,这年头你也知道,干什么都要疏通一下的。责编是个实在人。我说我明白,关键时候帮朋友一把,没条件创造条件也要上啊。

求书商我有点心理障碍,不仅是因为和他吵了一架,而是我在吵架中完全暴露了自己的清高,现在求他无异于自取其辱。此外,我觉得再去求他,完全是主动要求再被强奸一回。我犹豫了一会儿,还是拨了他的电话。那家伙在电话里客气多了,他说这事他听他姐夫说过好多了,好像有点难度,不过方法对头了,也不是不可能,就看什么人去解决,怎么解决了。他说最好能和我当面谈谈,这样便于更具体地把握情况,顺便把我的稿费给我。我把和书商谈话的情况转述给了责编,他用五十岁的声音告诉我,见个面也好,恐怕要出点血。我问要多少,他说起码也要两千吧,再吃顿饭。我头皮一凉,心想我从他那里拿过来的,又要一点点还回去了。

我们没有吃饭,因为书商没时间。就在北大东门外的万圣书园的醒客咖啡厅。我把事情简要地说了一下,这是他重新要求的,当然是尽量按照边红旗的口径来讲的。他一直没怎么说话,一再强调的是,这事难度有多大,他事实上是不清楚的,因为一行有一行的规矩和深浅。他得跟他姐夫说一下,他姐夫再去打点、疏通,能办成什么样就不是他现在能告诉我的了。不过以他姐夫的活动能量,想来也不是吃不下的菜。最后他叹了口气,都是求人才能办成事,说没办法啊,大家都明白,就这么回事。

是啊,就这么回事,我明白。我从他给我的一万块钱里先拿出了两千,推给他,说这是麻烦他的,希望他能多多动员一下他姐夫,尽量帮忙。又拿出五千作另外一堆,这是给他姐夫打点疏通用的,有点少,先用着吧,事成之后再好好感谢。剩下的三千我装进了自己的口袋,很抱歉地说,最近我已经没有米下锅了,借了一屁股债,先解一下燃眉之急。书商呵呵地笑,把油亮的头发一把把地往后梳,说:

"先这样吧,我知道京漂都不容易,缺什么我能帮就再帮点,谁让我们合作过的呢。希望我们下次继续合作。"

他站起来,伸出了手。我握着他的手,说:"一定合作,一定合作。希望合作继续愉快!"

三天以后,书商给我回话了,说他姐夫已经和局里的某个领导协商过了,边红旗在此类案件中情节算是比较简单的,基本上问题不大。但是惩罚还是必需的,经过他姐夫再三努力,修改了当初的决定,现在的决定是:施以罚金两万的处罚,并限令其至亲于近日到局里交钱领人。另外,当事人必须痛改前非,重新做人,不得再于北京从事此种非法行为。主要精神说完了,书商说了一件轻松的、有意思的事,他说听他姐夫说,被发现的那个假证上的照片,是另一个区的公安部门的某个科的科长。书商说完自己就笑了起来,连连说有意思、有意思。

两万块钱我实在一点办法都没有了。只好打电话给沈丹,书商说,要求边红旗至亲到局里领人,这样找沈丹就一举两得了。打了好几次终于打通了,她已经回到了北京。我在电话里说,边红旗进去了,现在要出来,必须交上两万块钱,由至亲领出来。

"你在开玩笑吧?"沈丹说。

"这种事我怎么敢开玩笑?我说的是真事,加急。"

"真的我也没办法。边红旗同意我是他的至亲了吗?"

"他会同意的。他说他一定要离婚的。"

"离婚?我都不想再听这个词了。又拿离婚来骗我。"

"不管怎么说,现在把他弄出来最要紧。"

"警察凭什么相信我?再说,我也没那么多钱。他不是有老婆吗?让他找他老婆去!"

我也搞不清为什么,我觉得沈丹的态度在我意料之中。她也许已经彻底失去了耐心,或者是边红旗进去这件事让她对自己的生活做了重新的思考,要么是其他原因,我就不得而知了。沈丹到底没有答应,没拿钱,也没有出面去把边红旗领出来。我不得不给远在苏北的小镇上的边嫂打电话。边嫂正在洗衣服,满手的洗衣粉泡沫,听到消息当时就哭了,大骂边红旗为什么不早一点让她知道,她说其实她在家里时时刻刻都在担心他,每天心都悬着,她知道迟早会出事。挂电话时她说,她这就收拾,坐今晚的夜车来北京,希望我能到车站接她,然后直接带她去见边红旗。

打完电话我开始难过,因为我在听到边嫂的声音时,有一个强烈的感觉就是,边红旗其实还是属于苏北的那个小镇的,那里有他的美丽贤惠的妻子,有他的家,有永远也不会放弃他的生活,那些东西,应该才是最终能让他心安的东西。

第二天早上我在车站见到了边嫂,脸上有两个清晰的黑眼圈。除了一个很小的包外,她什么行李都没带。见面她对我说的第一句话是:

"明天我就要他跟我回去。"

这大概也是她不带行李的原因之一。

办完了手续,我们见到了边红旗。才几天,边红旗就瘦得我都不敢认了,眼睛深陷,鼻梁显得更高了,头发和胡子长到了一起。一点都看不到过去那种意气风发的样子,众多沉重的想法让他低下了头,身体也变得虚弱不堪。他抓着边嫂的衣角随我们走到大街上,站住了,面对来来往往的车辆他有点慌张。边嫂搀住他,声音很小,说,跟我回家吧。我看到边红旗对着太阳和天空眯起了眼,眼泪哗哗地下来了。

2003 年 11 月 28 日,北大万柳

西　　夏

一

　　我缩着脖子打瞌睡，怀里抱着一本书。手机响了，是我的女房东，敞开嗓门问我现在在哪儿。当然是书店了，我说，还能在哪儿？房东说，快点，赶紧的，到派出所去。警察到处找你哪，她说，打我们家好几次电话，我都急死了。她应该是急了，不急她是不会舍得花三毛钱给我打电话的。

　　"你是不是犯什么事了？"女房东俨然是在跟一个罪犯说话。

　　我没理她，关了手机。我整天待在这屁股大的屋子里，能犯什么事。可是不犯事警察找我干吗？我还是有点毛，我这店里面三五十本盗版书还是有的。我看看了书架后面，没有一个顾客。大冷的天，谁还买书。我锁上门，外面已是黄昏，灰黑的夜就要降临，北京开始变得沉重起来。

　　风也是黑的，直往脖子里灌，这大冷的天。我骑着自行车向派出所跑，一紧张手套也忘了拿。什么时候车都多。我从车缝里钻过去，闯了两个红灯，到了派出所浑身冰冷，锁上车子后才发现，身上其实出了不少汗。

　　派出所里就一个房间亮灯，一个警察在屋子里走来走去。我敲敲门。

　　"你就是王一丁？"那警察拉开门劈头盖脸就问，唾沫星子都迸到了我脸上。

"我就是。"我对着屋里充足的暖气打了一个巨大的喷嚏。因为房间里还有一个姑娘,我把第二个喷嚏活生生地憋回去了,"我没犯事啊?"

"那这姑娘是怎么回事?"胖警察指着那姑娘问我。"我都等了你三个小时了。你看,"他伸出手表让我看,"已经下班一个小时零十二分钟了。赶快领走。"

他让我把那姑娘领走。那姑娘长得挺清秀的,两个膝盖并拢坐在暖气片旁的椅子上,眼睛扑闪扑闪地看着我。我就听不懂了,她是谁啊我领她走?

"人家来找你的,不知从哪儿来的。叫西夏。"胖警察的手已经伸进了军大衣的一只袖子,空闲的那只手把桌子上的一张纸拉过来给我看。"你是打哪儿来的?噢,我又忘了,你是个哑巴。"

我看了看那张纸,上面谁用自来水笔写了一行看起来不算太难看的字,有点乱:

　　王一丁,她就是西夏,你好好待她。

下面是我的电话号码,也就是房东家的号码。

我又看了看那姑娘,高鼻梁、长睫毛,眼睛长得也好看。可我不认识她。

我说:"你是谁?谁让你来找我的?"

胖警察说:"我不是跟你说过了吗,她是个哑巴。"

哑巴。我又去看那张纸条,上面的确写的是我的名字。她应该就是西夏。"我不认识她。"

"我也不认识。"胖警察说,他已经穿好了另一只袖子,开始扣大衣最后一个纽扣,"赶快领走,我还要去丈母娘家接儿子,今晚又要挨老婆骂了。"

"警察同志,我真的不认识她。"

"神仙也不是生来就相互认识的,快走,"他把我往外面赶,然后去拉那姑娘起来,"再看看不就认识了?"

"可是我真的不认识!"

"怎么?"胖警察头都歪了,指着墙上的警徽说,"这是派出所!"啪地带上了门。然后发动摩托车,冒一串烟就跑了。

胖警察走了,那姑娘就跟在了我身后。她是冲着我来的,看来我是逃不掉了。我推着车子走在前面,速度很慢,以便她能跟得上。她把手插在口袋里,我转身的时候她在看我。如果她不是个莫名其妙的陌生人,在大街上遇到了我会多看她几眼的。真的不错,走路的样子都好看。我把速度继续放慢,跟她走了平行。

"你叫西夏?"

她点点头。

西夏。我想起了遥远的历史里那个偏僻的名字。一个骑在马上的国家和一大群人,会梳很多毫无必要的小辫子。太远了,想不起他们到底长什么样子。这姑娘竟然叫了这么一个怪名字。

"西夏。"我说。

她又点点头。

我还想再问问她点什么,肚子叫了。往常这时候我早该吃晚饭了。于是我又问她:

"饿了吧?"

她点点头。

回去做饭有点迟了,我带着西夏到马兰拉面馆吃了两碗牛肉拉面。热气腾腾的两碗面下去了,汤汤水水的,让我觉得在这个冬天的夜晚重新活了过来。海淀桥上的红灯亮了,桥上车来车往。我们继续往前走。我住在北大西门外的承泽园里,从硅谷往北走,到了北大西门时进蔚秀园,穿过整个蔚秀园,再过从颐和园里流出来的万泉河,就是承泽园。

我租的是平房,有点破,不过一个人住还是不错的。我之所以找了这间平房,是因为它门前有棵老柳树,很粗,老得有年头了,肚子里都空了,常常有小孩捉迷藏时躲进去,一个大人都站得进去。我就是喜欢这棵柳树才决定租这房子的。小时候,我家门口也有这么一棵老柳树。我喜欢柳树,春天来了,枝条就大大咧咧地垂到了地上。蔚秀园里行人很少,一路清冷,她是个哑巴,我也懒得说话了。一大早爬起来去图书大厦进书,然后运回来,整理,上架,忙忙叨叨的一天。幸亏天气冷,一直清醒着,现在牛肉面下了肚,身子暖起来,瞌睡也跟着来了。

我把自行车放好,就去敲女房东的门。我想让西夏先和她住上一个晚上,什么事都等到天亮了再说。女房东从门后面伸出个头来,看了看西夏,又看了看我,说:

"这姑娘是?你真的犯事了?这可怎么得了!"

"犯什么事?"我说,"帮个忙,让她跟你挤一夜。我屋小,她又是个女的。"

"她是谁?"女房东脖子伸得更长了。

"她叫西夏,不喜欢说话。别的我就不知道了。"

女房东以为我在开玩笑,对我暧昧地笑了。四十来岁的老女人,多少有点神经过敏。为了让她同意收留西夏,我好说歹说,最后终于承认她是我女朋友。这么说我都不好意思,我从来没有带过女孩来过这间小屋。没有女孩可带。女房东说,照直说不是结了,你看把这姑娘晾在外面,都冻坏了,快进来快进来。真是的,对阿姨也不说实话。

二

第二天早上,西夏的敲门声把我叫醒了。昨夜也没想什么心事就睡了,结结实实的一觉。我看看手表,才早上七点。天还没有亮开。我躺在被窝里磨蹭了几分钟,实在觉得莫名其妙,天上掉下了个大活人。起码我应该知道她的前因后果,为什么要来投奔我。可我什么都不知道,她不说。昨天晚上我在路上和拉面馆里都问了,问她哪里人,谁让她来找我的,找我干什么,她要么摇头,要么愣愣地看着我,或者是做着我看不懂的手势。总之我是什么也没问出来,也许她多少表达了一点,但是我还是一点都没弄明白。我从没和哑巴打过交道。我觉得我还应该继续问下去。

西夏梳洗过后人更清秀了,整个人似乎都变得新鲜了。她冲我笑笑,进了我的房间,很自然,好像她和这陌生的屋子也有不小的关系。我还站在门前发愣,用披在身上的羽绒服把自己裹紧,早上空气清冷,整个园子都很安静,哪个地方有几声鸟叫,一听就是关在笼子里的那种鸟。

女房东从门后伸出头来,招呼我到他们家去。他们家的暖气比我的屋里好多了。"她不是个哑巴吗?"女房东说,表情严肃,声音很重,显然在向我强调一个事实。说过以后可能又觉得话有点重了,立刻换了一脸来路不明的微笑,"不过人倒是不错。不管怎么样,有总比没有好。"

她的意思我明白。我笑笑,说:"阿姨,你误会了,我不认识她。"

"不认识就带回来了!你真行,我儿子要有你这手段就好了。"

"我是说,我们没有任何关系,完全就是陌生人。真的。"

"我不信,陌生人就这么跟你回来了?"

"不知道谁在哪里找到我的名字和你家的电话号码,就让她找来了。她是谁,要干什么,我都不清楚,昨天晚上还没来得及问出个头绪呢。我也在纳闷。"

"那,这样的人你怎么敢带回来?"女房东的脸立马长了一大截,"她会不会是装哑巴?这年头什么人没有!"

这我倒没想到,经她一说我觉得问题是有那么一点严重。我知道她是什么人就带了回来?我从女房东家里出来,都有点心事重重了。我简单地洗漱了一下,从水池边回来,发现西夏已经开始做早饭了。看到我在发愣,就笑笑,指指旁边的半把挂面,又指指正冒热气的铁锅,她告诉我。我们的早饭是面条。她像是这个小屋的主人一样,对我的厨房驾轻就熟。这让我倒不好开口了。我到沙发上坐下,点上一根烟,只吸了几口,就让它慢慢燃着,我就不明白她怎么就这样不可思议呢。

那根烟烧了一半,面条做好了。这个名叫西夏的姑娘把面条端到了小饭桌上,我的那碗里还有两个荷包蛋。然后,她摆上了我在超市买的小咸菜和辣酱。她把筷子递给我,低下头开始吃自己的那一碗,没有荷包蛋。我捏着筷子看她吃,梳成马尾巴的头在我面前一点一点的。我夹了一个荷包蛋给她,她对我摇摇头,又还给了我。继续低头吃面条,吃得很细,一根一根地吸进嘴里。

我说:"你到底是不是哑巴?"

她抬起头看我,对我的问题好像很惊讶,但是她却对我摇了摇头。

"不是哑巴那你为什么不说话?"

她摇摇头,又点点头,脸上出现了悲凄,手里的筷子也跟着瞎摇晃起来。

"你是说,你过去不是哑巴,但是现在是了?"

她用力地点头,示意我快吃,面条快凉了。

我挑了一筷子面条,又问她,为什么现在不能说话了?她还是摇头,头低下来,似乎我再问下去她就要哭了。她也不知道。我还想再问下去,看到她吃得更慢了,就打住了。我想算了,不管她是什么人,总得让她吃完这顿饭。我们都不再出声,她给我夹菜我也不出声。夹菜的时候她不看我,动作很家常,像妻子夹给丈夫,像妹妹夹给哥哥,一副理所当然的样子。

吃完饭,她开始收拾去洗刷。我又点了一根烟,看着烟头上烟雾回旋缭绕。说实话,我真不知道该怎么处理这种怪事。我看看表,离书店开门还有一个小时,我想提前去上班。

穿好衣服,我对着厨房说:"我去上班了,你离开的时候把我房门带上就行了。"然后我就走了,我想她懂我的意思。为了把时间磨蹭过去,我决定步行去书店。那个小书店是我和一个朋友合伙搞的,不好也不坏,北京这地方的生活基本上还能对付过去。这几天轮到我来打理。一般都是早出晚归,中午一顿随便在哪个小饭店里买份盒饭就打发了。刚出了承泽园,在万泉河边上遇到了买早点的女房东。

"那姑娘呢?走了?"她问我。

"没有,还在洗碗。"

"那你问明白了?"

"没有,她不会说话。我也不想问了,也不好意思赶她走,拐了一个弯,让她离开的时候把房门带上。"

"你犯糊涂了是不是?你知道她是什么人?哪有把门留给一个陌生人的!"

"就一间小屋,又搬不走。我没什么值钱东西。"

"这可是你说的,"女房东大概觉得很气愤,甩了一下手里的油条就走了,"出了事别说阿姨没提醒你!"

能出什么事,我和穷光蛋差不了多少,小偷来了我也不担心。但那是她家的房子。我磨磨蹭蹭地走,万泉河结了厚厚的一层冰,我想北大未名湖里的冰应该会更厚,每年这个时候都有很多学生在上面溜冰,我也冒充年轻人去玩过几次。穿过蔚秀园,在北大西门那儿停了一下,看了看硬邦邦站着的门卫,又放弃了去北大校园里转一圈的念头。

这一天同样乏善可陈。和过去的无数天一样:开门,简单地收拾一下,卖书,记账,端到手里就冷掉了的盒饭,还是卖书,偶尔的一阵小瞌睡,坐着的时候若不瞌睡就找一本有意思的书翻翻。我喜欢看书,什么书都看,都瞎看。因为看这个书店,日积月累竟也翻了不少的书,又加上要掌握出版界和图书销售行情,肚子里稀里糊涂也算有了点墨水。这是别人说的,我朋友,还有那些买书的人,比如北大、清华的一些学生,我隔三岔五还能和他们侃上几句。这么一来,搞得我多少有点自我感觉良好,就更加热爱看书了。我也不知道我看书到底是为了什么,大概就是为了能够得到点可以和别人对话的虚荣感吧。不知道,反正是爱看了,有事没事就摸出一本书来,看得还像模像样。

先亮一盏灯,再亮第二盏、第三盏,三盏灯全亮起来,天就快傍晚了,我该关门回家了。

那天傍晚回家也回得我心事重重。总觉得心里有点事,大概是看书看的,那本让人不高兴的书看了半截子,心里总还惦记着。也可能是平常都骑自行车,跑得快,今天突然改步行了,一路东张西望,满眼都是冷冰冰的傍晚、行人和车,看得让我都有点忧世伤生了。花了大半个小时我才走到家,看到了温暖的老柳树的同时,也看到了温暖的灯光从我的小屋里散出来。我终于明白那个心事,那个叫西夏的女孩。门关着,我站在门前,听到了里面细微的小呼噜声。她竟然还没走。我推门进去,她就醒了。她蜷缩在沙发上像只猫,揉揉眼站起来,打了一个寒战。她对我笑笑,让我坐下,她去热一下饭菜。她把晚饭做好了,两菜一汤在饭桌上。既然没走,也只好这样了,我坐下来,点上烟,等一桌热气腾腾的晚饭。

饭桌上我几次想问,为什么没有离开,犹豫了几次还是算了。她的晚饭似乎吃得很开心,饭菜的味道也不错。她的日常化的夹菜终于让我有点尴尬了,我意识到这是晚上,我们是一对陌生的男女,这种顾忌让我不习惯。我觉得我得让她走了。

更尴尬的还在后面。

吃过饭西夏洗碗,我去敲房东的门,想让她再收留西夏一个晚上。敲了半天,门才开,女房东打着哈欠让我进去。

"那姑娘怎么还不走?"她问我,两只手还在忙着手里的毛线活,眼睛盯着电视。

"我就是为这事来的,阿姨,"我说话也变得不畅快了,"我想请你再让她在你这儿住一晚,明天我就让她走。"

"哎呀,真是不好意思,我们家老陈今晚有可能回来,这就不好办了。"

"陈叔不是出差了吗?"

"是啊,出差也不能不回家呀。他在电话里说了,就这两天,可能今夜就能赶到家。你看,总不能三个人睡一张床吧?"

"你们家不是还有一张空床吗?小军的。"

"那床好长时间没人睡了,再说,小军特烦陌生人进他的房间。"

"那能不能让陈叔委屈一下?"

"小王,这个,你看我们家老陈出门这么多天了,刚回来,总得……不怕你笑话,人都说小别胜新婚。你陈叔是个急性子,你也知道。"

话都说成这样了,四十多岁,正是饱满的欲望之年。我还能说什么?扯了个幌子,我敷衍几句就离开了。我知道她在推辞,我临走的时候她又告诫我:

"小王,来路不明,早晚是个祸害。"

那晚陈叔当然没有回来。当然这已经不是我的事了。我的事很麻烦,我必须和一个陌生女人同居一室,这怎么说都是件别扭的事。她在烧热水,电视的声音调得很低。我帮她调高了一些。在电视上别人的声音里,我抓着头皮说:

"房东那边今晚不方便,只好委屈你住这里了。"

她点头答应着,好像早就知道会是这个结果。煤气灶上的水开了,她像家庭主妇那样去灌热水瓶。我知道女人的事很麻烦,就告诉她哪个是脸盆,哪个是脚盆,然后就关上门出来了。我在外面找不到事干,就抽烟,打火机照见了屋檐下的一溜衣服,被冻得硬邦邦的,裤管直直地站在夜里。她把我的脏衣服全洗了。我被感动了一下,除了我妈和我姐,还没有女人给我洗过衣服。大冷的天,她洗了一大堆衣服。

一根烟抽完了,她把门打开让我进去。她做出怕冷的样子,她怕我冷。她堂而皇之地在我面前脱掉鞋袜开始洗脚,我努力将目光固定在电视上,还是看见了她的脚,白得触目惊心。她的脚让我深刻地意识到,这是一个女人。真要命。我决定去收拾一下床铺。让她睡在床上,我把长沙发打开,临时做成了一张床。缺的是被褥,我只有一套。只好从衣橱里把所有能摸出点厚度和温暖的衣服全找出来,铺在沙发上做垫被,我得和衣而卧,身上盖一件棉大衣了事。

那晚我就这么睡的。说句没出息的话,真有点惊心动魄。我让她先睡,我要看一会儿书,背对着她,戴上耳塞听音乐。大约十一点的时候,我拿下耳塞,听到了她的微小的呼噜声。女人的这种小鼾声让我觉得莫名其妙的可爱。她睡得像只猫,被子弯曲成身体的形状。我灭了灯,在沙发上缩成一团,穿着衣服睡还是冷。冷也睡着了。

后半夜我翻身,听到了一点声音,下意识地睁开眼,西夏竟然睡在了我身边,她也到了沙发上。她把被子一大半盖在我身上,我翻身时压到了她的胳膊。她侧身面对我睡,另一只胳膊放在我身上,像在微笑似的撇了撇嘴。当然她还在熟睡。我出了一身的汗,谨慎地转过身背对她,平息了很久才重新入睡。

我醒来时她已经起床了,正准备做早饭,什么也没有表示。

三

"你不能再留在这里了,"我看着筷子说,"不管你是干什么的,为了什么,你都得走了。我们这样很不方便。"

西夏半天没动静。我瞟了她一眼,她竟然流眼泪了,她对着我摇头。我就搞不懂了,一个闯入者,她倒觉得很委屈。委屈也不行。我匆匆吃完早饭,给了她五百块钱做车费,就去书店了。路上我也转过一个念头,就是她真不愿意走,那就只能留下来给我做老婆了,可是我要个哑巴干吗?连句话都不能说。再说,谁知道她到底想干什么?就像女房东说的,这年头什么人都有,赔了夫人又折兵也说不准。还是得让她走。当然得让她走。

但是西夏没走。晚上我回来,远远就看到小屋里灯光明亮。我在门前停下来,看到了灯光里的一溜晒洗的衣裳,花花绿绿一堆女人的衣服。我推开门,西夏正在衣橱前比画一件长棉袄,看到我先是把衣服藏到身后,然后又拿出来,像小姑娘那样穿上让我看,在镜子和我面前转来转去。挺不错的一件衣服,我说,好。

她又从棉袄的口袋里掏出一条咖啡色的围巾,踮着脚给我围上,给我买的。她把我拉到穿衣镜前,点着头盯着我眼睛看,我说好看。她很高兴,掏出一把钱给我,大约两百五十块钱。这是剩下的,她把我给的车票钱买了一堆衣服。

"你,"我说,"怎么没走?"

她低下头,脱下新棉袄,换上旧衣服和围裙,一声不吭去了厨房。我有点火,她竟然把钱都买了衣服,看来是打算长住了。这怎么行。我打开电视,新闻联播刚刚开始,播音员说,国家领导人又出访了。大人物总是很忙。我习惯性地点上烟,也不打算认真抽,我就在想,这个叫西夏的女人她到底想干什么。想不清楚,我得承认自己在这方面缺乏想象力。又在读过的书里找,好像没有读过类似的故事,倒是一些诡异的案件里会出现这样的情节。先是一个不速之客,通常是美人计,接下来就是人财两空,家破人亡。想得我后背都有点发冷了。这时候热腾腾的晚饭上来了,她把做好的晚饭热了一下。

除了和朋友在饭店里,我一个人在家里从没吃过这么丰盛美好的晚饭。她指着刚才我随手放在电视机上的钱,告诉我她用了其中一些钱买了这些菜,还有一些,在厨房里。

饭菜很可口,可是一个难堪的夜晚又要来临了。早知道这样,我白天就去买一套被褥了。

我们吃到一半的时候,女房东在门外叫我,声音很大,像要找我吵架。我让西夏先吃,我开门出去。女房东拉着我就往他们家里走,把门摔得响声动荡。

"你看,你看!"她指着电视机旁边一块空白的桌面说,"钱没了!两百块钱没了!"

"什么两百块钱没了?"

"我的,早上我洗衣服放在上面的,刚刚才发现,钱就没了!"

"钱没了跟我有什么关系?我刚刚从书店回来。"

"不是你,但是你脱不了干系!"女房东火气很大,"一定是你招来的那个野女人偷的!她来过,她来借搓衣板。"

"阿姨,这事查清楚了再说,她可是一个女孩子。"

"就因为是个女孩子才更让人恶心!这屋里只来过三个人,我,你陈叔,他上午刚回来,回来就去单位报账了,还有就是你的那个哑巴。除了她还有谁?"

"是不是陈叔拿了,忘了告诉你?"

"我们家老陈出差刚回来,身上的钱还没花一半,他要两百块钱干什么?你看看你屋檐下,晾了那么多新衣裳,还有,哑巴又买了一件棉袄,哪来的钱?"

"我给的,五百块。她花了两百多。"

"她就是骗白痴的,那么多衣服就两百多?她还把棉袄拿给我看,那棉袄就不会便宜!一个大姑娘家,把裤衩、胸罩挂在门外招摇,用膝盖想也知道那不是个好货!你看这事怎么办?等你陈叔回来商量一下,要么你别再租我们家的房子了,我们租不起!"

她说得我火冒三丈。"我不是都给你五百块钱了么,你还拿别人的钱干吗?"

我气势汹汹地回到自己的房间,她在等着我一起吃饭。她要给我换一碗热稀饭,我说你别换了,我已经饱了。我从箱子里找出一个空闲的大包,闷声不响地出了门,把她晾在屋檐下半干的衣服全塞进了包里。塞完了进屋,把她的新棉袄也塞进去。拉好拉链往她旁边的沙发上一扔,声音立刻大起来:

"走,现在就走!想到哪去到哪去,别让我再看见你!好,你怕饿是吧?再给你两个馒头!不,都给你,我让你都拿走!"

我把剩下的馒头全塞进了包里,一把将她从凳子上拎起来,吓得她筷子和馒头都掉在了地上。她开始哭了。她开始发抖,横竖不愿意离开小屋。可是我正在气头上,力气大得让我自己都吃惊,我一只手拎包,另一只手拖起她就往外走,她怎么挣扎也无济于事。我把她一直拖到承泽园门外,把包摔到地上:

"你走吧,我们本来就什么关系都没有。走吧,我不想再看到你!"

然后我转身回家。她啊啊的哭声和叫喊声我充耳不闻,越来越小,终于听不见了。回到屋里,我把剩下的饭菜全都倒掉了。我觉得气愤,难过,我觉得我被别人耍了一把。不速之客本身就够荒唐的了,她竟然还手脚不干净。这成了什么事。我一个劲儿地抽烟,什么事也不想干,就想我怎么就遇到了这种事。我在北京混了七八年了,没人疼没人爱的,吃过苦受过罪,没有奇迹,没有艳遇,好不容易开始经营一个屁股大的小书店,能挣上碗饭吃,就有人算计我了。心里憋得慌,把眼泪都给憋出来了。

我抽了大约半盒烟,流了一大把眼泪,才想起来要赔女房东被偷的钱。这事因我而起,理当我来负责。我敲开他们家的门,陈叔开的门,他从单位回来了。

"不好意思,陈叔,阿姨,给你们添麻烦了,"我说,"我把那姑娘赶走了,被她拿走的两百块钱我给送过来了。"

陈叔说:"小王你坐,正说这事呢。刚才你阿姨错怪那姑娘了,钱是我拿的,我是怕被老鼠叼走了,随后装进了口袋,忘了跟她打招呼了。"

"是啊小王,"女房东笑容满面地说,"你是知道的,平房老鼠就是多,什么事都敢干,什么东西都要往自己窝里叼。"

我是知道的。我的小屋里老鼠就很多,常常半夜三更拖着一片纸在地板上走,拖拖拉拉的声音像一个人在走路,第一次听到这声音把我吓坏了。这里的老鼠都是长相肥大的,胆子也大,有一回竟然爬到我的枕头上坐着,我从没见过这么威风的老鼠,心里都怯了,拿着笤帚远远地哄它,它就是不跑,还是人模狗样地坐着,用前爪子舒舒服服地擦嘴,直到我冲上来才跑掉。可是我已经把西夏赶走了。

"可是,我把她赶走了。"

女房东说:"那种女人,赶走最好。你想想,哪有女人主动送上门,而且来了就不走了的?这成什么事了。还有,花花绿绿的东西往外面一挂,哪是正经女人干的事。走了好,小王,你还要感谢阿姨哪,我早就看透了,那女人留下来就是祸害。"

她说得一头子劲,越说越觉得她是救了我。但是西夏却是被我蛮横地赶走了,她越说我越觉得不安,心里空荡荡的,就告辞回房间了。我想看电视冲淡一下心神不宁,就看到了西夏剩下的那些钱。我突然想起来,她是身无分文地被我赶走了。这么冷的夜,一个女孩子,一分钱没有,她怎么熬过去?我越想越觉得不对,在考虑是不是要把她找回来。可是,如果把她找回来了,她更有理由赖在我这里不走了,我该怎么办?赶走一次还有借口,哪怕是个错误的借口,毕竟已经成为事实,下一次怕就没有这么好的借口好找了。我盯着电视上的画面发愣,找还是不找,已然成了一个大问题。

我把剩下的几根烟全抽完,已经午夜十二点了,因为房门没关严实,冷风丝丝缕缕地进来,我感到了冷。冰凉的那种冷,身上穿的似乎不是衣服,而是披了一身的凉水。外面毫无疑问更冷,西夏现在干吗?她在哪里?她一定会更冷。我扔掉烟头,随手抓上大衣和手套就出了门。我要把她找回来,天大的事也应该天亮了再说。

承泽园里一片沉沉的静,有几间屋子里还亮着灯,大多是在这里租房子准备考北大的研究生的人在夜读。我走得很快,一路都在向四周环视,除了黑暗还是黑暗。到了万泉河的桥上停住了,我该到哪里去找她呢。有很多路,每条路都是一个不可知的方向,西夏可以沿着任何一条路走下去,走到只有她自己知道的地方。我决定先沿着西夏曾经走过的路找一遍,穿过蔚秀园,沿北大西门往南走,过硅谷到马兰拉面馆。路灯都是冷冷清清的,偶尔几个行人穿着臃肿的棉衣,但却显得寒瘦。海淀体育馆门前还有几个人出出进进,他们都是去练歌房唱歌的。几辆出租车停在门前等待客人。我问那些快要睡着的司机师傅,是否看见一个女孩拎着一个大包经过这里。他们以为我要打车,听明白了就摇头,然后继续瞌睡。后来我见着人就问。没有人看见,一点头绪都没有。

我漫无目的地找,到了两点左右就开始犯困了。冷倒不冷,因为一直在走,就是想睡觉,我想找个商店买包烟提提神。这时候我已经走到了苏州桥附近,到处都是霓虹灯在闪烁,就是找不到一家卖烟的商店。转了几圈,想到了通宵营业的超市,就去找超市,终于在城乡仓储附近找到了一家,为了防止很快抽光,我买了两包烟、两个打火机。

点上烟继续找,见到人继续问,走走停停竟然走到了四环边上。空旷的四环和四环之外的野地,灯光不大不小,空气清冽,周围的景物一览无余。跑长途的货车和大客车多一些,小车就少多了,行人更少,几乎看不见人影。远远地看见一个人影在动,心动过速地跑过去,是一个清洁工人在打扫道路。他要在天亮之前把这一段路打扫干净。我问他是否见到一个拎包的女孩,他说没有,这种时候他只会遇到酒鬼和无家可归的流浪汉。

继续往前走,我已经很累了,走得一身的汗。前面是四环和三环之间的一个过街天桥,我爬上去,以便看得更高更远。四顾茫茫,夜在逐渐变轻变淡,凌晨最初的蓝色从野地里升起来,身后的北京开始蠢蠢欲动。我看到不远处另一座天桥下卧着一个东西,黑乎乎的一团,有点像人。心跳又开始加速,我暗暗祈求,希望那个黑影就是西夏。又是一路小跑,穿过马路时差点被一辆卡车撞到。跑到跟前就失望了,是一个喝醉了的流浪汉,像条狗似的蜷缩在桥下的台阶上,台阶上放着一个北京二锅头的空酒瓶。我想叫醒他,这样睡觉会冻出毛病来的,但是听着他畅快的鼾声又算了。睡得这么好,就让他睡吧。

我终于绝望了,也受不了了,为了防止像流浪汉一样睡倒在路边,我决定回去。本来就是大海捞针的事。天快亮了,脚也发沉,我走到承泽园时,门口有的早点摊子已经开始摆起来了。一步都不想走,走到老柳树前我实在走不动了,想先抽几口烟歇歇再进家门。我扶着柳树,点上烟,长长地出了一口气。吸了两口觉得不对劲儿,柳树洞里有什么东西在一闪一闪,我伸头去看,吓我一跳,我看到了一双眼睛在亮。它们也看到了我,里面走出了一个缩成一团的人,我本能地后退两步,是西夏。我的烟往嘴里送,在半路上停下了,真的是西夏。

"你在这里!"我叫了起来,"我找了你整整一夜。"

她走到我面前站住了,定定地看着我。我想伸手去拉住她,她却蹲下了,她蹲在我的脚前,把我散开了的鞋带系上了。然后站起来,转身回到树洞里,拎出了那个大包,默默地走到我前面,向我的小屋走去,在门前等着我开门。

进了门打开灯,她的脸水亮亮的,一脸的泪。

四

正如房东阿姨说的,请神容易送神难。西夏回来了,我不知该怎么办了,我的妥协导致我再也聚不起力量去进攻了。房东阿姨对我的行为表示了失望,竟然还去找她?现在好了吧,狗皮膏药又粘身上了。陈叔大大咧咧地说,既然她不想走,那就留下,怕啥,你是男人,怎么都不吃亏,大不了身体累点。他的观点招来女房东的一顿痛骂。女房东说,都五十的人了,脑子里成天就装着那事,就不能想点别的?她要是以后就不走了呢?小王还娶不娶媳妇了?她又不憨不傻,你想甩就甩呀?再说了,还是那句话,谁知道她是什么来路,一条狗你都不知道它明天会干什么,何况一大活人?万一有点事,她要是个杀人犯什么的,这麻烦就大了。陈叔脸色也跟着庄重起来,说是啊,万一要是个杀人犯,那你的问题就大了。在逃的杀人犯,什么事不能做?你阿姨说得对,你得认真考虑一下,连累的就是一大片哪。

问题被他们一说又严重了,毕竟人心隔肚皮。我要做的还是想办法把她打发走,可是我下不了手啊。我再次在饭桌上开始了审问。

我说:"你真的叫西夏吗?"

她点点头,对我的问题感到奇怪,但立刻又低下头去。

"你家在哪里?"

她摇摇头,两只筷子在手里磨磨蹭蹭。

"谁让你来找我的?"

她还是摇头。

"你是不是从家里偷跑出来的?"

她又摇头。

什么都没问出来。我又问:"你真愿意和我待在一起?"

她点点头,终于抬起头来,缓慢地笑起来,那样子大概就是脉脉含情吧。

"可是我不愿意。"我说,"我对你一无所知,我们这样下去是没有道理的。你应该离开这里,回到自己的家里去。"

她又低下头,眼泪落到手上。看来让她自愿离开还是有很大困难的。那顿饭我又吃得心事重重。快吃完的时候,手机响了,一个朋友找我,让我过去到他那儿喝酒,他老家的亲戚从连云港给他带了些海鲜过来,让我一块儿尝尝。

我对着手机说:"不好意思,今天真是抽不开身,要上班,还有个朋友在家里。"

对方说:"那什么时候有空?"

我说:"等朋友走了再说吧。"这么说的时候,我灵机一动,又加了一句,"朋友走了我一定去,她这两天就走。"

通过电话我去看西夏,她默默地放下筷子,开始收拾碗筷,她不吃了。她的神情搞得我也有点难过。莫名其妙,这事俨然成了我的问题了,只有把她平安地送走我才能心安。我想起那张纸条,把它从棉衣里找出来,又从抽屉里把这两年亲戚朋友写给我的信件,一起装进包里就去书店了。

一个上午我都在核查笔迹,可是没有发现任何人的笔迹和纸条上的相同,相似的都没有。然后开始打电话,给我知道的亲戚朋友一个个打，问他们是否让一个叫西夏的女孩来找我，或者是他们是否知道一个名叫西夏的女孩。还是一点头绪都没有。电话那头的亲戚朋友，说什么的都有。年龄大一点的，或者是女的，就建议我立马将西夏打发走，观点和女房东类似。熟悉的朋友，尤其是男性的朋友，不遗余力地开我的玩笑，怂恿我。他们说，怕什么，既来之，则安之，这年头你不占女人的便宜，女人就占你的便宜，能搞的就搞，何况还是个送上门来的。如果想赶她走，那好办，还买什么被褥，就睡一张床，害怕了她自然会离开了，不怕最好，一个字，上，却之不恭嘛。严肃一点的朋友则建议我，找一个合适的方式让她走，找出她的来源，或者把她推给别的什么人。

我决定几种方法同时用。半下午我关了店门，去派出所找那个胖警察，我从他那里领来的西夏，最好的方法就是再还给他。我骑着自行车去了派出所，他不在，同事说他出去办事了，要一个小时后才回来。我不能干等，就到大街上把所有喜欢刊登广告的报纸都买了一份，坐在派出所里一张张翻，找寻人启事。一大堆报纸都翻完了，看了几十条启事，就是没一个和西夏沾边。那些要找的人要么是精神不正常的老人，要么是迷路的痴呆，或者是离家出走打算跑江湖的小孩。寻人启事之外，我把其他好看的内容也大致翻了一遍，胖警察还没回来。他的同事说，可能直接去接孩子了，让我明天再来，他们要下班了。

无功而返让我郁闷，买了一只全聚德烤鸭就回家了，反正要打发她走了，吃完北京的烤鸭再走吧，也不枉来北京一趟。那只烤鸭让我们都找到了事干，慢慢腾腾地吃到了八点半。收拾好了，我翻翻书，她看电视，十点的时候我说我困了，要先睡了。我的意思是，先把床抢下来，下面就是她的事了，像朋友说的，忍受不了和一个男人同床，那就走人。

出乎我意料的是,她主动去整理好床铺,然后让我去睡觉。上床的时候我发现,两个枕头并排放在一起,一个是我的,另一个当然就是她的了,而她的那个过去一直是用来做靠背的。床上的格局让我激动,我是个男人,我是个健康的男人。也让我失望,又一个办法失效了。我吞了两颗安眠药就睡下了。后来我感觉到她也上了床,在我身边躺下,可是我的眼皮沉重,连激动的念头都没有了。一夜安安静静。

第二天上午我去了一趟派出所,胖警察还是不在,同事又说他办事去了。我不知道他哪来这么多事要办,好像全世界就他一个人在忙。下午我赶在上班之前就到了,我把他堵在了门口。

"你是谁?"他陌生地看着我,"找我干吗?"

"你把一个姑娘推给了我。"我说,"西夏,你还记得吗?她待在我那儿不走了。我要把她还给你。"

"哦,是那个哑巴。她是来投奔你的,关我什么事?再说,送上门的女人有什么不好?"

"女人不要紧,问题是,"我说,"我不认识她,根本不知道她是谁。"

"我也不知道,"他进了办公室,坐下来,让我站着,"那是你们的事了。"

我和他说了半天才让他明白,西夏留在我那里是多么的不合适,我告诉他,不管怎样,我得让她走,让她从哪里来,回到哪里去。现在就要她回到派出所来,这是没有办法的办法。

"你这不是无赖吗?"胖警察很不高兴,"你还嫌我不够烦呀?好,你想送回来就送好了,我把她转交给收容所,让他们烦去,遣返到哪儿随他们干去。现在警察就成一老妈子了,谁拉过屎了,都要我们去给他擦屁股。"

"收容所能安全把她遣返到家吗?"

"我怎么知道?问他们去。没听报纸上说吗,前些日子,一个安徽老太太来收容所找儿子,他们说早遣返回家了,可是遣了两年了,那老太太儿子还没有返回家。两头不着地,人没了。"

"就那活不见人死不见尸的事?"

"对,就那个。你看着办,要舍不得就别来烦我了。"

事情已经明晰,这条路又断了,我下不了狠心把西夏送到那样一个地方。不管她是谁,总还是冲着我来的,哪怕这是一个骗局。收容所我知道,虽然没去过。几年前,每一个像我这样漂在北京的人,都可能被送进那里。我不知道里面是什么样子,但却一直一厢情愿地把它想象成类似监狱的地方。我觉得我不应该把她送到那里。

临走的时候,胖警察说,实在不行,就在报纸上登一个"招领启事",招领一个大活人。这方法不错。

出了派出所我就去了报社。值班的小姐很年轻,我对她说明了来意,她,连同旁边的同事都笑了,以为我把玩笑开到了报社。我把情况简要地说了一下,就问她登一个启事要办哪些手续。

"真的假的?"值班的小姐问。

"当然是真的了。"

但是他们觉得这事有点荒诞,怎么可能出这种事?男同事一例地窃笑,劝我还招什么领,留下来过日子算了,现在好女孩扛探照灯都难找。他们说,有这么个钟情的不要,真是傻得可以。他们暗地里的艳羡遭到了女同胞们的一致攻击,她们劝我还是把她打发走,这年头人心隔肚皮,何况还是个哑巴,跟哑巴过一辈子不憋死才怪。

他们从来没有遇到过这种业务,不敢私自决定,值班的小姐给报社老总打了电话,嗯嗯啊啊地说了一通,挂了电话告诉我,可以试试。但是老总说了,为了保证信息的可靠性,必须把当事人亲自带到报社来,验明正身,然后拍照,将照片一并登在报纸上。

"人不来可以吗?"我担心她知道了就不愿意跟我来了。

值班小姐说:"老总的指示,没办法。"

既然是规定,只好遵守。我想赶在报社下班之前试着把这事给解决了。自行车骑得很快,到了承泽园才四点钟,可是一路上都没有想好合适的理由。西夏正在打扫房间,戴着我的一顶破旧的帽子,穿围裙,手里拿一把绑在竹竿上的笤帚,专心致志地清除墙壁和天花板上的灰尘。门前堆着旧床单、被套、沙发套、桌布等待洗的东西。我已经很久没有打扫过房间了,西夏身上落了厚厚的一层灰尘。她的样子让我想到了一幅画,一个健壮的俄罗斯女人站在金黄的麦田里,裹着头巾,怀里抱着一捆麦子,在某一个瞬间向世界转过脸来。这个形象我一直都很喜欢,觉得我的女人应该就是这样,我有种家的感觉,她的身后是无边无际的收获季节,一片金色的大地。

她对我的归来感到惊奇,因为这是我的上班时间。她打着手势问我,是不是饿了?

"不饿,"我结巴了半天才说,"下午生意不好,想出来透透气,陪我出去走走吧。"

她对我的要求有些费解,指了指笤帚和地上待洗的衣物。

"不急,明天再打扫吧,难得太阳这么好,而且没有风。"

她脸上露出了笑,惊喜的样子,对我指了指手表,伸出了四个指头。

"才四点,"我说,"离天黑还早呢。"

西夏很高兴地摘掉帽子,脱下围裙,开始洗脸、换衣服。我们走出承泽园时,她已经是一个清洁、漂亮的姑娘了。在万泉河的桥上,我刚向一辆出租车招手,她就把我的手臂扳下来,她对我跺着脚,要步行。她以为我们真的是去到处走走。

"我们去报社玩,我的一个朋友在那里,他邀请我们去他那里玩。"我要把谎言坚持到底,再次向一辆出租车挥手。她不再拒绝了。

路上堵车,到了报社他们都快下班了。我把西夏带到了值班小姐那里,跟她说,人我带来了。

"就是她,西夏?"值班小姐说,转身向后喊道,"大林,大林,可以过来拍照了。"

西夏看看我,悄悄地抓住了我的胳膊。她不懂我要干什么。

其他人围上来,七嘴八舌地搀和。他们没想到西夏看起来这么善良和漂亮,还带着点羞怯。他们说,这么好的女孩你也舍得丢?老兄,我只能说你是昏了头了!报纸登出来以后,如果没有三两千人抢着来招领,那才是怪事。

西夏又看看我,眼神都不对了,她松开我的胳膊,转身跑出了办公室。

"喂,喂,"我喊着,跑出去追她,"你别跑呀,还没拍照哪!"

我听到后面值班小姐也在喊:"喂,喂,招领启事你还登不登了?"

我哪有时间理会她,西夏已经跑出了报社。我气喘吁吁地追了好一会儿才追上她。

"你跑什么呀?"我说,舌头也不利索了,"不想登我们就不登,你别跑呀。"

她低着头,数着一根根手指,我知道她哭了,就把面巾纸递给她。她接过纸巾捂到脸上,肩膀开始抖起来。

五

　　西夏不高兴了。如果抛除那个不知来路的身份,如果我是她,我也不高兴,而且是很不高兴,感觉像被别人卖了一次。她的不高兴摆在脸上,走路、吃饭,干什么脸上都是空白的。晚上她睡得比我早,早早爬上了床,侧着身子,脸朝里。也就是说,我无论如何都看不到她的表情也可以说,她怎么都不想看见我。但是她为什么要看见我呢?我猜她是伤心了。

　　这个伤心一夜都没缓过劲来,第二天中午她就和女房东吵了一架。她起得比我早,我去上班的时候她脸上还是空荡荡的,连个招呼都没和我打。我走之后,她继续打扫房间,太阳好些了,就开始洗那一大堆衣物,然后和房东阿姨吵了一架。

　　当然不是用声音吵,而是行动。这是我傍晚回家以后,女房东诉苦时告诉我的。也没什么大事,就是泼水的问题,两个女人都较上劲儿了,事情就出来了。因为衣物比较多,西夏把洗衣大盆端到了老柳树旁边洗,拎了好几桶冷水和几瓶热水,边洗边汰。柳树前有一条自然形成的小水洼,西夏顺手把洗衣服的水倒进了水洼里,然后水就从水洼开始向低处流。其实这也没什么,平常我洗衣服也都随手向那儿一泼。但是房东阿姨就看不过去了,她对西夏的抵触情绪是因为我的继续收留而变得更强烈了,私下里她和我表示过,她和陈叔一辈子都是老实人,本想靠两间空闲的房子挣点零花钱,现在来了这么个不速之客,他们担心,万一出了什么差错受到连累,那就比害眼和牙疼要厉害,小屋赔进去还不算,一家人的平淡生活还能不能过下去都难说。她几乎要声泪俱下了,弄得我很不好意思,也跟着紧张。可我没有办法,我做不来。

女房东说:"你怎么把水往那儿倒?结了冰跌倒人怎么办?"

西夏洗得认真,半天才反应过来,她不能说,就转过身去看她,还没来得及做出一个得体的表情,女房东火气就上来了,她觉得西夏是故意让她给她难看。

"看什么看?说你哪!就你,好好的水池不倒,偏要泼到这里,成心害人呀你?"

西夏啊啊地打着手势,满手都是泡沫。

"别啊了,不能说就别说。"这已经够难听的了,女房东接着发牢骚似的又接上了一句,声音不大,但是西夏听见了。女房东说,"死乞白赖!"

西夏立刻转过身,顺手泼出了洗了一半的肥皂水,这还不完,她又拎着桶往盆里倒水,一桶水倒有半桶溅到了地上,它们同样流到那个水洼里,然后继续向前流去。

女房东气坏了,说话都结巴了:"好,你,你,跟我对着来。我一点都没说错,我早看出来了,你迟早是个害人精,没想到现在就开始害人了!"

西夏没理她,继续把水往盆外倒。女房东一点脾气都使不上,只好骂骂咧咧地回家了。她在家憋着,直到我回家以后核爆炸似的向我倾诉。她跟我说,说什么也不能再把这样的祸害留在家里了,实在不行,他们的房子就不租了,反正现在租房的很多。西夏成了她的借口,两个月前,她就提出要增加房租,因为烧暖气比过去贵了。我没答应,因为当初签订协议时,说好了连租两年,房租不变的。看她咬牙切齿的狠劲儿,不给点钱是摆不平这件事的。

"这样吧,"我说,"给我一点时间。房租我多出一点,就当是打扰你们的赔偿费。"

女房东说:"不是钱的问题,而是为你好。"

"谢谢你和陈叔的关心,我会尽快解决的。"

她做着样子谦虚一下,收下了钱,因为没有零钱找,毫不客气地多收了我十五块钱。

回到房间,西夏正对着一桌饭菜发呆,她看到我被房东阿姨拦到了她家。西夏还在生气,我进屋她眼皮都没抬一下。

我在她对面坐下,说:"和房东阿姨吵架啦?"

她还是不看我,支着下巴看桌上的饭菜。

"嗯,好,吵得好!"我说,"该吵不吵也不对。"

西夏扑哧笑了,对我噘噘嘴,斜我一眼,高高兴兴地去厨房热饭菜了,走路都精神了,像个孩子。一刹那,她让我产生了一种类似亲情和爱情的疼痛感,突然感觉到,这几年在北京,一个人的孤独是多么的漫长。这个发现同时引发了另一个发现,它让我感到了自己的脆弱,这个发现让我恐惧,它击穿了我,让我觉得自己老了。跑来跑去这些年,我就跑成了这样?孑然一身,形影相吊,我甚至都很久没有和别人深入地说点什么了。忘了生活中还有一些只属于内心的事,自己触不到,只等着别人不经意间的一碰,找到了自己的痛。

为了避免和房东阿姨再起冲突,我让西夏跟我到书店去,每天早出晚归。这样也给我带来不少方便,我不在时书店里也有个照应。

西夏在书店里也很安静,没事就到处翻翻看看,她不是爱看书的人,只喜欢看那些图片比较多的书籍,翻着翻着就把自己翻笑了。然后拿给我看,让我也跟着笑。不翻书的时候就坐在我对面,看我看书。我问她这样枯燥的日子烦不烦,她摇摇头,很开心地笑,接着去为顾客找书或者收钱。她最乐意干的一件事就是向别人推荐书,我很奇怪,她一句话不说往往就能把书推销出去。这种情况多半是年轻人,一男一女,一看就知道是情侣。她就会把她喜欢的书递给女孩,她对着人家微笑,点着头,意思是那本书很好看。通常这些都是有关爱情的书。女孩子看中了,男孩子就不能不掏钱。

西夏的出现也给很多顾客老朋友带来了新鲜感。他们总会问我她是谁,我说是我的朋友。他们就暧昧地笑,说,是女朋友吧?我想辩解只是一般的朋友,西夏过来了,很自然地挽住我的胳膊,对人家神气地笑。她适合笑,稍稍露出一些牙,像温润的白玉一样好看。朋友就拍拍我肩膀,嘿嘿地笑两声。他们转过身,西夏就放下我的胳膊,做个鬼脸就去玩自己的了。

六

她跟我在书店待了几天,整个人变得活泼开朗多了,大概她原来就是这个样子。也有沉静的时候,一个人坐在一边发呆,我看得见她的忧愁,但是我不知道她在想什么。她高兴的时候我也高兴,她忧愁的时候我也跟着莫名其妙地不开心。有一天中午我突然决定不再吃盒饭了,去下馆子。这个想法让我自己都吃了一惊,我知道这不仅是因为上午的生意不错,卖出了几十本书,而是因为整个上午西夏都很开心。她在一对对情侣之间跑来跑去,他们满意地买下了她推荐的书。西夏觉得很有成就感,一个上午都对我得意地笑。在饭店里,我看着她手忙脚乱地吃着麻辣的水煮鱼,心里升起一种难以言说的满足。从哪一天开始,她高兴了我也就高兴?问题有点大了。

下午我让她一个人照看书店,我去商场里买了一床被子回来。西夏看到被子,脸立刻红了,躲闪着赶紧去翻一本书。我在她脸上看到了男女之间才有的羞涩,这床被子让她,也让我,都意识到了一点这些天我们的生活里还没有出现的东西,至少是表面上没有出现的。我们睡在一张床上,一直相安无事。其实睡在一张床上并不能说明什么问题,都躺下的时候,我总觉得她是个陌生人,偶尔一些曲曲折折的念头刚一萌发,就被更庞大的东西击垮了,比如疑惑,比如费解,比如隐隐的忧虑和恐惧。这些足以让我的头脑保持清醒,直到平安地入睡。现在不行了,我担心我做不到过去的那样,丝丝缕缕郁积的东西终于让我不自信了,我得防患于未然。

晚上我把新被子铺上,一人一个被筒,悄无声息地睡下了。西夏躺下就不动了,我知道她没睡着。她的习惯是先背对着我侧身睡,睡着了就翻过身平躺着,梦里就开始乱翻身,有时候面向我,把胳膊都搭到我身上来。但是这个晚上她睡得很安静,可爱的小呼噜也迟迟没有响起。我也是,正常的翻身都有点提心吊胆了。心照不宣还可以掩耳盗铃一下,一旦摆到了桌面上,那点虚假的心安理得也得不到了。

我被折磨到半夜才睡着,夜里不知怎么突然惊醒了,醒来以后我发现,我的一只手伸到西夏的被子里去了,不知道碰到的是她的腰还是屁股,惊得我出了一身的汗。我小心翼翼地把手抽回来,平静了好一会儿才重新入睡,在这段时间里,没听到西夏的鼾声。

第二天早上,我们都在对方的脸上看到了自己的疲倦和黑眼圈,但装作视而不见。

这样的夜晚持续了一周,白天是爱情,夜晚是欲望,搞得我心力交瘁。"我要扛不住了。"我对刚从外地出差回来的合伙人说。他是一个老实本分的机关人员,我的好朋友,我们俩合伙做这个书店。说是合伙,其实他出主要股份,我更多地负责经营。这个质朴的朋友喜欢从眼镜后面看人,一圈一圈的镜片纹路把他的眼睛拉远了,所以说话时总显得一本正经。

"这样下去不行,"他严肃地对我说,"要么豁出去,刀山火海也不管了,该做的都做了,反正都是发乎情;要么赶紧打发她走,快刀斩乱麻,一了百了。"

"可是……"我说。

"没什么可是的,"他说,"打发她走可能更好一些。老弟,你也不小了,该找个老婆了,老婆是一辈子的事。那女孩我见了,说不好,不知道她的底细,你就没法预料将来会发生什么变故。而且,"他强调了一下,"她还是个哑巴,这很要命。咱们都是平常人,玩不了花的。"

我蠢蠢欲动这些天,被他的几句话又给浇凉了。我们都是平常人,一个凡胎,和房东夫妇的意见相似,房东他们说:"咱们过日子的老实人,得替自己负责,出轨的事不能做。"

从朋友那里回来,我又买了一套床垫和垫被,我要在沙发上睡,不论怎样不舒服也要睡,我不能再姑息自己了。否则既折磨自己,也折磨西夏。如果这样垮下去,真是太荒唐、太无谓了。

西夏对买回来的床垫和垫被没有任何表示。晚饭后我在看电视,她收拾好了,一个人去搬弄沙发。我把身子侧过去,点上烟,装作认真看电视的样子。她的动静不大。过了一会儿,她向我们的床走去,把她的那一床被子抱起来,我转身看见,她已经把沙发床铺好了。

"不,"我站起来阻止她,"我来睡沙发。"

她冷着脸,不听,执意要睡沙发,把被子都放上去了。我又给她收起来送到床上,把自己的被子拿过来。此后西夏再没有搭理我,坐在床头灯下看一本漫画书,半天才翻动一页。我也不说话,不是想和她耗着,而是实在不知道该说什么。真够尴尬的。后来她一声不吭地睡下了,在那张宽大的床上,仍然占着一小半,面对着墙壁。那一夜我睡得更糟,西夏也是,我一直没听到她的小呼噜声。早上起来,她都快成了熊猫眼。

我只好再次向合伙的朋友求救,当时他老婆也在场,他老婆一向比他有主张。

"现在什么感觉?"他老婆问我。

"说不清楚,好像是恐惧。"

"恐惧爱情?"

我想是的。

"别的呢?比如说,对她你也恐惧?觉得她突如其来,又不明底细,整个人像悬浮在半空的无根人?"

我得承认,他老婆又说到了我的痛处。我点点头,应该是这个意思。

"如果我是你,"他老婆说,她是个中学教师,"只有两条路,一是果断地让她离开;如果实在舍不得,就让她开口说话,说实话,弄明白了事情就好办了。"

我朋友听得连连点头,他习惯于在老婆面前连连点头。他点头是对的,我也想点头了。

"要么这样,"我朋友说,"你出去走走,想明白了再决定。这段时间书店的事你操了不少心,轮到我了。"

也好,我是该出去走走了,整天对着西夏我受不了。对她的爱情和欲望是如此的强大和新鲜,足以把我一点不剩地毁掉。现在的问题是,我出去了,西夏怎么办?把她留在家里,还是跟我一起走?朋友的意思是她留下,一块出门和两人都待在北京没有区别。

我收拾行李的时候对西夏说:"我要出去了。"

她不知道我要干什么,很紧张,抓住了我的包,疑惑地看我。

"我就是出去走走,"我说,"很快就会回来的。你一个人留在家里。"

她直摇头,两只手乱摆一气,脚也跟着跺起来。

"没事的,我就是这段时间有点累,想出去歇几天。"

她沮丧地坐下来,神情黯淡,开始数手指头。我快收拾好了,她突然站起来,拉开衣橱的门,抱出了一堆东西,她把她的衣服也塞进了我的包里,拉上拉链。盯着我,把我的胳膊抓住了,她要和我一起走。

我没办法了,总不能跟她说,现在又不去了。午饭之后我们出发。去什么地方我一点数都没有,我想先去火车站,碰上什么车方便就坐什么车,反正是去玩,到哪儿都一样。

先坐公交车,再坐地铁,一个多小时后到了北京站。西夏对汹涌的人流本能地恐惧,一直抓着我的胳膊。我们来到售票大厅,看屏幕上去各个地方的车次、时间和余票。西夏看看我,意思是随我,到哪儿都行。我脑袋却转了一下,让她定,或许她决定的地方和她会有点关系。关于她的出身和籍贯,我一无所知,她也不说。

我说:"你来决定,你想去哪我们就去哪。"

她又看看我,我一副无所谓和信任她的样子让她放了心。她毫不犹豫地伸出了手指,指的是下午四点半去南京的一趟车,上面标识出,还有三十张余票。还有不到一个小时就开车了。

"最好找一个熟悉的地方,这样我们玩起来才会从容、尽兴。"

西夏很自信地继续指着南京。

"好,南京就南京,"我说,"我还是很多年前去过一次。"

我们花了半个小时到附近的超市买了晚饭和零食,回到候车室刚好开始检票。找到位子坐安稳了,离开车还有二十分钟。夜车上常常不安全,我对西夏说,把兜里的现金分了一半放在她身上。她靠窗坐在我里面,应该比较安全。车厢里的暖气有点热,又不能抽烟,让我感觉很不舒服。快开车时,我跟西夏说,我去车厢尾部抽根烟,让她先喝点饮料什么的。

车轮即将转动的时候我跳下了车。不是蓄谋已久,而是在点烟的一瞬间决定的。当时,乘务员说:"列车马上就要出发了,护送旅客上车的同志请您赶紧下车。"我赶快关掉打火机,逃难一样下了车。

火车开动了,我躲在站台的柱子后面,突然觉得无比悲伤,眼泪都出来了。西夏终于走了,我一点都高兴不起来,真的,一点都高兴不起来。多少天来的恐惧、忧虑、爱慕和折磨,就这么突然地被一列火车带走了,巨大的负担猛地卸下,整个人好像失重了,身心一下子空空荡荡,一冬天的冷风都吹进了我心里。

我不知道该对自己说什么好。回家时,一路上我都在想,现在西夏她在干什么呢?她在到处找我吗?幸亏当时给了她一千块钱,可以让她顺利地回到自己的家,即使不是南京,问题也不会太大,包里还有一些能换几个钱的东西,比如相机和 CD 机。否则,这么把她扔下了,我都没法原谅自己。

回到家天已经黑透了。我到超市买了几个菜和三瓶啤酒,一个人喝,自己跟自己喝,一边喝一边难过,打发不了的难过。最后自己把自己灌醉了。倒在床上,有那么一会儿我还清醒了一下,我对自己说,呵呵,呵呵,说完就完了。

七

敲门声大约是深夜两点响起。我睁开眼首先感觉到的是头痛,后脑勺上的某一点,像谁把一根生了锈的钉子敲了进去,每次喝多了都是这样。打开灯,我摇摇晃晃地去开门,开了门酒就全醒了,是西夏。头发被风吹散了,见到我就大哭起来扑到我怀里,她的额头和手都冰冷,在我怀里不住地哆嗦。

我说:"西夏。你是西夏。"

她开始打我,乱打一气,然后抓我,把我的睡衣都撕坏了。我揽着她的腰,随她闹。打累了她停下来,继续伏在我怀里哭,哭得十分委屈。

我说:"好了好了,你冻坏了,赶快到被窝里焐一焐。"

她像个木偶随我摆布,我给她脱了鞋袜和外套,把她塞进了被子里。然后找了两块姜,拍碎了给她煮水喝。她缩在被窝里像只猫,只露着头看我忙来忙去,一声不吭。我把姜汤煮好了端到床边,扶她坐起来,她不喝,又哄又劝她才喝下去。喝完以后她就抱着我,我问她饿不饿,她摇头,一个劲儿地流眼泪。她的身上还是冷,我让她躺下,我也躺下,让她蜷在我怀里给她取暖。大约半个小时她恢复过来了,抱着我慢慢睡着了。

搞不清过了多少时间,我突然本能地惊醒了。四周一片漆黑,我看见眼前两个黑亮的点,我感觉到了西夏温热的呼吸,是她的眼睛。她在盯着我看。她在我怀里,手插在我的衣服里,我的手也插进了她的衣服里,她的身体细腻滚烫。我们的眼越来越近,呼吸声音越来越大,像两列夜行的火车喘息着驶向对方。黑夜浩大简洁,满天地都是火车的呼啸声,急迫、焦躁、执着,永远也不会错过的两列火车重合了,你找到了我,我找到了你,黑夜没有了,火车也没有了,只剩下同一节奏的呼啸声。天亮时,火车停下了,西夏光溜溜地躺在我怀里。

关于西夏重返承泽园的经历,我只知道了一个大概。她不能说话,都是我一点一点地想象、推理,然后经过她的认证才逐渐明晰的。她不知道我下了车,就在座位上等,火车快出北京时她才觉得不对头,就到车厢尾部去找,哪里找得到。她以为我在厕所,但是进进出出了很多人,就是没有我,她就慌了。打着手势问乘务员,乘务员根本不懂她要表达什么,就拿出笔让她写。她写道,她找人,一个叫王一丁的人,他们一起上的车,现在不见了,她叫西夏。她还给乘务员画了一张我的像,乘务员看了半天,告诉她,画上的那个人好像在开车之前下去了,还以为他是送亲的。西夏已经猜到了,但还是不死心,让乘务员帮她广播一下。广播反复播了十几遍,王一丁先生,西夏女士正在找您,请您马上回到您的车厢和座位上去。西夏最终没有等到消息,她在火车上哭了,一直站在车门口,等着车到第一个站就下去。

幸亏那是一趟慢车,差不多的站就停。西夏在第一个站就下了车,因为慌张和急,她把我的旅行包都丢了。若不是身上还有一千块钱,麻烦就大了。她在离北京的第一个车站等车,坐上车已经晚上九点了。下了火车是晚上十一点半,再坐公交车,竟然坐错了车,她在一个莫名其妙的地方下了车,四周是陌生的灯火和楼房。这时她才想起来打的,承泽园司机不知道,只知道北大,大概见她是个慌里慌张的哑巴,就把她带到北大东门了事。西夏本以为穿过北大就找到西门了,然后就能找到蔚秀园和承泽园了。谁知道她在北大校园里转了向,她没进过北大,折腾了一个多小时才找到西门。那天夜里正冷,到了承泽园她都快被冻僵了。

因为这事,西夏恨了我好几天,但是我的幸福生活应该说已经开始了。她也就是恨恨,恨完了也就完了。我想再带她出去玩,她说什么也不干,她喜欢待在家里,或者让我陪着去逛街。在家里她喜欢吊在我脖子上,逛街时就挽着我的胳膊,在别人看来,她是我的女朋友。西夏也乐于别人这么认为,见了我朋友也挎着我胳膊,在房东夫妇面前更是如此。我无所谓了,如果说折腾了这么久该认命了,那我也是十分乐于认这个命的。两个人的生活终于让我有了一点家的感觉,这种感觉对我,一个年近三十的单身男人,一个在人群里永远不会被一眼看出来的普通的京漂,真是很美好,它让我心安。

我们自由散漫地过了一周,适当地购置了一些家具和生活必需品,一个家正式诞生了。这一周我什么都不想,尽情地享受一个可爱的女人和一个温暖的小家。西夏像一个小媳妇,干什么都跳着走。

没有事做也不舒服,小屋里布置得差不多了,西夏建议我们去书店。朋友看见我和西夏完全是情人式的举止,无奈地笑了,问我:

"这么快就回来了?"

我告诉他,根本就没出去。西夏看看我,嘟嘟嘴,对我朋友笑笑。

"你忙你的,明天还是我来上班吧。"我说。

朋友也没和我客气,事实上他也不适合具体的书店管理。中午他请客,在"蜀味浓"吃火锅,他老婆下班也过来了。关于我和西夏的事,吃火锅的时候他们都没有细说,只是把我们当作一对情侣,客气地请西夏多吃点,有时间和我一起到他们家玩。

吃过饭聊天时,趁西夏去洗手间时,他们见缝插针对我们的未来表示了忧虑。

朋友说:"哑巴,不介意?"

"还行,这样也能交流。"

朋友说:"如果她不是个哑巴岂不更好?"

"当然,但她是个哑巴。"

朋友的老婆说:"现在了解了她的来龙去脉没有?"

"没有,"我实话实说,"她不愿意告诉我。"

朋友的老婆又说:"这是最让人担忧的,老生常谈了。你总不能一辈子都蒙在鼓里。"

朋友说:"一辈子都蒙着倒好了,就怕哪一天鼓破了,她的问题暴露出来,收场就困难了,现在才刚开始。"

朋友的老婆说:"要想个办法让她交底。"

我笑笑说:"除非让她开口说话。能对话交流了,她就藏不住了。"

朋友丧气地说:"别的还好办,就是让哑巴说话没法搞。"

朋友的老婆突然说:"你不是说她不是天生的哑巴吗?"

我说:"那又怎么样?问题是她现在是哑巴。"

那天的谈话就到这里,因为西夏从洗手间回来了。接着吃,还是嘘寒问暖的桌面话,再就是书店的生意。西夏只是听,吃饱了就给我们三个人涮肉、夹菜。朋友的老婆应该是比较喜欢她的,临走的时候还送她一个景泰蓝手镯,那是她一直戴在手上的,算作见面的小礼物。

他们回家了,我和西夏步行往书店走。路上我兜着圈子说,那纸条上的字好像不怎么样嘛,还没有我的字好看,谁啊,写得这么潦草?西夏好像没听见我的问题,指着一家名叫"白家大宅门"的饭店让我看,饭店的门楣上挂着一溜大红灯笼,门前站着两排穿清朝宫廷服饰的迎宾小姐,给到来的顾客甩着手帕道万福。我又说了一句,我说,不过那字也不算太难看。西夏又让我看饭店里面长长的廊道。她装作没听见,她不愿意告诉我真相。我想如果她不是哑巴,这样的问题她是没法逃避的。哑巴在一定程度上成了她得以隐瞒的借口。既然她充耳不闻,我也不想太逼她。如果生活能够就这么平静美好,真相对我又有多大意义呢。

生活平静美好。我和西夏每天照样早出晚归,我去外面跑点业务或者干点其他的事,西夏就一个人照看书店。一切都很好。

有一天我在去西单图书大厦的路上,朋友的老婆打我手机,说要告诉我一个天大的好消息。我问她什么消息让她兴奋成这样,她说西夏的病大概能治。

"什么病能治?她没病呀。"

"哑巴呀!"她在为我高兴,"我的同事的一个亲戚也是后天的哑巴,在协和医院治好了。我同事说,现在她的亲戚比谁都能说。"

"真有这事?"

"我能骗你?非先天的哑巴很多都能治好,你可以带西夏去试试。"

接完电话,我让小货车的师傅掉头回书店。他说不去西单了,我说不去了,我要回去。我不是兴奋,而是震惊,如果哪一天别人告诉我,你有一个儿子了,我也会震惊,因为我还没有准备好。震惊了一会儿,我开始高兴,这回是真的兴奋了,如果西夏能够说话了,我们的生活会增加多少乐趣?我可以和她天南海北地说话,可以听见她为我唱歌,可以听她无数次地喊我的名字。我要把这个消息告诉西夏,她一定也会和我一样地震惊、高兴。

西夏对我这么早就回来感到意外,还伸着脑袋去看门外有没有书。我把她拉到柜台前,若无其事地说:"你想说话吗?"我想给她一个惊喜。

西夏半天才回过神来,一把抓住了我的手,两眼睁得大大的,然后开始摇晃我的手。她让我赶快说。

"我刚听说的,协和医院可以做这种手术,很多人都治好了。"

西夏的眼睛睁得更大了,对我疑惑地点头,她对这个消息还有些怀疑。她的怀疑也让我冷静下来,我想起朋友的老婆说,并非所有人都能治好,治好的只是一部分人。如果希望太大,失望会让她受不了的,所以我说:

"很多人都治好了,我们也可以试一试。"

八

第二天我就带西夏去了协和医院,按照朋友老婆的指点,挂了五官科的门诊。她说,耳眼鼻嘴喉是一块的,哑巴一般是嗓子里面有问题。接待我们的是一个三十多岁的男医生,戴眼镜,看不到口罩底下的鼻子和嘴,但是眉眼显得还年轻。我说明了来意,那医生说,哦,这是个大问题,这要胡教授回来后才能最终处理。他是胡教授的博士生,现在还在实习,最后的诊断和手术都要他的导师来做。不巧的是,现在他的导师不在家,去美国讲学了,大概还要一个月左右才能回来。但是他可以先给我们诊断一下,让我们心里有个底。

胡教授的博士生问了西夏一些情况,主要是什么时候开始不能说话的,原因大概是什么,等等。我企图趁机探听到一点消息,结果有用的信息并不多,因为他们只是在谈病,而不是身世之类的问题。尽管如此,我还是很紧张,我不知道西夏的病能否治愈。西夏用笔回答了医生的问题。她是十六岁时开始不能说话的,好像没有什么特别的契机,开始只是觉得嗓子不舒服,后来说话声音开始沙哑,吃力,一直没当回事,后来突然有一天中午,她张嘴却发不出声音,不管舌头如何折腾都无济于事,从此就成了哑巴。

医生说,这种病例很少,也不是没有,病因有很多种。根据过去胡教授经手的病例,大部分都治愈了,当然也有不见效果的。他把情况简要地介绍了一下,就让带西夏到诊疗室拍片子。西夏有点紧张,医生让我陪着她一起去。我看到一个巨大的镜头在西夏喉咙处晃来晃去,另一边在操纵仪器的医生不时让她转动脖颈。医生说,好,对,就这样。仪器发出咔咔声。过一会儿,医生说,可以了,他已经给西夏的喉咙做了全方位的 X 光拍摄。他要等照片出来研究一下再做初步诊断,让我们明天这个时候再去一次。

第二天我们早早就去了,医生刚开始上班。他把拍的 X 光片取出来,指着一幅幅照片上西夏的喉咙向我们解释。他说的我基本听不懂,只看到他手里的小棒在西夏喉部的骨骼图上指指点点,然后听他说,问题不是很严重,应该是可以治愈的。当然,这只是他的判断,最后结果要等胡教授回来以后再定,手术也要胡教授亲自主刀。他还说了一句像模像样的话:未来只能由未来去证明。

临走的时候,我给了他我的手机号码,请他务必在胡教授回来的时候通知我们,我们会在最快的时间里接受胡教授的诊断和手术的。他答应了,让我到挂号处预约胡教授的专家门诊,这样更有保证。我按照他的提醒预约了专家门诊。

刚得到博士生的诊断那几天,我很兴奋。怎能不高兴,西夏快要说话了。我看到了更好的日子在向我招手,我想,大概是我锲而不舍真诚的生活态度最终把生活本人都感动了,它要让我渐入佳境。倒是西夏比较低调一些,她怀疑最后的那个结果能否实现,让一个哑巴说话,毕竟不像让一个能说会道的人变成哑巴那么容易。这时候我就鼓励她,会成功的,面包会有的,牛奶会有的,有声的世界也会来临的。

这样的好日子并没有持续多少天。有一天晚上,房东阿姨在老柳树底下遇到了我,口气怪怪地对我说:"听说你们家西夏很快就能开口说话了?"

我呵呵地笑笑,她说的是我们家西夏,我说:"呵呵,阿姨你也知道啦。"

"听你陈叔说的。他说这下好了,西夏能说话了,你们就是一对美满的小夫妻了。"

我记起来了,有一回陈叔叫我陪他下棋,聊天时我说的。太高兴了,我忍不住想告诉任何人。

"八字还没一撇呢,要等专家诊断后才能知道。"

"能说话好啊,"房东阿姨说,"这样她的来历想不说也不行了。西夏也是,都快成夫妻了,还遮遮掩掩的,有什么见不得人的事?"

女房东轻描淡写地说,我听了却止不住哆嗦了一下。她的来历。她的遮遮掩掩。我早就想到这一层,如果她能开口说话了,所有隐藏的都会暴露出来;即使西夏坚持隐瞒下去,我也不会像现在这样接受的。但也就是想了一下,没有真正过脑子。现在女房东把它强行塞进了我的头脑里。

那个晚上我又开始忧心忡忡,该做的事也没做好,力不从心。西夏打着手势问我怎么了,我说没什么,有点累。怎么个累法我说不清,就觉得心里缺了一块,身体上使不上劲。然后就颓丧地睡了。西夏打起了小呼噜,我还醒着,一直在想着西夏说出真相时会是什么样子,那个真相会是什么,它让我恐惧。后来睡着了,下半夜又被噩梦惊醒了,我梦见西夏开口之后,一直隐瞒的那个真相出现了,是一个巨大的黑东西,像一口黑洞洞的矿井,把我和西夏决绝地隔开了。我伸手去拉她,她也向我伸手,但我们怎么也无法再抵达对方。那个真相出现后,分离就由不得我们了。我就喊,然后就醒了。

西夏在我身边,被我的喊叫声吓坏了。我抹了一把脸上的汗,说没事了,做了个噩梦。她下床给我倒开水,喝过水,我抱着西夏接着睡,凌晨才重新睡着。

我的生活变了,我没法克服自己的恐惧,因为我克服不掉执拗地想象西夏隐瞒的那些东西,在想象里,它们一例是可怕的,毫无疑问要将我和西夏分开。我比以往任何时候都爱这个打小呼噜的女人,也比任何时候更恐惧她的真相。当西夏出现在我面前时,它开始折磨我;西夏不在身边时,我就觉得西夏随时会消失掉。生活整个进入了连绵的阴雨期。

回家的路上我终于忍不住了,问西夏,我说你很想开口说话吗?

她点点头。她点头点得很迟疑,这些天她已经感觉到我不对劲儿了。

我又问,如果你一辈子都不能再开口说话,你会难过吗?

她看着我,不知道该怎么回答。她把我的胳膊抱紧了,摇晃我的手,她想让我说得更清楚些。

我说:"我害怕你说话,怕失去你。"

不知道西夏明白我的意思没有。当一个真相出现时,我们的爱情、我们的相守就不是我们说得算了。可是我没法跟她说出这些古怪的想法。

西夏抱住我,在众目睽睽的马路上,脸贴到我胸前,不知道她为什么就哭了。

生活一天一天地过,我在心里算计着胡教授到来的日子。我开始失眠,常常西夏一觉醒来,我还在床头灯下看书。我让她继续睡,我看完了那几页就睡。她很听话地闭上眼,缩在被窝里,抱着我的一条腿。我坐在床上时,她喜欢抱着我的腿睡觉。

一天晚上,西夏刚睡下不久,我在床头灯下看书,手机响了。为了不影响西夏睡觉,我赶紧接电话,一个男声说:"喂,王一丁先生吗？胡教授回来了。"

我脱口而出："对不起,你打错了。"就挂掉了。

电话再次响起,我犹豫到底该和他说什么。铃声越响越大,我拿起手机。

还是那个男声："对不起,打扰了,我想证实一下,不是你预约胡教授的吗?"

我在回答之前看了看西夏,她侧着身子面对着我,还抱着我的右腿,闭着眼,嘴角微笑,像在吃东西似的动了动嘴。我一手握着手机,一手抚摸她的脸,开始说话。

2004年2月28日,北大万柳

伪证制造者

一

我姑夫是个办假证的,三年前被警察抓了个正着,一堆假证件都揣在口袋里,就进去了。几天前监狱方面通知我,到日子了,让我把他领出来。我到监狱的时候,姑夫已经抱着一个大旅行包坐在大厅里等我了。

"你怎么不到门外等我?"出了监狱的大门,我问他。

"怕你找不着我。"

我知道他害怕,三年没出过这个门,跨过铁门门槛时他差点被绊倒了。外面是平旷的沙子路,昨夜的雨水还积在地上。这地方是城外的野地,行人和车辆很少。我姑夫站在监狱的大门前,遮着眼睛看天上的太阳。

"真亮。"他说。

"预报说这几天都是北京式的好太阳,"我说,顺手戴上墨镜,"前面的岔路口可以打车。"

"我想坐一会儿。"我姑夫说,一屁股坐到了路边一块奇形怪状的石头上。我陪着他坐下,递给他一根烟,接火的时候他的嘴唇和手都在抖。深吸了一口烟吐出来,他还在看天,"你看,天真大。"

那根烟吸完他平静一些了,拍拍屁股站起来,摁灭了烟头又响亮地吐了一口痰,说他想撒尿。四周空旷,连个像样的小屋都看不到,哪来的厕所。我让他就地解决,他不愿意。我只好指着不远处的一丛芦苇和荒草,说,那个地方可以避人。他背着包就走。

"你背着包干吗?"

"不沉。"他头也不回地向前走。

半支烟的工夫,他从芦苇丛后面走出来,如果不是他的光头和身后的大包,我差点没认出来那个穿一身西装的家伙就是我姑夫。他把囚服换成了西装。

"怎么样?"他撑着西装袖子上年深日久的褶皱问我,"都三年没动过了。"

"好看。"我说。

那西装一看就知道几年没上过身了,领子后面被虫子蛀了个洞,我没告诉他。我告诉他的是,穿西装比土灰色的囚服好看多了。我姑夫很高兴,说要快点打车,他要干大事。我说你不是刚去过芦苇丛吗?他说那里哪行啊,撒泡尿还可以,干大事,那得找个正儿八经的厕所才蹲得下去。我们就去打车。

出租车上了四环,姑夫扭着头到处瞅着,嘴里咕哝着:还在。还在。不对了。原来没有。什么时候出来的?变了。真变了。嗯,好看。真他妈的,车都变快了。我姑夫一路都在抚今追昔,他唠唠叨叨地说。开始,出租车司机还敷衍两句,后来也烦了,不理他了。我在打瞌睡,早上为了去监狱,起早了。司机放了音乐,车里就他一个人在说。

我住在硅谷旁边的芙蓉里小区,租人家的一居室破房子。幸好还有个卫生间,姑夫进了屋就直奔马桶。他在那里待了好长时间,我正担心出了什么事,他拉开洗手间的门叫我。

"把我的内裤拿过来,"他从门缝里伸出脖子,上身光溜溜的,他连澡都洗了,"在包里。"

洗过了澡,姑夫躺倒在我的床上,抽烟的时候说,那不是人过的日子。我提醒他,该给家里打个电话了,姑妈和小峰都在等着哪。姑妈一大早就给我打电话,让我早点去监狱接他。姑夫抽完了那根烟,掐灭的时候说:"生活。"

小峰接的电话。姑夫说:"儿子,我是你爸。"

我听到小峰在电话那头哇地哭出来了,他说:"我爸,我爸。妈,我爸。"

姑夫又重复了一句:"好儿子,你爸。"他也开始擦眼睛。

我去了客厅,看窗外奔跑的车辆和疾走的行人。楼下是忙碌的北京。每天我都站在窗前,看他们跑来跑去,或者和他们一样跑来跑去。姑夫在哭,老男人的哭声让人受不了。他一直叫着小峰的名字。后来应该是姑妈接了电话,姑夫慢慢不哭了,姑妈在那边哭。姑夫兴奋地说:

"我出来啦。"

他和姑妈断断续续地说着。嗯嗯啊啊,一会儿又激情澎湃,长篇大论,和姑妈争持什么。我去洗手间把他的脏衣服丢进了洗衣机里,放了半袋洗衣粉开始搅。出来的时候姑夫的电话差不多打完了,他竟然跟姑妈说了几句北京味的普通话。然后姑妈让我接电话。姑妈还在抽泣,但我也听出了清爽的高兴,毕竟是出来了。姑妈说,你多劝劝他,让他回家,别在北京混了,都快五十岁的人了。若是还留在北京,千万不能再去干那违法的事了,要是再出事,抛下他们孤儿寡母可怎么办,就是挣下一座金山银山还不是一堆粪土?

姑妈只能让我劝,她管不了姑夫。多少年来都这样,姑夫自己都管不了自己。我把姑妈的意思跟他说了。姑夫躺在床上抽第二支烟。

"不能回去,"他说,"就那小地方,抢银行也发不了财。"

"你在北京就能发财了?"

"在北京都发不了,去哪儿都没用。我想趁这两年还能动,把小峰读大学的钱给挣出来。"

"可是姑妈和小峰担心,他们宁愿日子过得苦一点。"

"我跟她保证过了,决不再办假证,就是蹬三轮也不办了。"

他是我姑夫,忠告、教育什么的都轮不到我,我只是强调一下,姑妈和小峰这些年生活不容易。姑夫一边抽烟一边点头,说他都知道,以后会老老实实地挣钱,挣大钱。

姑夫在芙蓉里待了三天就走了。这三天里他到处跑,出去找工作,也让我给他留意合适的招聘广告。后来他找了一份送报工,先干着,安稳下来再做打算。我给了他两千块钱,让他租个房子,置办一下生活用品。临走的时候他信誓旦旦,说一定不会让姑妈和小峰失望的。

过了两天,姑夫给我打电话。我问他在哪里,让他挂掉我打过去。他说不用了,他用的是手机,我打过去还两头收费。他打过来就是为了告诉我他的号码。

"你要个手机干什么?"我想他真是能穷折腾。

"现代人嘛,没个联系方式怎么混?"姑夫说,一点都没觉得不好意思,"二手的,三百块钱。你忙吧,我要送报纸去了。"

二

我姑夫是个办假证的,三年前被警察抓了个正着,一堆假证件都揣在口袋里,就进去了。他进去多少有点冤,当然他的确犯了法。我的意思是说,他当时身上的假证件并不是他揽的活儿,而是一个叫路玉离的女人的生意,她也是个办假证的。

那时候我还没见过这个女人,听说长得不怎么样,但是对我姑夫不错,是姑夫的情人。她害了我姑夫。那天他们俩一起在街上转悠。我姑夫没生意,主要是陪路玉离到万柳中路附近交货。那时候的万柳,除了已经成形的光大花园,只是一片乱糟糟的贫民区,房屋低矮,土路,大卡车过后尘土飞扬,缥缈的沙尘要到下一辆车经过时才能沉落下来。路玉离选择这样的地点交货是有原因的,荒僻的地方警察少。这也是办假证这一行的规矩,要在硅谷门前交货就太危险了。

我姑夫只是个跟班的,他是路玉离的情夫,当然要和她在一起。他又是个男人,东西当然也要他装着。那天他穿着夹克,五个假证揣在他怀里。他还戴着墨镜,叼着烟,手里拎着一方便袋的桂圆,那女人喜欢吃。他们和客户约好了下午三点交货,他们两点一刻就到了,早点到探探路。两点三刻百无禁忌,什么情况都没有。十几米外是万柳中路南口的公交车站,站牌下几个人在百无聊赖地等车,看起来与这个世界没多大关系。从长春桥那边迎面走来三个形貌乱糟糟的男人,一个还戴墨镜,像老大。

墨镜说:"带来了没有?"

路玉离说:"带什么?"

墨镜说:"证呀。"

我姑夫见他们的样子的确像是需要假证的人,就问他的情人:"是他吗?"

路玉离瞅了两眼,低声说:"好像不是。"拉着我姑夫就要走。

墨镜旁边的两个就上来了,挡在他们面前。路玉离一甩手,"快跑。"

他们两人分头跑,当然都没跑掉。墨镜一个人把路玉离收拾了,我姑夫跑了大约五十米后被另外两个抓住了。当时站牌底下的几个人都看到了我姑夫狼狈的丑态,他甩着手里的袋子,桂圆一路撒落,断断续续滚了一地,另一只手想扔掉怀里的假证,可拉链就是拉不开。他被抓到了,脸贴着泥土被摁在地上,剩下的桂圆被一只脚全踩坏了,他听到了桂圆破裂汁液迸溅的声音。有一回我去监狱看他的时候,他还跟我说,可惜了那袋桂圆,新鲜的,可不便宜。

三个便衣把他们带到了局里。审问的时候很有意思,这种案子不大,而且常有,几个警察坐在办公桌前,他们俩蹲着,问一句答一句。他们先问路玉离:

"你知道你触犯了法律了吗?"

"我没犯法,"路玉离说,"我是跟着他来的,不关我的事。"

我姑夫就急了,这事不是开玩笑的。"这证不是我的。"

"到底是谁的?"

路玉离说:"是他的。"

我姑夫说:"是她的。"

那天没审出个名目来,他们简单地打了他们俩一顿,因为要下班了。挨打的主要是我姑夫,因为他是男的嘛。拷打的时候,路玉离小声对我姑夫说,让我姑夫认了吧,否则两个人都得受罪。她说如果我姑夫把罪名揽下来,她就没事了,这样她出去后就可以到外面找人活动一下,三下五除二地把他解救出来。我姑夫觉得她说的也有道理,深思熟虑了一夜,第二天就全认了。他知道路玉离路子广,她在北京单是办假证就干了七八年了,三教九流的人认识不少,据说处级以上头衔的名片就有一大摞。我姑夫在北京这一年,喝酒都找不到一个碰杯子的人,就是傍上了路玉离才过上了算是滋润的日子。路玉离出去了,他还有点希望;路玉离也进来了,他准没好果子吃,女人一急,一定会拉着他一起陪葬的。所以他就大义凛然地代路玉离受过了。

他和路玉离都没想到的是,事情竟然搞大了,那几个证跟一个不太干净的贪污团伙扯上了关系,他们企图通过这些假证件往上爬,评职称,定级别。路玉离出来了,多少也花了一点钱去解救我姑夫,但是效果几乎可以忽略不计。在宣判之前,她去看了我姑夫,结结巴巴了半天才说:

"怕是不行了。"

我姑夫当时就哭了。路玉离安慰了他一番,让他嘴紧点,什么都别说,别把一大堆人都供出来。这是道上的规矩。供出来了,谁都没有好日子过。我姑夫此刻已经六神无主了,那女人说什么是什么。后来的几次拷打他竟然都咬着牙挺过去了,除了那几个证,他什么都没说。

我父亲当时还来拘留所探望过我姑夫一次,因为姑夫没把我也牵连进去。在此之前,父亲是十分讨厌我姑夫的,在父亲看来,姑夫就是个不折不扣的败家子、浪荡子,这些年没让我姑妈过上超过三年的好日子,挣了钱就瞎搞,去舞厅跳舞,去酒吧喝酒,和女人鬼混。我父亲讨厌的事情姑夫基本上占全了,逢年过节他到我家给我爷爷奶奶送节礼,父亲根本不愿意搭理他,用他的话说,见了姑夫连酒都不想喝了。

但那次父亲还是来了,一是看在姑妈和小峰的分上,另外就是刚才说的,姑夫没给我带来麻烦。

他被抓以后,警察搜了他租住的小屋,海淀旁边巴沟村的一间小平房。他们在那里搜到了姑夫已经做好了但还没来得及交货的一份毕业证明,是给一个京漂找工作用的假材料,按照北京联合大学的毕业证明做的,上面有成绩单,班主任和系主任的评语及签字。班主任的评语是姑夫自己写的,系主任的字是他让我写的。当时我还在读本科,姑夫经常到北大西门附近交货,拿了钱就到宿舍里找我,顺便请我吃一顿。他经常去北大玩,除了找我,他多数是和路玉离一起去的,陪她散步,未名湖边的风景不错,姑夫经常也能附庸风雅一下。我们宿舍的同学他都认识了,偶尔也会叫上同学一起下馆子。他经常和我同学开玩笑,问他们要不要假证,熟人,五折就行。他对打算考研究生的同学说,读什么研究生,浪费三年时间还要花一堆钱,办个假证算了,三五百块钱搞定,多省事。我舍友都很喜欢他,因为他这人还有点意思,不算太俗,而且看起来也不像个违法分子,倒像个体面的机关干部,他喜欢把自己收拾得干干净净,头发上永远都飘着优质啫哩水的香味。

吃饭的时候他从公文包里拿出一张纸,让我瞎写几句,当一回系主任。我就写了,然后签了一个龙飞凤舞的名字。仅凭这张纸倒无所谓,问题是他们还搜到一本小说,上面有我的字,我习惯在书上留下买书的时间、地点什么的。那是拿给姑夫消遣的读物。两个一对照,他们发现了假材料跟我也有关系,就去学校领导那里找我。

当时我吓坏了,我从没和戴大盖帽的打过交道,而且辅导员的脸色很难看。我说是我写的,他是我姑夫。调查之后就没动静了,我倒不安了,不知道明天会怎样。过了三天,我忍不住问辅导员,警察怎么说?辅导员挑着眉毛对我说:

"没事了,你那宝贝姑夫承认是他逼你写的。"

有姑夫这句话,加上系里领导老师的保护,这事就算结束了。虱子多了不咬,姑夫把事情全兜着了。路玉离在北京继续办假证,过得好好的;姑夫一个人待在监狱里,靠两眼望天和出来以后的发财梦熬过了三年。

三

后来我见到了路玉离,长相一般,腰倒是挺粗的,身体也丰硕,走路的时候浑身没有一处不抖的。因为不辛苦,五十三岁的人了,保养得跟四十左右似的。姑夫说,其实她对他很好。但是姑夫是否真的喜欢她,我就不知道了,我只知道,在北京,姑夫离不开她。

姑夫是四十五岁时决定来北京的,之前在家待了半年,再之前大约有四年时间在深圳,在我叔叔的公司里做事。我叔叔是公司里的一个小头目,不大不小,要负担我婶婶那边一家人的生活,日子过得也比较紧,工作又忙,没有剩余时间理会我姑夫。他和我们家其他人一样,了解我姑夫的为人,所以对他要求也不高,只要他老老实实地工作,把挣到的钱拿回家,不出问题,就万事大吉了。就是这样,姑夫还是出问题了。

他在深圳的时候学会了赌钱。开始是陪顶头上司,几个人在办公室里瞎玩玩,玩着玩着就进去了,瘾都快超过领导了。一到周末就去一个姓汪的领导家陪领导打牌。我姑夫人长得不错,从年轻时就很有女人缘,我叔叔后来都很奇怪,他哪来那么多的精力和钞票去和女人来往。他和汪领导的老婆一来二去就熟了,然后眉来眼去,再后来就发展成了男女关系。除此之外,他还和公司门口的一个酒吧女郎相好,隔三岔五住到那个女人家里。这事我叔叔是知道的,他也懒得管,管也没用,用他的话说,狗改不了吃屎,只要不出事就好。但是跟领导老婆通奸,怎么可能不出事?

倒不是我姑夫黏着那女人,而是领导的老婆缠着我姑夫。姑夫一表人才,看起来比公司老总还体面,比那女人的领导丈夫强多了。领导的老婆也不是想离婚和我姑夫过,姑夫是个打工的,跟她老公比起来就是一个穷光蛋。但她就是吃醋,吃酒吧女郎的醋,打牌时她看我姑夫的眼神都很幽怨,好像我姑夫对不起她似的。后来姑夫跟我讲起这事,他一点都不害臊。他说领导很长时间都没发现,因为他们都在外面幽会。有一次领导和他老婆在床上做事,那女人莫名其妙地喊出了我姑夫的名字。喊了两声她就意识到了,赶紧闭嘴。但是已经露馅了。领导当时没吭声,下了床就找人跟踪他老婆。在一个周末下午,他们幽会结束,领导老婆出了宾馆,领导就带着几个人冲了进去。那时候我姑夫正懒洋洋地躺在床上抽烟,回味着呢。一个黑脸的一把就将姑夫甩到了床下。

我开玩笑地问他:"那女人看上你什么了?一个打工仔。"

"呵呵,"姑夫自豪地说,"男人啊,喜欢我是个正儿八经的男人啊。她说了,床上床下,都是。"

作为男人的姑夫被赶下了床的同时,也被赶出了公司。我叔叔气坏了,你怎么搞都可以,兔子还不吃窝边草呢,竟然在领导嘴里抢饭吃。他也管不了,连道歉的话都没法向人家开口了。姑夫在床下被打了一顿,只穿了一条裤衩,挨打的过程中没有一点反抗,双手坚决护住那个地方。

姑夫在深圳混不下去了,他搞得我叔叔很烦,本来对他就一肚子火,我们家人都觉得姑夫不地道,老婆儿子扔在一边,只顾自己快活。姑夫被捉奸以后,自觉没脸见他小舅子,就知趣地回了老家。这两年按理说他应该赚了一点,在深圳那地方,都说弯腰就能捡到钱,可是我姑夫只带了不到八千块钱回家了,他把钱都花到牌桌上和女人的床上了。我姑妈和他吵了一架,很多天都没理他,她一直指望他能够多挣一点钱,买套房子,从现在的平房里搬出来。他们家在县城,那地段一直都是抢手货,那排平房后面已经建起了六层高的楼房,一抬头就看见楼上窗口边别人的脸。姑妈觉得很难受,整天生活在别人眼皮底下,做梦都看到头顶上有无数张脸在晃动。可是姑夫只拿回来了半个厕所也买不到的钱。

姑夫在家里无所事事地待了半年,整天吆喝着要出去找工作,最后还是两手空空。我们那个小县城,真没听说干什么能够挣钱,尤其像我姑夫这样的人。他希望穿西装、戴手表,背着手到处走走就能来钱。这种赚钱方式,在我们那地方,除了当领导,就是到北京来办假证了。所以姑夫就跟一个朋友来北京了。

他来北京的时候,我读大三。姑夫两周后才找我,跟他一起来的是他的那个朋友,我也认识,在西门外的元中元酒家请我吃了一顿饭。那家伙是个混混,和姑夫差不多的性格,在我们那儿名声也很臭。他来了两年了,听他自己说,手里已经攒着三四十万了。尽管是吹牛,这个数字还是让姑夫羡慕不已。姑夫就跟着他混,已经做了五天了,揽下了一个小活,大概能挣上个四五百块钱。他详细地介绍了一遍他的新事业,很兴奋,我才明白办假证是怎么一回事。

姑夫干的是小喽啰的活儿。就是在路边或者哪个学校门口,大街的天桥上也行,站在那儿,见到差不多的人就问,先生,要证吗?如果人家理都不理,就过去了,再问下一个。如果对方迟疑一下,或者鬼鬼祟祟的有点意思了,姑夫就压低声音说,什么证都有,保证质量,安全又便宜。碰巧了对方的确有这个要求,两人就跑到一个僻静地方,提要求,谈价钱,最后定下交货的时间和地点。

我听了觉得很好玩,我说:"不就跟妓女拉客一样吗?"

姑夫笑呵呵地说:"不一样,妓女只拉男客,我们男客女客都拉,而且不需要床。"

那个老混混说:"妓女也不一定就需要床啊。"

我姑夫跟着他笑。他们俩年龄差不多。姑夫的朋友好酒无量,喝了四瓶啤酒话就多了,唠唠叨叨了不少关于办假证的事。他说他的愿望就是成为一个小头目,不要整天在路边上晾着,见人就问,像个孙子。他想再干两年,手底下有几个人,别人去联系业务,他专管制作、印刷假证、私刻公章,做一些最实际又是最能赚钱的事。他说,你们不知道,那帮幕后操纵的家伙才叫挣钱,哪个月不是几万十几万,不像他和我姑夫,找到了生意只赚个嘴皮子钱。

姑夫说:"嘴皮子钱也不错,开口的时候多要点,三两年也能小发一点。"

那家伙就骂我姑夫没出息,不像个挣大钱的男人。他说你看路玉离两口子,多滋润,手下才网罗五六个人,现在就是待在家里,钱也长眼了似的,源源不断地往他们口袋里跑。

姑夫说:"就是你说的那个胖女人?"

"是她。她男人进去过两年,被打得不轻,折腾出病了,道上的都说他那玩意儿不行了。"

他们又笑起来。

姑夫的朋友没能当成小头目,原来,他一个月后就被警察抓了。一个人在饭店里喝酒闹事,饭店老板打110,当成无家可归的流浪汉被收容了。警察查看他的证件,竟然翻出了两个假证,这就没什么好说的了,进去了。

我姑夫还没站稳脚跟就失去了靠山,那段时间他很紧张,他还没有把办假证这一道上的规矩、路子摸熟练。他到学校找过我两次,明显看出他的动荡不安。又过了些日子,他打电话给我,说没问题了,生活上了轨道了。后来我才知道,那个时候起,他就跟路玉离混了。不仅是办假证,生活上也跟她混在了一起。他先联系路玉离的,然后路玉离就开始联系他。听说奸夫淫妇都是能闻出对方的味儿的,看来是真的。

应该说,我姑夫在办假证的人里头算是个人尖子。我经常在北大南门和海淀附近遇到办假证的,和他们相比,姑夫绝对是个帅哥,老帅哥也是帅哥,而且更有味道。他与生俱来好像就比较洋气,气质不错,这也是当初他吸引我姑妈的重要原因。普通话也溜,很难相信一个高中毕业生,正儿八经的普通话训练一天没有,就能说这么好。我同学都说他的普通话说得比我好多了。他又会讨女人欢心,把路玉离搞到手应该不成问题。

他和路玉离搞到一块去之后,好长时间都没有给家里打过电话。姑妈把电话打到我宿舍,问我姑夫现在怎么样了。我说,我也有一个月没见到他了,没问题,应该还活着。

我姑妈就哭了,她在电话里说:"这个不要脸的,那八千块钱竟然还是借你叔叔的,你婶婶催着要他还了。"

姑妈的意思是,姑夫其实一分钱都没从深圳拿回家来,拿回来的钱还是临时跟我叔叔借的。我婶婶想换一套房子,开始要债了。我婶婶说,当初姑夫答应很快就会还给他们的。现在快一年了,连个钱影子都没看见。

"姑夫好像最近干得不错,"我说,"手机都换新的了。"

"换了也不告诉家里!"姑妈哭得更厉害了,"我怎么瞎了眼,找他这么个浑蛋,这日子没法过了,不如早点死了算了。"

说完,电话就挂了。我觉得姑妈不对劲了,隐隐约约也听见电话那头表弟小峰的哭声。我赶紧又打过去,是小峰接的。

小峰哭着说:"我妈老是头晕,好好的也会头晕。"

"去过医院了没有?"

"没有,我妈不愿意去。家里没钱了,我妈把家里剩下的三千块钱都寄给舅妈了。"

我气坏了,挂了电话就打姑夫的手机。他说正在和客户谈生意,过会儿打给我。一刻钟后,他打过来了,问我什么事,他正在北大西门外的蔚秀园里,让我过去,一起吃午饭。

在去小饭馆的路上,我就气呼呼地把电话里的事给他讲了。事关我姑妈,我没给他好脸色。姑夫一路点着头听着,沉默了一会儿说:

"你觉得你姑妈跟着我是冤了?"

"不是冤,是冤大了。"

"是,冤大了。小峰做我儿子也冤。"

"你也知道?"

"知道,"姑夫说,"我还知道赚钱,现在我整天想着的就是怎样赚钱。"

我听得莫名其妙,好像他已经赚了不少钱似的。我说那你赚的钱呢,姑妈和小峰在家里都快饿死了。

"寄,我下午就寄钱回家。"

我们在小饭店里坐下,刚点了两个菜,姑夫的手机就响了。我只听到是一个女声。他到门外去接电话了。

很快他就回来了。"你一个人吃吧,"他说,"有个朋友找我,急事,我得过去。两个菜够吗?单我先买了。"

"是个女人?"

姑夫说:"当然是个女人。"

四

路玉离。一看见我就知道是她,三年后又和姑夫站在了一起。他们在海淀等车,我下班从报社回来,刚下公交车就看见了他们俩。姑夫见到我有些不好意思,冲我笑笑。怪怪的,但我不知道怪在哪里。路玉离也看到了我,她从姑夫的眼神里认出了我是谁。

姑夫说:"这是路阿姨。"

"哦,"我说,"路玉离?"

白胖的路玉离说:"是,路玉离。"

呵呵,姑夫又笑笑,摸了摸脑袋上的板寸。他出狱刚刚一个半月,头发就长长了。我终于发现哪个地方不对劲儿了,他把头发染黑了。半个月前我们见过面,他还是花白的一寸来长的短头发,三年的牢狱把他的头发熬白了。现在自由了,就重新染黑了。

我说:"姑妈昨晚给我打电话了,小峰这次月考又是全年级第二。"

路玉离没看我,掏出手机看了看,对姑夫说:"你们聊吧,我有点事,先走了。"

姑夫没来得及阻止,她就走了。吃醋了,一脸的酸样。

"小峰又是第二?"

"不知道,瞎说的。姑妈好多天没给我打电话了。"

姑夫苦笑了一下:"你又何苦呢?"

"我说说自己姑妈犯忌吗?"我看了他一身领导阶级的打扮,"报纸送完了?"

"没办法,那体力活实在赚不了钱,糊口都不够。别站这里了,找个馆子去说。"

"那我不是又要吃违法的晚餐?"

元中元已经被拆掉了,我们到另一家馆子里,旁边就是元中元还没有被运走的一片瓦砾废墟。饭店老板少了竞争,及时地把菜价提了上去。老板对姑夫很熟,主动要求给他打八八折。他常来,这段时间他经常带着路玉离来,偶尔也会是某个道上的小朋友。

"报纸送了多长时间?"

"半个月多一点，"姑夫说，"吃不消，累得要死又赚不到钱。"

"就重操旧业？她找你的？"

"我找她的。她欠了我三年，得还回来。不过说实话，除了这个，我实在也想不起来还有什么更能挣钱的。"

"你当时不是答应姑妈和小峰的吗？"

"答应有个屁用？"姑夫说，喝啤酒的时候有点激动了，"如果答应什么来什么，我天天答应。现在的问题是，日子怎么过？过了年就五十了，还能蹦跶几天？家里那一摊子事，我不想拖到临死，把债留给小峰去还。"

这句话好像挺正经的。姑夫有点让我刮目相看了，他从来就是一个今天有酒今天醉的人，竟然开始担心家里和生活了。我们老家有句话说，树大自直，如果事情真如姑夫所说，那他这棵快五十岁的老树，是要打算站直了。要按我想，他早该站直了，家里他不能不担一点心了。

他进去的第二年，姑妈的头晕得实在受不了了，去医院做了一次彻底的检查，检查的结果把她吓哭了。风湿性心脏病，二尖瓣关闭不全，供血跟不上，所以头晕。医生说，要做手术，换个瓣膜，否则越拖越严重。姑妈哭不是怕死，而是被高昂的手术费吓坏了。医生说，要七八万。这个数字对住在别人眼皮底下的姑妈来说，就是个天文数字。她一直梦想有一套不错的房子，这样的房子在我们那儿的小县城，七八万已经足够了。如果做这个手术，就相当于用一套房子换了一个瓣膜。这还是次要的，要命的问题是，这钱从哪里来。

姑夫常年不在家，在哪都挣不了多少钱，家里面几乎不靠他。但那是太平的时候，真正有了大事，像手术这样的，需要钱，姑妈就没办法了。姑妈是个要强的人，有困难也不说，何况还找了这么个丈夫。那时候姑夫正待在监狱里,每天摸着光头不知在瞎想些什么。姑妈不好说。当初我们家人都不同意姑妈和姑夫来往的,更不要说结婚了。

我们家在镇上,但我父亲有一帮朋友在县城,父亲又常去县城办点公事,所以大大小小的事都知道一点。姑妈在县城的化肥厂里做会计,一个周末回家,在饭桌上告诉我们,她谈了一个对象,然后说出了名字。当时我还小,刚读小学二年级,对"对象"这个东西还一知半解,对姑妈带回来的奶油核桃倒是很有兴趣。我记得父亲当时就把筷子放下了,说不行。祖父就问,为什么不行?父亲说,这样的人绝对不能做我们家的女婿,他听朋友说起过这个人,没工作,整天到处瞎混,吃喝嫖赌,别人能干的坏事他都能干,就是好事不会做。

姑妈就哭了,说:"你怎么知道他坏?他对我比谁都好。"

姑妈哭得很伤心,祖母看不下去,她老人家最疼我姑妈。就安慰姑妈,让我父亲少说几句。母亲也劝父亲,让他先去县城了解一下,姑妈一辈子的大事,不能一句话就打发了。姑妈那个星期只在家待了一天就回去了,她骑的自行车就是我姑夫送的。那时候自行车是个好东西,姑妈骑得意气风发,她根本就不知道,姑夫只用一辆自行车就把她骗到手了。父亲第二天请假去了县城,半天就了解清楚了,屁股大点的地方,一个人半夜说梦话半个县城都听得见,了解得很清楚。

回家以后,父亲说:"当然不行。"

据父亲了解,我姑夫那时候谈了已经不下十个姑娘了,都是玩玩就把人家扔了,他那吊儿郎当样,根本就没想要和人家有什么结果,快三十了还整天乐呵呵地做花心大萝卜。没工作,就仗着他爹那点退休金过日子,整天烧得难受,吹着口哨到处乱转,县长也没他悠闲。说不准就是瞧上我姑妈那个待遇不错的工作才讨好她的。

祖父说:"那怎么办?"

父亲说:"一句话,不行。"

我们家人都觉得事情就这么定了时,姑妈竟然把姑夫带到家里来了。我父亲很生气,一天没理他,连姑妈都没理。但是姑夫能说会道,嘴上像抹了蜂蜜,一个劲儿地给我祖父祖母灌好听的。看那样子一点都不像个不良青年,祖父祖母的脸色就松动了。而且姑夫的脸膛挺顺水的,男人长得不丑总还是不讨人烦的。再者,他毕竟第一次来,就是个陌生人也应该给个面子,祖父祖母这么一想就不自主地妥协了。姑妈既然决定把他带回家来,显然已经对可能遇到的困难想出了对策,应该说,那天姑夫基本上是完满地完成了姑妈交代的任务。

他穿一身西装,架了副眼镜,口袋里还插着一支钢笔,看起来是个文化人。我祖父离休之前是小学校长,本能地喜欢文化人。这让我母亲也不好说不是,人家是城里人,比我们洋气。除此之外,姑夫还在我身上下了不少功夫,姑妈知道祖父祖母最疼爱我,哄我开心了就等于哄祖父祖母开心了。姑夫坐在我们家的八仙桌前,招呼我和姐姐过去写作文,他把口袋里的英雄牌钢笔掏出来,说谁作文写得好这笔就奖励给谁。我哪里会写什么作文,就瞎说,把昨天晚上在广播里听到的故事简单地讲了一遍,不会写的字用拼音代替。姐姐当时读三年级,她的文章写得好,经常被老师带到县城去参加作文大赛。但是,那次我赢了。

姑夫看着我的歪七扭八的句子说:"嗯,这个好,有想象力。钢笔归你了。"

我当然很高兴,英雄牌钢笔啊,班上同学都还在用铅笔。姑夫用一支钢笔就把我收买了，我就喜欢他了。这些年我们感情很好，他也喜欢和我说话，没有太多的长辈的顾忌，大概就是那天培养起来的。送我东西就是好人，我对祖父祖母说，那个人真好。

尽管父亲强烈反对，最终姑妈还是嫁给姑夫了。几年后姑妈就后悔了，但已经晚了，小峰出生了。

姑妈从医院回来尤其难过，心想，这病一定是给那个浑蛋气出来的。但是病还要治呀，没钱，姑夫还在监狱里蹲着呢。她就哭，想起来就躲着小峰哭，越哭头越晕。小峰知道了，背着姑妈给所有的亲戚打了电话。小峰在电话里说着说着就哭了：

"我妈要做手术，我想借钱。我会还的，考上大学我就去挣钱，我爸欠下的我也会还上的。"

母亲告诉我，她在电话里听小峰这么一说，当时就哭了，小峰才十七岁，这么懂事，他爸不是个东西就算了，冲孩子这句话也得借。远远近近的亲戚都拿出了钱，凑了八万多，帮姑妈做了手术。手术时，我们家人都在手术室外候着，对姑夫的这些年的行为集中进行了一次批判。姐姐说，写信给姑夫，让他在监狱里也知道，他不仅害了自己，也害了一家人。小峰好长时间都不说话，后来说：

"我和妈都不想让爸知道，他在那里已经够苦的了。"

祖母又哭了，这回不是哭姑妈的命苦，而是哭姑妈的命好，生了小峰这么个知冷知热的好儿子。

这些事姑夫直到出狱之后才知道，听了以后还掉了几滴眼泪。但我不知道这些到底能改变他多少。那时候小峰高考已经结束，因为考前很多时间都花在了照顾姑妈上，成绩不是很理想，被一个三流大学录取了，他不愿意去，又硬着头皮重读了高三。他想，念一个好大学，以后对家庭、对他自己都有好处，我想小峰已经不指望我姑夫来还债了。

所以半个月前我对姑夫说:"小峰比你强。"

这次姑夫没有笑,而是哭了,咬牙切齿地说:"我他妈的一定要挣钱给我儿子花。"

现在我们坐在饭店里,姑夫说,他又干起了老本行,和路玉离在一起。

"你就打算这样干下去?"我说,"现在公安局对这事抓得挺紧的,报社里经常有这方面的消息。"

"再紧也得干,紧点也好,越危险其实越能赚钱,可以提价。"

"万一出事怎么办?"

姑夫点了一根烟,说:"我也在考虑这事,所以想自己找几个人单干,不在外面到处跑了。不过这要时间。"

"就像路玉离那样?"

"嗯。怕是做不了她那么大。她干了很多年了,除了假证,还搞假发票,什么都搞。"

"你们在一起?我是说,她老公那边她怎么说?"

"是不是笑话我和这么个丑女人在一起?"姑夫笑了笑,转着酒杯说,"说实话,你姑妈是我见过的最好的女人,但是没办法,在外面没个女人就是不行,生活会一团糟。而且,现在我得先跟着她混,从她那里找门路。也不是整天在一起,隔三岔五吧。"

"她老公那玩意儿真有问题?"

"还行吧,听说还能用。他们不住一起,她管海淀这片的生意,她老公管朝阳和丰台那片。他有小女人,而且是两个,都二十来岁。"

我说:"噢,原来都有自己的一亩三分地,井水不犯河水。"

晚上都没什么事,姑夫就说,咱爷儿俩要好好喝一顿,一是庆祝我成了个国家人,都当记者了;再就是庆祝他终于出来了,三年的日子不好过啊,做梦都梦见屋顶上开了自由的天窗;三是祝贺生活总算有了点想法,得好好干。我们就喝。姑夫说到底还是个浪荡子,舌头一大就跟我谈女人的问题,他建议我该找个女朋友了,不能整天一个光棍跑来跑去。

这话几年前他就跟我说过,我大一寒假回家,年前去了他家。那时候他还在深圳做事,向我吹嘘深圳怎么怎么好玩,半夜里姑妈和小峰都睡了,他还在说。突然他一拍大腿,说想起来了,伸着脑袋到抽屉里去找东西,半天摸出一张盗版碟,塞到VCD机子里让我看。竟然是三级片。搞得我很不好意思,又很想看。他就说,没什么不好意思的,他是特地从深圳带回来给我看的,我都上大学了,十八岁了,该明白这种事了,男人嘛,就得懂得多点。小峰还得几年,他还小。然后他就睡觉去了,留下我一个人看。

在女人这事上,我念大学后,他在我面前从不避讳。我们喝了好长时间,菜不够了,他让添,炒腰花。我说这菜不是已经吃了一盘了吗?

"吃了一盘,再来一盘。"姑夫凑到我这边说,"跟你说实话,这两天老想着挣钱,有点力不从心,得补补。"

那晚我们吃了三盘炒腰花。

五

姑夫决定好好赚钱以后,我们见面就少了。不是见不到他,而是很少碰面,没空在一起喝喝酒,或者他到我住的地方去了。偶尔在公交车上我也会看见他,看见他在站牌下,或者是在海淀,有一次我坐车经过人大正门,看到他叼着烟在校门口转,应该是在找生意。

一个星期天上午,因为不上班,我还没起床,被一阵轻微的敲门声吵醒了。我开了门,是姑夫。我刚要说话,姑夫向我摆摆手,赶快把门关上了。我重新爬到床上,问他鬼鬼祟祟的出了什么事。

"还能有什么事?"姑夫走到窗户前向下看,抚着胸口小声说,"妈的,被盯上了。你看看,那小子还在。"

我觉得挺好玩的,就从床上下来,趿拉着鞋子过去看。楼下果然有个警察,提着警棍到处乱瞅。"你怎么知道是盯上你的?"我说,"说不定人家也是碰巧到这里。"

"不可能。"姑夫说,一屁股坐到了椅子上,到我抽屉里找烟,哆嗦了半天才点上,看样子他刚才很紧张。"一定是盯上我了,他妈妈的,吓死我了。一朝被蛇咬,十年怕井绳,我算明白了。现在见到狠一点的警察就腿软。"

他是来海淀这儿交货的。约好了客户,他在硅谷电脑城门口等,抽了两根烟,无意中看见了一个警察,可能是心理作用,他总是有意无意地看那个警察,那警察就注意到他了。姑夫和人家约好了在那里见,不好随便离开,只好接着抽烟,把剩下的两支也抽完了,看见客户走过来了。他赶紧迎上去,告诉客户这儿不安全,要换个地方交货,他莫名其妙地回了一下头,正好和警察的目光相对。姑夫说,当时他就出了一身汗。他带着客户拐进芙蓉里小区,想在哪栋楼后面避人的地方谈妥了再交接。谁知道那个警察就跟上他们了,跟着他们也进了芙蓉里。姑夫心想坏了,不敢再冒险继续下去了,就对客户说,换个时间再联系吧,别搞出事来了。那客户也怕,两人就分开走两路了。姑夫转了一个弯就开始跑,接着就听到身后也响起了脚步声,他真是吓坏了,围着几栋楼转了好几圈才想起找我,就上来了。他在我住的楼这儿终于把警察甩掉了。

"惊险,真惊险。"姑夫大口大口地吸烟,然后把烟雾吐出来,好像打算把恐惧也一并吐出来,"那个鸟警察他妈的眼睛真毒,我像个办假证的吗?"

"不知道,"我说,"那家伙可能也是个打假的老手。"

"不能再这么干了。得网罗几个人,这担惊受怕的日子没法过了。"姑夫说着,又谨慎地走到窗前,伸长脖子往下看,"终于走了。"

"还出去?"我开始穿衣服下床。

"等一等,"姑夫说,"算了,就在你这吃午饭吧。我担心那鸟警察没走远。你下楼买菜时帮我看看,他还在不在,高个子,脸上的络腮胡子没刮干净。"

下楼买菜时,我特地到硅谷那儿转了一圈,除了维持交通的保安,没看到戴大盖帽的。上了楼我告诉姑夫,今年国家要召开好几个会,可能会不定期地抓一抓治安和打假,小心别再给逮了。姑夫头点得很利索,他说:

"你在报社,消息灵通,有什么情况赶快跟我说。"

"好啊,"我说,"我也不想你出事。报社常派记者到公安局去采访,有时候就采访像你这样的,当然是被抓住的。"

姑夫干笑了两下,说:"咱别老说这些了,喝酒,喝酒。"

一喝酒,姑夫就想起了要说女人,说男女的那点事。他说他累,心里累,那东西也跟着累,经常事情刚到一半就没感觉了,惹得路玉离老是骂他。

"你怎么心累了?"我笑着问他,他那玩意不太好使了,我说不清楚是幸灾乐祸还是替他担忧。

"想赚钱,妈的,赚大钱,"姑夫说,"对了,你有没有不行的时候?"

这问题就有点过分了,好在我习惯了他和我说话的方式。"我又没结婚,怎么知道?"

姑夫很沮丧,感叹说:"活了大半辈子了,才发现一个简单的道理:自己的有些东西都不听使唤,何况别人?"

我笑了笑说:"路玉离欺负你了?"

"不是,"姑夫说,"她舍不得分几个人给我,她说我干不了。妈的,她一个娘们能干了,我就干不了? 笑话。"

姑夫为此生路玉离的气,都睡到一张床上了,还舍不得分几个钱给他花花。

这句话说了不到一个月,姑夫打电话告诉我,路玉离终于答应分一点生意给他了。给了他五个人,就是说,这五个人在外面找到活儿了,都交给他,让他找人做。姑夫很兴奋,说话的口气俨然已经是大老板了。然后炫耀似的告诉我,其实做个小头目也不容易,要操多少心哪,原来在大街上揽生意,只要动动嘴皮子把人家说动了,找到活儿往上一送,就等着拿证交货了。现在不行了,你得操心,他要什么样的证,要去找原始的证件,联系印刷厂,还要找人刻字,挺烦的,最烦的是纸张分析,这个很要命。姑夫接着就骂起来了,说现在的学校都他妈的瞎搞,毕业证弄得那么花哨干吗,纸张越来越复杂,每次都要找专家进行纸质分析,看这纸是怎么做出来的,然后再根据分析的结果做出同样的纸张出来。姑夫说得很郑重,好像他不是在做假证,而是在印假钞票。

有了五个跟班的,姑夫显然忙起来了。我们见面的机会更少了,只是通电话,而且多数都是我打给他。一接电话他就说:"忙啊,他妈的忙死了。"

"那一定挣了不少钱了。"我说。

"还行吧,"姑夫说,"总得挣点吧。"

好像已经有了很多钱。我也以为他挣了一些,那么忙,不挣钱还能干什么? 他忙得有时候都差遣我了。他在电话里说,有个客户想办一个北大硕士毕业证,让我帮他找一个原始的证件好模仿,而且规定了时间,务必在三天之内。好吧,谁让他是我姑夫呢?我到北大找到了正在读研的同学,让他帮忙。同学找到了他的在读博士的师兄,我请他们吃了顿饭,把毕业证拿到了,然后亲自送到了姑夫住的地方。

姑夫住的地方在西苑,乱糟糟的,一间小屋里到处堆满了东西,被子没叠,脏衣服也没洗。这和姑夫一贯的爱俏有点不协调。

"没办法,"姑夫说,左手电话,右手翻开通讯录找号码,"忙啊。"

我翻着他桌子上的几个假证,有人大的,有北京理工的,还有江苏的河海大学和江西的南昌大学的。一个大学一个样。看来姑夫的生意遍天下了。

"当老板的感觉不错吧?"我说。

"比你想象的要差很多。现在生意不好做了,不像几年前,现在的毕业证都上网了,假证的上不了,一查就露馅了,生意就少了。妈的,大好时光都浪费在不是人待的地方里了。"姑夫说,电话通了,他说,"嗯,是我,对,是我。没问题了。嗯,好的。到时候我派人送过去。嗯,好的,好的。再见。拜拜。"

姑夫这辈子终于尝到点领导的味儿了。他的一板一眼的普通话让我觉得好笑。

"路玉离呢?怎么不帮你收拾一下?"

"去她男人那里了,过两天就回来。对了,"姑夫说,从抽屉里找出一张假成绩单来,指着上面的一溜小方框,"帮我想几个课程的名字,就是你念大学时上过的那些课,然后打个分数。"

"打多少分?"

"瞎打。八十分以上,随便。"

六

我以为姑夫的好日子终于到来了,没想到刚过一个月就出事了。不是他出事,而是他手下的一个叫麻秆的出了事,被抓了。

麻秆被抓和姑夫也有一定关系,麻秆是和姑夫一起出去交货的。我想一定是姑夫的领导情结抬了头,他戴着墨镜,让麻秆装着要交的三个证。麻秆我没见过,但听姑夫的描述,瘦得跟猴似的,形象有些猥琐,一看就知道是个不法分子。警察注意到他也是理所当然的。姑夫不装那三个假证的另外一个原因,他大概不愿意挑明,我猜的,就是姑夫自己也害怕,他被过去的那些经历吓怕了,而且现在是三个证。姑夫曾在电话里跟我说,他再也不想到马路边去找生意了,也不想再去接头交货了,怕了。但是那次他不得不去,因为那三个证是客户直接和他谈好的。

他们在交货时被警察盯上了,他们发现时赶快四散逃跑。麻秆因为从自己口袋里掏出了假证,两个警察就全力追他。我姑夫和客户逃掉了,不幸的是麻秆被抓了,他风一吹就倒的虚弱身子根本跑不快,跑了不到两百米就被摁到了地上。

麻秆被抓进去了,当然要活动活动,把他弄出来。因为是姑夫的手下,又是和姑夫一起交货时出的事,姑夫当然有推卸不了的责任。麻秆家里的人知道了,先是打电话,求姑夫救救他们的儿子,过了两天,他们就从河南老家来北京了。老两口和麻秆的姐姐把姑夫当成了救星,一定要姑夫想想办法,千万别让麻秆蹲监,他还小,媳妇还都没找到。

姑夫怕人求,一求就急,他安慰他们说:"你们别难过,我比你们还急,都是生活在一块儿的兄弟,出了事我心里也不好受。大老远你们跑过来干吗？有两分力我不会只用一分的。你们先回家，我会尽力把这事处理好的。"

麻秆的家人在北京住了下来，吃、住、打车去拘留所看儿子，所有的费用都是姑夫承担的。好在他们只待了三天，否则姑夫更叫苦了。那些天他什么生意都没做，一门心思找人通融，想把麻秆赎出来。通过路玉离，再找人，拐了几道弯，总算和派出所那边有了联系。中间人在姑夫和公安局之间两头跑，他对姑夫一直含糊其词，总也不说出最后的价码。路玉离说，恐怕不会少，先给五千吧。姑夫给了中间人五千。过了两天没看到有什么动静。姑夫心里不踏实了，关键是麻秆家里人整天打电话催。他又问路玉离，路玉离说，那就再给五千。

又是五千。姑夫一听都哆嗦了。张嘴就是五千，吃人呢。姑夫还是给了那个中间人，又请他吃了一顿饭。中间人只说，等消息吧，吃完饭拍拍屁股就走人了。姑夫等不了，因为麻秆家人在屁股后头催着他，他们现在越来越认为是姑夫害了他们的儿子，所以也就越来越理直气壮唯姑夫是问了。搞得姑夫很恼火。

路玉离说："让你充好人，当初让你睁一只眼闭一只眼，你不干，非要讲什么哥们义气。现在好了，讲不下去也得硬撑着讲，想不讲都不行，就赖上你了。"

姑夫垂头丧气地说："不是觉得都是兄弟嘛，而且是和我在一起被抓的。"

"喊，这么有情有义的还来挣这条道上的钱？"路玉离不以为然，"又不是你把他送到警察手里的。"

姑夫想想也是，颇有点为他的天真而后悔，现在只能是赶鸭子上架了。几天后他又拿出了五千块钱给中间人，希望他能尽快把这事了了。第二天中午，中间人打电话给他，终于明确了价码。他说,他也只是传达了那边的意思,三万,因为麻秆身上有三个假证。姑夫彻底不行了,他知道自己摆不平了。三万。也就是说,还要再拿出一万五。他扛不住。

为了摆脱麻秆的家人,他把手机关了,躲到我那里,待了大约一周。除了偶尔用我的电话和外界联系一下,就是喝酒和睡觉。他说他实在没办法了。

"再多一分钱我都拿不出来了,"姑夫说,"说实话吧,我挣的都送给他们了,还借了路玉离两千。"

我觉得很奇怪:"最近生意不是很不错吗?"

"我那不是想充充胖子嘛。你真以为这事能挣多少钱?现在办假证的太他妈的多了,竞争厉害,价钱上不去。还要请人来制作,爷爷送一份,姥姥送一份,剩下的就没几个子了。我一直以为,有两个人了,不要整天往大街上跑了,能够安稳地挣点大钱。现在才发现,我他妈的干什么都比人家迟了一步。"

姑夫难过起来,喝了两瓶闷酒,突然说:"什么都是他妈的假的,只有老婆儿子才是真的。"他醉醺醺地去抓电话,"我得跟小峰说说话。想家了。"

姑夫对着电话咕噜咕噜说了一通酒话,我怀疑他自己都听不明白。挂了电话,他说:"有个好儿子真好。妈的,赚钱。嗯,赚钱。"

姑夫的一万五千块钱基本上是白花了,没能把麻秆弄出来。他和中间人实话实说,他没劲了,希望这一万五千块钱能够发挥一点照顾麻秆的作用,不致让他在里面受太多的罪,也算对得起兄弟了。麻秆父母那里,他只好说,这事有点严重,没办法,麻秆不会受苦的,他给了局里一万五,会让他在里面过上好日子的。姑夫一再向他们强调一万五,每强调一次心里都哆嗦一下。这个数字大概对麻秆家人也很有冲击力,他们在这个庞大的数字下逐渐沉默了。

但是姑夫最终并没有彻底从麻秆的事件中抽身出来,他觉得这事还是和他有关,是他把麻秆送进去的。为此,很长一段时间他精神都不好。也许他在想起麻秆的时候,顺便想起了他在里面的三年。

麻秆的事情并没有到此结束,而是留下了不小的后遗症。其余的四个人觉得姑夫不地道,他们和麻秆的家人一样,认为麻秆是因为姑夫被抓的,姑夫有责任和义务把他弄出来,但是姑夫最终放弃了努力。我想他们大概也有兔死狐悲之感,觉得跟着姑夫并没有他们想象的那样可靠。他们开始不那么专心了,找到了生意不像过去那样,全交给姑夫,而是隔三岔五地另找买家。这很容易,北京办假证的太多了。

这让姑夫很被动。道上的人都知道,出了事毫无疑问是要伤元气的,一是资金周转问题,还有一个就是挫伤了锐气,胆子也跟着小了。其他四个人和姑夫捣鬼,事就不好做了,做不起来了。活儿少了,姑夫也不能整天待在家里等饭吃,他不得不重新出门,站到了路边和天桥上。我给他打电话的时候,他正在蓝旗营前面的天桥上。

"过来吃饭?"我说,"今天休息,想去吃顿水煮鱼。"

姑夫说:"好,刚谈崩了一桩生意,正他妈的有火,吃点辣的痛快一下。"

大半个月不见,姑夫明显衰老了。一脸的疲倦,皱纹什么的,好像是一下子从皮肤下面全爬出来了。他坐我对面,抽烟的姿势都萎靡了。

"姑夫,"我说,"你状态有点问题啊,一点精神都没有。"

"没精神吗?"姑夫摸了摸他的短头发,"我昨天刚理的头发,又染了一下。"

姑夫很在乎自己年轻不年轻的,我就不好打击他了。"不错,头发挺精神的。"

"你是说我人老了?"

"老什么?还不到五十哪。"

那顿饭姑夫吃得很少,老是走神,这和他一贯的作风不合拍。水煮鱼很对他的口味。

"是不是现在重新出来了,有心理障碍?"

"什么心理障碍?我不懂这些洋词。有点怕,不过没办法,要挣钱,"姑夫顿了顿,续上一根烟,过了半天才说,"你姑妈打电话过来,说我们家前面的楼房也盖起来了。正好堵在我们家那溜房子的门前,现在的路很窄,送煤球的货车都进不去,小峰只好借来修鞋师傅的三轮车,一趟一趟地运回家。"

我能想象得出来那是什么样子,又一栋六层楼房拦头把姑妈家夹在中间,贴了瓷砖的墙壁成了他们家巨大的照壁。后面的楼房上能看见姑妈一家的日常生活,前面的楼房落下阴影,一年四季都将见不到晴天。姑妈最不喜欢的就是,在别人眼里生活,又被别人挡住了阳光。

"有什么打算?"

"再找几个人,不能就这么耗着,小峰又要高考了。拖下去就废了。活儿也越来越难做了。"

"跟路玉离要?"

"不问她要我到哪去找?她不愿再给了,她老公不愿意。那老东西把生意看得比人要值钱。"

七

  姑夫的状态一直没能好起来,尽管他努力把自己装点得年轻、新鲜一些,垂头丧气的表情还是改变不了。声音也有问题,电话里都是蔫蔫的,底气不足。这种状况让我担心,姑夫一直都是浪浪荡荡的,陡然严肃和愁苦,我还真有点不适应,老觉得有事。所以和他联系就频繁多了。他也经常到我那边去,爷儿俩喝喝酒,说说话。在北京这么大的地方,有个人聊聊其实是挺温暖的一件事。我觉得这也是姑夫没事就来我这里的原因之一。

  原因之二,是这段时间风闻又要开始严打了。

  这是我从报社里得到的消息。前几天有个同事去了公安局,采访几个新被抓进去的办假证的,回来后说,那些办假证的也不容易,进去了先要挨上一顿揍。他又说,听局里的内部消息,最近又要开始严打,狠抓一批,因为现在社会上出示假文凭的太多了。据说,人口普查之后发现,名册上大专以上学历的人数比实际培养的人数多了五十万。听到这消息,赶紧给姑夫打电话。姑夫说,他早就知道了,正准备收一收。他们道上一些神通广大的人,早就得到了消息。

  姑夫开始唉声叹气,从一进门开始,直到离开,都一副苦大仇深的样子,像受了多少罪似的。他变得空前地沉默了,不愿意说话。我想可能是生意上有问题导致的,所以尽量避免和他聊这个话题。又不能大眼瞪小眼地干坐着,于是我就瞎扯,找他感兴趣的话题,谈女人。没什么经验也谈。

  "跟你谈什么女人?谈不来。"姑夫说,一点都激动不起来。

  "我怎么不能谈?"我说,"过去不是谈了不少吗?没吃过猪肉总见过猪跑吧。"

"不谈。"

"随便说,再上一堂理论课。"

"理论有个屁用,真刀真枪动起来,理论早不知跑哪去了。不想谈,想起女人就烦。"

"路玉离惹你了?"

"除了她还有谁?"姑夫喝过酒,歪到我床上,"在北京这鸟地方,我这么没出息的,还能再找其他女人?"

姑夫都自卑起来了。这女人一定把他伤害得不轻,快半个世纪了,还没有哪个女人能把姑夫打击出自卑来。这个路玉离,竟然让他连谈女人的兴致都没有了。

一次,姑夫喝多了,在我那儿睡了一觉,起来时没注意把身份证丢我床上了。我估计他差不多该到家的时候给他打电话,接电话的是个女声。我愣了一下才反应过来。

"你是路玉离?"我说,"姑夫在吗?"

"不在。"

"他身份证丢我这了,你告诉他一声。"

"没别的事我挂了。"

"有。"我脱口而出,"我想问问你,姑夫最近情绪很不对头,是不是因为你?现在他有点困难,你就不能帮帮他,分给他几个?"

路玉离对我的话很不感冒,显然不高兴了:"谁说我没给他?我不是已经又给了他三个?他自己也知道他不是吃这碗饭的料。"

"那他怎么回事?你们吵架了?"

"我懒得和他吵。自己不行,还整天骂骂咧咧地说我有问题。"

她的口气我一下子听出来了,姑夫作为男人的合法性在路玉离那里受到了质疑。他不行了。这倒是个新鲜事,姑夫竟然也不行了。说实话,我当时真觉得有点意思。我继续问下去,丝毫没有什么顾忌。大概是在内心里,我对路玉离多少还是瞧不上眼的。

"那你不能帮帮他吗?"

"我怎么没帮他?"这个老女人和我一样无所顾忌,她的确也到了无所顾忌的年龄,"我到处给他买药,他一会儿吃,一会儿又不吃,疑神疑鬼的。让他去看医生他又不去,要我怎么办?"

"怎么会这样?姑夫身体一向挺好的。"

"我怎么知道?可能是想钱想出问题来了。"

原来是这么回事。姑夫临到真格的就羞于开口了。我不知道该不该跟他说。上班时,我和一个四十多岁的同事聊起了这事,他建议我还是找医生看看,十有八九是心理原因。我说我不好开口,开了口他也未必就答应去。同事就让我先去咨询一下有关医生,有了初步诊断他也许就同意了。

我通过朋友,找到了一位这方面的专家。我把姑夫的这几年的情况尽可能详细地告诉了那位专家,把路玉离的话也转述了一遍。专家听了,说这很简单,心理性的疾病,主要是心理压力太大。比如家庭方面给的经济压力,生意上的挣钱的压力,也可能有相互攀比之后的心理失衡的原因,比如潜意识里和路玉离或者其他人相比较,当然性生活上的偶尔不协调带来的心理暗示,这最关键,各个因素之间相互纠缠,从而导致目前的状况。

"该怎么治疗?"

"心理问题还须从心理入手,"专家说,"安慰、理解和宽心,解除他的心理障碍。还有成就感,这大概是振奋他精神的最好药物。"专家又说,"这只是初期,心理治疗还比较容易,越拖延就越麻烦。"

从专家门诊出来之后,我就在考虑要不要直接对姑夫讲清楚。

同事建议先不要挑明,挑明了反而等于给他增添新的心理暗示,最好是请路玉离来慢慢解决他的心理问题。同事的建议有道理,问题是这话我怎么和路玉离说。

"怕什么,"同事说,"都睡了这么长时间了,这几句话还扛不住?"

我想也是,关键是要为姑夫负责。我从姑夫那里找来路玉离的号码,简单地说了一下,觉得电话里说不清楚,就约她到硅谷旁边的肯德基谈。路玉离的坦诚出乎我意料,她完全接受医生和我同事的那些建议。

路玉离说:"不管你姑夫出于什么目的和我在一起,我害了他也罢,喜欢他也罢,都不说了。在一起前前后后也好几年了,说真的,即使是我老公,我也没有和他这样亲密过。我是一个女人,都半辈子了,知道该留点东西了,能不能留住是另外一回事。我不是只认钱,我还认他。我也不希望他变成现在这个样子。"

"专家说了,这时候女人比药物更有效。"

路玉离有些不好意思。"我会尽力的。其实他不适合干这个,可他不相信,"她点上我递给她的烟,"医生说得对,就是一个心理问题,他现在迫不及待地想把一辈子浪费的东西都挣回来。但是他现在一无所有。"

"他需要成就感。"

"谁都需要成就感,可最后到底有多少人能得到这个成就感?我是弄不明白了。"

"我也不明白。"

应该说,那天我们谈得很好。本来想请她吃饭,但是觉得不合适,我请姑妈的情敌吃饭算什么事。路玉离显然也理解,她随口扯了个幌子就走了。正如她所说的,这更应该是她的事。

路玉离如何对姑夫进行心理疗法,我不得而知。一周后我打电话给她,她也不避讳,直接说,效果不是很明显,不过还是有点眉目,但最后怎样,她不好说。她说她昨天刚去见了一个医生,那医生建议心理治疗和药物治疗同时进行,也许那样应该好点吧。

"最近我姑夫情绪怎么样?"

"还好,因为要严打,生意都放下了,我们一直在一起。因为不太出门,心情没什么大的动荡,当然也不会有太让人高兴的事。"

"慢慢来吧,"我说,"安全是第一位的,避过这段时间最要紧。"

我们通过电话刚两天,媒体上就开始正式宣传和报道严打了。街头上,路边上,尤其是大学门口立刻少了不少闲人,那些办假证的闻风逃匿。有几个胆大的顶风作案,一不留心就被揪住了。报社里也常有这类小道消息。我打电话告诉姑夫,千万不要乱跑,这次严打不是一般的形式文章,是动真格的了。媒体上的宣传口号是:时间长,力度大,挖掘深。

姑夫说:"没事,都待在家里。我又不想死,出去干吗?"

这是六月中旬的事了。六月底,让人高兴的事情终于来了,小峰的高考成绩下来了,在我们那个县城同类考生中排名第一。按照全省的分数排名,他在前二十五名。他报考的学校是清华,这一年清华在我们那个省的招生名额是三十。也就是说,从知道分数的那一刻起,他基本上就是清华的学生了。

小峰把这个好消息告诉我时,我和他一样激动,我听到姑妈高兴地哭了。她就站在电话旁边,听小峰给每一个亲戚和朋友说同样的一番话。姑妈真的很高兴,她觉得她终于熬出头了。

挂了电话我就给姑夫打,接电话的是路玉离。

"姑夫呢?小峰考上清华了。"

路玉离也很兴奋,说:"他知道了,刚哭得稀里哗啦,正高兴着呢。"

我对路玉离说:"这回姑夫该有成就感了吧。"

路玉离还没回答,电话就被姑夫抢过去了,姑夫说:"高兴。高兴。今儿个真呀真高兴。"

听到姑夫的这种声音我也很高兴,感觉过去的那个放浪不羁的姑夫又回来了。

八

那几天我一直都在跑,围绕严打的主题到处采访。从昌平采访回来,总编又交给我一个任务,到派出所去采访几个刚抓到的犯人。我问是什么犯人,总编说他也不清楚,局里只是说来了几个典型,让我们报社去报道一下。我就背着相机和采访机去了。

接待我的一个什么长说,都是新来的,而且不是一般的小混混,很值得报道一下的。他把我带到了他的办公室里,给我倒了一杯水,开始向我讲述本次采访的大体内容。主要是报道一下他们所在最近打假行动中的取得的丰硕成果。

"主要是办假证的,"那领导说,"而且不是一般的小混混。算是捣毁了几个造假的窝点。"

我一听"办假证的",不自觉地抖了一下。不可避免地想到了姑夫,然后觉得这个想法很可笑,姑夫和路玉离他们早就得到消息,最近所有的生意都放了,整天待在家里能出什么事,说不定姑夫现在正接受路玉离的治疗呢。领导继续在讲,基本上是照着手里的一份材料在念。大概的意思是,他们所积极、彻底地贯彻上级的精神,加大严打力度,深入挖掘隐藏在本辖区的各个隐秘的造假窝点,果断、迅捷地铲除了一切所能知道的社会毒瘤,成功地捕获了相关的嫌疑人18名。云云。

　　他在念材料的时候，我打开了采访机，又给他拍了两张照片。都弄好了，我开始采访。也是老套路，问几个适宜让他渲染发挥的问题，最后给他一个升华的机会。就这样。大概一个小时就解决了。我提出告辞，领导极力挽留，希望我能再和犯人们交流一下，说不定会激发出更多更好的灵感。这样我就不好再推辞了，那就看两个吧。我就跟着他去了一间类似审讯室的地方。

　　时间不长，一个四十多岁的男人被两个警察带进来了。那男的戴着手铐，胡子几天没刮了，头发蓬乱。他低着头坐在两个警察之间，我和领导的面前。我没怎么开口，主要是领导在问，问得已经很熟练了，我知道这是在模拟前一次的审讯。那人说的我几乎都知道，谁让我姑夫是个办假证的呢？领导问完了，要我也问，我没什么好问的，只好把他问过的问题又愚蠢地重复了一遍。领导大约看出我的兴趣不大，就让他们把犯人带下去。

　　"带个女犯人上来，"他对手下人说，然后对我说，"给你提供一个新的视角。"

　　带上来的女犯人吓了我一跳，竟然是路玉离。看到我，她也吃了一惊，随后低下头去。我想坏了，她来了姑夫一定也跑不掉。我一直想问，但是在领导面前又不好开口。只好听领导再审讯一次路玉离。在路玉离讲述被抓的经过时，她已经向我透露了一个信息，即，同时被抓的还有我姑夫。她说，当时他们已经提前得到了朋友的消息，说可能会遭到搜查，他们也已经收拾好了，但是因为一点私事耽误了一点时间，就被抓住了。

　　"什么私事？"领导问。

　　"就是两个人之间的一点小私事，和案子无关。"路玉离在审讯室里一点都不显怯懦。

"你有问题要问吗?"领导问我。

我看看路玉离,犹豫了一下,说:"没有。"

他们准备带她离开时,我突然说:"我能问你一个问题吗?在此时此刻,你最想对家人说些什么吗?"

我知道这个问题很无聊,而且矫情,但我还是问了。我只是想用这样一个问题,表明我和她之间实际上还是有很多关系的。在我们相互看见对方的时候,就有一些温暖的东西前所未有地出现了。

路玉离站住了,转过身看着我,说:"三个月前我给小峰存了两万块钱,八月底到期,给他读书用的。密码是他家的电话号码。"

说完就被带走了。她没有说任何道歉或者补偿的话。派出所领导被她的这句话搞蒙了,不知道是什么意思。他看看我,我说我也不明白,可能就是对家里人交代一句话吧。

"还想再交流几个吗?"领导问。

"我想看看名单,"我说。他把名单给我,我指着姑夫的名字说:"我想见见这个人。"

一会儿姑夫就被带上来了,他没有我想象中的那样恐惧,见到我甚至嘴角还抽了一下。他坐下,我还站着。我对领导说,我想和他单独谈谈,不知是否可以。

"那怎么行?他是犯人,我们要对你的安全负责。"

"没事,我们认识,"姑夫说,"我们几年前做过邻居,不错的邻居。"

领导看看我,我说是,不会有问题的。他对着手下挥挥手,他们就下去了,然后自己也出去了,出门时对我说:"我们在外面,有问题就叫一声。"

房间里就剩下我和姑夫。

姑夫说："又被抓住了。"

"你们都提前得到了消息，为什么不跑？"

"不是那个嘛！"姑夫有点兴奋，"我又行了，真的，我又行了。然后他们就冲进来了。"

听到小峰高考的成绩，姑夫十分高兴，很多天都没有这么开心了。他一直在夸奖小峰有出息，他说，这辈子哪怕什么事都没干也无所谓，生了一个好儿子足够了。这大概就是所谓的成就感。这个成就感不仅让他的精神振奋，连身体也激动起来了，有了感觉。

其实上午他们就得到了消息，可能会出事，最好在天黑之前离开。他们的东西都收拾好了，一些可能会当成罪证的重要东西都提前转移走了。他们下午四点就开始吃晚饭，准备晚饭一结束就离开，去通州的一个朋友家避一避。但是姑夫在成就感的刺激下蠢蠢欲动了，主要是他一直对自己抱有幻想，以为真正心理上强大了，就行了。他担心这种成就感一旦降温，就再也找不回来了，像终于抓到了救命稻草，迫不及待地想印证一下。加上两瓶啤酒的鼓励，吃过饭他就往路玉离身上蹭。当时路玉离在洗碗，不愿意理会他。姑夫就缠着她，什么话也不说，这么久都不行，他已经羞于开口了。但是路玉离明白，她只好对姑夫说，洗刷过后再说。

洗刷完了，路玉离提出赶快离开吧，不管消息可靠性有多大，宁可信其有，不可信其无。姑夫正处在一个希望的高峰上，尽管他也不知道自己真开始了到底行不行，但他不愿放弃这个大好时机。他继续磨蹭，路玉离提醒他，现在不是干这种事的时候，命比什么都要紧。

姑夫说："男人都不是了，留条命有什么用。"

姑夫说得很委屈，也很伤感，就是这句话让路玉离动心了。她觉得眼前的这个男人其实挺可怜的，要命的是，她喜欢这个男人。

她心疼他,理解他的苦恼和渴望,发自内心地想让他各方面都能好,她当然有责任不放过任何一个可能让他重新成为男人的机会。路玉离就妥协了。开始主要还是应付,渐渐地责任心就上升了,想要好好地成全他。开始还是被动,逐渐变得积极,最后完全是主动了。她兼备了一个情人加一个医生的心态。

刚开始,姑夫折腾了半天还是不行,有点丧气和怀疑了,本身他底气就不足。但他还想做最后的努力,时间已经不多了,他决定再不行就停下,离开。又折腾了半天,还是不行。姑夫像具死尸一样从路玉离身上倒到一边,哭了,哭得又绝望又伤心,像个知道自己永远也吃不到糖的小孩。姑夫的哭声让路玉离生出了类似母爱一样的东西,她不再是迁就他,而是积极主动地诱导他、安慰他、鼓励他,说别害怕,想想小峰,他给你这个当爹的争了多大的面子,这么好的儿子不是谁都能有的,只有你才有这个福气。她让我姑夫相信,他是没问题的。

时间在床上总是跑得更快,何况他们还要进行复杂的心理疗法。开始他们还有时间概念,后来就把时间给忘了。姑夫在某个时候好像提醒了路玉离一次,时间不早了。路玉离却说,不管它,你没问题,你看,你快要和过去一样了。

姑夫终于行了,他激动得大喊大叫,大声哭泣,抱着路玉离迟迟不愿意下来。路玉离也动了情,觉得此刻抱着怀里的男人,是世界上最幸福的事。他们俩都不知道灯是什么时候打开的。姑夫睁开眼,电灯光刺得眼难受,他才意识到天黑了。两人赶紧起来,衣服刚穿好,几个穿便衣的警察就到了,他们破门而入。

后记:
小说到这里好像还没写完,但是故事已经结束了。现在我姑夫在里面。从被抓到的时候起,他就知道又得进去了,而且会无比漫长。他有前科。那天在审讯室里,他看上去还好,有点激动,可能是因为沉浸在来之不易的男人的感觉里,当然,也可能有其他原因。被警察带走的时候,他对我说:"告诉小峰,我不能送他去清华报到了。"停了一下又说,"那真是个好地方。"

2004 年 3 月 18 日,北大万柳

我们在北京相遇

一

沙袖又迷路了。她在五棵松给家里打电话,找不着家了。听声音她已经哭了,身后是更大的风声。我接的电话,沙袖说,让孟一明过来接我。我还没问清楚她在五棵松的具体位置,电话就挂了。她很恼火。她是孟一明的女朋友,心情好的时候,她都叫一明;心情不好,就叫孟一明。

挂了电话我赶紧去敲一明的门,他在为明天的函授课查资料。听说沙袖又迷路了,一明电脑没关就拿围巾和棉袄,要出门,走两步又摸出钱夹看看,对我说:

"有钱吗?借我一百,怕不够。"

我给了他钱。出门时他又让我跟他一起去,他怕沙袖对他发脾气。每次沙袖找不到家都要发脾气。我穿上羽绒服跟他去了,出了承泽园就打车。已经是傍晚了,天色冷灰,风也是灰的,车子穿过大风跑起来,像钻进了灰暗的烟雾里。一明对师傅说,五棵松,越快越好。

车子上了四环,北京就变得阔大和荒凉了。四环外一片野地,灰蒙蒙的夜晚开始从野地里浮起来。四环里面万家灯火,灯光一个比一个高,一个比一个亮。在这样的冬天傍晚,环线内外比较一下,我总觉得心里没底,说不清楚。

一明说,袖袖该急坏了,她为什么就不能把车次给记住了呢?

五棵松在北京的地图上也就是一个点,但要在那里找到一个人,就会发现那地方并不小。我们在五棵松中心地带下了车,开始在各个公交车站牌底下找沙袖。从东找到西,再换一条南北路找,终于在一个银行避风的大门前找到了沙袖。她抱着胳膊站在那里不停地跺脚,脚边是从山东老家背过来的大包。沙袖的个头不是很高,站在灰色巨大的银行大门前,看上去没有一点热气,比四环外无人的野地还荒凉。

"袖袖,冻坏了吧?"一明脱下棉袄要给她穿上,"你怎么跑到这儿了?"

沙袖甩掉了棉袄,说:"我乐意。我喜欢到哪儿就到哪儿。"

"好了,不生气了,我们打车回去,暖和一点。"一明一口山东话,硬邦邦的山东话软下来,听起来就像是讨好。他脾气不错,任何时候他都能坚持住自己的笑脸。

"你钱多啊?"沙袖说,站着不动。

"我请客,"我上前拎起包,招呼了一辆出租车,"刚拿到一笔稿费。直接到元中元,给你接风。"我想打个圆场。

沙袖有了台阶下,勉强上了车。我们都知道沙袖是个方向盲,但是把车坐到五棵松也实在匪夷所思。五棵松和海淀,完全是不搭界的两个地方。总还可以看看站牌吧。但她就是坐到了五棵松。我在车镜里看到沙袖板着脸坐在一明旁边,腰梗得直直的,车里暖和多了,她还是不说话。

"袖袖。"一明叫她,我看到他在镜子里试探性地从后面抱住了她。沙袖挺了挺上身,终于把头歪在一明怀里,哭了。浑身都在抖,她被迷路吓坏了,这大冬天的晚上。

元中元是北大西门外的一个小饭店,靠近承泽园。他们家有道拿手菜,水煮鱼,地道,价格也适中。我们有什么庆祝,或者是嘴馋了,就来这里腐败。到了元中元,沙袖的眼泪总算止住了,气氛好起来,谁都不说迷路的事,瞎说其他的。元宵节刚过,加上春节,我们有无数的话题可说。酒也在喝,因为沙袖高兴了,一明有点兴奋,跟我哄起劲来喝。喝得我们老想上厕所。我先出去,一明随后跟上,要给我钱,我说你乱来,说好了我请客,你的任务是把沙袖弄服帖了。一明说,没问题,没问题,她差不多缓过劲来了。

气氛热闹起来,顾忌就少了,看得出沙袖逐渐回到年前的那个沙袖,开朗,微笑,善解人意。酒多了,舌头也跟着大了,说来说去就又说到迷路的事。

一明说:"袖袖,你真行,你一坐就坐到了五棵松。那地方我都好几年没去过了,你是怎么坐到那儿的?"

我说:"沙袖是天才。谁说的,天才的旅行家和探险家都没有方向感,否则他们发现不了好地方。"

沙袖用筷子敲了我一下,说:"讨厌,我都找不到家了,你们还笑话我。"

"在电话里你都哭了。怕什么?你就是到月球上,一明也会爬天梯把你接回来的。"

"我也不知道,就觉得心里空荡荡的,从里到外都是大冷的天。"

我看她又要不高兴了,就说:"不说这个了,再说你又该哭了。"

"我就是老想着挤在北京站广场上的那些人,"沙袖说,"我出站之后吓了一跳,广场上挤满了人,都是要挤火车的民工。坐着、躺着、睡着的,都有,风那么大,那是石头地面。我看着都冷得哆嗦,他们倒像没感觉,头发、脸都是干的,还有女人当众奶孩子。要么是刚下火车的,要么是在等着火车来。你说他们大冬天跑出来干吗呀?"

一明说:"打工,不然怎么挣钱。"

"我知道。"沙袖的声音提高了,"我是说他们为什么非要跑出来,大冷的天,坐在广场上。"她有点激动,喝了一口热水,"我也不知道,就是突然觉得难过,感觉从里到外一下子都凉透了,过年的那点热气全没了。"

沙袖在出站口站了一会儿,然后被后面的人拥挤着向前走,像裹在一场大水里,进了地铁站。本来她想在哪个背风的地方坐下来歇上一会儿,但是人太多了,挤着她的包向前走。为了抓住包,她只好跟着向前走。排队买票。挤进地铁。占据了两只脚的位置,连身子都没法转一下。一个个站,下去一些,上来一些,她在上下之间的空当里换一下拎包的手。到了复兴门,很多人都下,裹着她也下车。转成直线地铁。她本来还想按一明告诉她的,到公主坟站下,转乘路面上的332支线的公交车。可是那么多人,上下都由不得自己,她恍恍惚惚地站下去,头脑里全是那一片挤在广场上的人,大风从他们身上刮过。他们为什么都要挤到北京来呢?然后她觉得该下车了,已经到了完全陌生的五棵松。一下子就慌了,她在五棵松也想着找332支线,转了好几个路口都没有。天近傍晚,风是灰的,她更慌了,就哭了。她又迷路了,为此她很气愤,自己把自己搞迷路了,一肚子莫名其妙的火。她想自己找回家,显然不可能,她就在银行旁边避风,人家都下班了,门也关上了。她只好打电话,怒气冲冲地说,她找不到家了。

就这样。

"他们都挤到北京来干什么?"沙袖重复了一遍。

"找条路呗,"我说,"就像我,还有边红旗那样的。"

"北京有什么好,那么大,出一趟远门回来都找不着家。"

"那是你方向感不好,"一明说,"方向感好的人,下了地狱也能摸回去,到家门口。"

二

一明是我的大学同学,现在的室友。我、一明和边红旗三个人合租了一套三室一厅的房子,在承泽园里,四楼,楼前有一棵老得空了心的大柳树。沙袖和一明住在一起,也就是说,我们的三室一厅实际上住了四个人。

我和一明合租已经一年了。开始先是我在承泽园租了一间平房,很小。那时候我辞掉在家乡的工作,来到北京,和所有对北京怀抱希望的年轻人一样,我希望能在北京干出点名堂,具体地说,写出点名堂。我写小说,好几年了。外省人总以为北京是个文化中心,既然很多人来北京后都能折腾出一点成绩来,那我也来。就这样。直到现在我还这么想,尽管受到的打击越来越多。生活,退稿,郁闷,等等。我还打算再忍受下去。选承泽园租房,是为了偶尔能到北大听听课,谁都知道那里有很多牛人,学者、教授、作家,哪个拎出来,对中国人的耳朵来说都不陌生。

有一天听完课,在未名湖边瞎逛时碰上了一明。天下就这么小。我们是大学同学,他哼哧哼哧地竟然考上了北大的研究生,而且已经是博士了。我请他吃了一顿,然后带他参观了我的小屋。他觉得有一间自己的小屋真好,更好的是还能两人分担,价钱也不贵,他就搬来了。加了一张床,挤是挤了点,但充实了。我们俩也充实,没事相互吹捧着玩,让对方觉得离大师都不远了,日子过得挺不错。隔三岔五出去吃一顿,还像大学时一样,偶尔打打牙祭是生活中最美好的事情之一。后来一明说,沙袖要来,我们租个大一点的地方吧。就在院子里到处打听，正好碰上几个考研失败的人退房，就租了现在的三室一厅。有洗手间，能烧饭，还有一个不大不小的客厅摆点杂物。三间屋大了点，住不完，两室一厅又找不到，只好咬咬牙受了。

大约过了三个月，我认识了边红旗。在北大英杰交流中心认识的，都去参加未名诗歌节朗诵会，边红旗毛遂自荐上台朗诵，在台上他说，他叫边红旗，但当他和诗歌发生关系时，他叫边塞，诗人边塞。他还说，他叫边红旗的时候是个办假证的，如果有诗人想搞假文凭，找他，八折优惠。我喜欢这样大大咧咧的人，有意思，而且他长得不像坏人，高高大大，浓眉大眼，符合我们中国人对帅哥的朴素看法。在上台朗诵之前，他借了我的一件白色T恤衫，在上面写了一句煽情的口号，像行为艺术。朗诵的效果很好，为此他很感谢我，一定要请我吃饭。

也是在元中元，东拉西扯就喝多了，醉得舌头都直了，只好睡到我那里。第二天醒来以后，觉得我那里不错，也想搬过来住。原来他租的房子在西苑那儿。一明和沙袖都同意了，我没有意见，边红旗就过来了。三室一厅都用上了，费用平摊，皆大欢喜。开始我们对他还有点戒心，毕竟办假证不是个正当买卖，一明又是搞法律的，住一块儿这事多少有点不好理解。不过后来就没问题，办假证是办假证，进了门他是我们的朋友，跟合租没关系。再说，也不能因业废人，莫泊桑的羊脂球还是个伟大的妓女呢。所以大家相安无事，一起过日子挺好。就像现在这样。

给沙袖接风的那天晚上，边红旗不在，按他说的，泡妞去了。我打他电话让他过来一起吃饭，他喘着粗气说，正忙着哪，有事回去说，就挂了。他和沈丹在一起。沈丹是边红旗在北京的情人，超市收银员，土生土长的北京人。他老婆在苏北的一个小镇上，挺温柔贤惠的一个女人,长得比沈丹好,来过一次北京,我和一明他们都骂边红旗贪得无厌,有这么好的老婆还瞎搞。边红旗说,老婆哪有嫌多的,何况又不在身边,用不上啊。所以在北京,他马不停蹄地和女人有染。我们就不再说什么了,大概诗人都这毛病,总能在女人身上像发现诗歌一样发现爱情。

十一点多边红旗回来了,左边的腮上还有没擦净的口红印。他把一只北京烤鸭扔到客厅的洗衣机上,把我们从各自的房间里喊出来,让我们吃。

"今天高兴,赚了一千三。"边红旗说,"那个傻大个怕警察抓,没讲价就答应了。我和沈丹隆重地庆祝了一回。"他指着烤鸭说,"沈丹单位的福利,让我带给大家,同喜同喜。"

他又做成了一桩好买卖。如果不违法,办假证实在是条发财的捷径。就站在路边,或者天桥上,比较多的是待在北大、清华等大学门口,见着差不多的人就问,办证吗?什么证都有。如果碰上了,就讨价还价,根据证的种类、制作难度等指标收钱。最好是遇上一个冤大头,对办假证一无所知,就趁机提价敲诈一番。一个证成本加上各种费用大约两百块钱,但你可以要价一千五。就像今天边红旗一样,逮到了一个傻大个,硬生生赚了他一千三。这工作就一条让人恐惧,要时刻提防警察来抓。边红旗说,每天都提心吊胆,就怕那帮戴大盖帽的什么时候突然抽风。

边红旗问我:"你抽什么风去请客?又拿到稿费了?"

"靠,"我闻了闻那只烤鸭,实在吃不下了,"我那点稿费哪拿得出手?主要是给沙袖接风。"

"我们的大美女袖袖回来了?"边红旗对着一明做出色迷迷的鬼脸,"是不是又给你上了政治课?"

一明说:"她又迷路了。"

"这就是你的不对了,应该提前去接站。"

"赶着备课,明天就上讲台了。"

"这就更不对了,还有什么比女人更重要的吗?穆鱼你说,有吗?"

"有啊,"我说,"老婆。"

边红旗对我挥挥手:"别跟我提老婆,中午我还接到老婆电话,让我回去。操,我回去干吗?一年挣得不如在北京一个月挣得多。"

沙袖洗漱好从洗手间里出来了,见边红旗指手画脚地大谈北京的好处,就说:"你又在写诗?好像全北京地上的钱都让你一人捡到了。"

"那怎么行?我总得剩下点给你们家一明捡,"边红旗说,头歪了半天又说,"差点忘了,昨天碰到了一塔湖图书店的叶老板,让我带个话,如果你回来了,就去上班,那个姓杨的胖丫头家里出了点事,人手不够了。"

沙袖看看一明,说:"那我就过去?反正待在家里也没事干。应该会有加班费的吧。"

一明说好,他明天就开始去给人家上课了,也没时间陪她。我让沙袖到了书店帮我看看,有什么新进的好书,抽空我去买两本。

除了有意识地聚在一起,晚上的这个时候一般是我们的公共时间。大家都从外面回来了,在某一个时候,像演话剧一样,从各自的房间里走出来,三间屋,四个人,聊聊天,天南海北地瞎说说,然后疲倦了,或者要干别的事,又重新回到自己的房间里。房间里安静下来,真正的夜晚就来临了,接着是睡眠。

三

　　我是夜猫子,他们三个都睡了我还精神抖擞,这和我生活有关。他们都有事做,或者工作,或者上课,散漫的像边红旗,也得到马路边上去鬼鬼祟祟地推销假证。我没有工作,只是待在家里写东西,写累了就看看书,看累了就出门转一圈。夜里是看书和写作的好时光,所以养成了晚睡晚起的习惯。我醒着,两眼盯着电脑或书本,很多时候也会在发呆。其实更多的时候都是在发呆,想写作的事,想写作为什么毫无起色的事。

　　那天晚上我喝多了,反而更清醒,但看不进去书,也静不下心来写东西,就打开电脑上的视频电视,午夜新闻,看到了沙袖描述的北京站广场。数不清的人挤在广场上,身边是孩子、臃肿的行李、冰冷的石头地面和整个冬天。我想起沙袖说的那句话:

　　"他们都挤到北京来干什么?"

　　是啊,他们都挤到北京来干什么?看到那么多人都待在广场上,不要说在现场了,就是看电视感觉也很不好。不知道沙袖是不是想过,她若是挤到他们中间坐下来,其实和他们没有任何区别。我也是,边红旗也是,我们会轻易地淹没到他们中间,就像水溶入水里。不知道一明是不是,他是我们四个中唯一具有北京户口的人。但是我们还是和他们一样,不过是比他们早几天从广场上站起来,住到一间建筑在北京地面上的屋子里。如此而已。如果说还有点区别,那就是我们打算像一棵树一样在这里扎下根来。我不明白沙袖怎么想,她在元中元吃饭时,不时地嘟囔着抱怨北京:干吗那么大呢?真是。抱怨归抱怨,她也许比我们更迫切地希望,能在北京扎下根来。一明在这里,而且他并不打算离开这个拼了好大的力气才挤进来的地方。

半年前,一明的母亲去世,他在故乡唯一的亲人也没了。母亲的葬礼办过之后,他对沙袖说,他彻底不打算回山东了,念完博士,然后留在北京。他让她辞掉工作,到北京来生活。沙袖当时还在他们的故乡,香野地,一个名字无比美好的镇子。她在镇上的中心幼儿园和小学当老师。沙袖听到一明的决定,没有任何犹豫就答应了,她辞掉了在镇子上的人看来十分不错的铁饭碗。在沙袖看来,一明是她的男朋友,将来的丈夫,当然要和他生活在一起,到北京来倒是次要的,尽管很多人听到能到北京生活都要止不住地流口水。她就来了,在上一个春天的末梢来到了北京。

沙袖来北京,在她家人和周围人的眼里,完全是理所当然的事。也是一明母亲的遗嘱,老人家咽气前,花了五分钟说了最后一句话,就是要一明好好待沙袖,让她过上好日子。他们俩的关系,很多年前就已经公开了。大家都知道,他们俩从十六七岁就是一对了。

十六七岁就开始好,是早了点,没办法,这种事就是莫名其妙,来了挡都挡不住。这也是一明这么多年一直引为自豪的一件事。

我们是同学,住一个宿舍,上下铺的兄弟。刚进大学,军训的时候,一天下来累得骨头发硬,躺下了就不想起来。我偶尔从上铺伸头往下看,经常会看到他拿着一张照片不知疲倦地看。问他要看,死活不给,男的女的都舍不得说。军训过后就逐渐熟了,慢慢地也都觉得心里的那点小秘密没有遮掩的必要,一明就把照片拿出来了。就是沙袖。挺好看的一个女孩,鼻子和眼长得都很好。我们问他是不是他女朋友,他很害羞,不好意思说"女朋友"三个字,就说,就算是吧。我们说就算是什么?一明憨憨地说,你们说算什么就是什么。再后来,女朋友、老婆之类的词语对我们完全成

了小儿科,一明才理直气壮地指着照片上的女孩说:

"看,我女朋友。"

然后跟我们讲他们俩是怎么好上的。

沙袖一家是在一明念初二那年回到老家香野地的,之前在东北,靠近大兴安岭的一个林场里。沙袖的父亲年轻时下东北,在那边找了老婆生了孩子。现在又想回来了。除了老沙,沙袖一家都是一口地道的东北腔,在香野地很稀奇,他们喜欢梗着脖子说话,把声音拉得直直的。老沙买下了他堂兄的院子,一家人住下来。在一明家隔壁。沙家刚来的时候,一明很喜欢听沙袖和沙袖的姐姐说话,经常躲在两家的围墙底下听她们姐妹俩在自家的院子里说话。听了半个假期,一明开学了,发现前排坐着沙袖。他们是同学了。他们既是同学,又是邻居,自然就熟悉起来,经常一起上学放学。

那时候他们都在远离香野地的小县城念中学,回家一趟很麻烦,对一明尤其麻烦。他家日子很一般,除了田里的粮食,主要的收入就靠他父亲给人家建房子。老孟是个不错的泥瓦匠。为了省钱,一明一学期也难得回去几次,都是沙袖和她姐姐回去。沙袖姐姐也在那学校念书,初三,姐妹俩交替在周末坐车回家。一明的父母就委托沙袖姐妹俩,给他带吃的,煎饼和咸菜,自家做的,学校伙食太贵。他们的熟悉程度可想而知。

念初中的一明很羞涩,模模糊糊觉得沙袖很好,但是不敢多想,尽管成绩很好,还是止不住地自卑,自卑什么自己也搞不清楚。高年级的同学都在风传谁谁谈恋爱了,听得一明心里一跳一跳的。他不知道是不是也想谈恋爱。有一天他到女生宿舍找沙袖,发现沙袖的咸菜、煎饼和他的一模一样,有点纳闷,嘴里不好说,就憋着。寒假回家问母亲,母亲说,他们家没那样的咸菜和煎饼啊。一明就明白了,是沙袖给他的。再一问,发现在学校里吃的很多东西都不是自己家的,沙袖把自己的东西分给了他。一明一下子觉得里里外外都暖洋洋的。后来一明说,要说早恋,大概就是在那天开始的。

但是这家伙胆小,不敢说,而且那时候也怯于想这些事。一明就拼命念书,想让自己更优秀,以便有朝一日能配上沙袖。他的想法其实很简陋,根本不知道将来是什么样子。果然,中考之后他就傻眼了,他考上了县里的一中,继续读高中,沙袖却考上了市里的一所中师,以后出来当幼儿园和小学的老师。他一直想,两个人都考上县中,一起念书,将来一起考上同一所大学,然后,生活就是一件水到渠成的事。这事搞得他很难过,他听人说,中师里的学生基本上都谈恋爱,尤其是漂亮女生,最后一个都剩不下来。所以,高一第一学期他过得很萎靡,整天想着美好的煎饼卷咸菜,现在没人送了。

下学期天就热了,一明偶尔要趴在课桌上瞌睡一会儿。正是午觉的时间,一个同学把他推醒了,暧昧地告诉他,有两个漂亮的女孩子在教室外边找他。他觉得莫名其妙,出了教室才清醒过来,身上立马出了一层汗。是沙袖和她的姐姐。他站在太阳底下不会说话了。

还是沙袖姐姐说:"一明,你怎么不说话?"

一明挠挠头说:"袖袖。"

沙袖一下子脸红了。一明的脸更红,他不知道该怎么办。这地方不是香野地,在家门口他和沙袖说话脸不红。

沙袖的姐姐说:"袖袖回了一趟家,顺便过来看看你。"

一明又挠挠头。沙袖穿着学校发的运动服,红的,袖子和裤腿上都镶两道白边,沙袖的脸也白了,粉扑扑的,一明看得见她的脸上的小茸毛。好看,真好看。当时一明都哆嗦了。他明明白白地感受到了爱情,这个词突然让他羞愧。他们在校园里到处走,整个过程中他几乎开不了口,一直低头看自己的脚尖。他突然觉得像做了一场梦,觉得所有的美好的想象到此全完了,沙袖离他一下子变远了,让他绝望,都想哭了。

  一个星期以后,他收到了沙袖的信,夹了两张照片,一张站着,一张坐着。沙袖在信里说,你说我的衣服好看,我就穿这身衣服照了两张给你。一明看到这句话就哭了。他上课走了一下午的神,盘算着怎么回信。晚上宿舍里熄了灯,他打开手电开始回信,到深夜两点才把信写完。

  他们开始了漫长的通信历程,直到毕业。一明考上了大学,成了我下铺的兄弟;沙袖回到香野地,做了镇上中心幼儿园的老师。她歌唱得好,舞跳得也好,进了幼儿园就是宝贝。他们漫长的通信几乎什么实质性的内容都没说,但是其实什么也都说了。一明觉得,这辈子就沙袖了。沙袖也这么认为,这辈子就一明了。

  当时在我们班上,像一明这样从中学就开始的恋情有十个,最后存活下来的,只有一明一个。别人的男朋友或者女朋友,大多在其他高校,慢慢就变味了。一明顶住了,从一而终。其中不仅是因为他们俩感情一直很好,还因为沙袖早早就承担了孟家儿媳妇的责任。一明不在家,香野地就剩下了父母两人。一明大二时,父亲从房梁上摔下来,断了脊椎骨,一直躺在床上;一明母亲一个人既要照顾病人又要照顾田地,根本忙不过来。先是沙袖帮忙,然后沙袖一家都帮上了。他们在心里也逐渐确立了双方孩子的关系。后来老孟不行了,卧床两年一蹬腿完了。沙袖就接着陪一明母亲。他母亲,确切地说,是一明的后娘,但是对一明很好,当亲生的把一明带大成人。老人家劳累操心这些年,身体也不行,没有沙袖大概早就完了。沙袖一直服侍老人家到死。这期间,她已经完全是孟家的儿媳妇了。为了照顾未来的婆婆,沙袖放弃了进县城的机会。县城的一家幼儿园看中了她,希望她能去那儿工作。沙袖眼都没眨就拒绝了。这些年,一明在爱情之外,时时感激沙袖,她代替他完成了人子的孝道。一明常说,他要让沙袖过上好日子,就像他母亲弥留之际交代的那样。

　　大一大二时,一明一直都坚持说,毕业之后回香野地,至少回到他们那个县城。大三以后就不再说了,他想到一个更便于施展自己的地方去。当然,他坚决对我们许诺,也是对自己许诺,不管到哪里,都要和沙袖在一起。就像现在,他实现了,他要留在北京,他把沙袖从香野地带到了北京。

　　香野地和北京显然是有区别的,不知道沙袖更喜欢哪个。她刚过来的一段时间里,很高兴,也很不习惯。没有事做,出门就是车,碰巧我和一明都不在她连个说话的人都没有。偶尔她抖起胆子到外面玩,几乎每次都迷路,她在北京几乎完全失去了方向感。这里不同于香野地,那里是平面的,站在哪里都明白自己的位置;北京是立体的,陷在高楼之间,连影子都找不到。这让她恐惧,后来干脆不到万不得已,就不出门。可是待在家里又干什么?她跟我开玩笑说:"我还这么年轻,就开始在这屋子里养老了。"开始她还唱歌跳舞,自己给自己解闷,后来她对这一套也烦了,人开始沉下去。有一回,我们一起在外面吃饭,说起了老人之死。我说老人死前,应该是非常寂寞的,寂寞会增加老人赴死的决心。

　　沙袖说,是啊,现在她才理解,为什么一明母亲当时会那么说。老人家躺在病床上,对刚从幼儿园回来的沙袖说:"见着你,我就想多活几天了。大半天见不着人,就想,不如早点死了算了。"

　　沙袖接着说,在香野地,她觉得日子过得很充实,和那帮孩子在一起,伺候一明的父母,晚上空闲下来,看着照片想想一明。然后睡觉,第二天又是忙忙碌碌地这样过。心情不好了就出去走走,出了镇子就是开阔的野地、春天的青草味、秋天的谷米香,找个干净的地方坐下来,发现生活其实很不错。

"你不喜欢北京?"一明问她。

"喜欢。"

我说:"应该给沙袖找个工作,这样闲着可能很伤人。"

"是,我觉得有点累,"沙袖低下头,把筷子转来转去,"早上眼还没睁开就开始考虑,怎样把一天打发过去。完了,睡觉前还是空空荡荡,我受不了这一整天的空空荡荡。"

那以后,一明才决定给沙袖找工作。

四

他们都出门了,我还在睡,巨大的摔门声把我惊醒,我看看表,上午十点二十七分。听走路的声音是沙袖,这会儿她应该在一塔湖图书店上班的。我慢腾腾地起床,打着哈欠站在门前,刚开门想问她怎么回来了,她把房门关上了。

我站在客厅里说:"沙袖?"

没有回答。

我又说:"沙袖?"

还是没有回答。我就不说了,开始刷牙洗脸。满口泡沫的时候电话响了,我还在刷,等沙袖出来接。电话一直响,沙袖就是不出来,我只好抹一把嘴去接电话。

是一塔湖图的叶老板,他问我沙袖在不在。我让他等一下。我敲沙袖的房门,告诉她,叶老板找她。

沙袖在里面说:"不接,我不在。"

她的声音不太对劲儿,我没敢多问。我回叶老板说:"不好意思啊叶老板,沙袖不在。"

叶老板说:"她不想接就算了。这样,我给她支了两个月的薪水,一明或者你,什么时候有空,过来拿一下。就这样。"

我一愣神,他挂了。我回到洗手间,又挤上点牙膏接着刷牙。越刷越觉得不对,沙袖在书店干得好好的,怎么突然出这事?叶老板的意思显然是要把沙袖扫地出门,他在跟国际接轨,多发两个月工资打发走人。这叶老板太不够意思了。我停下来,满嘴泡沫就去打电话。

"叶老板,"我说,"你刚才说的两个月薪水是什么意思?"

"沙袖辞职了,我发给她两个月工资有什么不合适吗?"

"她辞职?"我摸了一下嘴,摸到满手的泡沫,"怎么可能?我是说她怎么可能辞职?"

"一点小事,我也不明白,小吴跟我说的。他也一头脑子,他说他都和沙袖解释过了,但是沙袖还是坚持辞职。具体细节你问她吧。还有,一明回来,你代我向他道个歉,真是不好意思。"

一点小事至于辞职吗?我也不明白了。我回到洗手间继续刷牙。那个牙刷了我半个小时,洗完脸回到房间,已经十一点多了。在电脑前发了一阵呆,我决定问问沙袖到底怎么回事。一明去上课了,辞职对沙袖来说不是一件小事,尤其是这样的工作。

敲了半天门才开。沙袖开了门又坐回书桌前,翻来覆去地转动一支彩色铅笔。墙上贴满了她的画,都是张大嘴笑的儿童和长满青草的野地,还有几处芦苇,叫不出名字的鸟在天空里飞。

"沙袖,"我说,在旁边的椅子上坐下来,"刚刚我给叶老板打了电话。是不是他们欺负你了?"

"没有,是我自己要辞职的。"

"没有商量的余地?"

"我都说不干了。"沙袖声音低了下来,她的铅笔不转了,下巴支到书桌上。

我知道她还有半句没有说,那就是:"我知道工作不好找。"

工作的确不好找,北京本地人找工作都是个麻烦,何况漂进北京的外省人。就沙袖来说,问题是难以找到合适的工作。她是幼儿教师,在北京哪有幼儿园愿意招聘这样的"三无"人员。她会唱歌、跳舞,没地方用得上,过去的职业现在只能沦落为爱好和特长,换不了饭吃。书店职员应该算是不错的了,待遇还可以,靠近北大,一明一天可以去三次,沙袖自己心里也有个底。现在没了。

没了就没了吧,她都说不干了。我只好安慰她:"既然辞了,就不要想它了,工作多的是。一明中午回来吗?"

"不一定。我就是觉得整个生活都要一明一个人负担,挺辛苦的。"

"你别担心,他扛得住,他的课时费听说很不错。"

沙袖一声不吭,抬起下巴又开始转笔。

"这样吧,我给一明和边红旗打个电话,中午一起出去吃个饭。别愁眉苦脸的,多大点事。"

我打一明的手机,他正在回来的路上,刚上完课。他说叶老板已经给他打了电话了。"辞了就辞了,没什么,让袖袖开心点,"一明说,"我给袖袖买了她最喜欢吃的酥糖。要吃饭?好的,我很快就到。"

边红旗正在交易,他在芙蓉里的一条巷子里。他压低声音告诉我:"老弟,我又发了,赚了三百。吃饭?谁请客?"

"当然是你请。"

"操,我就知道找我没好事。今天的钱又白赚了。"

吃饭的地方移到了北大东门,一个叫大瓦罐的湘楚风味馆子。按边红旗说的,就照三百块钱吃。他知道我们吃不完才这么大义凛然的。馆子是个好地方,几杯酒下去人就放开了,一下子就亲密了,一下子就无所谓了。所以我一见别人不高兴,我就想办法让他进馆子,让他在饭桌上坦坦荡荡,变得透明。沙袖上了饭桌也慢慢放开了,主动说起了辞职的事。说到底其实是一句话:普通话问题。

这事其实两天前就出现了。沙袖在家过了这么久,来北京自然是一口家里话。不是山东话,是东北话,直着说的。在书店里,顾客经常会问一些愚蠢的问题,比如书抱在怀里还问你多少钱一本,书架上标明文学书在哪,他不看,单单要问一句。问了就要回答,做到百问不烦,百拿不厌。沙袖随口回答了一句,顾客没听清楚,因为她无意中用的是东北方言。只好再回答一遍,她说起了普通话。不地道,本身普通话就有问题,加上这么多天一直都说方言,普通话顾客听了也别扭。那家伙显然有点轻薄,故意又问了一次。普通话说不好已经让沙袖很伤心了,偏偏他又调笑她,沙袖就火了,一点都没给他好脸色,沙袖说:

"你到底是来买书还是来挑毛病的?"

那家伙就不高兴了,把书抖得哗哗响,对二老板小吴说:"你看看,你看看,什么态度嘛!"

小吴一直坐在旁边,他们的对话都看在眼里。小吴赔了个笑脸,让那家伙多包涵,说沙袖这几天家里有点事,心情不太好。为了表示歉意,那本书打八折卖给他。那家伙得了便宜就住嘴了,白了沙袖一眼。那家伙走了以后,小吴开始给沙袖上课,纠正她的服务态度。顾客就是上帝嘛。沙袖忍了,也觉得应该好好对待顾客。

然后又有客人发问。沙袖拧着劲说普通话,刻意了反而更不溜了。这回客人倒是听懂了,有问题的是小吴。小吴说,这样不行,要好好说普通话,普通话怎么能这么说呢?他以为沙袖在消极抵抗,沙袖因此很不高兴。这是两天前的事了。

今天还是这事。沙袖用东北式普通话回答客人问题,小吴又不高兴了,他说你能不能把普通话说得好听一点?对一个女孩子说这话就有点过分了,这东西显然已经是能力的问题了。沙袖一气之下,决定不再说话。再有客人问她,她就拿出书来指给对方看,价钱、位置,像人类直立行走的时代一样,一切疑问都用指指点点来解决。有的顾客一点就通,有的顾客头脑不太好使,就再问,还不明白干脆去问小吴。小吴不高兴了,当着顾客面就说:

"我说小沙,怎么回事?舌头是不是生病了?"

沙袖说:"没有。"

"没有就说话嘛。"

"我普通话说不好。"

"说不好就好好说嘛。"

"我怎么不好好说了?"沙袖一下子来火了。

"你什么态度?这态度怎么能够带到工作中来呢?"

"我就这态度。我普通话就这水平。"

"小沙,沙袖。"小吴说,"怎么?觉得委屈?委屈可以走。"

沙袖当时眼泪就出来了。"走就走,"她头脑也热了,从柜台里拿出包,"我现在就辞职。"说完就离开了书店。外面的阳光照得她恍恍惚惚的,就这么辞职了。跟做梦似的,有点简单,但是回不了头了。

沙袖的决定得到了一明、老边和我的一致赞同。拽什么拽,不就一个鸟书店嘛,还把自己当碟菜了,我们先炒了它。我们的态度把沙袖逗乐了,一边笑一边抹眼泪。我们暂时都把丢掉工作的事给忘了。事实上,这个工作是花了一明很大的精力才弄到的,好像还用上了他导师的关系。当初他是不打算让沙袖出去工作的,一是觉得沙袖在香野地累了这么多年,到北京先歇会儿再说;二来也考虑到工作难找,适合沙袖的更难找。他觉得自己应该拼命干活,挣钱,一个好男人应该有能力养活老婆。所以他对沙袖丢掉工作本身并不惋惜,只希望这事不对沙袖的心理造成影响就好了。

没影响绝对是瞎说。我觉得沙袖一直在乎她的普通话,甚至是很在乎,否则她就不会要求一明在家里不许说普通话了。她的要求常常被边红旗引用,老边没事就对我说:"不许说普通话。不许说,就是不许说!"这是沙袖的语录。她不喜欢一明在她面前说普通话,觉得说普通话的一明一下子就远了,不再是这些年来操一口山东话的邻家男孩。她和一明在一起时,喜欢他声音里的地瓜干味。她刚来北京那段时间,一明一不小心就露出了北京味,字咬得很重,舌头打着卷说儿化音。沙袖就纠正他,让他的声音回到香野地去。一明经常都不小心,沙袖就不高兴了,脸板下来说:

"不许说普通话。不许说,就是不许说!"

搞得一明立马得转,转得太快都找不到舌头在哪了。训练多了就好了,过一段时间一明就应付自如了。比如他带着沙袖和同门的师兄弟、师姐妹们一起吃饭,他就采用两套话语,跟师兄用的是普通话,一转脸给沙袖夹菜,地瓜味就出来了。跟我和边红旗在一起也是这样,在家里一口山东话,出了承泽园舌头就开始打卷。他经常在我们面前说方言,我和边红旗受到传染,偶尔也会用各自的方言对话,真是风马牛不相及,很有点意思。

沙袖倒不是不喜欢普通话,她不高兴的原因,我觉得是因为她普通话有问题。问题也不是很大,但就是没法彻底除去赵本山的味。单说东北话很好听,那旮子那旮子的真有点悦耳,尤其女孩子说;说普通话再那旮子一两下就不对味了,尤其还是女孩子。沙袖为此很伤心。她其实努力过,甚至一直都在努力,尽管她不说,而且还老是告诫一明不许说普通话。偏偏在香野地张嘴就地瓜味的孟一明,到了北京一开口就像穿了西装,跟个正儿八经的北京人似的,让沙袖觉得这地方真是离她很远。一明也觉得奇怪,沙袖的声音是很好的,念中学时,他简直像盼福音一样盼着沙袖说话,怎么普通话就说不地道呢?据说女孩子的语言天赋要远远胜于男人的。没办法。

　　沙袖刚来北京,有一段时间也努力矫正发音,收效甚微。她私下里练习普通话,都是关起门来一个人练。我也是偶然知道的。有一个周末,我以为一明在房间里,没敲门就直接推门进去了,看见沙袖一手拿着复读机,在重复机子里的声音。她在学习中央电视台播音员说话,学得还有点像。看到我很不好意思,立马把复读机放下了,一开口又恢复了过去的发音。真正的日常对话,她还是改不了东北味。说不好又学不好,她就更伤心了。又经过菜市场上的大妈和公交车售票员的几次打击,之后便彻底放弃了努力,索性随他去了。北京越来越像上海了,口音不对就欺负你。上海我没去过,听说开口不"阿拉"一下,坐车都受歧视,是乡下人。北京公交车的售票员,耳朵也越来越挑剔了,听到外地口音的就把你归入民工行列,问路都爱理不理的,儿化音重得都有点阴阳怪气了。沙袖去菜场买菜,一张嘴就露馅,买菜的大妈就提价,爱买不买,好像外地人缺了这点菜就会饿死。她上过几次当,买菜的价钱总比一明高,一气之下,买菜的活儿都让一明做了。

　　叶老板在电话里很不理解,一点小事。这怎么能是一点小事呢?沙袖觉得大着哪,所以她要发火,职都辞了。罗马不是一天建成的,有点道理;建成后的罗马就不再是一片大野地了,随便动一下都非同凡响。不管怎么说,职是辞了。这是沙袖最担忧的,下面的日子怎么打发成了大问题。

五

一觉醒来,我敲响边红旗的门,说:"老边,我跟你去办假证。"

边红旗的脑袋从门后伸出来,眼还没睁开:"操,半夜三更的你闹腾什么?"

"我要跟你去办假证。"

"真的假的?你梦游吧?睡觉去,明天再说。"

边红旗把我推出去,砰地关上了房门。我才想起来,沈丹还在他房间里。我披着衣服回到自己的房间,看看手表,凌晨四点半。是有点早。我想和老边一起出去办假证,这个想法刚在梦里出现的时候,也把我吓了一跳。这事边红旗做得很轻松,但它毕竟是个违法的事,我可是半辈子的良民,从小到大别人的一根针都没拿过。我又看看表,四点三十五,我熄了灯,在黑暗里睁大眼,我还是想和边红旗一块儿出去试试。

没钱了。昨天把卡插进自动取款机,眼就蓝了,还剩下一百二十六块钱。我来北京之前,母亲说,没钱了就说一声,家里给寄去。我说不要,哪天卡里的钱真见底了,那我混得也实在太不像样了,就该回来了。现在就快了。可我不能回去,脸往哪放啊。后院不能起火,我得迅速地把卡给充实起来,越快越好。我乱七八糟地瞎想着,又睡过去了。

九点钟时我被边红旗叫醒。他隔着门问我,昨晚是梦游还是抽风。我赶紧起床,让他等等我。我说,我要跟你去办假证。

"操,作家也干这种事?"他拍着沈丹的肩膀取笑我。

"诗人都能干,作家为什么不能干?"我说。

沈丹对边红旗说:"你真以为大作家跟你一样去赚那点小钱?人家是去体验生活,回来了就是一部《红楼梦》。"

"嗯,还是沈丹聪明,"我说,"体验生活。"

一起下楼吃了早饭,沈丹回家了,我和边红旗正式开始了办假证的生涯。程序我多少都知道,拦着形迹可疑的家伙,问他要不要证件,发票也有,他停下来,就有戏了,宰死他。我在想象里拦住很多人了,他们一个个都形迹可疑,真让我高兴。我跟边红旗说,任何地方我都可以去,千万别去北大门口,虽然我是编外的黑户,好歹还认识几个人,暂时我还不能做他们的生意。

"那去哪?"

"随便,最好是一到那儿就能挣到钱的。"

"操,那就银行了。有这么好的地方我早去了。"

"你平常都去哪?"

"不知道,逛到哪算哪。听说双安商场打折甩卖,去那里看看?"

我随便,跟着他走。今天是见习。我们从北大南门经过,过太平洋大厦,转到中关村大街往南走。一路的人和车,各个店里都在放着半死不活的歌。边红旗吹着口哨,努力装出不是办假证的样子。他往公交车站牌底下凑,要看看前几天他贴在那里的小广告还在不在。这是招揽生意的另一种方法,把手机号码写在一张口曲纸上,注明"办证",到处都可以贴。有意者会主动和他联系的。边红旗骂了一句,站牌上的小广告只在不起眼的地方剩下一张,都被环卫工人清除掉了。边红旗说,操,让你撕,明天我还贴。

我们是一路走到双安商场的,边红旗也看了一路,他几乎在每个站牌和广告上都贴了他的小广告。尽量都贴在显眼的地方,比如广告牌上的漂亮女人的脸上,尤其集中在眼上和嘴上,有时候干脆三张,眼睛蒙上,嘴巴也堵上。但是现在几乎消失殆尽。他就骂,然后到处找漂亮姑娘看。

天不太好,看起来要下雨,即使要下雨,北京的天上一般也找不到清晰的乌云。边红旗不时抬头看看天,骂完了就指指点点地评价某个女人的屁股。不可否认,他对此很有研究。这是有理由的,他说,这么多年他都是这么看过来的,说不出个真理也能大差不离。

"你天天就这么盯着女人屁股看?"

"不看还能怎么样?"

"我是说,你整天都这么看?"

"当然,"边红旗掐灭烟扔进垃圾桶里,"不然日子怎么过?你以为整天站在风口里拉客容易?不找点乐子无聊也把你无聊死。"

这倒也是。边红旗指着天桥上一个穿皮夹克的男人对我说,看到了吧,那家伙也是办假证的,我认识,我要没点看女人的爱好,就跟他一样,傻×似的站着。那家伙一只手插在口袋里,另一只手向过路的行人比画,那人没理他,他只好把另一只手也插进口袋里,倚着栏杆站着,真像个傻×。这个形象让我很难堪,我要真搞假证,十有八九和他一样。

双安商场果然在打折促销,很多人挤进门去。边红旗没有急着进门,而是站在路边,漫不经心地看着来来往往的人,冷不丁对一个男人说:

"先生,办证吗?什么样的都有。包你满意。"

那个人看看他,避瘟神似的躲开了。边红旗像什么事都没发生过,跟我聊起了天,说天气,要跟我打赌今天会不会下雨。正争论着,他又离开了,去问另一个年轻人,那小伙子也拒绝了他。回来继续和我说话。

我问他:"老是被拒绝,你不难受?"

"操,这就难受,那我还不知道上过多少次吊了。你以为是妓女拉客?不过说实话,这年头妓女拉客也不容易了。"

边红旗招揽的第三个客人是个中年妇女,那女人打听了几句又算了,对边红旗摆摆手就进了双安商场。边红旗又骂了一句,把烟踩灭,说算了,告一段落,去逛商场。我问他怎么问了三个就不问了?

"事不过三,运气不好。先逛逛,逛到了好运气再出来找生意。"

我们其实是瞎逛,不需要的东西白送也不想要;想要的东西又太贵,打两折也不是个小数目,买不起。干脆什么都没买。我们逛了整整两个小时,把楼上楼下各个角落都看了,然后决定出来,再到外面逛一圈就该吃午饭了。

出了商场外面正在下雨,很大,北京的冬天难得见这么大的雨,很多人都躲在商场门前避雨。我们也挤在人群里,有点无聊。突然,边红旗拍着我的肩膀说,操,这时候不错,省得我半夜跑出来。他让我跟他进商场,到了文具柜,买了若干张背面带胶的口曲纸和两支圆珠笔。买完了我们去洗手间,一人找了一个小包厢蹲下,不是办大事,而是在口曲纸上写边红旗的手机号码,注上"办证"字样。一口气写了一大堆。然后买了两把雨伞,撑着伞跑进雨地。

大街上人少了点,车子目不斜视只管跑,满身都是水。正如边红旗说的,下了一会儿雨站牌底下的人就少了,我们可以把伞放低一些,遮遮掩掩地把小广告再贴一遍。一路贴下来,手里的口曲纸竟然全贴完了。我们在大白天把办假证的小广告贴出来了。开始我很紧张，后来觉得挺好玩的，产生了一种游戏心理，接下来做得好像就坦荡了。这也是边老师教导的，别总想着违法犯罪，就是游戏，一场赚钱游戏而已。对，一场游戏。游戏完了已经两点半了，雨还在下，小了点，马路上的人多了起来，我想又有很多人已经看见了那些小广告。

边红旗说，差不多了，今天的工作就到此结束吧，吃过饭回去睡一觉。下午雨停了也不会有什么生意。这是他多年来的经验。他也一直是这么做的，半下午就不怎么干活儿了，到处转转，找沈丹或其他女孩子，或者回到宿舍睡觉，当然，也可能会揪着头发写几行诗。

第二天我又跟他上街了。这次去的是农业大学那边，也是边红旗新开辟的一个根据地，短短的一个月里，他在农业大学门口做了七桩生意，都还不错。我们俩坐公交车过去。之前这地方我从没来过，看风景就花了我不少的时间。我提议到农大里面看看，边红旗说，急啥，做完了一桩生意就进去，带着成就感玩才爽。我们就等，对着过往的行人察言观色。边红旗让我试试，试试的目的在于强迫我张嘴，像拉客那样去招揽生意。真正要开口才发现这工作是多么困难，有好几次我几乎已经冲上去了，还是退回来了。还有一次，已经站到一个学生面前了，对方一愣，问我要干什么？

我说："没什么，这是农业大学吗？"

那学生鄙夷地看了我一眼，指指身后大门上的牌子，一声不吭就走了，走了几步才说："神经病。"

边红旗也不失时机地取笑我，说知识分子就这毛病，找妓女都不好意思说是嫖，而是说放松。我说没办法，关键时候突然开不了口了。

"操,你还真以为自己是知识分子?"边红旗说,还习惯性地吐烟圈。他有事没事就吐烟圈,悠闲的样子很刺激人,"你能不能不要脸一点？就当自己是个卖身的,拿拉客的心态来问生意。"

我躲到一边深刻反省,终于觉得自己差不多已经不要脸了才走过来。这时候边红旗已经成功地做了一桩生意,给一个已经工作的男人做一个地质大学的本科毕业证。

边红旗问我:"行了?"

我深吸一口气,点点头。

这会儿正好过来一个男学生,一看那东张西望的样子就知道,这家伙是装出来的,他在校门口寻寻觅觅,眼睛不时地往我们身上瞟。边红旗说:"上。"

那男生走到我附近的时候,我迎上去,声音小得我自己都快听不见了:"同学,想办证吗？什么样的都能办。"

"多少钱?"他说。依然东张西望,晃荡晃荡的像得了小儿多动症。

"那得看什么证？"

"硕士学位证书,农大的。找工作用的。"

这个价钱我不太清楚,转身看看边红旗,他在一边抽烟,离我远远的,求救都不方便。我只好硬着头皮胡乱开了个价:"一千。"

"五百。"

"一千。硕士学位证不太好办。"

"就五百,"那男生还在晃荡,晃得我头有点晕,"我同学前几天刚办了一个,就是五百。"

"那好,五百就五百。"我几乎是迫不及待地接下了这桩生意。按照规矩,我收了他一百五十元的定金。

边红旗听了我的生意,咧开嘴笑起来,他说我太谦虚了,要价少了,一个硕士学位证八百块钱是没有任何问题的。我说那家伙说,他同学只花五百就搞了一个。边红旗批评我幼稚,都什么年代了,你不骗人人就骗你,有的学生脑瓜子比我们活络多了。我问他赚不赚,他说当然赚,只是可以赚得更多一点。不过已经很不错了,第一次卖身就赚,还是很值得祝贺的。我因此也高兴起来,许诺中午请边红旗吃饭。

我们在农大附近又转了一个多小时,问了几个,都没做成生意。昨天下过雨,天有点冷,我们打算找个地方吃饭,下午干不干活儿再说。正商量到哪儿吃饭,边红旗手机响了。是个男的,要办证,边红旗和他咕噜咕噜说了一通,最后说,好。关了手机他有点兴奋,说昨天在雨地里没白干,生意上来了,对方通过口曲纸上的联系方式找到了他,想办个大的,要在万泉河桥边面谈。

为了赶时间,我们打车去了万泉河桥。

下了车就开始在桥底下找电话里的墨镜。很容易就找到了,大冬天戴墨镜的实在太少了,看到了吓我一跳,那人个头很高,墨镜冰冷,让我觉得身上也跟着冰凉。墨镜主动凑上来,问边红旗:"你就是边红旗吧?"

边红旗点点头,指着我对他说:"没事,这是我朋友,也是干这行的。要不找个地方谈?"

墨镜说:"好。"

他带我们从立交桥下穿过,往万泉新新家园那边走。刚走不远,身后不知从哪里又钻出两个戴墨镜的男人。我觉得有点蹊跷,就用胳膊肘捣边红旗。老边一点就通,小声说:"跑。"这时候他正在和前面的墨镜说话,一副谈生意的架势。

我还没反应过来,边红旗猛地转身,一把将身后的两个墨镜推到一边,拽着我的胳膊就跑。三个墨镜都没有及时反应过来,后面

的两个其中之一还摔倒在地上。没想到边红旗平常松松散散的,跑起来竟然这么快。后面追上来,嘴里叫着:

"站住,站住,我们是警察!"

我们已经穿过了万泉河桥,跑到了妇产医院前。边红旗说分开跑,他直接往北,跑上了万泉河路,我则沿着苏州街南路向前跑。我都快蒙了,边红旗说什么听得也不真切,只顾跑。那会儿正赶上上下班,苏州街南路车辆头接上尾巴连成一条龙,行人也多,我感觉是在人群里穿针引线。人群也骚动起来,有人疲于奔命地跑当然是件有趣的事,我觉得好像很多人都在跟着我跑,身后的叫喊声不断。我跑得更快了,追在我身后的人好像更多了,满耳朵里都是杂沓的脚步声,我前面的人也跟着跑起来。满大街的人都在跑,满天地都是跑步声,我的喘息呼哧呼哧的,肺部变成了一个巨大的风箱。我竟然跑得很轻盈,脚底下长毛似的。我觉得我跑得很快,从来没有这么快过。长这么大我从没参加过一次运动会,真是可惜了。

跑过了苏州街南路我闯了红灯,赶在一辆红色轿车撞上来之前拐上了苏州街,向北跑。我是一口气跑到海淀的,到了硅谷底下,实在跑不动了,衣服粘在身上,整个人的体重似乎突然增加了。此刻马路上安静下来,车在走,自行车也在走,行人也在走,满大街的人没有跑的。我也不跑了,我一屁股坐到了硅谷电脑城门前的台阶上,我得喘口气。两腿发软,现在开始害怕了,要是被抓住就太熄火了,我还没来得及挣钱呢。我拍着腿肚子到处张望,看有没有墨镜追上来。没有。小腿开始变硬,长久不运动就会出现这种情况,想想我这一路跑得可不少啊,这么多年错过的运动会今天全给补上来了。

然后我的手机响了,是边红旗。他问我现在在哪里,我刚要回答,看到他抱着手机边说边向这边走。他说:"他妈的,我们大概给那帮狗日的骗了。"

我把手机关掉,问他:"什么骗了?"

他才发现我在他面前。"操,没想到你的腿也挺溜的,都跑到这儿了。"他说,拉着我要去吃饭,"先填饱肚子再说。"

"那几个墨镜呢?"

"那几个狗日的,别管他们。没事了。"

还在元中元饭店。喝酒的时候边红旗问我,还记得那几个家伙长得什么样不?我想了想,只记得最先见到的那个墨镜,他的左下巴上有块发亮的小疤,不仔细很难看到。

"对,就是这个狗日的。"边红旗拍了一下桌子,把其他的客人惊得一愣。边红旗没管他们,接着说:"快跑到路头上时,我突然觉得好像在哪里见过那狗日的,但就是想不清楚。你这一说,我明白了,他妈的他们根本就不是什么警察,去年还找我办了一个假证。狗日的他想敲诈我们。"

边红旗说,贴小广告经常会出这事,有警察找你,直接把你揪起来;还有就是墨镜那样的鸟人,冒充警察,敲得更狠。总算今天运气好,逃掉了。

边红旗说:"操,动老子的心思。正儿八经的警察我都逃过了好几次。刺激吧?"

"太刺激了,"我说,"这活儿我恐怕干不了了。"

"怕了?"

"怕了。"

边红旗笑起来,说:"操,你们当作家的,就是这毛病,觉得一件事好,就会想得比什么都好;不好了,就比什么都可怕。老弟,干什么事都一样,再好也不会好到哪里去,再坏也不会坏到哪里去。"

"我真是不想干了。"说出这个决定让我觉得难为情。

这顿饭我来买单,说到底还是边红旗买单。我用在农大门口揽的那个生意的定金付了账,然后把那个生意转给了边红旗。

"操,这怎么行?人家到时候是要和你联系的。"

"他会联系你的,"我说,觉得酒喝得有点高,"我怕这事做不好,所以留给他的是你的手机号。"

边红旗说:"操,你小子,根本就不想干这事。"

冤枉我。天地良心,当初我可是诚心想指望这事发点小财的。

六

以后的好长时间里,我成了他们的笑柄,边红旗说,你是我这辈子见过的最短命的假证贩子。我只能任其奚落,我说,没办法,搞假证已经不容易了,他们还到处追我们干什么?这个毫无逻辑的玩笑又让大家笑了一阵。

假证生涯是结束了,生活还要过下去,简单地说,现在需要的主要是钱。我终于体会到了。刚来北京的时候,一个和我目的相同的朋友跟我说,他来北京后才发现,其实写不了什么东西,所有精力都用来赚钱了。既然只能赚钱了,哪个地方赚不是赚,他待了一年就卷铺盖回河南老家了。他留给我不到两万字的零散文字,他一年的收成。我要想法子赚钱。像沙袖一样,她要继续找工作,总待在家里不是个事。

沙袖找工作比我还要困难,合适的太少了,除了去饭店做服务员,但是一明不同意。沙袖试过,最后还是被一明从饭店里拉了回家。那会儿沙袖刚辞掉书店里的工作不久,她闲下来觉得很难受。因为烦闷,她常下楼走走,当然不会走太远。我们都以为她只是散散心,没想到过了几天,她兴冲冲地从外面回来,要告诉我们一个好消息。一明刚好出门,她就告诉我和老边,她找到工作了,老板说,下午就可以开工了。在承泽园外一家叫"天外天"的饭店。下午她就收拾一下去了。半下午时分,一明从外面回来,问沙袖到哪儿去了。我说工作去了。

"在哪?我怎么没听说?"

"天外天饭店。刚找到的。"

"瞎搞!"一明说,拉着我要一起去把沙袖找回来,"谁让她到饭店里去的!"

"反正她在家也没事,就让她先干着吧。"

"不行!那地方我师兄弟们常去吃饭,看见了怎么说我?再说,也不能跑去端盘子洗碗啊,我们又不是穷得活不下去了。"

他执意要把沙袖叫回家。我们到了天外天,先是站在玻璃外面往里瞅,他不好意思直接冲进去。沙袖在给客人倒茶。一个服务员以为我们要吃饭,掀开门帘要欢迎我们光临。我摇摇头。但是我们不吃又不走让她纳闷,很多人都转过头来看。沙袖看见了我们。她对我们谨慎地摆摆手,意思工作时间,让我们走。她再次回头,我们还站着,她只好和吧台的老板说了一下,出来了。

"你怎么跑这地方来了?"一明说。

"刚找到的。我在上班,下了班回家再说。"

沙袖说完就要进去,一明拽住了她:"你怎么不和我商量一下?这事不能干,跟我回家去。"

"我不回去,还在给客人倒茶哪。"

一明有点火了,因为饭店里的很多人都在看我们拉拉扯扯。他把沙袖的围裙一把扯下来,让我送给老板,拉着沙袖就走。沙袖挣脱不开,窘迫得都快哭了。我把围裙随手扔给站在门边上的服务员,跟上了他们。沙袖真哭了,她觉得难堪而且委屈。沙袖说,我找了这么长时间才找到的,回家你让我干什么?

"会找到更好的工作的,"一明说,"但是这个实在不能干。"

"那要找不到呢?"

"找不到也无所谓,我自己的老婆还养不起吗?"

沙袖又待在了家里。她也很无奈,她也不想去饭店端盘子洗碗,但是其他的工作实在太难找了,一报上学历和籍贯就被枪毙。那几天,她连续被枪毙了六次。现在,她整天对着电视发呆,偶尔也会打开门和窗户对着整个北京发呆。一个中午她来到我的房间,用带山东口音的东北话说:

"我开门就看见楼在长。"

说得真好。我伸头看着窗外,好几座大楼都搭着脚手架,它们一起在长。寂寞出诗人了,但是沙袖满脸悲凄,她又说:"生命长得让人厌烦。"

"是,让人厌烦。"

我把正在写的文档关了,我不想让别人看见我在挤牙膏,挤的就是些向小报副刊邀宠的小东西,甜得发腻,写完了我就吃不下饭。可我还得夜以继日地搞,不惜一稿多投,像卖身一样对着所有小报露出笑脸。然后我们两个都不说话,显而易见,下意识地同命相怜了。

过了半天,沙袖说:"你好歹还能写。"

"写不如不写。"

我只能这么说。我不能对一个女孩子说,你知道逼着自己去卖身有多痛苦吗?然后又都不说话了。在某一时刻,一个人会意识到自己又长大了,生活强迫你强壮起来,去承受和想办法获取,它已经落到了我们的肩膀上。

常常会这样,整个家里就剩下我们两个。莫名其妙地一个人就会跑到另一个人的房间里,说出一两句莫名其妙的话。说完就冷了场,谁都没有意识到这是冷场,而是觉得就不想再说了,然后再回到自己房间。现在想想那些没头没脑的感叹,好像句句都是精妙的诗。

好日子总算有了点眉目。一明带了个不错的消息回来,他师兄接到了一批活儿,编一套书,他替我和沙袖各争取了一本。刚听到消息我心里还打鼓,我能编书?沙袖眼睛瞪得更大,她坚持认为这辈子只有读书的份。一明说没问题,他研一时干过,很简单,基本不太过脑子,只在网上搜一搜,把相关资料删减拼贴一下,一本书半个月就搞定了。这在北京不叫编书,叫攒书,就像组装电脑叫攒机子一样。最要紧的,只要合同签了,当场就可以拿到百分之二十五的稿费,按照正常价格,这百分之二十五意味着两千块钱左右。也就是说,一本书,半个月,能挣个小一万。一万,什么概念啊,听了都口水直流。

我当即拍桌子,干。当然要干。

沙袖还是紧张,她没法把自己和一本书联系在一起,但还是答应了,反正身后还有一明。一明和他师兄师姐带着我、沙袖见了朋友,就是他揽下的这份差事。那人姓焦,是个诗人,满脸都是胡子,听一明的师兄说,他们打过交道,诗人靠诗只会饿死,所以焦诗人也经常攒书。客气了一番就去见书商。图书公司在宣武区的一座二十多层的楼上,不大,我们坐公交车晃到那里花了两个小时,中途转了一次车。沙袖说这么远,早知道这么远她就不来了。

一个胖男人别人都叫他何总,一只眼大一只眼小,这不耽误他目光敏锐地看人。他对一明的大师兄说:

"知识分子就是不一样。看看,气质就是好,一脸的书卷气。"

焦诗人就顺水推舟:"是,是,他们都是研究生,还有博士,所以何总不必担心这套书的质量。"然后他让一明师兄把我们逐个介绍一遍。

一明师兄是个玲珑的家伙,介绍到我和沙袖时,说:"这是北大中文系的博士,已经博二了,写小说,在国内各大刊物上发表了一百多万字,是我们北大的大才子。这一位是沙袖,北大艺术系的研究生,今年就要毕业了,能歌善舞,人长得漂亮,文章写得更好。"

我们像电脑一样说升级就升级了。话都说出去了,我们只好红着脸接受何总的钦佩和久仰。何总介绍说,这套书是配合中学生和大学生对文学和艺术等方面的课外需求而策划的,选题主要集中在文艺方面,企图通过一两个主线人物,把一个语种、一种艺术的成就尽可能地梳理出来。"比如托尔斯泰和陀思妥耶夫斯基,"他指着选题之一对我们说,"通过这两个大师,把俄罗斯的文学、历史、社会等方面都串起来,博而有专。我们的口号就是:关于俄罗斯,看完这本书就差不多了。"

他的意思我们差不多明白了。何总的意思是,读者群的定位不要太高,不能太专业,中学生、大学生,再包括一些城市小白领。丛书要做得图文并茂,读图时代了嘛,生动、形象、好玩,让他们看了以后觉得长了见识,不用认真学习也能显得有点墨水,能让他们觉得自己还有点文化,能上点品味。

"有点知识速成的意思。"焦诗人说。

何总说:"焦老师说得有点白了,不过理是这个理。"

然后是稿费的问题。一本书字数要求八九万,千字五十五;图片一百五十幅左右,找到一幅三十五块钱。这我爱听,饥饿的人看到了面包,一万块钱就在眼前啊。

我小声问沙袖:"干不干?"

沙袖犹豫了半天，说："不知道。怕。"

一明说："怕什么？干。"

何总去接电话的时候，焦诗人开诚布公地说，在座的好几个都干过这事，注意事项就不再多说了，他是牵头人，还是要说点责任内的话，就一点：不要所有的材料都从网上搞，尽量要有自己的想法；征引资料时千万注意，尽可能找那些老外的资料，这样一般不会涉及抄袭等问题，否则后果自负。我们都点头。

何总回来后，大家开始挑选题。我挑的是《魔幻的拉美》，要求以马尔克斯为主线，勾勒出一个魔幻的拉丁美洲来。沙袖在众多题目间踌躇，一明做了主，替她选了《脚尖上的艺术世界》，以邓肯为例。这一块是沙袖的强项。结束后每人拿到了两千块钱，感觉好极了。为了庆祝突然摆脱了穷人的身份，我们凑份子到了一家不错的馆子里吃了一顿。

以马尔克斯为主线，我以为事情就好办了。我对老马很熟悉，国内所有翻译过来的他的作品我都读过，传记资料等等平时也读了很多，这是我喜欢的一个作家。但是真正打开电脑，脑袋里突然一片空白，不知道从哪下手。一明说，先别急着写，搜，在网上把所有与老马有关的资料都搜集出来。沙袖也在搜。然后分类保存。搜资料下载就花了我们一周的时间，真是看到了一张信息的网，一个马尔克斯和一个邓肯，几乎把全世界兜了个底朝天。牵一发而动全身啊。搜完了资料接下来就蒙了，我蒙沙袖也蒙，下载的东西仅仅意味着一堆资料，理不出个明晰的头绪。不得不找相关的书籍来借鉴一下，比如传记什么的。

一明帮我们从北大图书馆借了很多资料，又陪着去了西单图书大厦。抱回来一摞子书，放到书桌上摊开来，竟然全是所谓的学术书，头都大了。边红旗到我房间来，见到了那些书就取笑我，作家也改行做学问了,搞得跟真的似的。

"赶鸭子上架,"我说,整个人瘫在椅子上,"只好假戏真做了。"

"还不如跟我去办假证舒服。"

如果不受围追堵截,办假证的确很舒服,悠闲,在大街上晃来晃去像个观光客。但是他不总是观光客,更多的时候像个通缉犯,这就让人受不了了。我宁愿去攒书。

沙袖的日子不比我好过,网上和书上关于邓肯的资料没有老马多,她做起来更辛苦。但她能接受,有事做了总是让人开心的。在资料里搞得腻味了,我就站在客厅里找她说话。沙袖说,继续看,得恶补,我都快被社会抛弃了。有一天下午我到她的房间,发现她看的竟然是法律书。

"你看这个干吗?"

"瞎翻翻,说不定用得上。"

她把书合上,顺手打开音乐,看起了邓肯的传记。她不想让我知道她在看法律方面的东西。迷糊了一下我就明白了,沙袖不是在为邓肯看法律,而是为一明看法律。她好像什么时候对我说过,两个人在一起,最要命的不是爱情还在不在,而是没有了共同语言。共同语言很重要。那天我们拿了钱一起吃饭,他们在饭桌上谈的都是法律,除了好玩的个案还能听出点意思来,其他时候我和沙袖都像个呆瓜,插不上嘴,连耳朵往往都插不上。当时我就想,千万不能和专业的家伙们坐在一张饭桌上。我一个人吃得很无聊,想想那会儿沙袖应该比我还惨,一明是她男朋友,她的心态大约和我完全不同。我记得当时她一直低着头,把两支筷子分分合合,就是不夹菜。

那本书用了我一个月的时间。一明说,他师兄师姐半个月就弄完了。可我不行,我的认真让我觉得自己都讨厌了。在那本小书里,我尽力把魔幻的拉美梳理一遍,找了大量我喜欢的图片,我想把它做好。追求完美总是很痛苦,我撑下来了,中途就决定,以后再也不干这种活儿。沙袖用了一个月多两天做好了,接着又接了一个活儿,关于歌德的。我们都觉得她疯了。

交了差觉得世界一下子大了,疏朗,可以干自己的事了,然后等着拿剩下的七八千块钱。书商说,书出来一个月就给钱。多好。

七

午睡后大家起来,在客厅里瞎说,说到了将来哪一天不幸有钱了一定买车,起码也得奥迪。我还把一本杂志上奥迪的款式找出来,就要这样的。边红旗说,没出息,怎么说也得个宝马吧,现在一明都坐上了宝马,我们有朝一日那不太落后了。

沙袖正在开电脑准备攒书,听了就笑:"一明坐宝马?他梦里还坐宇宙飞船哪。"

"我都看到两次了,"边红旗说,"绝对是宝马,开车的还是个漂亮的女人。"

"真的假的?"我也怀疑。能坐上宝马的人在北京也不多,况且是我们这些穷光蛋。

"操,我撒谎有钱赚?就在承泽园门口下的车,爱信不信。"

"一明爽啊,下了课还有美女开宝马送回家,为什么不一口气送到楼底下?"

"操,你看我们楼底下还能跑开宝马?"

我是开玩笑的,说过了觉得不妥,扭头看看沙袖,她认真地看着电脑屏幕。她说:"你们这些臭男人啊,整天就知道做白日梦。"

边红旗说:"咱们这号人,再不做点白日梦还能活下去?"

说得我一阵伤心。边红旗出去揽活儿了,我开始写东西,两千块钱稳定了我的生活。下午五点钟,沙袖叫我和她一起出去。我问她干吗,她说没事,攒书攒累了,想出去走走。

"一明马上该回来了。"

"他回来我就不能出去?"沙袖说,"我又不是他老妈子,要提双拖鞋迎到门口。"

沙袖下楼的速度很快,下了楼走路的速度也很快,一点散心的样子都没有。我说你去抢银行还是参加运动会?她说快了吗?那就慢点儿。其实也没慢下来,我们很快就到了承泽园门口。快傍晚了,卖馒头、熟菜的小摊点已经开始占领万泉河边和桥上的有利地形,吆喝声也响起来。沙袖在各个小摊子间转悠,挑挑这个,看看那个,问了一圈什么都没买。我跟在后面像个跟班的,偶尔听她说几句什么菜怎么做,哪个东西更好吃。

我们在桥附近转了大半个小时,我还是没搞懂沙袖要干什么。后来一明从蔚秀园那边步行过来,沙袖问他怎么回来比前几次迟了,我才心里一动,她大概是想看看一明是不是真由一个漂亮女人用宝马送回来的。一明说当然是坐公交车回来的,北大西门那站下的。

一明每周去代两次课,周一和周四。我和沙袖下楼那天是周一,周四下午我就觉得沙袖有点不对劲了,三点过了她就在房间里走来走去,把音乐声音开得很高。那天边红旗在家午睡,被沙袖的音乐吵醒,迷迷糊糊到我房间里找水喝。这几天他每天回来都比较早,听说外面风声有点紧,他出门开始比较小心了。边红旗看到我桌上有一张新买的碟片,要看,我就把电脑让给他,自己躺到床上看书。

五点钟,沙袖果然来到我房间,问我愿不愿意下楼转转。我犹豫了一下说算了,我想把剩下的几页书看完。沙袖站在门前不进不退,她对一个人去似乎有点恐惧。这时候边红旗的碟片看完了,说他愿意做护花使者,正好下去活动活动。

他们在承泽园门前没看见把一明送回来的宝马,就直接去了北大西门那站。沙袖看见的一明不是在公交车上下来,而是从一辆宝马里出来,开车的果然是个女人,而且看起来年轻漂亮,像影视里那样的白领打扮。一明下车进了蔚秀园不见了,宝马才掉头驶向海淀方向。晚上因为这件事吵架了,边红旗才告诉我,当时沙袖没让他和一明打招呼,他就知道坏菜了,他的大嘴巴惹祸了,不该提什么宝马的事。

架吵得还算平和,是关起门来以后才吵的。大概一明说不清楚了,就把门打开,把我和边红旗都叫到客厅里,他说可以让我和边红旗做证,他到底是怎么样的一个人,是不是那种随便瞎搞的人。沙袖就是不说话,听一明一再重复简单的几句话。

一明说,那个女的是在他班上进修的学生,在中关村的一家电脑公司上班,人家有个做老板的男朋友,都快结婚了。她的专业是网络管理,对法律只是业余的兴趣。因为她也住在海淀,所以顺便把他捎过来。就这些。

沙袖说:"那你为什么现在不让她把你送到园门口?"

"我不是已经说了吗,觉得拐到这边让人家麻烦,也担心你看了多心。"

"就这么简单?"

"这还不够?"

"那个女人喜欢你,"沙袖说着就哭了,"她看你的眼神有问题。"

"哪有什么问题?"一明无辜地看着我和老边,两只手摊开来给我们看,好像问题在手心里,"我怎么不知道?"

"我说有问题就有问题。她的眼神就不对!"

女人这方面的直觉远胜过男人。我和老边劝一明,以后少和她来往就是了,你没问题也得防着别人有问题。边红旗暗示他赶快认输,他在这方面有心得,和女人要想和平共处,必须时刻记住,她说什么就是什么,有意见下次提。一明是个老实人,就老老实实按照边红旗的意思低头了,向我们大家保证,以后决不再坐那个女学生的宝马了。

此后的一周风平浪静,各种迹象都表明,宝马事件没有留下什么后遗症。我们生活如常,唯一动荡的是边红旗,风声越来越紧,他不得不深居简出。一天的大半时间都在床上度过,偶尔沈丹也会过来,他就更下不了床了。他把房间里的所有与假证有关的东西都转移走了,他说是为了我们三个的安全考虑,防患于未然,省得到时候连累我们。除了沈丹和食物,他不再往家里带任何东西。沙袖对老边带女人回来不太高兴,原因是沈丹的叫声常常不能自禁,关两道门她的声音依然保持了强劲的穿透力,搞得我这个时候也不得不把耳机戴上。

没想到沙袖的耐力和认真如此惊人,她在两周后把一明堵在了宝马边上。在硅谷前面,一明刚从车里出来,发现面前站着一个人,一声不吭地盯着他。车上的女学生按着喇叭让她避开,沙袖动都不动。

女学生把脑袋伸出来问一明:"她是谁?"

沙袖说:"他老婆。"

一明说:"你怎么来了?"

沙袖说:"回家说。"

一路上沙袖都没说话,默默地流眼泪,一直流到家里还在流。一明跟在后面解释,怎么解释都没用。一明后来对我说,真的没有什么,至少他没对那个女人动过歪心思。他已经找借口推辞了,但是女学生盛情难却,他是个男人,总不能告诉她说为了避免老婆生疑吧。但是沙袖不听,她说只要想推辞,怎么可能找不到理由呢?沙袖也有道理,除了死亡,还有什么拒绝不了的呢?

出了事一明就找我,希望我能为他开脱一点。他以为沙袖会大吵大闹,进了门他就对我打手势、递眼色,让我出来,看那样子我就知道出大事了。

沙袖只是安静地淌眼泪,没有弄出任何大动静。一明却是手脚并用去解释,脸都涨红了,他的脸一红就像已经做了亏心事。一明说,这么多年你还不相信我?不信你问穆鱼。

我只好说:"一明不会有问题的。我们同学四年,上下铺的兄弟,我知道的。"我正准备把大学里一明洁身自好的证据再次拿出来,沙袖打断了我。她的声音很平静,听起来和哗啦哗啦的眼泪没什么关系。

沙袖说:"其实你们有什么我又能怎样?在这里我就是个废人,我什么都不知道,什么都做不来,一个人活下去都成问题,我凭什么要求你那么多?随你,你想怎么样就怎么样吧。"

说完抹一把眼泪就回房间了。一明和我都愣在那里,感觉像是攒足了力气的一个拳头准备打出去,突然发现对方只是一团棉花。失重感让我们俩大眼瞪小眼,不知该怎么办。边红旗从房间里伸出头,问我们出了什么事,看了一明沮丧的脸立刻明白了,招招手小声说:

"又出问题了?什么事告诉我,我帮你搞定。对付女人我还是有一套的。"

没等一明把事说清楚,沈丹就在边红旗的房间里叫他。老边说:"过会儿再说,我先把这边的事解决了。"脑袋缩进去,门也关上了。

八

沙袖变了,老往两个极端跑。安静的时候一天听不见她说一句话;冷不丁就热闹了,彻底放开的那种热闹,百无禁忌,常常让我一愣一愣的。除了买菜和散步,她几乎不出门,该攒书的时候攒书,这几乎成了她的工作,每次看到她安静地看着电脑屏幕时,我都会觉得,她的攒书事业可以一辈子做下去,一本完了再来一本。累了就开音乐,还会放摇滚,跟着敞开嗓门喊。以前她是不喜欢摇滚的,张楚的那种轻摇滚也不喜欢。然后就是找我和边红旗聊天,瞎说,什么都说,荤段子也不太忌讳了。边红旗很得意,他肚子里有无数的荤段子,现在终于可以放开手脚讲了,沙袖不再反对让他多少有点受宠若惊,越发地肆无忌惮。有时候沈丹或某个女人来找边红旗,他们房门关上后,沙袖也会主动和我说起门后的事,让我猜,他们现在究竟在干什么。她的变化让我吃惊。

更让我吃惊的是,她大白天也开始穿睡衣在客厅里走来走去了。因为不出门,干脆一天到晚都穿着睡衣,头发也不像过去那样讲究。一明为此提醒过她,沙袖说,我又没什么外交活动,又没人要看,收拾那么利索干什么?你看天都热了。是的,天开始暖和了,开始热了,穿睡衣和拖鞋一点问题都没有。我有时候会想,大概是逐渐适应城市的生活了,刚来北京时她传统而且保守,绝对不会穿着睡衣出现在一明之外的任何一个男人眼里。现在禁忌都没了。

沙袖的一些小动作开始让我心跳。她穿着睡衣站在我门口,问我怎么查资料,需要哪些书。她把左边的光脚从拖鞋里拿出来,放到右边的小腿上,轻轻地挤着小腿上白皙的肉,大脚趾分明在动。她的裙子被撑起来,在客厅灯光的映照下,看得见两条腿在裙子里的模糊轮廓。她也会挠痒痒,让睡衣的领口变得更低。我得低下头,我的脸比她还红。

"那你帮我查。"她说。

我打开电脑开始搜索她要的资料,她凑过来,上半身在我的头顶,我的头发感受到她的呼吸、身体的暖香和身体不明部位不经意的摩擦。一条资料查完,我要流出一身的汗。我不知道怎么会这样,她离开时的微笑有点放肆,拖鞋击打脚掌的声音故意弄得很大。

周五的晚上,十点钟,一明打电话回来说,他们同门师兄弟刚讨论完一个案子,要出去小聚一下,然后再到海淀体育馆的练歌房唱歌,问沙袖去不去。沙袖说不去,已经洗过澡了。一明勉强了一会儿她还是不去,一明就让她早点睡,不要等他,他回来可能会比较迟。这是常有的事,他们师兄弟经常聚会,吃饭、唱歌、打保龄球,他们有钱,帮别人办案子,或者导师请客,导师是有名的教授和律师,一口袋的钱,他们叫他老板。过去沙袖常和一明去,她的歌一明老板都叫好。

挂上电话沙袖站在原地发呆,她刚从浴室出来,头发还是湿的。她把毛巾绞来绞去,一把摔到旧沙发上,在客厅里喊:

"穆鱼,老边,有喝酒的吗?"

说完她就去敲边红旗的门。老边不在,去沈丹或者其他某个女人那里了。这些天他很郁闷,不能出门找生意,觉也睡烦了,只好出去解闷。我从房间里出来,问她,真的假的,半晌不夜的喝什么酒?

"喝,当然要喝,"她走到我门前,脸激动得都红了,"有酒吗?"

我犹豫一下说:"有。"

一共五瓶啤酒,我喝了三瓶,沙袖喝了两瓶。晚上剩下的菜。在我房间里一边看碟一边喝,王家卫的《黑白森林》。沙袖的酒量按说没这么大的,但她坚持要喝,半瓶下去她其实就差不多了。我不让她喝,她拿眼睛瞪我,说她是山东人,怎么会不能喝?喝完了一瓶,我又制止,她推开我,说:

"你欺负山东人是不是?舍不得这两瓶酒我就不喝。"

她的脸开始红了。我完全可以劝住她的,但是我没有坚持,我记得当时犹豫了好一会儿,还是决定和她继续喝。沙袖喝了酒变得更漂亮了,眼睛里有了动人的水在流动。我不再看碟片了,看她。

两瓶完了沙袖说热,已经没法平视着看我了,要么盯着我,要么斜视,浑身的热度看得见。她说你这屋里真热,开始在脖子边上挠,抓出了一道道指甲印。她对我说,穆鱼。手扶着我的膝盖向我凑过来,说,我难过。

她的上身在我眼皮底下,我看见了睡衣里面的内容,头嗡地响了。她竟然连胸罩都没戴,我看见了两个闪光的红乳房。沙袖的手伸过来,一只手抓住我的肩头,一只手抱住了我的脖子。

她又说:"穆鱼,我难过,我为什么难过你说?"

她的胸部在起伏,身体在抖,像是冷。我也冷,热得受不了了的冷。我真想抱一抱这个柔软的火炉。沙袖说:"我难过。"她的声音像在哭。我掐了一下左腿,又掐了一下右腿。沙袖哭了,嘴里还在说,我难过。

"你醉了,"我说,抓着她的胳膊把她拎起来,"我扶你回去躺一会儿。"

"我没醉。我就是难过,我想哭,我想回家。"

沙袖放声大哭。我把她架到她的房间里还在哭,哭得不大正常,有点像笑。我不知道怎么照顾一个喝醉了的女人,想当然地给她敷了一条湿毛巾,她不领情,一把扔到书桌上,碰倒了水杯把一本书湿了。这样我就更不知道怎么办了,坐在一边听她哭,直到她哭声渐小睡过去。我回房间时已经深夜两点半,一明还没回来。

一明什么时候回来我不知道,第二天中午他起床后,我决定和他谈谈。

"你没发现沙袖有点不对劲儿吗?"

"我不是瞎子,"一明说,"可我跟她解释过无数次了,真的什么也没有。"

"她不相信?"

"我也不知道她信不信。她老是摆出一副漫不经心的样子。"

"问题是,"我伸头看看客厅,沙袖不在,接着说,"我前几天还看见你从那车上出来。"

"什么时候?在哪?"

"前天,碰巧看见了。在海淀。"

一明说:"真的没什么,我发誓。你也不相信?"

"我相不相信没有意义,关键是沙袖。你得让她相信。"

"这学期的课马上就结束了,以后我再也不会坐什么倒霉的小车了。"

这么说他还要坐下去。具体事情我不清楚,不好乱猜。末了我告诉一明,该说的我都说了,应该为沙袖考虑一下,她真的不容易。

一明说:"我明白。"

几天后我回了一趟家,母亲说家里有事,重大的事,必须回去。到了家我发现风平浪静,还是老样子。母亲说,有人给我介绍了个女朋友,让我去看看。我说我现在还不想谈女朋友,我在北京还一事无成我拿什么去谈?

母亲说:"北京有什么好?待在家里我都能抱上孙子了。再说,就这么漂着也不是个事,没个根。眼看着三十的人了,你不急我和你爸还急。"

他们逼我去相亲。女孩是我们那个市的邮电局职员,平心而论,长得的确很不错,个头什么的也合适。收入更不用说了,母亲说,除了邮电系统和几个大学,我们这地方还有哪个单位能有这么好的待遇?感觉挺不错。她说她在不少刊物上读过我的文章,差点把我给羞死。她很认真地说,真的,她很喜欢,还向我讲述了我对我的几篇小说的理解。她大概是硕果仅存的文学女青年。如果不是文学青年,她恐怕也懒得理会我这样的无业游民。

"那都是些骗钱的小玩意,说出去让人笑话的。"

"大家都说挺好的,"她说,"我们这边很多人都知道你哪。"

她的意思是说,在北京我不怎么样,但在我们这个小地方,也大小算是个作家了。真让我哭笑不得。

"必须要在北京才能写作吗?"

"这倒也不是,北京的氛围可能好一点。不过也说不好,其实在北京我基本上也是一个人埋头自己搞。"

"那为什么不回来?"

我无话可说。有时候我也在怀疑,现在留在北京对我的意义到底是什么?是一种朝圣还是一个仪式?或者仅仅是一个蒙骗自己的形式和借口?

我说:"我再想想。"

半个月后,我从故乡返回北京,正赶上边红旗搬家。不是完全意义上的搬家,尽管房间收拾空了,但他要求这个房间还为他保留着,过一段时间他还会再搬回来,下半年的房租他都交了。严打开始了,据可靠消息说,抓到一个是一个。老边担心连累我们,也担心住在这地方太显眼,他要搬到一个偏僻隐秘的地方。那天帮他搬家的是他的两个办假证的朋友,车也是极相熟的人的,彼此都信得过。大大小小的东西一车全运走了。我要送他到新居,边红旗说算了,那地方实在不是人待的地方,而且,他压低声音跟我说,为了安全起见,他们相约不把地址告诉外人,请我们多包涵。

临走时我们送他下楼,沙袖磨磨蹭蹭在房间里不出来,一明就叫她快点,老边要走了,我们送送。

沙袖在房间里大声说:"送什么送,是搬家又不是去死!"

边红旗笑笑说:"沙袖说得对,我又不是去死,别送了。搞得跟遗体告别似的。"

尽管如此,老边和我们还是在楼下等着沙袖来告别,但沙袖终于没有下楼。我只听到她在房间里打开崔健的摇滚,声音巨大。她让我越来越看不懂了。

九

边红旗的新家我去了一次,完全出乎我的意料,他竟然住在蔬菜大棚里。那地方已经靠近香山了。

有一天傍晚,我在房间里关电脑,正准备陪沙袖下楼买菜,边红旗打我手机。他说他一个人在北大里面转悠,想约我一起吃个晚饭。我说只我一个?一明和沙袖呢?

"算了吧。就你一个人,"边红旗说,声音有点低沉,"他们俩以后再请。"

我说好吧,听他说话那死样子,好像有点事。我跟沙袖说,有个朋友找我谈点事,晚饭顺便就在外面吃了,菜场我就不陪你去了。

沙袖说:"怎么全世界就我一人不忙?一明不回来吃了,你也不吃了,我还做什么劲?好了,你们都走吧。"她把手提篮往地上一扔,进房间关上了门。

我又给边红旗打电话,我说老边,就剩沙袖一人在家,叫上吧。

边红旗结巴了半天才说:"好吧,就怕她不愿意。"

沙袖果然不愿意。她在门里说:"我说过了不去,说不去就不去!"

我只好自己去了。还不到吃饭时间,我们在未名湖边上碰头。边红旗蹲在垃圾箱旁边的石头上抽烟,以便于把烟头扔进垃圾箱里。一根接一根地抽。

"你在这儿抒什么情?搬走了连电话也不打了。"

"想打,没什么说的。"

"没什么说的你找我干吗?"

"有点难受。我在湖边转了一圈,发现很久都没有写诗了。"

"靠,你没写诗就难受了,我没饭吃那该怎么办?"

说完我自己都呆掉了,从什么时候开始,我在北京考虑的只剩下了吃饭问题?我也蹲下来开始抽烟,我们俩一左一右守着垃圾箱,抽完了就扔进去。未名湖水里的天色暗下来,在湖边看书和谈恋爱的学生陆续离开。出了北大我和边红旗再说文学可能会矫情,但在湖边,愁闷还是沉重和真诚的。

边红旗的最后一个烟头没有扔进垃圾箱,而是用脚碾,碾完了对着湖水吐了一口痰,说:"他妈的,喝酒去!"

我们在北大艺园二楼的餐厅里要了一盆水煮鱼和几个小菜,开始喝酒。问他最近过得怎么样,他说躲在塑料大棚里日子还能好到哪儿去?

"你怎么住塑料大棚里?"

"安全,"边红旗招手让小姐拿了一盒"中南海","现在也难说安不安全,警察要想搞你,世界上就没有安全的地儿。前几天就有一个哥们被逮了,傻蛋一个,就住派出所对面,真以为最危险的地方就最安全。"

"想象不出那地方怎么住。"

"要不,过会儿去看看?"

"不是不带外人去吗?"

"操,你是外人?"老边喝多了就大舌头,"你以为我在北京还有几个朋友?吃完了我就带你去,不去也得去。"

要不是边红旗拉着扯着,我还真不想去,他说了,有点远,快到香山了。我们在西苑转了一趟车,晃荡了很久才到。下了车他带着我沿一道墙根往前走,大约五分钟,前面一片开阔的野地,房屋稀疏,都是平房,找不到路灯,幸好月亮还不错。他指着西北角,那儿。我看到了一排排塑料大棚拆掉后的墙框,两头是一个个简易的小棚屋。很多小屋里透出灯光,听见有人在说笑,还有电视机和收音机的声音。这些小屋里住的都是外地来的民工、生意人,当然也有不少办假证的。

"你们都住那里?"

边红旗答非所问,指着一棵树底下黑魆魆的隆起的地方说:"看见那个土堆子了?我的假证什么的都埋在那里。有人藏在树上,有人塞在砖头底下,一人一个地方。反正不能放在屋里。"

我说:"靠,开了眼。跟地下情报组似的。"

边红旗的小屋里有两个人跷着脚丫子在看电视,其中一个是那天帮他搬家的老乡,跟他住一个屋;另一个是来串门的安徽人,同行。看见外人进来了他们愣了一下,老边的老乡随即下了床跟我握手:"大作家来了,欢迎欢迎啊。"

安徽人也站起来对我笑笑。边红旗说:"什么大作家,我兄弟!不是外人,我兄弟!"

屋里够简陋的,蔬菜大棚想豪华也豪华不起来,生活用品乱七八糟地丢满一地,做饭的一套家伙放在门外搭起的另一个更小的棚子里。

"我看你还是搬回去吧。"我说。

"过段时间再说吧。"

他要给我倒开水,几个水瓶都是空的,就从床底下摸出两瓶啤酒,用牙咬开盖子,让我解渴。我哪还能再喝,就给了他老乡和那个安徽人。

他老乡说:"老边,听说青头被抓了。"

边红旗一屁股坐到床上,说:"抓就抓呗。好好的人蹲家里还要死呢。"

他老乡又说:"风声更紧了。"

"哪天不紧?"边红旗说,从床头的一堆乱书里挑了半天抽出一本书来,翻到一页给我看,"谷川俊太郎的诗,写得真好。这几天看得我难受。"

边红旗在这里读诗,有点意思。我接过来,书中选了日本诗人谷川俊太郎的几十首诗,我也很喜欢。我们谈了一会儿这个日本诗人,我就告辞了,再迟了公交车就没了。临走时我带上了谷川俊太郎的诗,边红旗说,值得好好看。

回到承泽园已经十一点半了。我正在换拖鞋,一明一脚踹开了我的门,冲着我的下巴就来了一拳。我一屁股坐到地板上,完全给他搞蒙了,觉得下巴都掉下来了。我在地上摸另一只拖鞋,半天才在屁股底下找到。穿上鞋还没站直身,又来了一拳,我重新坐到地上。他指着我,手指直哆嗦。

"你,你他妈浑蛋!"

他还要动拳头,被我抓住了。我摸了一下嘴和下巴,鼻子出血了。张嘴变得困难,活动了几次下巴才说出话来,我说:"你神经病啊,打我干吗?"

"你比我清楚!"

我又不懂了。我找了卷纸塞住鼻孔,脸仰起来,说:"你疯了是不是?"

"袖袖有了!"一明疲惫地坐到我床上,用拳头捶我的床。

"什么有了?"

一明又愤怒了,跳起来揪住我衣服,眼珠子都快把眼镜给顶下来了。"你还装蒜,我瞎了眼找了你这个朋友!好,我就让你告诉我,你什么时候跟袖袖那个的?"

我终于明白了,沙袖怀孕了。他认为是我搞的鬼。

"你瞎说什么?"我一把将他推回床上去,"神经病!这事要问你自己,关我屁事!"

"她说不是我的。是谁的她不说。"

我一下子愣掉了,沙袖怀孕跟他无关?真是怪事,"那也跟我没关系啊。"

"整天待在家里,除了我,不是你是谁?"

"沙袖说的?我找她。"我托着下巴拍她的门,"沙袖,你出来!你为什么诬赖我?"沙袖躲在房间里一声不吭。我用力地拍,还是没有动静,"你出来,沙袖!"

拍了半天她就是不答应,我只好回来,一明站在我门口,他不知道该用什么样的眼神看我。我突然想起点什么,问他:"她真的

210

有了?真的不是你的?千真万确?"

"我也以为是我的,戴了套也不是百分之百保险,但她说了,不是我的,她和别的男人那个过。那些天她和我怄气,好像我们也没干过那事。"

"那老边呢?"

"可能性不大,她对边红旗感觉不太好。"

"这是两回事。"我说,赶紧跑洗手间洗冷水脸,鼻子又流血了,"你先问沙袖,问清楚之前不要瞎猜疑。"

我洗过脸止住了鼻血,一明的门大开着,他对着沙袖大喊大叫。一明气坏了。我关上门给边红旗打电话。

"沙袖有了。"

"沙袖有了?啊,什么?你说什么?"

"沙袖有了。"

"你什么意思?"

"没什么意思。"

"不可能,"我能听到他从床上坐起来的声音,"怎么可能?就一次。"紧接着又说,"她跟你说什么了?"

"什么也没说。"我说,关了手机。

刚关上边红旗又打过来,边红旗说:"我,明天我过去。你跟一明说,我对不起他。"说了一句就挂了。

这时候我听见一明在叫:"边红旗,狗日的,我杀了你!"他从房间里冲出来,头发都乱了,在客厅里跳来跳去,他不知道自己要干什么,想了半天才想起要打电话。我把电话按住了。

"你别拦我,我一定要杀了这狗日的!"

沙袖在屋里安静地说:"跟别人没关系,是我主动的。"

一明抱住我好长时间也没把声音哭出来,他的头在我肩膀上摇来摇去,把眼镜也甩掉了,摔碎在水泥地板上。除了那次他父亲去世,我从没见过他这样哭过,一点声音都没有。

今夜无人入睡。一明在我房间里抽烟,把我一直舍不得抽的两包"中华"烟都抽完了,我也陪着他精神抖擞地坐到了天亮。沙袖偶尔去卫生间,拖鞋经过客厅的声音异常清晰。

第二天一早大家的精神就不行了,我下楼买了早点,他们俩都没吃,也不说话,人都变旧了,老了好几岁似的。一明躺在我的床上,两眼半睁着。我告诉他,边红旗今天要来,一明的眼睛大一下就闭上了,眼泪流到我的枕头上。他把枕巾抽出来蒙上脸,又开始了没有声音的哭泣。我不知道他在想什么,是对边红旗的即将到来充满愤怒,还是恐惧?我想是兼而有之。这个白天前所未有的安静,天气凉爽,有点像深秋,往深处静,往绝望处静。它被安静深埋起来。

直到晚上他们才开始吃点东西。我先劝一明,我说你是男人,能承受的要承受,不能承受的也要承受,沙袖还看着你哪。一明一边吃一边流眼泪,他说除了父母去世,他没有这么死过,真跟死了一样。我说什么也别想了,一切都会好起来的。然后去劝沙袖。她抱着膝盖坐在床上,两眼发直,我熬的稀饭放在一边都快凉掉了。

"吃点吧,沙袖。你大概不知道,你一直是一明的精神支柱,你垮了,他也就不行了。"

沙袖埋下头,声音沙哑稀薄,她说:"你去看看一明。我吃。"

那天边红旗最终还是没有来。开始我也不希望他过来,但是不过来归不过来,总该给我打个电话问一下情况吧,他是彻底没有音信。我很火,无论作为朋友还是作为一个当事人,我觉得他都不地道。晚上我到卫生间里给他打电话,关机,拨了好几次都不通。

他在逃避,这让我更火,后悔把他带进这个承泽园来,罪魁祸首是我,完全是引狼入室。

第二天边红旗的手机还是关着,我忍不住去了蔬菜大棚,我来讨伐。他的房门虚掩着,他和他老乡都不在。一股浓重的臭脚丫子味扑过来,屋里比前天晚上更乱,床上的书乱七八糟摊了一床。我掩上门,看到旁边一个民工模样的男人在门前引煤球炉,就上前打听。

"你是谁?"他很警惕。

"我是他朋友,上次来过的。"

"哦,"他说,低下头继续引炉子,"昨天被警察抓走了,一起抓了好几个。"

我在炉子前站了一会儿,烟扬出来呛得我鼻涕眼泪都出来了。我谢过那人开始慢腾腾地往回走,说抓起来就抓起来了。我重新打开他的房门,看了看,又关上。走到大棚的尽头,我看到前天晚上看到的那棵树,是槐树,树下的土堆被掘开了。看来边红旗真的被抓了。

十

关于沙袖肚子里尚未成形的孩子,他们俩发生了争执。一明觉得极其别扭,这不是自己的地里被别人抢先下了种那么简单。这种子是一个人,它有朝一日要来到这个世界上,和自己生活在一间屋子里,和他面对面坐在一个饭桌前吃饭。他不能想象,如同不能想象边红旗每天都要在他们的生活里插一杠子一样,那个孩子的眼里闪动的是边红旗的目光。他要沙袖做掉。

沙袖是一度答应的,但是后来又变卦了。变卦的原因我不是很清楚,好像是一个女人打电话来,找一明,听口气跟一明很熟,而且不是一般地熟。不知道是不是沙袖太过敏了,要么就是那个开宝马的白领打的。总之那个女人的声音改变了沙袖的决定,我听到她挂电话的声音,简直是摔。听到动静我从房间里出来,她站在电话旁边,手按在上面,人在抖。

"做掉。"一明还在坚持。

"不,"沙袖脸转到一边,"这孩子是我的。"

"可他不是我的!"

"是,他不是你的。有什么是你的?"沙袖的声音十分悲凉。

"做掉!"

"我不做。"

一明的决定无效,那个可耻的小东西不在他身体里。一明受不了沙袖的决绝,彻底垮了,他蹲下来的样子像个囚犯,摇脑袋、揪头发都干。他不坐沙发,就蹲着,或者坐在地板上,烟头扔了一地。我打扫卫生时,在沙发前扫出了很多头发,他的头发本来就不景气,现在更荒凉了。他们为此争论了两天,沙袖坚决不让步。她说:"你怎么说我都可以,怎么做也都可以。我只要这个孩子。"

一明一气,大中午衣衫不整地离开家,然后就没回来。晚上也没回来,打他的手机不通,总说关机。第二天还如此。沙袖打电话问他的导师和同门师兄弟,也没人知道他的下落。我们都急了,四处找,把北京能找的地方都找了,就差打110和登寻人启事了。我们在外面跑了三天,回来后都很疲劳,尤其是沙袖,这些天她的休息和饮食都成问题,站在公交车上人都在抖。她老是问我,一明会到哪儿去呢?我说没问题,他不会丢了的,这么大的人了,一时想不通是正常的,不要担心。沙袖就说,他烦我了。我劝她不要瞎想,一明不是这样的人。晚上我随便吃了一点东西就睡下了。半夜里起来上厕所,看到沙袖房间里的灯还在亮,我轻轻地敲了几下门,门开了。沙袖还没睡,床上摊了一堆衣服。

"你在干吗?"这阵势我看不明白。

"我回香野地去,我走了他就会回来了。"

"不行,"我夺下她的箱子,"你就这么走了不是让他更担心?"

"可我真是想要这个孩子。"沙袖说,坐到床上捂住脸,这么多天第一次哭出来,"我知道我配不上他。我什么都没有了,一想到还有个孩子在我身体里,我才觉得我还有点东西是自己的。你知道吗,我在这里总觉得飘着,脚不着地,它让我实在一点。你不会明白的。"

我的确没法真正体会到她的感受,我不知道一个尚未成形的孩子对母亲和沙袖这样的女孩意味着什么。可是我得阻止她继续收拾,他们的事情是要他们自己解决,但也应该等一明回来再说。第二天我早早就醒来了,睁开眼就想一明会去哪,突然想起了香野地,赶快爬起来找沙袖。她已经起床了,正坐在椅子上发呆。

"一明是不是回老家了?"

"没回。他走的第二天我就打过电话了。"

"要不再问问,都几天了。有病只能乱求医了。"

沙袖又打电话。

一明果然在香野地。沙袖的母亲在电话里说,一明两天前回的老家。他说很久没有回来了,要给父母烧几刀火纸。她又问沙袖,是不是吵架了? 一明回来时头发乱糟糟的,精神也不好,衣服脏得不像个样子。沙袖说没吵架,一直都好好的。她骗她母亲说,一明本来是到其他地方有点事的,临时决定回家,所以换洗衣服什么的都没带。她母亲说,没吵架就好,以后要好好给一明收拾一下,不能穿得这么乱糟糟的。男人嘛,出去得有个样子。

沙袖母亲又说,她爸陪一明去了坟地,他说一明在父母的坟前哭得死去活来,可心酸了。前天晚上一明还说,他要和沙袖结婚了,他说袖袖已经有了孩子,不结婚怕不太好。所以昨天上午,沙袖父亲陪着一起到派出所已经把证明开了,这几天他就回北京去。她母亲说,现在有喜了,一定要注意身体,可不能马虎大意,等日子差不多了,她就过来帮着照看一下,生了孩子由她来带。沙袖的母亲说了一大堆贴心贴肉的话,然后才想起来说,一明还没起来,要不要叫醒他接电话?

"不要了,让他睡吧,没什么事。"沙袖说,"我在这边挺好的,就是想家。你让一明带点家里的东西来,煎饼、咸菜,什么都行。"

沙袖放下电话就开始哭,整个人瘫在椅子上。这些天一直紧张,突然放下心来,她有点承受不住了。我说这还哭什么,什么事都解决了,一明我知道,他对你真是没得说,离不开你,你看,想通了不是天下太平了?

"担心死我了,他一定把自己折磨坏了。那几天他也不知跑哪儿去了。"

"可能是找个地方想事了。"

沙袖看看我,说:"你跟我说实话,一明他真的没变?"

沙袖的样子很无助,事实上她对自己的生活也无从把握,在这里,她完全失去了在香野地的坚强和自信。

"当然没变,这么多年一直没变。说实话,我挺羡慕一明的,有你这样一个顶梁柱支撑他的生活。"

"你在安慰我,我哪能支撑别人,自己都支撑不了。可我没有办法。"

不管怎么说,情况是好起来了。中午我们做了一顿不错的饭菜,也是这些天吃得最踏实、最放松的一餐饭。吃完了睡午觉,要

把亏欠的都补回来。我还在做梦,沙袖敲我的门。开了门,她说:

"你陪我去一趟医院。"

"干吗?"我还没睡醒。

"我想,还是不要了。"

"什么不要了?"

"孩子。"

我的哈欠打了一半,一下子睡意全无:"你要,做掉?"

沙袖点点头。

"一明不是想通了吗?"

"可是,我觉得挺不好的,我也觉得别扭了。"

"是不是等一明回来再说?听听他的意见?"

"你要不陪我去,我就自己去了。"

我还能怎么说,只好去了。我明白她的意思,她想在一明回到北京时,看到一个和过去没有区别的清清爽爽的沙袖。说真的,这事我也不知道该怎么办。医生显然把我当成了沙袖的男朋友,上来就责怪我一点都不用心,现在到处都是卖套和避孕药的,就不知道防护一下,只顾自己快活,让女人遭罪。

"多久了?"长相慈蔼的女医生问。

"不太久。"沙袖说。

"反应强烈吗?"

"还行。"

"什么叫还行?"

"不太强烈,"沙袖说,然后胆怯地问医生,"很疼吗?"

"不动手术,服药就行了。新出的药。你们这些年轻人啊,都快做爸爸妈妈,平常也不注意学习一点生育知识。决定了?"

沙袖说:"决定了。"

医生又看看我,我赶紧说:"是,医生,决定了。"

医生唰唰唰开始开单子,把单子递给我的时候叹息一声:"又是一条命啊。"

这句话让沙袖出了门就哭了,她靠着墙,觉得身体发虚。我扶着她坐到椅子上,让她等着,我去取药。医生从窗口递药的时候,在口罩后面意味深长地看了我一眼,搞得我很不自在,她大概觉得我是个杀人犯。我真是替人受过啊,是边红旗还是一明?

从香野地回来,一明气色好多了。他带来了不少香野地的特产,还带回来一块玉佩,说是沙袖母亲当年生沙袖时戴过的,她说这是块吉祥的玉,可以保佑孩子在母腹里的成长,对将来顺产也有很大的好处,他让沙袖从今天起就戴上。沙袖拿在手里看了看,放到了抽屉里。

"戴上啊?"一明说,"你妈说戴得越早越好。"

"没了。"沙袖说,起身去了卫生间。又哭了。

一明看看我,我说:"她还是决定做掉了。除了你,现在她什么都没有了。"

一明的表情很复杂,说不清楚。他自己大概也说不清楚听到这个消息后是什么感受。生活瞬息万变,很多事情都来不及让你想明白,来不及让你接受,就变了。我指指卫生间,让一明过去,他们的生活需要重新开始了。

本来想抽个合适的时间去看看边红旗的,听一个和警界有关的朋友说,这一茬抓的人都关在看守所里,还没判。我想一个人去,不让一明和沙袖知道,边红旗无疑是他们生活里最为浓重的一块阴影。还没成行,家里又打来电话,母亲说,有急事,他们托人给我在市里的晚报社找了个工作,很不错的,要我回去面试,越快越好。我说我不想回去,母亲很不高兴,说我不懂得父母的辛苦,他们在家为了我的将来伤透了脑筋,我却不领情,偏要留在一个人生地不熟的地方,闯出个名堂也就罢了,都上顿不接下顿了还不回头。这句话说到了我的痛处,几年了,我就过成这样。母亲又说,她和父亲眼看入土半截了,想过几天放心日子我都不让,养个儿子还有什么意思?母亲威逼利诱之后,姐姐又来电说,要我明家理、识大体,父母大半辈子不容易,他们想抱孙子都快想疯了,几乎到了见到邻居家的小孩都流口水的程度。一句话,如果我尽快回去娶妻生子,完全是在为我们家做贡献,老祖宗都会感激我的。这些都是大话,说到底,他们其实是担心我再混下去,什么都得不到,最后连基本的事业和正常的生活都丢了。

放下电话我就开始抽烟,开始想,一副痛定思痛的模样。几年了,我在北京到底干了些什么?北京对我的意义到底在哪里?过去不是没想过这个问题,但都是一闪念,过一下脑子就忘了。是啊,为什么偏要留在北京?为什么那么多人削尖了脑袋要在北京占下一块地方?大家就那么爱北京吗?我想肯定不是这么回事,但是,为什么很多人混得已经完全不像样了,还放不下这个地方?烟盒里的烟都抽完了,还是没想明白。

可是面试的日子已经定好了,由不得我不回去。

回到家,父母见了我眉开眼笑。他们说,应该没什么问题,晚报社好着哪,在我们这地方算是很不错的单位,关键是人家赏识我,将来的前途至少不会差的,据说编制问题也会尽快解决的。这不是一般地诱人了,难怪我父母扛不住。

面试的时候是那个女孩陪我去的,就是上次别人给介绍的女朋友,姓童,我叫她小童。上次见面之后,我们一直联系,打电话、发手机短信,感觉很不错,有点像热恋了。小童让我不要紧张,她爸已经和报社社长兼总编打过招呼了,应该不会有问题。我父母所谓的托人,大概就托她爸了。他们用十二道金牌把我招回,也算是一举两得。小童在我父母和姐姐的监督下,把我收拾得很利索,让我觉得镜子里的那个人看起来还像模像样的。

小童直接把我带到社长办公室前,敲门,出来一个头发花白的胖老头,我在本地的电视新闻里见过。

小童说:"余伯伯好。"她的手在我身后碰碰我,我说:"余总好。"

老头呵呵笑了:"疯丫头,两年多没去我家了吧?越长越漂亮了。"他又看看我,"这就是,啊?丫头,眼光不错嘛。进来,进来。"

小童对他撒了一通娇,说:"他胆小,可不要乱吓唬啊。"

老头说:"我敢吓唬他,那你还不跑到我们家,把冰箱里的东西都吃光?"

"多少年前的事了,余伯伯还提。"

"好了,不提,说正事。"老头坐到老总椅子上,从档案夹里拿出一大堆纸,随便翻了翻,"丫头送过来的资料我都看了,文章写得很不错,有几篇小说我也很欣赏。年轻有为啊。一会儿几个部门领导都过来,问什么你就说什么,放松点。"然后给秘书打电话,让她把有关领导叫过来。

我看看小童,她竟然把能找到的我的东西都复印下来了。她说:"是写得很好嘛。"

过来三个男的一个女的,围坐在旁边的会议桌前。老头介绍,我向他们一一致敬。然后就开始了。开始也是随便说。他们分别把我赞扬了一番,说我是眼下本市十分活跃的青年作家,写出了不少质量上乘的小说和散文,虽然人在北京,但是留有余香,能回到家乡效力,理当欢迎。尽管他们夸得还算有节制,但我还是觉得十分难堪,当时我的脸一定被他们夸得青一阵紫一阵,身上开始流汗,真如芒刺在背。接着是闲聊,让我说说对北京的感觉,对北京报业的看法,以及对晚报的一些想法。我就顺嘴瞎说,想到哪说到哪。他们都"嗯",或者点头,或者微笑。大概情况就这样,他们都觉得我很不错,年轻,有锐气,有想法,有才华。他们当着老头的面,凡事都说好。接下来我退场,在门外等他们商定结果。大约五分钟,我刚抽完一根烟,一个领导让我和小童进去。

结果出来了,老头说,综合各位领导的意见,面试很成功,他代表晚报社向我表示祝贺,从现在开始,我就是晚报社的一名员工,可以回去准备一下,也可以明天就来报社上班。鉴于我对本市的社会各界情况还不是很熟悉,先让我做一段时间记者,各处跑跑,到时候再视工作情况另行委任。领导们鼓掌,一一和我握手,祝贺我重新成为本市的人。领导们散会了,老头向我和小童表示祝贺,问小童,什么时候请他喝酒。

"随便什么时候。"

"那不行,是那个酒。"老头天真起来也挺可爱。

小童挎着我的胳膊,说:"余伯伯,你再说,我就去你们家把你们家冰箱里的好东西全吃光。"

老头呵呵地笑:"丫头也不好意思了。好了,不说了。"他拍拍我的肩膀,"小伙子,好好干,先做一段时间记者锻炼一下,对你有好处。还有,要好好对我们的疯丫头,我可是看着她长大的。"

我点头答应。

出了报社,我把领带解下来,到路边买冷饮,刚喝两口水,一明打电话来。

"怎么样?面试顺利吗?"

"还行。"

"那就没问题了。祝贺你!什么时候再回北京?"

"再说吧,可能要过几天。结婚的事筹备得怎么样了?"

"差不多了,我和袖袖决定简单一点,就几个人吃个饭,喝喝酒。你一定要赶回来喝喜酒啊。对了,袖袖让我问一声,你什么时候结婚?她想看看你那位哪。"

我看看小童,她听见了,对我嘟了一下嘴低下头,来回地转手里的矿泉水瓶子。我揽过她的肩膀说:"尽快吧。"

2004 年 5 月 19 日,北大万柳

三 人 行

一

佳丽搬进来那天,康博斯和班小号都瞪大了眼。他们想过可能会搬进来一个女同胞,但没想到是这么个年轻漂亮的女孩。那女孩刚进院门,康博斯就斜着眼睛对班小号笑,他赢了。按照此前的约定,今天晚上班小号要请他到"东来顺"吃火锅了。吃火锅的时候小号有点不情愿,后悔打了赌,赌什么赌呢,谁住进来也不过都是一个房客。康博斯说,别有情绪,想想以后就能和一个美女生活在一起,请顿饭值啊。小号说,当然有情绪,就是满院子都住上美女,跟我有什么关系?

"看看你这人,没情趣了吧,还北大的厨师呢。"

"又不是我老婆,关我屁事。"

"不厚道,不关你事还屁颠屁颠地跟人家搭茬。"

"我可是诚心想帮她一点忙,你不要瞎想啊。"

"又不是什么大不了的事,"康博斯笑了,说,"不就搭个茬嘛,理解,光棍的日子我又不是没过过。问题是……呵呵。"

康博斯觉得玩笑再开就过了,一句话说了半截就打住了。小号脸已经红了,下午的事让他很难堪。本来他的确想上去帮点忙的,但一跟女孩说话他就本能地脸红口吃,一看就像居心不良。女孩雇的搬家公司的小工具车开到院门口时,他们俩都站在阳光底下,拎着热水瓶准备洗头。今天是周末,小号的头发尤其乱,远看近看都像鸡窝。女孩好像没看见他们俩,径直进了院子打开那间朝西的房间,招呼搬家的工人往屋子里抬东西。她自己也从车上抱下来一个带梳妆镜的脸盆架。那东西像古董,有点沉,女孩抱着明显吃力。小号和她的房间对面,站的地方离她也近,就放下水瓶过去帮忙。帮就帮了,他还想说两句,以便把这事弄得自然点。

"刚搬过来呀?"小号说。

"嗯。"女孩好像没有把脸盆架完全托付给他的意思。

"你在哪儿工作?"小号期期艾艾地又问。

"没工作!"那女孩警惕地看了他一眼,"你想帮我找啊?"

"哦,不是,就问问。"

这会儿已经到女孩的门口了,女孩一把将脸盆架夺过来,说:"你忙你的,我搬得动。"

小号不知道哪句话得罪了她,只好像根从里到外红透了的树桩一样站在别人的门前。这样也碍事,那女孩放好了脸盆架出来,见他堵在门口,冷冷地说:

"没事你能站到边上去吗?"

小号触电似的赶紧跳过去。康博斯笑起来,觉得他像个失落的猴子。小号看见康博斯在笑,脚心都红了,更像一个失落的猴子了,恨恨地看了康博斯一眼,又把水瓶拎进了自己的房间。他们的头都没洗,人来人往的不方便。

康博斯也插不上手,干脆躲房间里看书,见女孩全搬完了,搬家公司的车也走了,才出来去叫班小号,想一起过去跟新邻居打个招呼,能帮着收拾一下最好。小号不去,说要去你去,我不想再去丢人。

"这叫什么话?打招呼不丢人,我们是睦邻友好,国家间还要和平共处呢。"

小号就跟着过去了,出门前用力地梳了几下头。到了对面的房间就低着头,被打击坏了。女孩的东西其实不多,搬进去就差不多摆放好了,剩下来的小问题男人也搭不上手,比如叠叠衣服、摆摆小玩意和化妆品。

康博斯说:"看来帮不上忙了,就欢迎一下新邻居,相互认识一下吧。我叫康博斯。"说完用胳膊肘碰碰小号。小号还是低着头说:"我叫班小号。"

那女孩立刻就笑了:"小号,这名字好玩。"完全忘了刚才把班小号扔一边的事,"康博斯,像个洋名字,也不错。我叫佳丽,宋佳丽。听房东说,你们俩都是北大的,高才生啊,听得我害怕。"然后是一串咯咯的笑,你不知道她说的是真的还是假的。

康博斯谦虚地说:"给北大丢脸了,我们都在虚度光阴哪。"

相互认识到这里就算完了,她要继续收拾小东西,他们只能及时告退。佳丽。佳丽。小号跟着康博斯到了他的房间,一路都在嘀咕着那女孩的名字。不错吧,康博斯问他。小号不搭理,只在嘴里翻来覆去转着两个字,佳丽,佳丽。接下来他们一个上网看邮箱,一个在书架前翻翻书,时间不长,太阳就落下去了。按照约定,小号请康博斯去"东来顺"吃火锅。

从"东来顺"回来已经九点多了,两人搞了一身的火锅味和啤酒味。这顿饭吃得总体上还是很快乐的,两个人相互为对方的生活前景展望了一番,觉得日子还是很有盼头的。比如康博斯,班小号认为他的好日子马上就要来了,挡都挡不住。康博斯的女朋友明年就过来考博士,房子都给她租好了,来了就双宿双飞,还念书,物质精神两手抓,都硬邦邦的。康博斯当然也要吹捧一下班小号,他说小号啊,你看想什么来什么,不是要老婆吗?来了,还是个漂亮的,人家多喜欢你的名字,小号,叫起来像叫孩子他爹似的。两人趁着两瓶酒劲儿,放开胆子瞎说,不管是不是一厢情愿,也不管是不是在意淫,听着高兴就对了。小号越听越高兴,越高兴越能喝,最后两人喝得两腿发飘头变大,拉拉扯扯地回来了。

新来的邻居佳丽还没睡,门敞着,在灯光底下照着一张纸念念有词。他们喝得耳朵也不好使了,只断断续续听到"洗衣机""不锈钢"之类的词。他们对她打招呼,问吃了没有。

"吃过了,自己做的。"佳丽走到门前,指着屋里的一套炊具,然后就闻到了他们身上的味道,"难闻死了,你们去腐败了?"

"喝点酒,欢迎一下新邻居。"小号终于也敢开口说话了。

"欢迎我怎么不请我?"

"不是怕你不给面子嘛。"

"早说呀,我可以天天都给面子。"佳丽很大方,让两个大男人觉得她已经是老邻居了。

"好啊,下次一定叫上你一起腐败。"康博斯说,"你在念什么?"

"钱。"佳丽又咯咯地笑起来,把纸藏到身后,"都喝成这样了,还不回去洗洗睡觉?"

康博斯和小号相互看看,说好,就各自回屋了。两人心里都莫名其妙地挺高兴。她在念钱。两人晕晕乎乎倒在床上,鞋子没脱就睡着了。

二

第二天早上,康博斯起床开了门,看见小号的房门上挂了锁。小号已经去上班了,他在北大的一个食堂里当厨师,在学校里康博斯碰到他,都装模作样地叫他师傅。他们俩在同一个房东家里租房子纯属偶然。这地方叫西苑,离北大西门只有一站路,挺近的,康博斯就是看中了这一点才到这里租了房。当然,另一个原因是这里的房子相对来说要便宜些。房东家是个独立的小院,他们家买了三居室的楼房,就把院子空下来了。又在院子里东西两边各盖了一间屋子,这样就可以同时租出去三间。康博斯比小号早来几天,租到了面南向阳的房子,也是所有房子里最好的,价钱比两边的每月要贵上一百元。康博斯现在的房子旁边还有一间,没租,里面装满了没法搬到高楼上的不体面的旧家具。

康博斯刚住了几天,班小号就搬进来了。他觉得新来的邻居有点眼熟,尤其是他的胖脑袋,两只眼好像还不一样大,就是想不起在哪里见过。两人熟悉了以后,康博斯才发现,这家伙原来就是食堂的师傅,打饭的时候经常看见。小号说,原来他是住学校食堂的集体宿舍的,受不了了,就跑出来了。他宿舍的那帮家伙下了班之后就知道打牌、下棋、吹牛、谈女人,要么就抽烟喝酒,宿舍里搞得乌烟瘴气,睡着的时候也不能安静,几乎个个打呼噜,半夜里醒来,感觉就像在猪圈里,想找一分钟清静的时间都很困难。后来,康博斯发现,班小号的确需要一个清静的环境,他喜欢看书,下了班回来都要看上一会儿,轮上休息,看得更猛,还经常向他借书读。

康博斯在门前站了一会儿,考虑今天要不要去图书馆查资料,佳丽从她的房间里出来了,手里还拿着昨天晚上念念有词的那张纸。

"早。"康博斯说,"还在念钱?"

"是啊,不念钱怎么活下去?不去学校?"

"还没想好,先解决了早饭再说。"

"如果不嫌弃,一块儿吃?我早饭做多了。"

"那多不好意思,你刚来就剥削你。"

"邻居嘛,一顿早饭而已。说不定以后我会经常蹭你们的饭呢。"

只好恭敬不如从命了。康博斯简单洗漱了一下,到了佳丽房间一起吃了早饭。包子、稀饭,还有两根油条。平时他都是在巷子外面的小吃摊上随便打发。康博斯打量了一下,原来空荡荡的房间,佳丽住了一个晚上就变得温馨多了,他闻到淡淡的香味。这味道让他想起了还在上海念书的女朋友,很快就要来北京考博,他的肚子里某个地方仿佛突然空了一块。挺想她的。

"小号呢?你们是同学?"

"不是。我读书,他工作了,我们食堂的厨师。"

"哦,"佳丽笑起来,"像。厨师好像都是圆头圆脑的。"

吃完了早饭,佳丽收拾残局,康博斯扭头看到了床上的那张纸,竟然是一张海尔洗衣机的宣传材料。

"你背这东西干吗?"

"刚找的工作,给海尔专柜做促销。一会儿就去面试。"

"收入怎么样?"

"还行吧。之前做过别的促销,推销也干过。总之就是挣钱呗。你呢?"

"生活费?父母给一点,自己再挣一点。"

"兼职?"

"要准备论文了,没时间兼职,偶尔帮人写点东西,换点小钱。"

"嗯,还是读书好。"佳丽说,"可惜我当年不认真,要不也弄个博士念念,多好。对了,你自行车用吗?我想借一下,面试的地方坐公交车太麻烦。"

"你用吧。"康博斯给了她钥匙,告诉她自行车的前刹只是个摆设,要用后刹。

佳丽试了一下车子,没问题。她骑车的样子挺好看的。佳丽走了以后,康博斯抽了一根烟,决定整理一下书包去学校。只好坐公交车了。

在报刊室翻了一上午的旧杂志,那些发霉的纸页快把他熏晕了。直到图书馆老师下班催他走,康博斯才觉得是有点饿了。他想都没想就去了小号的食堂,他喜欢看小号歪戴着白帽子卖饭的样子。小号不在。他草草吃了饭,准备回西苑睡午觉。在食堂门前的海报栏前围了一堆人,康博斯上去踮着脚看了看,以为是哪个大师又要来北大讲座,却看到一个好玩的广告,一个叫班蝉的诗人请大家到左岸文化网上看他的诗,那是个新锐的文学学术网站,然后诗人给出了网站的地址。康博斯看了一下就走开了,不感兴趣。他觉得眼下的不少诗歌和诗人活动都变了味,更像是行为艺术。刚走了几步,小号打了他的手机。

"在灶间炒菜哪,听听这火上燎油的声音。"小号说,"看见海报栏里那班蝉的诗歌广告了吧?"

"看见了。有事?"

"我朋友的。回去到网上看看,看写得怎么样。"

"早戒诗了。看也戒了。"

"看看,朋友想知道博士的看法。不说了,得干活了,头儿来了。"

小号挂了。康博斯没办法,又回头到海报前,记下了左岸文化网的网址。www.eduww.com,挺简洁的。

回到西苑,佳丽还没回来,阳光下的小院有点明净的落寞。康博斯想,摇摇来了就好了,住这里,有房子有院子,还有门前养的两盆叫不出名字的竹子,像个家了。他们谈了五年,除了假期能在一起仓促地待上几天,其他时间都是南北遥隔。年龄越大能够放松的时间就越少了。想着,他有点心疼,就顺手给摇摇发了一个短信,告诉她上午在报刊室查到了不少重要资料,论文的第四章基本上没问题了。摇摇没回信,康博斯喝杯茶等了一会儿,就关机睡了。

三

午睡起来,康博斯继续写他的论文。其实是一部学术著作。马上要找工作了,有一家很不错的大学对他有兴趣。他曾经和那个大学的中文系主任同时参加过一个学术研讨会,他在会上的发言让那个系主任颇生爱才之心。私下里聊了聊,系主任表示,若有机会,欢迎康博斯毕业以后到他们大学去工作。当然只是一种想法,事情不到最后谁也说不准,不仅是山外有山人外有人的问题,还有一些人际关系上的复杂问题。据该主任说,有一个学校领导曾介绍过一个博士给他,希望他考虑,而名额只有一个。所以他希望康博斯能够拿出响当当的成绩来。康博斯很感激主任的坦诚,就说自己正在酝酿一本书,把大致的想法向主任做了汇报。主任觉得这个选题很好,思路也堪称奇崛,鼓励他认真踏实地做,他正在主编一套丛书,如果质量过关,可以作为丛书之一,在康博斯毕业之前出版问题应该不大。康博斯现在做的就是这事,午睡起来开始写第四章。

写得比较顺,觉得有点累了的时候,已经该吃晚饭了。康博斯放了一段古曲《平沙落雁》,听得身心坦荡,听完了才开始考虑晚饭怎么解决。不想做,就到外面去吃。刚出巷子口,佳丽骑着自行车过来了,还吹着欢快的口哨。

"成功了?"康博斯问。

"当然,已经做了一个下午。"

"好啊。为了表示祝贺,走,请你吃晚饭。"

"还是我请你吧,"佳丽拍拍身后的一个小纸箱,"菜都买好了。下午的工资结束时就拿到了。"

康博斯看看小纸箱,的确已经买好了。他说那好,他去买几瓶啤酒,必须喝酒才能庆祝。佳丽赞同,摇着手说,今天她要露一手,做的菜一定不比小号的差。

康博斯买了啤酒回来,佳丽已经开始炒菜了,箱子里还放着择了半截的菜。这是康博斯的任务了。他问佳丽,是不是所有的菜都择,佳丽说当然,否则哪够三张嘴吃的。

"小号恐怕不回来,该他轮班了,明早三点半就要起床做早饭。一般他三顿饭都在食堂吃,反正免费。"

"要不问一下?"

康博斯说好,给小号打电话。小号说不回来了,然后问他那班蝉的诗他看了没有。康博斯拍一下脑门,给忘了。

小号说:"吃完饭就去看。明天我回来,必须向我如实汇报你的感想。"

康博斯说:"靠,就是上头下达的文件你也不能这么搞吧。"

小号电话挂了。佳丽就让康博斯择两个人的菜。两人一边忙活一边聊天。佳丽开朗、爱说话,有问有答。他们就瞎说,聊一些各自的旧事,就说到了促销的事。佳丽说,这工作也挺好的,就是有时段性,需要了就有活儿干,不需要就得另外找。在北京待着就一条麻烦,老是得换工作,一年她最多换过十二个工作。

"来回换受得了?"

"受不了也得受,总得吃饭呀。也习惯了,来北京八年了,除了女博士冒充不了,能干的活儿都干了。"

"八年？你多大来的？"

"十七。不像？一晃都二十五了,那时候真正的黄毛丫头,念到高二辍学了。刚来北京那会儿害怕坏了,一下车浑身哆嗦,手脚冰凉。"

"现在呢？"

"再害怕我还活不活了？"佳丽笑得明亮,把炒好的芹菜肉丝挑了一筷子给康博斯尝,"现在一离开北京心里倒不踏实了。味道怎么样？"

"嗯,好吃,比小号手艺强多了。当年刚来北京,你靠什么为生？"

"就像现在这样,促销。不过当时是推销,上门卖东西。"

"两个还有不同？"

"当然不同。促销是别人卖,你在旁边宣传鼓动就成了;推销可苦了,得把东西一件件卖出去。我推销过很多东西呢,大到旅行箱、婴儿摇篮,小到手表、电池、剃须刀、毛巾、香皂,还推销过内衣。"

"男人的也推销？"康博斯跟她开玩笑。

"男的女的都卖。我还推销过夫妻生活用品呢,比如安全套。"

康博斯两眼立马瞪大了,嘴里还在偷吃佳丽买的冷菜五香鸡胗。"那你怎么跟人家说？"

"我说,您要这个吗？有用的。"

康博斯听了高兴坏了,一张嘴把嚼了一半的鸡胗全喷出来了。佳丽也跟着笑,半天才缓过劲儿来："那时候小,愣,傻头傻脑的,要是现在,就是到大街上捡矿泉水瓶子也不去卖那玩意儿了。"

两人说说笑笑,完全是老邻居老朋友了。饭菜都做好了,开吃。喝啤酒祝贺,佳丽的酒量很不错,喝了一瓶还没什么动静。菜做得相当不错,康博斯吃得很开心,很久没有吃到这么可口的家常菜了。边吃边喝边聊,天就黑了。快结束时,小号回来了。

佳丽说:"不是说不回来了吗?"

小号呵呵地傻笑,说:"闻着你做的菜的香味,就忍不住回来了。"

康博斯知道他已经吃过了,就让他喝酒。小号忸怩了半天,就坐下了,陪佳丽和康博斯喝了一瓶。喝酒的时候说话还是放不开,想起来才插上两句话,就为这两句话也憋得脸通红,佳丽还以为他不胜酒力。康博斯说,小号是害羞呢,他见到漂亮女孩就这样,没喝酒就醉了。佳丽咯咯地笑,小号的脸更红,放下酒杯就数手指头。

吃完了饭,小号主动要求收拾碗筷,动作规范而且娴熟,到底是厨师。收拾好了,小号还是吞吞吐吐,欲言又止。康博斯问他是不是有事,他说没事,能有什么事。康博斯就建议到他房间去看碟,他陆陆续续买了一堆碟片,都没来得及看。三个人一起过去,打开电脑,正准备打开光驱,小号说话了。

"能不能先上网看看?"

康博斯一愣,说:"哦,差点又忘了,看你朋友的诗。"他上了网,找到左岸文化网,在诗歌版里果然就找到了班蝉的诗,一口气贴了有二十首呢。后面跟了一串帖子,都是读者的评价,多数人都认为班蝉的诗写得好,干净、质朴、真挚,技术上也颇有可观者。康博斯看了前面几首,也觉得很喜欢。他跟佳丽说,这个班蝉一定是个内秀的男人,性格里存有很多孩子的气质,这在多到泛滥的诗人中是比较少见的。佳丽对诗不太感兴趣,在一边翻看碟片。康博斯看看身边的小号,发现他的脸比刚才还红,呼吸都变粗了,头脑一亮,一把抓住小号:"这诗是你写的?"

小号没防备,条件反射似的说:"啊?是、是我写的。"

康博斯对着小号的胖屁股拍了一巴掌:"你小子,我早该想起是你了。还班蝉呢,直接叫小号不就完了。"然后对佳丽说,"快看,我们的诗人班小号同志的大作。"

佳丽听说是班小号的诗作,来了兴趣,凑上来看,还用她已经被京味同化了的声音朗读了出来,搞得小号手不知道往哪儿放好。朗读完了,佳丽拍了一下小号的肩膀,高兴地说:

"来北京这么多年了,总算见到了一个诗人。"

小号激动得腿都软了,一把扶住电脑桌。剩下的晚上他们在诗歌和碟片中度过,看的是美国影片《训练日》,一边看一边说诗。康博斯很久都没有这样大规模地和别人谈诗了,小号的诗让他找到了感觉。他没想到小号整天哼哧哼哧地待在房间里就是在写诗,更想不到小号在食堂的大锅前也作诗,而且写得还这么好。他觉得电影上的字幕都成了分行的诗歌了。小号完全有理由更激动,本来打算听完康博斯的汇报就回去的,一高兴决定不回去了,宁愿深夜两点半起床往北大赶。

四

小号说:"要不,去看看佳丽怎么促销?"

康博斯斜着眼看他,一脸坏笑,不说话。

小号又急了:"反正休息嘛,我就是有点好奇,想看看。没任何其他意思。"

他们从北大西南门出来,正愁往哪儿去。康博斯说也好,可是我现在想吃肯德基的甜筒怎么办?小号二话没说,让他在公交车站牌底下等,一溜小跑去了肯德基,很快就拿着两个甜筒出来了。

"一个够不够？不够这个也给你。"

没想到他来真的。康博斯有点不好意思,小号不就想见见佳丽嘛,没有错。已经三天没见了。这几天小号一直加班,好容易抽出一个下午的时间来放风。他们上了车,恰好在佳丽促销的那个商场的门前那站下。他们俩进去直奔家电专柜,人不少,挺热闹的。上了二楼就看见佳丽在向顾客讲解,穿着商场统一配发的制服,白蓝相间,有点像空姐。佳丽的声音很响亮,她说:

"欢迎光临海尔专柜。买海尔洗衣机,送海尔DVD。这里是最新款的滚筒洗衣机,人性化的设计让您洗衣服不缠绕,不磨损衣物。棉、麻、羊绒,任何衣料都可以放心洗涤,因为它不同于传统洗衣方式,是摔打式洗涤,洗净度高。省水省电,内外筒都是不锈钢材质,双层门设计,有自动童锁功能,安全系数高。欢迎您选用海尔洗衣机。"

佳丽辅以优雅的手势,这一套介绍如行云流水,听得面前的两个顾客连连点头。康博斯和小号正想上前和佳丽打招呼,从楼梯口上来一个卷头发的小伙子,径直走向佳丽。佳丽赶紧从客人那边过来,拦住那个卷卷毛。

"你怎么又来了？我不是让你不要来找我了吗？"

"我为什么不能来?"卷卷毛一把推开佳丽,"你是我女朋友,我看看自己的女朋友还不行?"

"谁是你女朋友？我们已经分手了。"佳丽努力把声音压低,把态度放平和。

卷卷毛不理这一套,咕噜咕噜地像鸽子那样笑,说:"我同意了吗？我一天不同意,你就一天还是我女朋友。"

"你无赖!"佳丽说,脸涨红了,说完觉得自己失态了,又放低声音说,"有什么话回去说好不好？我正在工作。"

"不就是几个钱吗？我给你，跟我回去。"

他的声音很大，很多人往这边看。佳丽已经急得快跺脚了，恰好看见倚在楼梯口的康博斯和小号，立刻向他们招手："还愣着干什么？快过来呀！"

两人走过去，卷卷毛警惕地看着他们："这两个人是谁？"

康博斯说："佳丽的朋友。"

"朋友？"卷卷毛盯着佳丽，"什么朋友？这么快就找了一个？还像模像样的。"

康博斯拍了一下小号的肩膀，小号立刻把腰杆挺直了："请你尽快离开，不要再骚扰佳丽。"

卷卷毛看了他俩半天，估计对着干没好果子吃，就咕噜咕噜地笑，说："好，好。你们赢了。"转身下了楼梯。

佳丽舒了一口气："幸好你们来了。咦，怎么这么巧？"

康博斯说："小号想看看你是怎么促销的。他说很多天没看到你了。"

小号脸唰地红了，都结巴了："没、没有，是、是他要、要来的。"

康博斯说："你这人，又不厚道了，见了美女脸红结巴不说，还撒谎。"

佳丽笑了，说："你们俩就不要演双簧了，今天帮了我一个大忙。什么时候再让你们尝尝我的手艺。"

"还是我请你们吧，"小号总算缓过了神，"就今晚。"

"我还上班呢。"

"我们俩等你。小康，怎么样？"

"你请客，我当然没问题，"康博斯说，"蹭吃蹭喝这事我还是比较喜欢干的。"

就这么定了，他们等佳丽下班。离佳丽下班还有两个小时，他们就在商场里和周围逛了一圈。康博斯能吃辣,顺便买了一瓶"老干妈"。小号买了两副扑克牌,他和舍友打赌又输了,这是赌注。他们逛完了回到海尔专柜,佳丽已经下班换好了衣服在等他们。

到哪个馆子又成了问题,没什么特别想去的地方。佳丽说这样吧,去北大,正好过去看看,还是三年前去的那一次。佳丽钦定了,康博斯和小号也就不反对了。进了北大,到哪里吃又成了问题,燕园里的馆子也不少。还是佳丽提议,干脆到小号工作的食堂吃,体验一下生活。康博斯不愿意,他实在是吃腻了食堂的饭菜。

"我请你们吃食堂最好的菜。"小号对此很有把握。

他们就去了。小号让他们在二楼等着,他到各个窗口转了一圈,回来时端了两托盘的饭菜,康博斯看了一下,差不多都是最好的菜了。还有啤酒和饮料。佳丽看到其中一盘五香鸡胗,高兴坏了,夸小号善解人意。她说小号你真好,竟然知道我喜欢吃五香鸡胗。

"你喜欢吃这东西?"小号说。

"是啊,"佳丽说着就伸手去抓,"我从小就喜欢吃鸡胗。"

佳丽的喜欢让小号很有成就感,一顿饭都吃得乐滋滋的,话也多了,主动向佳丽和康博斯介绍五香鸡胗的做法,说得头头是道。佳丽不住地点头,说她妈当年就是这么做给她吃的。吃完晚饭,三个人在校园里散步,以便让佳丽在三年之后重温一下北大的风光。从面食部向南走,佳丽叫起来:

"小康,看,你被印到牌子上了。"

她说的是原来的学三食堂改造成的类似肯德基似的快餐部,名字叫"康博斯"。然后她看到了旁边的英文,"COMPUS"。

"我说你的名字怎么那么耳熟呢,"佳丽说,"原来是个音译词。是大学校园吧?我记得自考的时候背过这个单词。"

"你自考?"康博斯问。

"是啊,大专自考过了。本科考了一半,找不到时间看书了。"

"有为青年啊。"小号说。

"去你的,你能写诗,我为什么不能自考?哎,小康,你们家人怎么给你取个洋鬼子名?"

"我爸取的,我们家就在大学里。生在大学里,长在大学里,又在大学里念了这么多年书,以后可能还要在大学里工作,一辈子怕是都要'康博斯'了。"

"大学多好啊,"佳丽说,"我想待在里面人家还不要我呢。"

"做厨师吧,像我这样,以后就能待在大学里了。"小号说。

"喊,我才不干呢,都长得圆头圆脑的。"

小号很受伤。康博斯说:"厨师有什么不好?你看我们小号,要是不做厨师,诗能写得这么好吗?"

佳丽附和着:"嗯,是,有道理。"

小号明知道佳丽刚才是开他的玩笑,听了佳丽的附和还是觉得高兴了不少,似乎这句话不是安慰他,而是额外奉送给他的。高兴了就好办,三个人有说有笑地在校园里遛了一圈,过未名湖,看博雅塔,经红楼到西门。小号走到西门外就回去了,他明天凌晨还要早起做饭,今晚住在集体宿舍。康博斯和佳丽坐332支线回了西苑。

下车进了巷子,就看到院门口站着一个抽烟的男人。天已经黑了,路灯的光照不清楚那个男人的脸,凭感觉康博斯觉得那人是卷卷毛。他看到佳丽愣了一下没说话,他也不说话,和佳丽并排向院门走去。

"你终于回来了!"果然是卷卷毛,他把吸了半截的香烟扔到了墙根,"我都等了一个小时了,我还以为你们今晚出去开房了呢。"

佳丽说:"狗嘴里吐不出象牙。"说完就去开门,拉亮了门灯。卷卷毛跟着进了院子,却把康博斯拦在了外面。

"我就住这儿!"康博斯说。

卷卷毛看看佳丽,佳丽说:"他也是这里的房客。"

卷卷毛这才狐疑地放手让康博斯进去。进了院子卷卷毛就抓住佳丽的胳膊,佳丽叫了一声,走在前面的康博斯立刻转过身。他的意思是,只要佳丽一句话,他就把卷卷毛赶走。但是佳丽说:

"你先回去休息吧。我自己能行。"

康博斯看看得意的卷卷毛,没说什么,不管怎么样,那是佳丽的男朋友。他回到自己的房间,打开灯和电脑,放上一段音乐,觉得有点累,就躺到床上给摇摇发短信,说说今天的事。上午写完了第六章,进度算是比较快了,值得表扬。下午买了一瓶辣椒酱。还有,佳丽的男朋友好像不是个东西。他深情款款地发了一条长信息,听着音乐等摇摇回话。过了一会儿,手机还不见动静,倒是听见院子里佳丽在和卷卷毛吵架。他起来走到窗前,看到佳丽正在把卷卷毛往自己的房间门外推,不让他进去。卷卷毛坚持要进去。

"你不要进我的房间,"佳丽说,甩着两只手,"我跟你已经没有任何关系了。"

卷卷毛也在说,但是他咕噜咕噜说什么康博斯听不清楚。他们在争斗。康博斯觉得应该上前帮一下佳丽,既然她不想让卷卷毛进去,卷卷毛就不能进去。他拉开门刚想出去,此刻佳丽却放弃了阻拦,卷卷毛进去了。然后他看到佳丽关上了门。过了一会儿,他又看到佳丽拉上了窗帘。康博斯只好重新把门关上,关上门想了想,又打开门走进院子,关了大门口的门灯。回来时经过佳丽的门口,听到了房间里面他们低沉的叫声。

手机还是没有动静,摇摇没回信。她已经好几次没回信了。

康博斯觉得有点古怪,干脆拨了摇摇宿舍的电话,是她舍友接的电话。舍友说,摇摇不在。

"什么时候能回来?"

"不太清楚。要不你打她手机吧。"

康博斯打她手机,提示声音说,您好,您所拨打的电话已关机。康博斯又躺到床上。过了几分钟,重拨,还是关机。他把音乐调到最大的声音,坚持不懈地在音乐里打女朋友的手机,隔几分钟打一次,每次他都听到同一句话:

"您好,您所拨打的电话已关机。"

打到最后他都笑了,提示小姐的声音竟然不烦,他都快把电话打爆了。后来他终于放弃了,知道今天晚上和昨天以及前天晚上一样,不可能再打通了。他把音乐换成了摇滚,听着激越的鼓点声和声嘶力竭的叫喊声,他觉得晚上吃的东西一个劲儿地要往上翻。他用力地往下咽,费了好大的力气才平息体内的风暴。这时候佳丽的房门打开了,他看到卷卷毛往外套里伸着袖子走出了佳丽的房间,然后穿好外套就点上了一根烟。他看着卷卷毛打开院门,走了。然后看到佳丽从房间里冲出来,在门前日光灯灯光的边缘处蹲了下来,她把手伸进自己的嘴里,勾着脑袋开始吐,吐得很卖力。

康博斯赶紧从屋里出来,走到佳丽身边问她怎么回事,要不要去医院。

佳丽吐了一摊,吃下去的五香鸡胗如数出来了。佳丽说:"没事,就是心里难过,吐出来就好了。"她吐得涕泪涟涟。

康博斯从墙角处拿来笤帚和铁锨,要帮着处理一下秽物。佳丽阻止了他,她说她自己来。康博斯说没事,让她站起来漱漱口洗一洗,他来收拾。佳丽突然发火了,发火的佳丽头发凌乱,脸上一条条交错的晶亮,他觉得佳丽那个时候很难看。佳丽说:

"我说自己来就自己来！你烦不烦你！"

康博斯拿着工具愣愣地站在一边,被佳丽一把夺了过去,她还没漱口就开始打扫秽物。康博斯陡然觉得很难过,眼泪哗地就下来了,下来了就管不住,好像那些眼泪已经等了很久了。他看着佳丽打扫完,又看着她去自来水龙头前去洗漱,然后默不作声地回到房间,趴在了枕头上。他有说不出的委屈和难过,他用枕头捂着嘴一点点哭出声来。后来康博斯想过,其实他不是只因为佳丽难过,还有自己,和好多天不见消息的摇摇有关。哭了好长时间,康博斯觉得有人站在自己身边,然后就感觉到一条湿漉漉的毛巾递过来。

五

卷卷毛又来过一次,不过那次具体情况康博斯不清楚。他从外面回来,在巷子口撞到了卷卷毛。他不想理会这个人,装作没看见,其实看得很清楚,卷卷毛一脸的得意,好像从佳丽的房间里出来就是战胜了康博斯,值得好好地炫耀一番。康博斯觉得莫名其妙。他回到院子里,佳丽正在自来水前刷牙。他想跟她说说话,发现佳丽一点聊天的兴致都没有,就算了,进了房间干自己的事了。过一会儿,他看到佳丽拎着两瓶开水去了他们公用的洗澡间。也就是一间用砖头和石棉瓦砌起来的更小的小房子,是房东为了提高房租临时修建的,以示洗澡设备也齐全。佳丽在里面待了很久才出来。

这是康博斯最后一次见到卷卷毛。以后好多天再也没看见,他心里总是莫名其妙地放不下,觉得卷卷毛还会再出现,偏偏他不再来了,所以更放不下。有一回他们三个人,康博斯、佳丽和小号,凑到一块儿,聊天,相互说起对方的情感生活,康博斯就试探性地

问了佳丽一句:

"你男朋友呢?"

佳丽说:"我没男朋友,早分手了。"

康博斯还想解决一下疑问,佳丽的口气让他开不了口。每次卷卷毛走了以后佳丽的强烈反应,让康博斯不敢造次。也许真的分手了,康博斯就不再问了。

有一天康博斯正在睡午觉,被一阵敲门声吵醒。院门是小铁门,响起来一里地外都听得见,而且敲门声没有响了三两下就停的意思,因为来客很容易判断家里有人,门上没有锁。康博斯起来去开门,是一个高个子的小伙子,看起来长得挺不错。

"佳丽在吗?"门外的陌生人问。

"不在。"

"什么时候能回来?"

"不清楚。你找她有事吗?"

"谢谢你了,我下次再来吧。"

小伙子转身就走了,走几步从口袋里掏出盒烟来,边走边点上。康博斯看着他在巷子口拐弯。又一个陌生人。他没说清楚找佳丽什么事,也没说明跟她什么关系。康博斯觉得有点乱,她怎么这么多男性的朋友?一个卷卷毛就够打发的了,还有这么多,他没看见的还不知道有多少呢。康博斯多少觉得自己的生活被侵犯了,尽管这事说到底和他没关系,但他需要更安静的生活,这也是他从学校出来租房子住的重要原因之一。

晚上佳丽下了班回来,他决定和她谈一谈。佳丽做好了饭,在吃,他坐在椅子上。

"最近生活还好吗?"

"怎么想起关心我来了?"佳丽用筷子挑着青菜,"哪天不是在你的眼皮底下生活?"

"我是说,"为了兜好一个圈子,康博斯不得不点上一根烟,"最近还有人欺负你吗?"

佳丽说:"有你和小号在,哪个还敢欺负我?"

"你男朋友呢?"

"我不是说了吗,早就分手了。而且,他前些天被抓进去了,他是个办假证的。"

康博斯"哦"了一声,怪不得好多天没看见他。"我是说,其他的。"

"其他的?男朋友?"

"就算是吧。"

"我哪来那么多男朋友?"佳丽脸色突然不好看了,饭碗和筷子都停在手里。康博斯想,还是唐突了,可是收不回来了。佳丽看着他,慢慢蓄满了眼泪。"这些年,我是和很多人谈过恋爱,也和很多男人同居过。你不就想知道这个吗?我都告诉你。"

"不是,你别误会,"康博斯出了一身的汗,"我不是这个意思。"

佳丽放下碗筷,忍不住开始哭。"你什么意思我不管。我就这样了。你让我怎么办?十七岁来北京,孤零零一个人,东西南北都分不清,我不靠男朋友靠谁?我怎么知道他们一个个都不是东西?我得活下去,你以为我这样的一个女孩子在北京漂着容易?你根本体会不到,你也想象不出。你们是硕士博士,动动笔杆子就有钱,我拿什么挣钱?为了填饱肚子,我什么事没干过?你不就想知道这些吗?"

康博斯没想到弄成这个样子,他像班小号一样手足无措。"你别、你别这样,好不好?"他从桌上拿过纸巾盒,抽一张递给佳丽。佳丽一把抓过来,哗啦哗啦地擦眼泪,越擦哭得越伤心,康博斯只好一张接一张地抽出纸来递给她。佳丽不说话了,只管哭,只管擦,饭也不吃了。康博斯觉得罪莫大焉,就走过来坐到她身边,说:"不哭了,不哭了,好吧?"

佳丽一把抱住他,脸伏到他胸前大声哭起来,右手不停地掐他的胳膊,疼得他哐哐啦啦只抽冷气,只好忍着。佳丽在他怀里说:"你以为我容易呀?你以为我容易呀!"康博斯不吭声,任她哭、说和掐。哭了大概十分钟,佳丽终于止住了,伤心劲儿也差不多过了。她从康博斯怀里出来,一眼看到了他胸前被眼泪打湿的那一块地方,嘟着嘴不好意思地说:

"都是你,你活该!"

"嗯,是活该。其实,我只是想告诉你,今天下午又有个男的来找你。"

"长什么样?"

康博斯把那小伙子的模样大体描述了一下,佳丽扑哧笑了:"傻瓜,那是我弟弟。"

"你弟弟?亲弟弟?"

"不是亲弟弟还是干弟弟呀?"

"哦,"康博斯很惭愧,"怎么没听你说过?"

"你又不是查户口的,干吗要告诉你?"

康博斯呵呵地笑笑:"你弟弟什么时候来的北京?"

"三年了。我把他带过来的。在家里也没什么事,我们那个烂地方,年轻人念不好书,待在家里就完了,所以我想让他出来闯一闯,见个世面也是好的。"

"靠,你可真牛啊。"

"我还想把爸妈也接过来,让他们到北京来安度晚年。"

"我越来越对你刮目相看了,宋佳丽同志,你快把北京当自己的家了。"

"不过这个可能性不大了,在北京这鬼地方过日子实在是太难了。"

关于在北京谋生的艰难程度,康博斯的体会显然不如佳丽。他的体会只靠眼睛,比如在地铁上看到的那些皱着眉头不说话的乘客、在马路上见到的低头疾走的行人,还有光着上身干活儿的民工、为躲避警察骑着三轮车狂奔的小商贩、找不到工作到处求救的朋友,这些时候他才会清楚地意识到民生之多艰。而佳丽,八年来几乎是时时刻刻都在精神和身体上感受生活的不容易。数一数这些年她找了多少份工作,换了多少个租住的地方,只是这些数字就足以让康博斯无话可说。没法比。更让他感叹的,不是佳丽在北京坚持了漫长的八年,而是她把弟弟也带到了北京,甚至还有把父母接过来的想法。这个在别处一般只能做花瓶的女孩,竟然像个能力无限的核弹头,实在是让康博斯开了眼。

六

佳丽现在没有男朋友,这是一个好消息。康博斯及时通知了班小号,他对小号说,机会真的来了,看你的了。他之所以有这个成人之美的好心情,一是的确应该为小号考虑一下终身大事,第二个原因就是摇摇给了他电话,尽管在电话里口气有点硬,总算把近期的疑问解决了。

摇摇主动给他打了电话,他当时正在电脑前发呆,心情不好影响了论文的进度,搞得他很焦虑。摇摇说:

"听说你打电话找我?"

"你才听说?我都打电话找你多少天了。发给你的论文前五章收到了没有?"

"收到了。不是给你回信息了吗?"

"你那也叫回信息?想起来就回一个,想不起来就算了。都是今天回昨天的,昨天回前天的。动不动就关机,打到宿舍又不在。"

"不是跟你说了吗?忙,心情也不好。导师离婚了。"

"导师离婚了关你什么事?"

"怎么说话的?我导师怎么不关我的事?我们轮流陪他说说话,这段时间他压力比较大。"

摇摇的导师是系里的副主任,结婚多少年了就是没孩子,但他很想有个孩子,眼看老婆就过了生育的年龄,副主任急啊。急也没用,他老婆就是生不出来。问题好像就出在老婆那一边。教授怎么说也是高级知识分子,但他就是转不过来那个弯,要有后,而且还要是自己亲生的。两人就闹,最后只有离婚,弄得满城风雨。离婚本身就不是件多体面的事,加上为了这种事,还是副系主任,在系里和学校里就不免有些压力,因此心情郁闷。几个学生心疼老师,轮流陪陪他,希望他能从压力和坏心情里尽快摆脱出来。康博斯一想,摇摇也没什么错,陪陪老师是应该的。多少天来盘踞在心上的阴影也就慢慢消散了。

康博斯说:"那你什么时候过来?房子我都租好了两个多月了,这边的导师你还没联系呢。"

"再说吧,反正又跑不了,"摇摇不冷不热地说,"忙过这阵子再说。你忙你的,没事别老发短信打电话。"

康博斯不知道她说的"跑不了"的是租的房子还是要报考的导师。摇摇一直想读博士,康博斯建议她往北京考,这样他们就能在一起了。摇摇觉得这样也好,从开始恋爱就分开,该到一起了。但她担心考不上,早就感叹过,如果他们系有直升博士就好了,她就可以不考试就念博士了。可惜没有。当然,偶尔也会有一两个,但她的那个专业几乎没可能;即使有可能也轮不到她,都被那些在后台暗箱操作的人抢走了。他们两人就商量,摇摇往北京考,康博斯提前租好房子等她过来。可是摇摇一拖再拖,两个月就过去了。

不管怎么说,挂上电话康博斯还是挺高兴的,他骂自己太小心眼了,男人的放达和大度都哪里去了?骂完了心更宽了,就想做点好事,接着给小号打电话。

小号说:"情报可靠?那我就试试看。"

"绝对可靠。"康博斯说,抓着电话又是一脸坏笑,"你小子,还遮遮掩掩地要试试看,你不是早就开始发动进攻了吗?以为我看不见?哪一次从学校回来你没带五香鸡胗!"

小号在电话那头傻笑:"不是你教我的么?投其所好。"

"这你学得倒挺溜。没事你就送花吧。"

"是不是太快了?我怕把她吓着。"

"哼哼,怕把你自己吓着吧。"

"你让我再想想,再想想。"

康博斯听出班小号的声音都哆嗦了。这家伙,一到正事就不行了,人倒是一个好人。康博斯刚放下电话要干别的事,小号又打过来了。小号问他是不是一定要送花。康博斯说,当然不是,没花人家不是照样追女孩子?

"我请她吃饭吧,你作陪。"

"你能不能有点创意?饭哪天不能吃?"

小号有点急:"那你说我该怎么办?"

"你追还是我追?要不我追过了再告诉你?"

"呵呵,还是我来吧。我再想想,你让我再想想。"

康博斯想,这个呆鸟,慢慢想吧。出乎他意料的是,第二天小号就打来电话,说想出来了。康博斯问是什么灵妙的法子。小号说,去咖啡馆,有情调吧?康博斯想想,也不错,佳丽应该很久没去过咖啡馆了,可行。小号让康博斯帮他约一下佳丽,下了班一块儿到北大来,吃了晚饭一起去万圣书园的醒客咖啡屋。康博斯说好,成人之美,这种好事还是应该多做做的。他给佳丽打了电话,告诉她晚上有人请她喝茶,务必下了班就回西苑。佳丽问是谁。康博斯说到时候就知道了,有茶喝就是了,管他谁请的。

佳丽下了班,和康博斯一起从西苑坐车到北大,正赶上晚饭时间。康博斯进了西门就给小号打电话,小号说,倒霉,真他妈的是时候,半个小时前班长刚找到他,让他替同宿舍的胖子青皮顶上一顿饭,青皮拉肚子去医院了,其他人找不到,只好就他了。这是组织上的命令,不得违抗。小号说,拜托你了大哥,替我在佳丽面前说说好话,我是身不由己啊,现在正在卖饭呢。晚饭你先陪着佳丽吃,所有费用我来报销,饭一卖完我就去找你们。康博斯说好吧,送佛送到西了,蹭杯咖啡不容易啊。

按照佳丽的提议,他们在"康博斯"吃了晚饭,慢慢腾腾地吃和聊。佳丽问康博斯,小号为什么请她喝咖啡?是不是他遇到什么喜事了?佳丽问话的时候完全是一副没心没肺的样子,让康博斯很为小号担心,她怎么就一点感觉都没有呢?自从她表示过喜欢吃五香鸡胗以来后,小号同志坚持不懈地把五香鸡胗往西苑带,几乎每次回去都带,她怎么就不明白小号的意思呢?可是康博斯又不好挑明了说,只好打个哈哈,说:

"好像有点喜事。"

"什么喜事?找到女朋友了?"

"谁知道呢?诗人向来行事诡秘,岂是我们这些俗人所能料到的?"

他们在"康博斯"坐到了接近八点,小号急急忙忙跑了过来。小号显然把自己收拾了一下,头发提前理了,现在是刚洗过,啫哩水的香味熏得康博斯连打三个喷嚏。衣服也是他所有衣服里最光鲜的,皮鞋擦得可以当镜子照。他窘迫地对佳丽笑笑,就把康博斯拽到一边去,小声问他:

"你跟她说了没有?"

"说什么?"

"我想那个,就那个,追她?"

"没有。"

"没说啊?哦,没说好。"

他都有点抓耳挠腮了,不停地用右手里的一本杂志样的东西敲打左手。康博斯拿过来看了看,是《诗刊》杂志,翻了一页,在目录里看到班蝉的名字,上面印着:班蝉诗三首。

"快看快看,"康博斯对着佳丽喊起来,"小号的诗在《诗刊》上发表了,一口气就是三首。"

佳丽拿到杂志,找到刊载小号诗歌的那页:"果然是三首!小号,就是因为这个喜事请我们喝咖啡的吧?"

"不是。是。我出门时刚收到的。"

"靠,小号,你到底想说什么?"

小号更窘了,手不知往哪儿放,总算找到了口袋,摸了一下叫起来:"哎呀,还有五香鸡胗,差点给忘了。佳丽,给你。"他从口袋里掏出一个塑料袋,和过去的很多次一样,他给佳丽带了一小袋五香鸡胗。

康博斯说:"小号真是个有心人哪,嫁这种男人放心。"

佳丽好像没听见康博斯在说什么,一边吃鸡胗一边看小号的诗,嘴里念叨"不错,嗯,不错",不知道说的是小号的诗不错还是鸡胗不错。不管是哪个,小号都很开心。

他们一路说诗,穿过北大校园往蓝旗营走。在路上康博斯拍小号马屁,康博斯说,小号这下玩大了,上《诗刊》了,马上就大师了。佳丽问,是不是《诗刊》很难上?那当然,康博斯说,容易上我也上了,可惜整了二十多年也没整上去,绝望之下就不再写诗了。还有啊,你知道现在中国有多少诗人吗?数不过来,据说快赶上"文革""诗歌大跃进"时的数了,全民皆诗人,当然我们俩除外。你想想,这么多诗人,真正能在《诗刊》上露脸的才几个?我们小号同志就是其中之一。你看看,排在这个栏目第三号的位置,头两个都是名家,成名半辈子了。佳丽惊叹,不得了小号,一下子成著名诗人了。今晚的咖啡一定要喝,得痛痛快快地当白开水一样喝。他们的拍马屁和玩笑听得小号的心揪起来,一惊一乍地跳,不过感觉还是相当好。

快到蓝旗营时,他们在一座天桥底下看到一个街头艺术家。一个老头,应该说是个书法家,在路灯底下铺开毛边纸弓着腰写字,毛边纸下面是一块破旧的毡子,用了很多年了,已经脏得不成样子。旁边是一辆三轮车,车厢上放了一块大木板,堆着一大包用床单似的布包裹起来的东西,车把上挂一个蛇皮手提袋,袋子里是一个热水瓶。地上摆了一摊写过毛笔字的白宣纸,四角都用小砖头块压着,是他的作品。真草隶篆都有,写得还不错,尤其是临摹毛泽东的狂草的那幅,虽然不太像,但是绕来绕去颇有些气势。他们站在一边看了一会儿,老头根本不理会他们的存在,只顾提着大笔在毛边纸上转,一会儿一个淋漓酣畅的篆字就转出来了。

"艺术家,"离开了天桥佳丽说,"跟小号一样。让人肃然起敬。"

康博斯说:"小号,什么时候也到街头来作诗。听说很多诗人都到地铁站里赚钱,现场写诗,现场卖。"

"我不行。"小号连连摆手,"我写得慢。街头艺术家需要勇气,我倒是挺羡慕这样的生活和写作。"

"让你也来做街头艺术家,你干不干?"

"我也不知道。"

接着他们又争论了一通,就是这样的街头艺术家和诗人,他们搞的到底是艺术还是行为艺术。佳丽也掺和进来,大家都没说出个道道来就到了万圣书园。找了一个小桌子坐下,壁灯温暖幽暗,旁边很多都是扎辫子的艺术家,头凑在一起说话,都像在密谋。

"有点意思,"佳丽觉得很不错,"这地方我还头一次来。"

小号也是第一次。事实上咖啡馆他也是第一次进,尽管之前他已经打听了相关的价格,真正坐下了心里还是没底。服务员拿着茶单上来时,他歪着头小声问康博斯带没带钱,他担心身上的钱不够。康博斯让他放心,只管放开了请佳丽喝。小号略略放了心,打开茶单还是吓了一跳,一杯可乐的价格都让他心里发疼,觉得这么长时间不进咖啡馆是对的,进了说不定会更后悔。佳丽点了热牛奶,康博斯点了红茶,小号狠狠心点了咖啡,不喝咖啡算什么进咖啡馆呢。

三个人抱着杯子边喝边聊,小号才逐渐放松下来。康博斯暗示小号,该出手就出手,该说的话想办法一点点说出来。本来放松下来的小号,一接到康博斯的暗示就完了,紧张,下意识地就到额头上擦汗,偏偏佳丽就坐他对面,抬头看见低头也看见。康博斯干脆不再对他发信号。其后每个人又要了一杯,又要了一份爆米花,一直坐到了十一点。买单的时候小号对康博斯说,看来小资的日子的确不是人人都能过的。康博斯说,是啊,所以小资才成为很多人的生活目标。

回去的路上经过天桥，他们又看见了那个街头艺术家，他已经睡着了。地上的东西已经收起来了，他就睡在车厢上的大木板上，当时他们看到的一大包东西是被褥。书法家只露着一个脑袋，整个人蜷缩在被子里，不知道他冷不冷。三步以外的马路上车来车往，他睡得很沉。夜风吹过来，挂在车把上的水瓶摇摇晃晃。

"他就睡这儿？"佳丽大概觉得一个艺术家不应该遭受这种待遇。

"我也睡过街头，"小号说，"刚来北京的时候，还不如他，连被褥都没有，也没有热水。"

"为了艺术露宿街头。"佳丽还是忍不住地感叹。

康博斯问小号："你能为了诗歌露宿北京街头吗？"

"我为什么要为诗歌露宿街头？如果仅仅是写诗，我待在家里种两亩地照样写，还来北京干吗？"

"那你来北京干吗？"

"生活。像别人一样过好日子。"

小号在说实话。康博斯看看佳丽，她不说话。大家都清楚，对他们三个人来说，在北京或者想留在北京的目的本质上是相同的，不过是方式不同而已。其他人不也是如此吗？有一会儿三个人都不说话，安安静静地向前走，都不免有些伤感，都觉得这些年疲于奔命其实是挺可笑的，不过是为了待在这个地方。在这儿过上好日子了吗？不好说，在很多时候盘旋在内心和理想里的，并不是什么美好的生活，而是"北京"这个地名。首都，中国的中心、心脏，成就事业的最好去处，好像待在这里就是待在了所有地方的最高处，待在了这里一切都有了可能。而可能在哪里，大家都不去想了，或者不敢去想，因为你要待在北京。

快到北大东门，迎面过来一个卖玫瑰花的小姑娘，见着康博斯就盯紧了,让他买一朵花送给佳丽。康博斯想避开,说什么也不行,那训练有素的小姑娘就认定康博斯是佳丽的男朋友。康博斯觉得再推会让佳丽很没面子,就买了三支,买的时候说,小号,这是我们俩共同送给佳丽同志的玫瑰。祝佳丽越来越漂亮。他付钱的时候把玫瑰花递给小号,让小号送给佳丽,心想,看你的了。他以为小号会借花献佛表达一下自己,至少说一句暧昧的,比如"送给你"。没想到小号拿到花脸就红了,送给佳丽的时候把康博斯的话又重复了一遍:

"这是我们俩一起送给你的。"

康博斯绝望地拍拍小号的胖肩膀:"班小号,你让我无话可说。"

七

这些天佳丽又在马不停蹄地到处跑,找工作。促销早就不干了,不仅是海尔洗衣机那个,另一个女子健身器促销也不做了。海尔促销效果很不错,佳丽被对面一家体育器材销售公司的老板看中了,海尔的工作结束之后,就直接过去做女子健身器的促销了。做健身器的促销佳丽非常合适,身材好,人又漂亮,往健身器前一站,不说话都是一个好广告。健身器促销做完以后,她在一个朋友的超市里帮忙,但只是暂时的,所以有空还得到处找工作。

下午康博斯在写论文,电话响了。是一个男声,对方说找宋佳丽。康博斯告诉他,宋佳丽出门了,还没回来。那男的就说,有个消息请康博斯转告一下宋佳丽,她已经被"开卷图书城"录用了,请她明天到图书城报到。康博斯听了这消息也开心,这工作很不错,且是长久之计。挂了电话他就打佳丽手机,关机。他就给她发短信,这样佳丽一开机就能看到这个好消息。发完短信继续写,大约半小时,手机响了一下,提示信息已经发出,然后佳丽就打来了电话。她说刚刚在一个单位面试,手机关了。这消息太好了,她就不要再去忍受下一个老板色迷迷的眼神了,本来按她的打算,明天还要去一家单位面试的。

照例晚上要庆祝一下,佳丽掌勺。小号在北大,就他们两个。两人都很开心,晚饭也就其乐融融。吃过饭,他们继续聊上一会儿,说到了找工作。因为高兴,就瞎说。康博斯说,做女人真好啊,尤其是漂亮女人,找工作都比男人方便,要是我和小号去找,十有八九肯定黄。

"那有什么办法,"佳丽得意地说,"长得好看又不是我的错。我妈说,我生下来就比别的小孩好看,他们都像个小老头,皱巴巴的。"

"嗯,天生就是个美人坯子。"

"那当然。所以我生下来的第二天,我爸就信心十足地给我取了'佳丽'这个名字。"

"呵呵,你爸真有远见,"康博斯开玩笑地说,"就知道你以后适合做花瓶。"

"你骂我!"佳丽做出生气的样子,咬牙切齿地去揪他的两只耳朵,"我怎么花瓶了?哪个花瓶能受得了我的这些苦?进了图书城,我还打算继续自考本科呢。"

"好,好,你不是花瓶。"康博斯本能地抓住佳丽的胳膊想挣脱出来,他坐着,佳丽站在他面前,因为揪他的耳朵身体不得不前倾,这样康博斯在挣脱时头往前冲,不可避免地碰到了佳丽的胸部,碰了第一下双方都没在意,第二下就意识到了,康博斯感到了柔软和弹性,佳丽感到了冲击和振荡,两人突然都不出声了。康博斯抓住佳丽的两只光胳膊忘记了撒手,眼睛前面就是佳丽耸起的胸部。呆若木鸡的一刻终于过去了,佳丽松开了康博斯的耳朵,康博斯也赶紧放了佳丽的胳膊。接下来都尴尬得说不出话来,康博斯不停地搓着双手,佳丽则一个劲儿地拽自己的衣角,脸红得要沁出血来。后来还是佳丽打破了僵局,佳丽拍拍手说:

"不理你了!我要打电话要钱了,今天你洗碗。"

康博斯红着脸一声不吭,顺从地去水龙头前洗碗,很有那么一会儿心猿意马。洗过了碗,觉得这么瞎想有问题,已经是有女朋友的人了。然后又想起了小号,本来想私下里帮着小号向佳丽表白一下的,现在不行了,无论如何也开不了这个口。

佳丽在给她朋友打电话,问她给海尔促销的工资给了没有,她们轮流在那个柜台做促销。对方告诉她,还没有,都一个多月了,还拖着,柜台的老板真不是个东西。

佳丽说:"既然他不愿意给,我们就去柜台要,看到底谁怕谁。啊?你不好意思去?我一个人去!"

当时海尔专柜老板答应当天付酬的,开始的三天的确也是一天结一次,后来老板说,一天一次太麻烦,干脆结束时一次付清。佳丽她们觉得没什么问题,谁知道活儿干完了老板不爽快了,今天拖明天,明天拖后天,周一拖周三到周五,遥遥无期了。佳丽就很来火。

"你真去柜台要?"康博斯问。

"当然了,不给我就再给他'促销'一次,让他一台都卖不出去!"

康博斯觉得佳丽火起来也蛮可爱的,人都精神了。他说好啊,鼓励。他也就是一说,没想到第二天佳丽真去了。她到开卷图书城报过到,把有关的手续处理完了,就打电话给他,她想顺便在图书城里把自考和相关的参考书买了,还想再买点可以"提高素质"的书,请他给推荐几本。康博斯说,我哪知道,很多天没进书店了。然后说,这样吧,反正现在也写不下去,干脆你在图书城等我,我过去帮你参谋一下。他就去了。买完了书,一块儿在拉面馆吃了中饭,佳丽决定现在就去那个海尔专柜要钱。问康博斯要不要去,康博斯想去,但在路上的时候导师打电话找他,就拐回头去导师家里了。

他和导师聊了大约两个半小时,关于他毕业论文的事。他想把正在写的这个书稿作为毕业论文,当然,如果精力和时间还允许,他还是想找另外一个更具挑战性的选题来做毕业论文。导师听了他的介绍,觉得不错,只要开题通过就没什么问题了。从导师家回到西苑,已经下午五点,佳丽早就回来了。钱拿到了。

佳丽说:"我是因材施教。"她到了商场里,直接找柜台老板,售货员告诉她老板不在,进货去了。佳丽让她给老板打个电话,如果剩下的工资还不给,她就只好当场再为他"促销"一次了。老板在电话里轻蔑地说:"她敢!"

佳丽就真敢。转身走到样品洗衣机前,像促销时那样温文尔雅地介绍起来,当然不是介绍洗衣机,而是介绍柜台的老板如何与海尔洗衣机不相称,他是如何拖欠了促销人员的薪水。这种别开生面的"促销"比产品介绍更招人,一会儿就聚了一圈。佳丽中途拨通老板的手机,对着手机说。老板气坏了,要找保安把她轰走。佳丽说好啊,你去找,把我轰走我可就到大街上帮你"促销"了。老板终于扛不住了,让售货员听电话,让她立刻想办法把薪水还给佳丽。佳丽没有到此为止,她跟老板说,拖了这么久,一次次讨债,花掉的时间、精力和电话费怎么办?老板都气哆嗦了,在电话里大叫,给你,都他妈的给你,再给你两百,你他妈的给我滚蛋!佳丽很快拿到了该有的薪水,外加两百块钱补偿费,离开柜台时跟下了班似的,走得从容不迫。

她把康博斯给乐坏了,康博斯说:"没想到佳丽同志还是个巾帼英雄,降魔有道啊。"

佳丽很得意:"那当然,没两把刷子能在北京混这么多年吗?"

这事理所当然要庆祝。所谓庆祝,在他们三个人看来就是在一起吃个饭。有时候康博斯懒得自己做,就对小号和佳丽说,我们庆祝一下吧。就庆祝了。三人轮流买菜,一般都是佳丽和小号掌勺,康博斯洗碗,更多时候连碗也不洗,都是佳丽一包到底,康博斯就夸她,以后一定是贤妻良母,谁娶到了谁福气。

佳丽说:"还福气呢!没人要了都。"

康博斯说:"怎么可能没人要,小号你说是不是?"

小号红着脸嘿嘿地笑。佳丽就给他们白眼:"康同志,有力气用不完就来洗碗。"

康博斯赶快闭嘴。

小号今晚歇班,晚饭过后才能回来,所以他们就只准备了两个人的庆祝。也很简单,三个家常菜而已。刚吃完,佳丽的弟弟带着一个女孩过来了。是他的女朋友,个头一般,有点胖,一双大眼倒是挺精灵。开口就京腔,地道的儿化音,说话时舌头一个劲儿地往后拽。后来听佳丽介绍,女孩的父母是外地的,结了婚才来的北京,她生下来睁开眼看见的就是北京。弟弟的女朋友来了佳丽当然高兴,觉得干坐着聊天也不好,康博斯就建议到他房间去,打开电脑听听音乐,看碟也行。就去了。一首歌没听完,小号也回来了。他对陌生人向来腼腆,尤其看到一个陌生的小伙子和佳丽亲密地坐在一起,脸上的味道就更不对了。康博斯看出了小号的狐疑,就替佳丽介绍了一通,接着介绍小号,康博斯说:

"这是我们的大诗人,平时叫班小号,当诗人时叫班蝉,不是西藏的那班禅,是诗歌的知了的那个班蝉。"

小号这才缓过劲儿来脸红。佳丽弟弟的女朋友听说小号是诗人,立马站了起来,歪着头崇拜地看着小号,嘴里说:"哦,诗人。"

康博斯觉得这女孩应该不错,现在能对诗人产生反应的女孩不多了,为此他进一步无中生有地夸奖小号:"班诗人很快就要出版诗集了,而且上来就出两本。"

女孩下意识地下蹲,指着旁边的椅子说:"哦,诗人,你请坐。"

佳丽在一边笑得不行,大骂康博斯恶搞,尽欺负老实人。小号难免尴尬,康博斯觉得小号不仅尴尬,还接近于六神无主,后悔玩笑开大了。小号对他们笑笑,别别扭扭地走到康博斯跟前,说:"出去走走吧。"

康博斯说:"怎么刚回来就出去走走?"但看到小号心事重重的样子,就答应了。他对佳丽他们说:"你们一家人聊吧,我和小号出去散散步。"

到了院子里,小号就去推自行车。康博斯说:"不是散步吗,推什么自行车?"

小号说:"骑自行车散。"

康博斯觉得有事,就推上自行车跟小号出了门。小号跑在前面,一直不吭声,康博斯也不问,跟着他走,两人沉默着到了北大。

"现在该告诉我了吧?"康博斯说,"发生了什么事?"

小号来到他那个食堂的海报栏前,让康博斯看。康博斯借着路灯光,看到海报栏上在十分显眼的地方贴着一张通报。上面的大致内容是,某食堂师傅班某,利用工作之便,偷窃公共财产熟食若干,为严肃纪律,倡导爱岗敬业之精神,经研究决定,给予该同志留岗察看处分,以示警醒。落款是饮食中心。时间就在今天。

康博斯看完了抽了一口冷气,觉得牙有点疼。"就是那些五香鸡胗?"

小号低着头说:"是。我没想到那是偷,我就是随手拿上半斤八两的。"

"我说怎么今天回去没见你带鸡胗。"

小号都快哭了:"本来不打算告诉你的,我怕佳丽知道这事。"

"你放心,我不会告诉她的。"康博斯伸手抠了抠那张通报,"撕下来不就得了?"刚要去撕,小号制止了。小号说:"这种通报不允许随便撕掉的。"

"又不是你撕。我来。"

"可是我现在跟你在一起,知道你要撕。"

"你还挺实在。那好办,"康博斯说,"你找个地方歇着去,我去去就来。"他骑着车子向三角地方向走。时间不长就拿着一张大白纸回来了。他在路灯底下铺开纸,掏出刚买的大号粗的签字笔写了一个《寻友同居启事》:

本人男,年轻潇洒,博士在读,欲觅一25岁以下相貌出众、学识渊博、气质高贵、谈吐优雅的单身女孩同居,有意者请拨电话136××××××××,找贾博士。二十四小时开机,周末、节假日不休。

写完了,康博斯让小号离远点,他把《寻友同居启事》用双面胶贴到了海报栏里,把通报遮得严严实实。"搞定,佳丽永远也不会知道了。"

八

康博斯的预感没错,问题的确越来越严重了。

他通过导师的介绍,联系上了摇摇一直打算报考的导师程教授,向程教授表达了摇摇想投奔他门下的愿望。程教授的回答很明白,欢迎摇摇报考,在分数达线的前提下,他希望他招收的学生将来不会给他丢脸,这是底线。这要求看起来很简单,其实很可怕,有多少出炉的博士多年以后能够坦然地说,我没有给导师丢脸?程教授希望康博斯能够把他的意思传达给摇摇,让她慎重考虑。拜访过程教授,康博斯回到西苑就给摇摇打电话,又是关机。一直打到晚上,第十四次才打通。

"我可能不考他的博士了。"摇摇说话有点漫不经心。

"为什么?你不是一直希望成为他的学生吗?"

"那是以前。我不想去北京了。"

"不念博士了?"

"念。在争取直博。"

"你们专业不是没有直博吗?"

"没有我怎么直博!"

康博斯觉得味道终于不对了:"你到底什么意思?"

"还能有什么意思?不去北京了。"

"你的意思是,毕业以后我去上海?"

"你喜欢去哪就去哪。"

"你的意思是,"康博斯抓着电话的手开始抖,"我们要分手了?"

"随你怎么理解,我还有点事,以后没事就不要给我打电话了。"

接着康博斯就听到电话里传来嘀嘀嘀的响声。他呆呆地抓着电话,一屁股坐到电脑椅上,脑袋里一片空白。过了好一会儿才觉得脖子可以转动,他抓起电话又拨摇摇的手机,关机。再拨,还是关机。康博斯觉得整个人一下子空了,空空荡荡的空,空荡得胃里难受,如同一种让人恶心的饥饿感。放下电话,眼泪也跟着出来了。他坐在电脑前默默地流了一会儿眼泪,开始找电话号码簿,他给摇摇在学校里的最好一个朋友打电话。

"我是康博斯,你知道摇摇最近在忙什么吗?"

"好像在申请直博。"

"那个专业不是没有直博吗?"

"不太清楚,听说她导师正在帮她争取。"

"她,是不是有了新的男朋友?"康博斯费了好大的力气才提出这个问题。

"这个,"对方在犹疑,"我不太清楚,你最好是问她本人,我也好几天没见着她了。"

这时候小号在门外叫他,还有佳丽,叫他一起去散步。康博斯就在那一刻做出了去上海的决定。他对小号喊:"去上海的飞机有哪几班?"嗓门那么大,把小号和佳丽吓了一跳。

"你去上海干吗?"小号说。

"呆瓜,还能干吗?当然是去看老婆了!"佳丽对小号的迟钝有点生气,转身就往院门走,脸也不转地问小号,"你还去不去散步?不去我一个人去了!"

那天晚上康博斯没去散步,他上网查到了第二天北京去上海的航班时刻表,然后打电话预订了机票。当天下午他就到了上海,傍晚时分到了摇摇的大学。康博斯在宿舍区的后门口给摇摇打电话,碰巧她开机。

"我想这两天去一趟上海,"康博斯说,"你有时间吗?"

"你过来干吗,钱多啊?我马上出去,今晚师姐找我谈点事。"

"我想和你谈一谈。"

"谈什么？我想说的都说了。师姐催我了，挂了。"就挂了。

康博斯站在校门口，来来往往的学生从身边经过。他再拨，摇摇已经及时地关掉了手机。打她宿舍的电话也没人接，显然不在宿舍。他进了校门，往摇摇的宿舍楼去，在一排矮黄杨后面的椅子上坐下来，正对着宿舍楼的大门，他要等她回来。时间不长，他就看到摇摇从宿舍楼里出来，拎着一个小包。刚走到门口，她的手机响了，康博斯觉得奇怪，他打关机，现在怎么又响了？摇摇拿出来的不是那个手机，楼前的灯光很亮，他觉得摇摇手里的那个像是小灵通。

摇摇拿着电话说："已经出了宿舍，一会儿就到。"

她把电话装进包里，往校门那边走。康博斯远远地跟着她，看她上了一辆出租车，他也拦住一辆，让司机师傅跟上前面的那辆车。事后康博斯想起跟踪摇摇的事，觉得自己实在是太无聊了，为什么要跟踪她呢？可当时他就是跟踪了，而且一直跟踪到目的地，摇摇的目的地。大约十五分钟的路程，摇摇从车上下来，在一个马路的拐角处打电话。然后站在原地等。很快对面就走过来一个高个子的男人，康博斯躲在车里，一颗心立刻提到了嗓子眼。那个男人越走越近，康博斯觉得有点眼熟，一时想不起来，直到看见那男人谢顶的前额才想起来，是摇摇的导师，他很久以前看过一张摇摇的导师和弟子们的合影。车窗关得紧紧的，外面的声音几乎听不见，他像看一场无声电影一样看着摇摇的导师抱了一下摇摇，然后摇摇挎上了她导师的胳膊，仪式之后，他们拐到右边马路的人行道上。康博斯觉得呼吸开始不畅，他对司机说，跟上。

车缓慢地行驶，和前面的两个人若即若离。他们相拥着走，摇摇看起来神采飞扬。他们在一个宾馆门前停下，导师向四周看了看，拉着摇摇上了台阶，服务生为他们拉开了宾馆的玻璃门。康博

斯一下瘫倒在座位上,浑身冰凉,哆嗦个不停。司机觉得有问题,便胆怯地问:

"先生,您还去哪儿?"

"随便。"

"哪儿?"

"随便。"

车子心事重重地开动了。没走多远就把他扔下了,没目的地司机就不知该怎么办了,也不敢再跟他耗下去。康博斯背着包,一个人在陌生的上海马路上走,他也不知道往哪儿走,现在一点方向感都没有了。他走走停停,到超市买了一包烟,坐在马路牙子上抽,一口气抽了半包,嘴都抽麻了也没尝到烟味。十一点半的时候,他打摇摇的手机,还是关机。又打她宿舍,舍友接的,舍友说,不在,一般都是十二点以后回来,不过那时候就不要打了,别人都睡了,电话线要拔掉。康博斯笑了笑,笑完了想自己的笑一定很难看,就又笑了一下,心里再次空空荡荡。他在上海的马路上游荡了一夜,有两次差点被警察误认为是不法分子。第二天早上,他决定回北京。来之前打算坐火车回京的,现在他一秒钟也不想留在这地方,就去取款机上把卡里剩余的钱都取出来,够一张机票的了,就打车去了机场。

回到西苑倒头就睡,一觉醒来已经晚上九点多了。醒来了也没开灯,就支起靠背躺着,觉得真像做了一个大梦,和摇摇几年来的爱情,昨晚的夜上海,飞机外的阳光和流动的云朵,空心人似的回到西苑,一下子都遥不可及了,然后眼泪就悄无声息地下来了。他的房门没关,能听到佳丽在院子里来回走动的脚步声。接着,佳丽走到了他的门前,轻轻地敲了一下:

"小康,小康,醒了没有?"

康博斯没有说话，一动不动地躺着。佳丽开了灯，看见他闭上了眼，满脸都是泪。"小康，小康，"她走到康博斯的床边，"出了什么事？"问过了才觉得多余，她想她没有猜错，"别太难过了。"

康博斯还是不说话，两眼直愣愣地看着空气中某个不存在的东西。

"小康，"佳丽坐到床边，摇着他肩膀，"小康，你怎么了？"

康博斯突然扑到佳丽怀里，放声大哭，像个小孩似的哭得放肆。佳丽拍着他的脑袋让他别哭，他还是哭，哭得佳丽都伤心了。佳丽说："小康，你别再哭了，再哭我也哭了。"真就哭了，眼泪哗哗地流。"小康，小康。"她说，捧起他的脸，用自己的脸给他擦泪水。"别哭了，我也难过。"先是用脸颊擦，然后是鼻子和嘴。两张嘴碰到了一起。

接下来的事就乱了。两个难过的人相见了。

凌晨三点康博斯被饿醒了，他已经好长时间没吃东西了。醒来时发现怀里躺着光溜溜的佳丽，灯什么时候关掉的他怎么也记不起来。他的手从头发开始，一路走过佳丽的全身，心里被一种巨大的温情和安慰充满，那一刻康博斯突然发现，原来生活还有这么祥和安定的时候。摇摇不在了，这是佳丽。他把温暖光洁的佳丽紧紧抱在怀里，用嘴找她的额头。佳丽醒了，他感觉得出来，因为她羞涩地又往他怀里钻。这种羞涩佳丽自己都不明白，她与不止一个男人躺在一起过，但她只在身边的这个人怀里感到羞涩。这种羞涩让她心跳不止。

"佳丽，我饿。"康博斯说。

"我给你做饭。"佳丽说，摸到他的眼睛，遮住了，"闭上眼，不许看，睁眼是小狗啊。"她起身开始穿衣服。康博斯偷偷地睁开眼，看见了一个朦朦胧胧的美好身体。灯打开了，他看见佳丽光着脚穿着他的大拖鞋,他一直觉得佳丽的脚好看。

佳丽整理头发时问他:"我是不是很丑?"

"一点儿都不丑,不过头发乱的时候更漂亮。"

佳丽当时没反应过来,想明白了冲上来要打他,康博斯一把将她又抱在怀里。尴尬消除了。佳丽给他做了鸡蛋面,打了三个荷包蛋。

"好吃吗?"佳丽坐在他身边。康博斯就坐在床上吃面,吃相生猛。

"好吃。"

"好吃以后我天天做给你吃。"

那天小号没回来,他们的灯放心地亮了一夜。

九

一种生活结束了,另一种生活开始了。小号不回来的时候,他们的日子过得像一对坦荡的夫妻,一日三餐当然是在一起吃的,小号回来他们也无须避讳,之前差不多也就是这样。问题是小号回来的晚上,这就不好办了。小号在旁边虎视眈眈,康博斯总感到不踏实,他不愿意让小号知道。佳丽问他为什么怕小号知道,康博斯也说不出个道道,就是觉得不好。原来他一直怂恿小号追佳丽,到头来却是他们两个睡在了一张床上,这成了什么事?至于其他的原因,康博斯也没想那么多,佳丽问也问不出名堂,干脆不再问了。该怎么样就怎么样,顺其自然。小号不在的时候,她就到康博斯的房间,有时候康博斯也会到她的房间,这要取决于他们俩当晚的情致和兴趣。小号回来的时候那就只有分开,像两个房客那样各安其室。不知是不是心理作用,让他们恼火的是,小号此后回来的频率比过去高多了,一不留心就回来了,跟他们俩总结出来的规律有相当大的出入,以致最后他们发现,小号现在根本没有什么规律可循。小号完全变成了一个机动的诗人,出其不意就骑着破自行车回来写诗了。

实在是个大问题。

有天康博斯论文进展顺利,佳丽感觉也不错,双方心有所动,晚饭后散步时还商量,今晚究竟到谁的地盘去。商量好了,回到家发现小号房间里的灯亮了,他的破自行车横在正路上,佳丽的心情一下子就坏掉了。按照他们推算的日期,小号今晚应该待在学校,明天凌晨他要起来做早饭的。但是他回来了。听到他们回来,还走出房间乐呵呵地和他们打招呼,气得康博斯都想上去踹他两脚。那晚的事就黄了,他们只好在各自的床上辗转反侧。

这还不算最糟的。最要命的是,都晚上十一点多了,看起来一定是天下太平了,他们俩已经为甜蜜的一夜做好了所有的准备,就在准备熄灯的那一刻,诗人班蝉回来了,进了门就拼命地摁他的破铃当,隆重地提醒他们,他回来了。他们不得不做贼似的赶紧分开,并且整理出一个邻居之间应有的纯洁的现场来。如果小号碰上了心情还不错,便会大步流星地冲到康博斯的房间,听到小号的脚步声进来之前,佳丽必须支着下巴坐到电脑前,装作专心致志地上网或者看碟的模样,心底里恨得牙齿都痒痒,还得微笑着和他搭话。小号高兴了会过来,不高兴了更要过来,无所谓高兴不高兴的时候还过来。所以有一次佳丽抱怨,这个小号,真是,进你房间的次数大概比你还多。

小号往往会用电脑,把在纸上写的诗句敲出来,或者是把敲好的诗歌贴到网上去,或者发给某个诗友和杂志的编辑。他就会对佳丽说:"都十一点多了,该回去睡觉了,电脑让给我用一会儿行

266

不行?"

佳丽当然只能说:"你用吧,反正我也是瞎看。"然后幽怨地看一眼康博斯,回自己的房间去了,还得提心吊胆地惦记着藏在康博斯被子底下的那套蕾丝内衣,刚刚洒过的香水康博斯还没来得及闻一闻。

小号把事情做在前面还好说,顶多那晚的事黄了,怕就怕中途他来插一杠子。这事不是没有过。那天晚上十一点半了,小号还没回来,他们俩认为一定不会有事了,佳丽就去了康博斯的房间。佳丽第二天休息,今晚大可以放开手脚。他们折腾到深夜两点半,累坏了,灭了灯开始睡觉。快睡着的时候,听见院门响动,小号回来了。破自行车声音尤其清晰。

那晚小号和北京的几个诗人聚会,喝多了,回到西苑口渴,水瓶里一滴热水也没有。他渴得难忍,就去敲康博斯的门,借着点酒劲儿,门敲得砰砰响,把他们两个吓坏了,佳丽钻进康博斯怀里一动不动,问康博斯怎么办,后者说,别管他。敲门声持续了很久才停息。然后佳丽的门又被敲响,声音小很多,敲了几下没人开门就停住了。他们以为到此结束了,没想到小号又回头敲康博斯的门,喊他的名字,直到他自己都绝望了才罢休。过了一会儿就听到他拧开了水龙头。

多好的一夜被搅和坏了。佳丽紧张,只迷迷糊糊睡了大半个小时就醒了,估计小号已经睡着了,赶紧起床偷偷回了自己的房间,以免第二天被小号撞上。

第二天,小号见了他们俩,先问康博斯:"昨夜你去哪儿了?门都敲坏了也没人应。"

"散步了,"康博斯说,"写得头疼。"

"快凌晨三点了你还散步?"

"在上海我还散过一夜的步呢。"

这事就算搪塞过去了,尽管这句话让佳丽胃里泛上了一点酸水。

小号又问佳丽:"你去哪儿了?不会也散步了吧。"

佳丽说:"我才没那闲情散步。你怎么不问我要开水?"

"敲你门了,也没动静。"

"真不好意思,"佳丽说,"睡得太沉了,没听见。可能是昨天工作太累了。"

康博斯在心里笑,门敲得跟发生地震似的,就是一头死猪也会被惊醒的。

更糁的事也有,小号回来的晚上,佳丽估计他睡着了,就去了康博斯的房间。完事之后,佳丽穿着睡衣回自己的房间。刚出了康博斯的房间,小号冷不丁从屋子里冲出来,房间里灯都没开。佳丽被吓了一跳,小号也被她吓了一跳。小号迷迷糊糊地说:"你在干吗?"

佳丽说:"去厕所。"

小号指着院门的方向说:"厕所在那边。"

佳丽说:"去过了。有点不舒服,顺便走走。"

小号"哦"了一声,就抱着胳膊直奔厕所。佳丽赶紧回房间插上门,一身的冷汗,幸亏反应快一点,否则就露馅了。躺下了她就恨康博斯,为什么不能让小号知道?害得他们整天跟做贼似的。她觉得有问题,越想越气,越气越想,想着想着就自卑了。一夜都没睡好。

第二天她见到康博斯就说:"从今天开始,我们没有任何关系了。"

康博斯惊讶地问她为什么。"还问我!你看看,"她指着自己的熊猫眼,"我不想再做贼了。"

康博斯把她揽到怀里:"生气啦?说实话,现在越来越没法对小号开口了。他真的很喜欢你。"

佳丽缓和了一些:"那你把我送给他得了。"

"你让我缓缓劲,"康博斯说,神情显得极为疲倦,"从和摇摇分手后,我觉得世界和过去完全不同了,很多想法都变了,我得理清楚了再说。"

佳丽知道他还没有从摇摇的事情里摆脱出来,她心疼他,就不再问了。她往最坏处想,也许从一开始,就只是她一个人在经营这场爱情。康博斯不在身边的时候,她悲哀;一见到康博斯,她觉得很幸福。上班的时候,她常对着一排排的图书发呆,想来想去也做不出个决定来,就对着旁边镜子笑了一下,她觉得镜子里的人笑得很难看。

十

论文的最后一章终于写完了,康博斯对着电脑点上一根烟,狠狠地抽起来。写一本书竟是如此辛苦,以后书真的出版了,拿到手的第一本一定把它撕得粉碎,站在未名湖边上往水里扔。前前后后花了他半年多时间,构思、泡图书馆、查资料、写作,还有一次上海之行、上海之痛,以及它的久远的后遗症。他对这个书稿很有信心,应该是本不错的学术著作,出版大约不存在什么问题。快写完的时候,他给那个系主任打了电话,主任说,好,写完了就给我,正赶上其他几本书稿也到了。

烟抽了一半,他给佳丽打了个电话:"我能留在北京啦!"

佳丽刚下班,正在单位吃午间盒饭:"什么留在北京?"

"论文写完了!"

"好啊,已经是北京人了。"佳丽嘴里嚼着东西,"快出去找个馆子奖励一下自己。还有,有三千块钱吗?急用。"

"这么多?等会儿我看看卡里还有多少。"

"好,回去再说。"

康博斯又抽了一根烟,挑最喜欢的一首歌来回听了两遍,然后出去找馆子吃饭。一个人点了三个小菜,要了两瓶啤酒。因为心情好,酒量也跟着长,喝一杯觉得香,喝两杯觉得还香,没怎么感觉就把两瓶给喝光了。肚子有点胀,意犹未尽。再来。又要了一瓶。喝完了再来一瓶。那顿饭喝了四瓶,这在他的啤酒史上是空前的,而且喝酒的时候除了上两趟厕所,没别的感觉。这也让他很有成就感。

付了账出门才发现不对劲儿,脚底下发软,马路成了面条,总踩不踏实。晃晃荡荡总算没摸错门,进了屋就睡,醒来已经傍晚六点了。佳丽下班回来叫醒了他。醒来感觉到头疼,后脑勺有一小块地方针扎一样的疼。佳丽替他揉了揉后脑勺,责怪他明知不能喝酒,偏逞能,对别人逞就罢了,对自己也逞,活该。

"不是高兴嘛,"康博斯说,把佳丽抱在怀里,"说不定毕业论文和工作一起都解决了。"

"好,祝贺我的康博士。"佳丽从他怀里起来,"说正经的,你现在还有多少钱?"

康博斯拍了一下被子:"把这事给忘了。我到网上查一下。要三千块钱干吗?"

"我弟弟要订婚。"

她弟弟要和上次来的那个北京女孩订婚。一切按照女方父母提出的要求办。老两口虽然在北京生活了几十年,还是念旧,就这么一个宝贝女儿,希望能够按照老家的规矩办。佳丽和她弟弟都没意见。他们打了电话回老家,了解了一下情况,又结合北京的实际情况,提出了相关的要求。其他的都好办,就是一下子要拿出两万块钱的彩礼有点难度。当初弟弟告诉佳丽时,佳丽觉得问题也不是很大,姐弟俩凑出两万块钱应该可以。但是弟弟几乎两手空空,本来工作就很一般,加上谈恋爱一直在花钱,关键时候口袋里已经空了。两万块钱就等于是佳丽的事了。她觉得时间来得及,现有的钱,家里再给一点,再向朋友借一些,也不是问题。没想到女方父母突然把日子提前了,为了赶一个黄道吉日,据说他们老家特别看重这个日子。

这就要佳丽的命了,她手头的钱根本不够。事实上,这些年她挣的钱几乎都寄给家里了,家里一直不宽裕,父母身体也不好,加上弟弟还年轻,在北京三年挣得还没有花的多,超支的这部分当然是她这个做姐姐的来填上。佳丽开始不想跟康博斯提这事,他还在念书,而且她担心康博斯会因此看轻了她,就去向朋友求救。她的朋友也都和她差不多,勉强能在北京混下去而已,七凑八凑还是少三千,她没辙了,只好问康博斯了。

康博斯查到了他的账户,一看也傻眼了,还剩下五百二十块钱,加上身上不到五百块钱的现金,能否支撑到放假都很难说。他也纳闷,怎么这么少?后来想起来了,去上海的来回机票把他搞穷了。

"能不能,"佳丽犹豫了半天才开口,"帮我向你的同学和朋友借一借?发了工资就还给他们。"

康博斯说:"别急,明天我就去学校试试,有几个家伙日子过得很滋润。"

佳丽略略放了一些心,当时就打电话给弟弟,让他不要着急,过几天就能凑齐,不会耽误大事的,其他的程序照常进行。

此刻两人的心情都很好,就关上门,让夜晚提前到来。缠绵一番之后,真正的夜晚来到了。小号还没回来,也不知道回不回来,佳丽说,要么再庆祝一下大作完工,让小号回来一起吃顿饭。康博斯觉得这主意不错,这些天总防着小号,也该补偿一下了。康博斯打小号的手机,关机,一直到佳丽把晚饭做好都没开机。

"这家伙干吗了?"康博斯说,"中午打就关机。"

佳丽说:"咦,你发现没有,这几天小号好像回来的次数少了。回来了也就是打打字,上个网,有时候用完电脑就回北大了。"

"好像是这么回事。说不定谈恋爱了。"

"谈恋爱更应该开手机呀。"

康博斯说:"诗人的事,别猜,猜也猜不着。"

那晚上小号没回来。康博斯躺在床上怀抱佳丽,大有年少得志的成就感,有那么一会儿还在想,如果怀里的人不是佳丽,是摇摇,又会是什么感觉呢?这想法让他觉得是在犯罪,赶紧打消了。他的成就感也就持续了一夜。第二天早上,佳丽上班以后,他打开电脑准备把论文通读一遍,没问题就可以交稿了。他写作的习惯是边写边改,写得慢,但写完了基本上就是定稿。先把后面附录的参考书目校对了一下,没找到错误,就从绪言开始往下顺。顺完了第二章,找不到第三章了,第四章也找不到了。他把鼠标拖来拖去,以为这两章的位置被搞错了,找了十来遍也没找到。抓着鼠标的右手终于抖得不成样子,事实上,从第五遍左右他就开始抖了。正如他在找第二遍的时候心里念叨的,一个东西两次都没找到,就永远也找不到了。他没找到,心里突然像长满了荒草。他弄不明白那两章到哪去了。他从 C 盘开始找,D 盘,E 盘,F 盘,一个个地找,每一个文件夹里的每一个小文件都不放过,还是找不到。康博斯瘫在椅子上,不再找了。当时的感觉,跟高考失利,跟看着摇摇挎导师的胳膊进宾馆开房时的感觉一个样。这些对他来说,意义是相同的。

这是整个论文里非常重要的两章,花费的精力和资料也最多。重写这两章几乎相当于重新再写一部书,他可以在原稿上修改,但让他对着白纸重写某一部分,而且是这么重要的两个部分,等于要他的命。不仅如此,还要拖延交稿时间,如果不能如期完稿,就意味着原以为解决的问题重新摆在了面前。康博斯对着电脑呆坐了一个多小时,不停地抽烟,然后开始给那个赏识他的系主任打电话。

"正要找你,"系主任说,"出版社昨天打来电话,要所有书稿必须在一周内上交。这两天你就把书稿送过来吧。"

"可是,戚主任,我刚刚发现有两章出了问题。"

"那还不赶快修改?我还有个会,先到这里。记着,周末前一定要把书稿送过来。"

康博斯又出了一身汗。他也搞不清该怎么办了,就这么坐在电脑前,脑袋里基本上是一团蒸汽,午饭都忘了吃,不饿。每次写完了都存得好好的,而且修改时都在,现在怎么就没了呢?他不明白。后来想起给一个电脑高手的同学打电话,手机关机,宿舍电话一直占线。他等不了了,骑着自行车去了学校。那同学在宿舍,竟然就是他在打电话,给女朋友打,已经打了两个多小时了,如果康博斯不来,还会继续打下去。

高手听了,快活地笑起来:"你晕了是不是?连回收站都找不到了,找我有屁用。"

"怎么会丢了呢?"

"人为的可能性大一些,一般情况下电脑自身不会出这种问题。"

"没人会删我的东西啊。"

"那就要问你自己了。"

康博斯给佳丽打电话,佳丽听了也很吃惊,怎么会出这种事?她从没动过他写的东西,看不懂,也没兴趣。他也知道不可能是佳丽删的。他又给小号打电话,小号说,靠,我删你的论文干吗?又不能卖钱。有那工夫我还多敲两行诗呢。

他找不到可疑的人了。

高手说:"算了,忙活这些已经没用了。想想有没有备份,没有就老老实实再来一遍吧。"

康博斯失魂落魄地回到西苑,这段路骑了一个小时。他想不起自己曾经备份过。到西苑,又盯着电脑发呆。用过这个电脑的,除了佳丽和小号,就是他的一个师弟和师妹。他们一起过来玩,但当时他是在场的,而且,他们没有任何理由删掉他的论文。又给小号打电话,关机。后来他实在觉得没有挽回的余地了,开始回忆,希望尽可能记起那两章的内容。努力了半天,只能回忆起两章的主要内容,而论文除了需要观点,在某种意义上讲,材料和组织更重要。想得他头大。直到佳丽下班回来。

还是佳丽提醒了他:"我好像记得,你给摇摇打电话的时候说过,给她发过什么东西,是不是这个论文?"

康博斯一下子跳起来,真是急昏了头,竟然把这茬事给忘了。立刻抓起电话,拨号的时候停住了。佳丽以为是她在场康博斯才有所顾忌,就去了自己的房间。康博斯其实是胆怯,从上海回来后,他一直想给摇摇打个电话,作为分手的正式告别,也算是善始善终,可是一拿起电话就害怕,怕什么说不清,就这么拖下去,以致不了了之,更不敢打了。摇摇此后也没主动给他打过电话。佳丽从自己房间转回来,康博斯还没开始拨。

"我有点怕。"他对佳丽说。

佳丽走过来,揽着他的腰,替他拨了号码。提示说,这个号码不存在。摇摇换卡了。佳丽又拨摇摇宿舍的电话。舍友说,不在,要晚上才能回来。

做饭的时候,佳丽给康博斯放了几首他喜欢听的二胡曲子。康博斯就躺在椅子上,面无表情地浮在哀怨的音乐里。晚饭只吃了一点就把饭碗推开了,没胃口。收拾完,佳丽陪着他听音乐,不时说点单位里好玩的事。她想问一下康博斯,借钱的事怎么样了,没说出口。她不想烦他。康博斯对音乐也无动于衷,表情和从上海回来的那段时间一样。佳丽就知道这部书稿对他有多重要。好容易等到十一点,又打,摇摇还没回来。十二点的时候,佳丽替他拨了一次。这次在。

"喂,你是谁?"摇摇说。

佳丽把电话给了康博斯。康博斯说:"我是康,博斯。"

"有事吗?"

"记得上次我给你发的论文吗?还在吗?"

"你来过上海?"

"是的。"

"你等一下,我到楼下去,一会儿打给你。"

康博斯知道她是担心舍友知道她和她导师的事。几分钟后摇摇就打过来了。

"你都知道了?"

"看见了,"康博斯说,"论文还在你信箱里吗?"

"那我就不要解释了,顺便告诉你,我直博差不多定了。哦,那论文,对不起,那信箱我已经注销了,别人的信件我不能存在那里,也没什么用了,就注销了。"

康博斯最后的希望也破灭了,抓着话筒半天才说出一个字:"好。"

"对了,刚才打电话的是你女朋友?速度够快的。"

"一般。"

"漂亮的女博士?什么时候可以带给我欣赏一下吗?"

"这和你已经没什么关系了。"

摇摇的声音佳丽听得一清二楚,摇摇说:"漂亮的女博士?"佳丽莫名地打了个抖,康博斯的话却让她想哭。她觉得他在回避。她想回自己的房间,但康博斯放下电话虚弱的样子她又不放心。也许是多疑了,他们其实过得也挺好的。

一夜安宁,康博斯沉默不语。佳丽劝他,如果必须重写,那就重写吧。她只想让他鼓起劲头赶快开始,第二天早上上班前又嘱咐了一次,康博斯突然就发了火,大喊一声:

"你烦不烦啊你!"

佳丽一下子蒙了,一声不吭地出了门,骑上自行车时眼泪已经流了下来。康博斯也觉得过分了,怎么就突然发怒了呢。他抽了两根烟才把自己平息下来,然后开始硬着头皮阅读那两章的上下文。阅读,翻看资料,重做笔记,找语感。他打算先花一天的时间把准备工作做好,余下的四五天时间重写这两章。

但是佳丽下班回来,他才发现用一天的时间来准备是远远不够的。为了表示对早上的歉意,他主动邀请佳丽去散步,但是焦虑还是免不了,以致散步的速度如同小跑。康博斯要熬夜准备,他们只能分开。睡前佳丽提醒他,尽快帮她筹到那三千块钱。康博斯正在翻资料,随口答应了一声,明天就去借。

第二天午饭时,佳丽打电话嘱咐他吃得好一点,康博斯说知道了。佳丽又说,弟弟催她了,别忘了借钱。康博斯说,知道了,下午就给同学打电话。康博斯说过就忘了,晚上佳丽问起,他只好许诺明天一定借到。

他已经准备好了资料,虽说动起笔来就有希望,但学术文章不是小说,可以顺着故事往下编,写起来还是很慢。除了吃饭睡觉上厕所,他把所有时间都搭进去了,离开电脑和书本就两眼迷离。即使这样,到了晚上依然焦虑,这个进度也很难按时交稿。他又给戚主任打了个电话,问能否拖延几天。戚主任说不行,人家催好几次了。他又问,是否可以等下一批一起出版?戚主任说,下一批少则半年,多则一年,难说了。对康博斯简直是火上浇油。

第二天晚上了,佳丽正做饭的时候又接到弟弟的电话。弟弟也很不好意思,但是没办法,已经迫在眉睫了。佳丽又安慰他,说朋友已经答应了,正在准备现金。挂了电话她就问康博斯,钱借了没有?

"哎呀,"康博斯手停在键盘上,"我又给忘了。"

佳丽觉得忍无可忍了:"我的事你记得过几件?算了,不麻烦你了!"

康博斯说:"你不是看见了吗,我都忙得夜里只睡三四个小时了。"

"是啊,你忙得连打个电话的时间都没有了!"

"你讲点道理好不好?"

"我就不讲道理!你答应过我的事做到了几件?我就这一个弟弟,我就求过你这么一件事。好,从现在开始,我不会让你帮我做任何事。钱我自己去筹!"

尽管说得决绝,佳丽还是把晚饭做好了,一个人先吃了点饭就出门了。回来时已经十点半了,康博斯想过去跟她说句话,佳丽进了自己的房间,砰地关上了门。康博斯站在门前看了一会儿,就回去写作了。本来明天佳丽休息,说好了陪他写论文的。

第二天早上,康博斯起床时佳丽就已经出门了,早饭放在厨房里。吃过早饭康博斯又坐在电脑前发呆,及时交稿的希望越来越渺茫了。每进展一点,他就觉得离结束越远。坚持不过是不甘心。九点钟多一点,有人敲院门。是他的一个大款同学,昨天晚上佳丽生气之后,康博斯给他打了电话,现在送钱来了。送走大款,继续坐电脑前,继续写。

十点钟,小号回来了。他透过窗户看小号,小号也向他的房间看几眼,终于没进来,也没打招呼,进了自己的房间就关上了门。康博斯想,这个小号。十点半,他看到佳丽带着一个陌生的男人进了院子。凭直觉,康博斯觉得佳丽的表情有问题,那男人的表情问题更大,衣服倒是穿得人模狗样,却是一副不知廉耻的嘴脸。笑得淫邪,眼珠子骨碌碌乱转,一只手搭在佳丽的屁股上。他从房间里走出来,口袋里揣着三千块钱。佳丽故意不看他,把开门的声音弄得很响,说话的声音也大:"进来呀,愣站着干吗?"那男人立马把另一只手也放到她屁股上,推着她要往屋里走。

康博斯喊她:"佳丽。"

佳丽没理他,砰地关上门。康博斯看到那个男人拉上了佳丽的窗帘,很快又被佳丽拉开了,就这短短的时间里,他看到那个男人已经脱掉了上衣。佳丽站在窗户前,侧身对着他,通过玻璃他能看清楚佳丽是怎样一件件脱掉衣服的。已经脱到只剩下内衣了,康博斯终于沉不住气了。

"佳丽!"他站在门前喊,"佳丽!"

佳丽转脸看了他一眼,迅速脱掉了内衣,主动抱着赤裸的男人倒在了床上。

"佳丽!"康博斯跑到她的门前,用力地敲门,"你不能乱来!"

佳丽说:"你喊什么喊?别耽误我做生意!"

"钱我已经借到了,快开门!"

"不稀罕,我自己能挣!"

康博斯已经听到男人的喘息声。他急了,开始踹门,踹了五六下才踹开,插销掉到了地上。他看到那个男人正在穿内裤,嘴里骂骂咧咧,说:"这是什么事?钱还给我!还给我!"康博斯抓着他的细胳膊一把扔到门外,把他丢在地上的衣服也扔了出去。佳丽披头散发地叫:"康博斯,康博斯,你凭什么干涉我的生活!"两只乳房跳动着露在被子外面。

那个男人说:"好啊,合伙骗钱,我要告你们!"

康博斯抽出几张一百元的钞票扔到他脸上:"你他妈的给我快滚!"

康博斯像头狂暴的狮子,那男人也被他吓坏了,从地上捡起钱,拎着裤子赶紧跑掉了。康博斯回佳丽房间的时候,觉得身后有个人影,小号站在他的门前,手里拿着揉成一团的床单,面无表情,眼睛里空荡荡的,不知他在看哪里。康博斯进了佳丽房间,关上门。佳丽在哭。他抱住她,"佳丽,"他说,"气我你也不该用这种方式啊。"

"我有什么资格气你?我气我自己还不行?"

"你别气了,我的错。我决定放弃那部书稿了。"

"为什么放弃?"佳丽说。过了一会儿,又说,"放不放弃关我什么事。"

"跟你没关系。就是以后你不要再这么折磨我也折磨你自己了。"

"我以后再也不了。"佳丽又哭。

他们长久地抱着,四只胳膊都很用力,颇有点劫后余生的味道,身体的欲望也因此升腾起来。康博斯刚脱光衣服,佳丽阻止了他。康博斯看着她,不知又出了什么事。

佳丽说:"不行,我要去洗澡。"

康博斯说:"就这样。"

佳丽推开他,光着身子穿上了睡衣。她不能忍受身上留着其他男人的味道和康博斯在一起。她坚持要洗澡。

只有一瓶开水,佳丽就拎着那瓶水去了浴室。大约二十分钟后回来了,身上冰凉,她用一瓶开水和一大桶冷水洗了澡,头发都洗了,钻进被窝的时候就开始打喷嚏。佳丽在床上让康博斯几乎招架不住,她简直是复仇,又哭又笑又叫。安静下来时,康博斯注意到身上有很多抓痕,佳丽抓他,也抓自己。他觉得这个女人真是要人命。他的手从上到下滑过她,说:

"这么好的身子。"

佳丽说:"再好的身子有什么用?又没人要。"

康博斯说:"我要。"

佳丽说:"我不傻了,你也别傻了。我知道,我配不上你。"

康博斯说:"瞎说,什么配不配的。要说该是我不配。"

佳丽说:"你比我清楚,我们俩不是一路人。算了,不说这个了。过一天算一天。"

康博斯不再出声,把脸埋在佳丽的胸前。风吹动门吱嘎嘎响,康博斯抬起头去看,刚才被他踹坏的房门不知什么时候早就开了,现在开得更大了。他在转头的那一瞬间看见了小号,小号也看见了他,推着自行车赶紧走开了,车上背着一堆东西。康博斯凭感觉,觉得小号之前一直是站在院子里的,看见了他和佳丽在一起的过程。

十一

  小号搬走了。康博斯透过窗户看见小号的床上空了,桌子上的两排书也没了。他想大概就是他转脸的那会儿小号把行李带走了,小号不想看见他和佳丽在一起。小号什么都知道,就像他不善于表达一样,他只是没有说出来。一声不吭地就走了。

  过了几天,康博斯就得到了关于小号被食堂开除的消息。康博斯和同门的师兄弟一起吃饭,一个来过西苑的师弟说,班小号不是你的邻居吗?他在食堂门口的海报栏里,好像看到开除小号的通告。康博斯当时就愣了,筷子上的一块肉怎么也送不进嘴里去。

  "确信没看错?"他问。

  "应该不会错,什么原因我记不清楚了。"

  吃过饭康博斯开始打小号手机,拨号的时候心里还有点无端的紧张。小号搬走之后他们就没联系过。还是关机。康博斯不放心,亲自到食堂门前的海报栏里找,他把最新的海报揭开,揭了很多层还是没找到。后来干脆到小号的宿舍找,见到了小号的同事青皮。青皮指着一张空床说:

  "喏,昨天刚搬走。"

  "犯了事?"

  "出去说。"青皮让康博斯跟他到外面。在宿舍前的大柳树底下,康博斯递给青皮一根烟。青皮说:"小号的厨师证是假的。他自己说出来的。"

  按照青皮的说法,小号是在从西苑搬走的那天晚上说出了自己的秘密。那天晚上小号心血来潮,请宿舍的一帮同事去喝酒。他很少请客,所以那天晚上大家喝得都很尽兴,小号的酒量也让他们刮目相看。喝得差不多了,他们以为小号有什么高兴的事要说,小号却突然放声大哭。他们就愣了,没见过男人哭得这么伤心的。小号说,有什么意思?有什么意思呢?到底有他妈的什么意思呢?

他们问:"什么有什么意思?"

"混着。活着。"小号说,舌头拐弯明显不利索了,"你说我们待在北京这个鸟地方干吗?辛辛苦苦地跑过来,整天忙来忙去,干出了什么名堂?还不是像条狗似的,气喘吁吁只挣到根剔净的骨头?就说我,大老远从江西跑来,为了进食堂当个厨子,还花了四百块钱办了个假证。现在除了两手空空还有什么?没钱,没房子,连个老婆都混不上,喜欢人家人家不理你,觉得是兄弟的,却抢了你喜欢的女孩。你们说,到底有他妈的什么意思啊?"

这时候大家才知道小号是失恋了,还没开始就失恋了。这是其一。其二,大家都听明白了,小号进这个食堂用的是一张假厨师文凭。这东西更刺激。听完了也就完了,没当回事。可是第三天就出事了,不知道谁给班长打了小报告,班长又往上递,经理亲自下来查了。活该小号倒霉,他偷鸡腿的事就让领导很恼火,加上没事写写诗,搞得很有文化的样子,也让领导和同事们不舒服,所以决定很快就下来了:卷铺盖走人。

康博斯明白小号的痛苦,心里很是不安,就问青皮小号现在去哪里了,还有那个打小报告的家伙是谁?青皮也不清楚小号搬去了哪里,至于告密者,知道显然也不会告诉康博斯的。只是说,其实小号的手艺并不需要一张烹饪学校的花纸来证明,况且,小号没拿到厨师证不是因为厨艺不精,而是因为考试的那天他错过了,前一天夜里写诗,早上睡过了头。

两天以后才联系上小号,打第三次电话才接。

康博斯问:"在哪?"

"路上。在找工作。"

"住哪?"

"住朋友那儿,一个破破烂烂的地方。贫民窟。"

"不方便还是回西苑吧。有空过来看看。"

"再说吧。"

康博斯和佳丽都以为再也见不到小号了,一周后小号竟然到西苑来了。他们俩正在商量佳丽什么时候回老家的事。前一天佳丽打电话回家,得知父亲身体开始恶化,据母亲说,医生检查过了,要住院治疗,现在她整天从家跑到医院,再从医院跑回家,两头忙。佳丽听了就紧张,父母身体一直不太好,这也是她一直放不下家里的原因。她想和弟弟一起回老家一趟,看看父亲的病到底怎样。小号来到的时候,她正和康博斯商量回老家的日期。

小号是敲门后才进来的,照他的说法,已经搬走了,就是外人了,当然要敲门才能进。康博斯想问他为什么不辞而别,话到嘴边又放弃了。大家静静地坐着,佳丽像女主人一样给小号倒了杯水,小号就抱着杯子一点一点地喝。因为心照不宣,大家也就都坦然、窘迫。最后还是佳丽开了口,佳丽说:

"现在的地方住得还习惯吗?"

"还行,凑合着挤一挤,省点儿。"

"哦,"康博斯说,杯子在手里转来转去。这种隔膜还是让他悲哀,过去是称兄道弟的好哥们,一转眼几乎成了陌路,见了面都要为寒暄搜肠刮肚,"工作的事还顺利吗?"

"还没什么头绪,"小号说。他一点一点地也把那杯水喝光了,"好找当初就不用办个假证了。"佳丽给他添水,房间里的水瓶空了,只好到厨房去拎另一个水瓶。小号看了一圈康博斯的房间,到处都是两人同居的痕迹,床上摆着两床被子、两个枕头,散发着只有女人才会有的香气。小号低下头,再抬起头的时候说:"那两章是我删的。"

"哦,我知道。"康博斯说。

小号也没多解释,道歉也没有,站起来摸摸屁股,说:"我走了,在找工作,顺路过来的。"

佳丽提着水瓶进门:"小号,马上中午了,吃过午饭再走吧。"

"不了,还有点事。"小号已经出了房门。康博斯和佳丽也不想勉强,送他出院门,他还骑着那辆破自行车。临上车,小号从包里拿出两本杂志递给康博斯,"有我几首诗,有空翻翻。跟生活相比,我越来越觉得写诗是件奢侈的事。"

那时候天已经比较冷了,小号在上车之前打了个寒战。落叶满地,此时北京的天高远,巷子显得格外地深长,两个车轮碾过无数落叶,细碎的骨折声一路响过去,一条巷子都是枯旧的黄。康博斯觉得小号坐在自行车上的身子一直是歪斜着,像麻花一样拧着,拐弯的时候拧得最厉害,然后就消失在巷子尽头。

时间过得缓慢清凉,康博斯每天收到一两条佳丽发来的短消息,说一说父亲的病和家里的情况。好像一切都不是很妙,父亲疾病的恶化不说,母亲的身体也堪忧,白头发多了,人也瘦出了一脸的病相。佳丽说得更多的好像不是父亲,而是母亲。似乎母亲更让她担心。又过一两天,康博斯给她打了个电话,佳丽说,弟弟已经回北京,她要再等几天才能回来。过了一会儿,佳丽又说:

"我妈问到你了,问你是不是我的男朋友?"

"这还要问吗?"

"我说不是。我不想骗他们。"

"那我是什么?"

"我也不知道。我妈说的男朋友,是指能结婚的那种。你不是。"

"我们怎么不能结婚?"

"我们不可能在一起。算了,回去再说好吗?"

电话打了大半个小时,多数时间是两个人一起沉默。康博斯搞不清楚怎么变成了这样。好像从那次书稿事件以后,他们就丧失了很多过去那样的和谐,隔着,如同两个人的拥抱,隔着相互的衣服。他们中间隔着相同的一件衣服。

康博斯的毕业论文开题通过了,就是那部书稿。也就是说,他不必再为毕业论文发愁了。那个书稿的两章也陆续修补齐了,导师的一个朋友在主编一套学术丛书,导师帮他推荐了这本。对方是否感兴趣,能否出版,康博斯已经不太关心了。现在他的感觉是,把它写完已经是最大的成功了。除此之外,他又分担了导师承担的一个国家级科研课题的一部分,将和导师共同完成一部学术著作。现在正在做的就是这个,构思、查资料、做笔记,还有平静的生活。对于他和佳丽的事,康博斯考虑得越来越少了,他希望能够简单平和地过下去,就这样,也挺好的。

佳丽又给他发了短信,突然说,她回来了,让他去车站接她。康博斯翻翻日历,佳丽不在身边已经十二天了。他在出站口看到佳丽,瘦了一圈,三十个小时的长途火车让她疲倦不堪,见到康博斯就抱住了他。

晚饭是康博斯做的,买了一大堆的菜,包括佳丽最喜欢的五香鸡胗。佳丽吃完了就睡,一直到第二天上午九点才起床,脸色好了一些。随后的几天,佳丽的状态都不错,照常上班,偶尔和弟弟通通电话。尤其在床上,康博斯明显觉得她的热情胜过从前,即使不干坏事也要抱着他才肯睡。此外就是平常,佳丽喜欢腻在他身边,腻在他身上,晚饭后就拉着他出去散步。康博斯以为佳丽是受了父亲疾病的刺激,开始珍惜生命和爱情,就没当回事,反而觉得好玩,乐得和佳丽腻歪在一块儿。所以佳丽做出离开北京的决定,对康博斯就显得相当的突然了。

那天佳丽下班回来,放下包从背后抱住正在查资料的康博斯,说:"我得离开北京了。"

康博斯一时还没回过神来:"你不是刚回来吗?"

"我是说,要长期离开北京。工作下午已经辞掉了。"

康博斯终于有所觉悟:"你要回家照看父母?"

"是,他们年龄大了,身体越来越不行了,我不放心。"

康博斯听到佳丽在他后背上哭了,"这么大的事你怎么不和我商量一下? 你弟弟呢?"

"商量有什么用?"佳丽说,"我不能把父母丢下不管,迟早要回去的。原以为能把他们接到北京来过几天好日子,可这是不可能的,拿什么养活他们? 弟弟好容易在北京安了家,女孩也不会同意和他回去的。我不回去谁回去?"

"你爸妈的病会拖延很久吗?"

"即使不是他们现在生病,我迟早还是要回去的,他们总有不能自理的那一天。"

"我的意思是,你什么时候能回来?"

"不知道。也许时间不是很长,也许这辈子都不会再回来了。"

康博斯感到巨大的悲伤席卷了自己,是那种生离死别的悲伤。佳丽已经说得很明白了。对孝顺的穷人来说,没钱让老人得到护理,只能是父母在,不远游。他真切地感到了一个人将要离开自己的疼痛,就像被分割,身体的一半被抛到了另一个远处。

"你别难过,"佳丽替他擦掉眼泪,"没必要难过,我们本来就不可能在一起。我难过是不想这么快就离开,我本来还想,一直到你吃腻了荷包蛋面我再离开,我们才在一起多久呀?"

那两天他们待在家里,除了收拾行李就是抱在一起。佳丽的东西,能留给康博斯的就留给了康博斯,不能留的都给了她弟弟。原来的房间重新变得空空荡荡。都收拾好了,他们去车站买了第二天下午的车票和一堆食物。回到西苑就上了床,一直到第二天中午都是在床上度过的。康博斯给小号打了个电话,告诉他佳丽要走了,下午的车,如果有时间就来送一下,又把有关情况简要地跟他说了一下。但是到他们出门去车站的时候,小号还是没有来。

佳丽说:"算了,不等了,小号对我们伤透心了。"

送佳丽的还有她的弟弟,刚到车站又回去了,他的北京丈母娘有事,让他赶快回去。康博斯买了站台票,拎着两只大行李箱一直把她送到站台前。康博斯要先把行李送上车,佳丽不让,她想先在车下说说话。本来她已经比较平静了,康博斯问了她一句话又让她哭起来。

康博斯说:"你什么时候能回来?"

佳丽说:"可能一两个月,可能一两年,也可能一辈子。"然后就哭了。这个问题康博斯已经问了很多次了,她也回答了很多次。

快上车的时候,康博斯发现前头跑过来一个人,是小号。小号气喘吁吁地跑到站台下,满头都是汗,嘴里说:"赶上了,赶上了。"手里拎着一个大塑料袋,满满的一袋五香鸡胗,康博斯接过时还滚热,烫手。"我自己做的,刚弄好。真的走?"小号涨红了脸。

佳丽说:"谢谢你小号。我和小康觉得挺对不住你的。"

小号笑笑说:"有什么对不住的?在北京,你们对我是最好的。"

佳丽说:"工作有眉目了没有?"

"没有,我觉得像个孤魂野鬼。你什么时候能回来?"

康博斯想到了沈从文先生《边城》里的最后一句话："这个人也许永远不回来了,也许'明天'回来!"

小号也黯然。广播说,列车马上就要开动了。小号终于又开了口:"佳丽,小康也在,我想说句话。在北京我并没有什么机会可言,现在不说,连这个机会也没了。小康你别生气,我说的是真心话,我喜欢佳丽,这你知道。我的意思是,可能有点天真,也可能是非分之想。佳丽,如果你愿意,我和你一起回老家。"

这句话完全出乎佳丽和康博斯的意料。"什么?你说。"佳丽看看康博斯,把手从康博斯的胳膊上放下来。"小号,谢谢你。你的心意我领了。我觉得你还是留在北京比较好。"佳丽说,"你们俩都是我朋友。"

小号搓着手,窘迫地低下头。佳丽拍拍他的肩膀:"好了,我该走了,帮我拎一下箱子。"

他们把行李箱拎上去又下来。火车开动了。佳丽的脸贴在玻璃上,康博斯看到她在哭,然后渐行渐远。只有火车的声音。他和小号对着火车挥手,胳膊越伸越长。

2004年7月25日,北大万柳、江苏盱眙

把 脸 拉 下

一

从公园的铁栅栏拐过去,又看见那家伙坐在马路牙子上,低着头看自己的裤裆,背后是一片茂盛的青草。风从北边来,青草一起向我弯腰,他面前的黑色塑料袋哗哗地响,我拐过弯来就听到了。我把步子放轻。其实我不想惹他,但他总坐在那个地方,身后的青草被他屁股压倒了一片。这是我十天内第四次见到他,在同一个地方。你他妈的就不能挪个窝。屁股上长牙了?

风大了一点,塑料袋低下去,一点悬念都没有,我看到一个被雕琢过的肮脏的圆球露出来。和我窗台上的那个唯一的区别就是,它身上的泥更多。我用洗洁精和肥皂粉把圆球来来回回洗了五遍,干净多了。我咳嗽一声,如果他还低着头,这事就算了。谁都不容易。但是他及时地抬起头。若是我没看错,他还对我笑了一下。一定笑了,我看到他的牙露出来起码四秒钟,还挺白。这就太过分了,简直是欺负人。我觉得再忍下去自己都难为情,我得给自己一个交代。上一次经过这里,他木呆呆地盯着对面那条长年发出臭气的水沟,表情还有点忧伤。那种忧伤让我想到自己,经常我也会有如此状态,一半在忧伤,一半在发呆。我忍了,对自己说,下次吧,再碰到一定有所表示。这地方是一个公园,侯仁之题的名字:畅春新园。栅栏后面有个锻炼场地,总有人一天到晚坐在秋千上。小孩往上坐,大人也往上坐。

他的牙还没有收回去,我把它们理解为公开的挑衅。所以我站住了,说:"还认识我吗?"

他歪着头看看我,为难地说:"好像在哪里见过。"还是那一口难听的方言,我分不清他从哪儿来的。

"再看看,"我仰了一下脸给他看,然后把买菜的提袋放地上,在黑塑料袋前蹲下来,隔着塑料袋去转动那个球。底下还有个香炉形状的基座。这东西很脏,像从泥水里刚挖出来的,我知道一定也是个假的。但我还是觉得这东西做得精致,你看这球上雕琢的五条盘龙,还有火球和云朵,以及香炉底座上的四条小龙,虬曲峭拔,这一刀一刀当初是怎么下去的。我说的是被仿制的真货,当初一定是用刀一下一下挖出来的。但是现在,这个用泥水涂抹过的,妈的,一不留心也觉得栩栩如生呢。"想起来了?"我用脚尖踢踢塑料袋里的假宣德炉,"还九转乾坤!还大明宣德年制!"

九天前他就是这么用一口稀奇古怪的方言跟我说的:"看,九转乾坤,你一定知道,宣德炉。"

当时我正从西苑那边的早市回来,车篮里装了满满一提袋的水果和菜,一捆大葱篮子里装不下,夹在了自行车后座上。到承泽园门口,前轮突然不转了,差点把我一头栽下去。那辆破车的老毛病,走一段就要怠工。对付它我有办法,提起车头,把前轮倒转十来圈再骑,就能再跑一段路。不转了再倒,如此反复。道理我说不出,但是管用。老婆一直让修,我懒得跟小区里的修车师傅搭茬,你借一次气筒他都要收两毛钱,小气得要死。如此抠门的人竟然还长得那么胖。所以一直拖着。除了去早市买菜,我很少骑自行车,上班坐公交。我转完前轮继续骑,到公园处觉得速度在下降,又不行了,然后恰好停在那家伙跟前。那天他也是坐在这里,低头往裤裆里看,脚前的黑塑料袋里装着一个脏兮兮的东西。他黑着一双赤脚穿凉鞋,脚指头上沾着泥,裤脚卷上来两道。我记住他的脚,是因为他的大脚趾总在神经质地蠕动,像两只刚从泥里钻出来的巨型蚯蚓。

"看看?"他说。用他的方言说出这两个字听起来像"扛扛"。

我知道他在卖古董,早市边上经常有这样的人,随便往哪个角落里一坐,用报纸或者塑料袋、蛇皮袋装着一个破旧的东西,一声不吭地卖。我对古董没兴趣,当然关键是没钱对它有兴趣。我只顾提着车头倒转前轮。

他又说:"不买也可以扛扛。"

转完前轮我顺便"扛"了一眼。那玩意上面粘了不少泥,他从屁股底下拽出半截报纸擦了一把,几条龙就出来了。我用脚踢踢,他把那个球从塑料袋里宝贝似的端出来,是个顶着圆球的四脚香炉。没泥的地方显出精致来,还挺好"扛"。

"哪来的?"我问。

"挖的,工地上。"

"哪儿的工地?"

"不能说,"他态度诚恳,谨慎地向四周看,好像到处都是偷窥的眼睛,"挖出来我就藏在被窝里,怕人知道。"

我一下子想到了八大处。前两天看报纸,西山八大处那边出土了几个古墓,挖出不少好东西,很多物件都被周围的人偷偷摸摸给弄走了。我严正地看着他,他把目光搞得躲躲闪闪,突然要把东西装起来,说算了不卖了。我让他放下,然后突然就对那东西有了兴趣。我竟然对古董有了兴趣,要命。我单位有位老同志好这一口,每个月都从老婆给的零花钱里挤出一半送给潘家园旧货市场,针头线脑玉石瓦当地往外淘。弄到一点新鲜的就带到单位展览,历数那东西怎么怎么地宝贝。清朝的,宋朝的,还有先秦的,它们在某个黑暗的地方沉默地待了成百上千年,让人肃然起敬。但我们还是笑他,收藏哪是我们穷人玩得起的,那跟梅毒啥的一样,是富贵病。那报纸就是他硬塞给我看的,说好东西来了,他得马上赶去潘家园,说不准就有人出手。我怎么就五迷三道地想起了八大处。

"真的假的?"我说。

那家伙说:"我也不懂。"他一定是看到我眼睛开始放光了,就矜持地把塑料袋打开,把炉身上刻着"九转乾坤"字样的香炉歪倒在地,用报纸擦炉座底下,一个四方的篆字印章露出来。我的心开始咕咚咕咚地蹦,竟然是"大明宣德年制"。我对古董基本一窍不通,但宣德炉我还是知道一点的,这玩意,早听说是个好货。

"还挺好看,"我也装成一个白痴,"弄个玩玩也不错。多少钱?"

"三百、四百随老板便,我留着也没用。"

"这么贵?"我站起来要推自行车,的确是太贵了。三百、四百,开玩笑。

"便宜点也行,"他说,抓住我的车座,"你有多少钱?"

"出来买菜还能有多少?几十吧。"

"几十?"

我的心又他妈没出息地蹦了。我打开钱包,九十五块三毛。"七十。"我说。

"七十就七十。"他迫不及待地把手伸过来。人家把手伸过来了,再犹豫就不像话了。丢不起那个人。我拿钱的时候他把脑袋伸过来,看见了剩下的二十五块三毛。"不卖了,你还有钱!"他说得理直气壮,要把宣德炉收起来。

就是这句话打动了我。都这么说了,让我相信这东西一定是真货。假冒伪劣产品谁敢这样义正词严。若是真货,那结果你是能想得到的,跟中彩票差不多。关于中彩票,我有不少心得,当然只在想象里,比如一下子五百万,或者少点,两百万,呵呵,好日子就来了。起码房子解决了,省得老婆整天叽叽歪歪,要睡马路了睡马路了。其实我们只是靠近马路,外面还有小区的栅栏呢。租的一居室,有个正念小学的女儿。我把二十块的那张又给他,剩下的五块三毛钱,你得给我留着买瓶酱油啊。

就这么搞定了。他帮我把宣德炉包好,再三嘱咐我小心,那模样完全是落难时在托孤,满腹的不情愿。他的大脚趾蠕动的频率更高了。这都让我开心,越发相信他托过来的就是一张大彩票。我上了车就往家赶,甚至不敢回头看他,怕他反悔。到小区门口车轮又不转了,我不想浪费时间,干脆拎着车头一直把它拖到楼底下。实话实说,我希望它是个真货,并且为此激动得半个身子都在抖。

进了家门我把它放在地板中央,撅着屁股前前后后地看,觉得有点脏。先用洗洁精洗,担心肥皂粉腐蚀性大。洗不干净,只好动用肥皂粉,就委屈点吧,只要是好东西,肥皂粉洗过它照样还是好东西。然后是鞋刷和牙刷,一点点地清理。一个干净的宣德炉就出来了,洁白的石头的光。我对着它笑了,古董,很值钱。我把它摆在桌上,等着给老婆一个惊喜。我希望它是迄今为止我上交给老婆的最多的一次钱。这么多年,每个月那一点工资,想想我自己都觉得寒碜。

然后我在最大的那条龙的头上发现了一个小洞,怎么看都不像雕刻时失手留下的。接着在底座上也发现了几个类似的小洞。问题来了。好好的东西哪来这么多小洞。赶紧上网查,几个网页看过后出了一口凉气。完了,假的。

网上说,仿制的宣德炉漫山遍野。西安大街上到处都是,三五十块钱就卖,二十也行。大多是用石粉压制的,也有是用树脂做的。有个倒霉蛋花了五百块钱买回家,摇一摇,里面哗啦哗啦响,放到水里咕嘟咕嘟直冒泡。他在基座底下抠出一个小洞,一串沙子流出来。在网上发帖喊冤的同志都强调了同一个事实,就是所有卖这东西的人都是一副农民或者民工打扮,装得懵懂无知,十有八九都说是从古墓里挖出来的。我拍拍我的宣德炉,声音果然不对了,那质地越看越像树脂的,我用刀子刮一下,就是树脂。中奖了。那些呼天抢地的帖子简直就是发给我看的。

我开始心疼那九十块钱,什么少啊,差十块一百呢。我一个月的工资也就二十来个一百块。说来惭愧,我在一家死不死活不活的报社做编辑,忙倒是不忙,当然也没钱。前者老婆是喜欢的,我可以在家做饭,收拾家务,接送孩子,保姆都省了;后者就不乐意了,没钱谁高兴?但是没办法,嫁都嫁了,只能隔三岔五不高兴一下,比如抱怨不能每周做一次美容,一年吃不上一次海鲜,不能及时替孩子换上新衣服,等等。当然最多的还是抱怨房子,首先是小,幸亏屁股不大,大了转身都成问题;其次是租来的,半夜里醒来总觉得是睡在别人家里,感觉坏透了。

所以我赶紧把假古董放到书架顶上,等老婆回来时,主动谎报了一下军情,说,这东西三十块钱买的,就图个好玩。就这个价钱老婆也不满意,三十块钱买个废物回来,往哪儿放!

"所以我放到书架上。"

"你怎么不放床底下?"老婆完全阴阳怪气了。

这个假古董显然影响了她的情绪,晚饭只吃了半个馒头。那天晚上我拿出绝活做了两菜一汤,味道好得我都舍不得吃,她没兴趣,就像兔子见了肉似的无动于衷。晚上我让女儿到客厅睡,女儿不同意,老婆也两眼一瞪。完了,悲剧重演了。一室一厅,是有点小,我只能在阳台上堆杂物之外的空间里开辟出一个书房,我怀疑它是整个北京最小的书房,几乎不能同时站两个人。睡觉也成问题,卧室一张大床,客厅一张小床,平常老婆和女儿睡大床,我一个人睡外面的折叠行军床。白天折起来立在墙边,晚上才摊开来。说真话,一张床都要折折放放,我感觉很不好。只有在漂泊不定的路上才会如此地不稳定。但我不能说。要是我和老婆心情都不错,想干点坏事了,就会支使女儿到客厅去睡。开始女儿还觉得新鲜,后来就不太愿意了,说她一到客厅睡我们就不理她了,证据是,我睡外面时,她们娘俩从来不拉卧室和客厅之间的窗帘,她一到外面,我们就把窗帘拉得严严实实,她害怕。小孩子不懂事,我们不能怪她。只好我们两口子一起想点办法了。世上的办法是越想越少的,难度越来越大,我睡到大床上的机会就越来越少。开始每周还能有两次,现在一次都成问题。

比如现在,我已经不间断地在行军床上辗转反侧两周了。两周啊。我怎么说也是个正常的男人,年龄也不算大。我主动洗了碗,回来看到老婆和女儿正坐在电视前,她们认真地看着电视里某个人慢腾腾地走进宽阔的大房间里。那个虚幻的傻蛋比我有吸引力多了。

我咳嗽一声。

"要么你就买房子。"老婆说话的时候根本没看我,像在对着电视里的那个傻蛋说话。这是她的说话方式,后半句应该是这样的:要么你就继续在外面睡。

女儿加了一句:"要么你就买假古董。"她说话的时候也不看我。

这小东西,才多大啊就开始像她妈了。真他妈的。

今天晚上看来是黄了。我走进我的书房,关上阳台的门,坐下来觉得有点闷,就把所有窗户都打开。电脑旁边贴着一张纸,老婆在上面列出了所有可以借钱的亲戚和朋友。其中有八个人用红笔打了钩,意思是只要把这几个人搞定,房子基本就到手了。我没细看过名单,看了我也开不了口。这年头,借钱跟要命没区别。我拿了本小说开始看,然后逐渐听到含混的声音从窗外传来,越来越大。我把脑袋伸到窗外去找,耳朵立马红透了。隔壁的女人在叫唤,男人的喘息做底子。那两口子我是知道的,他们住两室一厅,儿子刚考上大学。按说他们年龄也不小了啊。而且,而且,你说这才几点啊。这不是要人命嘛。我关上窗户,出了一身汗。

二

我不是说我苦大仇深,比我苦比我愁的人多了去了。我只是想说,你说你一个卖假古董的也跟着凑什么热闹。十天里,四次,同一个地方。你这是在逼我。我又踢了一下他的九转乾坤,说:

"又是在工地上挖的?"

他说:"嗯。"

"也在被窝里藏过一阵子了?"

他的脸一下子沉下来,这浑蛋应该是记起我了。"你要不买我就走了。"他伸手要去包扎黑塑料袋。

我还买?世道真他妈乱了。我的脚往前送了送,树脂撞倒在水泥路面上的声音有种不真切的空洞。

"你要干什么?"他的脸上和声音里同时出现了愤怒、恐惧。

我不想干什么,只想把脚再往前送一送。古董滚到了路中央。

它跷着四条腿躺在那里很不雅观。那家伙看看我,一声不吭地捡回他的宝贝,用报纸掸刚沾上的尘土。他蹲在地上,伸长黑细的脖子,背部弯出的巨大的卑微的弧度。我想算了吧,到此为止。也得买菜去了。但就这么悄无声息地走有点说不过去,正犹豫接下来该如何收场,一个推着婴儿车买菜的大妈经过,满满的一车,主要是土豆和萝卜,够她吃半年没问题。她问,怎么啦?出啥事了?她远远就看见我们俩有事。我想说没事已经晚了。那胖大妈简直就是一个大磁铁,半分钟的工夫周围就聚了一堆人,都不知道他们是从哪里冒出来的。

那呆鸟要是拎着宝贝就走,啥事也不会有。偏偏他脑子进了泥,就蹲在那里绣花似的擦假古董上的土。他不吭声,胖大妈就揪着我问。一把年纪了还对生活充满好奇。我只好说,我从他那里买了个假古董。

胖大妈说:"哎呀,那得打假。让他退钱!"

很多人附和。让他退,这还得了,假古董都卖到首都了。

这会儿那呆鸟想走了,走不了了。他和我一样被围在中间。从远处看我们应该像个大蚂蚁窝。几乎所有人都让他退钱,我再不表态就有点对不住人民群众了。所以我说:"也不要你全退,退六十就行了。"这个数字符合我对老婆的报价。

"没钱。"他说,低着脑袋像只瘟鸡。

"没钱?"一个小伙子从外面挤进来,一脚把他收拾了半天的东西又踢倒了,"我起码看见你在这地方卖过五个了!你也得把我的赔来,一百二,一分都不能少!"

他受的伤害比我还严重。我有点同情他。可是那家伙说:"我没见过你。"

"才几天你就不记得了!"小伙子一把揪住他的领口,"一百二十块钱记不记得?"

"我真没卖过一百二的。"

"抵赖是不是?"小伙子笑的时候只用了半边脸,不知道怎么练出来的。"大家可都看见了,这狗日的不认账!好,"他揪着领口把他拖了好几步,小伙子个头应该在一米七八以上,"我看你认不认!"他接着把他像玩具似的甩过来甩过去,像张旭在练狂草,弄得那呆鸟鞋子都跟不上脚了。

"我真没钱。"呆鸟哑着嗓子说。他的脸被勒得紫红。

"没钱也得给!"

小伙子猛地一撒手,呆鸟站立不稳摔倒在地,脑袋磕到了马路牙子上。摔倒了他就安静地躺着,眼神一遍遍平和地看着所有人。我们都觉得他在装鬼,想把事情赖过去。光天化日下玩这手,找错地方了。大家打算继续声讨,突然发现呆鸟脖子底下爬出一条红色的虫子,像蚯蚓,越爬越大,慢慢变成章鱼,长出了很多小手。胖大妈叫起来:

"哎呀,血!出人命了!"

蚂蚁窝炸开了。都在喊血和出人命。半分钟之内人群消失了一大半,像土行孙一样土遁不见了。呆鸟的眼光越发慈祥和蔼,一点声音都不发出。摔倒他的小伙子把手伸到裤腰里抓挠半天,刚睡醒似的说,我得买菜去了,早市要关门了。跳上自行车就跑。这浑蛋,早市要下午三点才结束。他们差不多都跑了,胖大妈也推动了婴儿车。可能是为自己作为磁铁感到惭愧,跑了几步她又回头对我说:"快走啊,你想惹麻烦啊!"然后扭着屁股就跑。

为什么人一老屁股就要变大,而且会变得这么大。难以想象。

我也琢磨要不要跑掉,就剩下我一个人了。面对一个流血的人无所表示,这让我难为情。所以我决定问一句:"喂,你没事吧?"

他摇摇头,还对我笑了一下。说实话,我不喜欢他笑,虽然他的牙显得挺白。

"那我帮你打120,叫个救护车吧。"

"不要。"他利索地答道,然后一骨碌从地上站起来,比好人还像好人。然后他摸到后脑勺上湿漉漉的一片,咕哝了一句,开始到口袋里找东西。我像他肚子里的蛔虫一样,立刻明白他要找什么,掏了一包"心心相印"的纸巾给他。这纸巾是我老婆强制我装备的,她最烦我一摸就摸出两张卫生纸,在别人面前丢她的脸。我们还没穷到连纸巾都买不起的地步。那呆鸟在打开纸巾时还闻了闻上面的香气,真有闲情逸致,该是当诗人的料。他抽了三张纸捂住伤口,剩下的直接装进了自己的裤兜里。

"没事吧?"我心虚地问,"要不还是打个120吧。"把他交给120就没我的事了。这事怎么说也是因我而起。

"不要,他们会把我弄到公安局去。"

"那去医院看看?"

"不去。花钱太多。已经不流了。要在老家,抓把土敷上就行,北京的土太脏,都被污染了。"

懂得还挺多。他脖子上几条血绺子的痕迹触目惊心。不过,果然不流了。我松了一口气,应该没事了。"钱也不要你退了,"我说,"你忙你的吧,我得买菜了。"

他挡住我,伸出手。我半天没明白他要干什么,我只有一包纸巾。

他说:"给我医药费。"

"药费?"我觉得这家伙疯了,医院都不去还医药费。

"三百。一分都不能少。"

我突然就火了:"你他妈的敲诈啊?我还没问你要钱呢!"

"那我退你六十,给我两百四。"

他说得很真诚,一点儿无赖相都没有。遇个神经病就难缠了。我决定不理他,拎着提袋就走。他竟然捂着后脑勺跟住我了,一手拎着他的假古董。我快他也快,我慢他也慢,过一会儿说一句,两百四,一分都不能少。开始我觉得还有点好玩,从来没有人这样忠诚地跟着我,后来就觉得不对劲了。很多人都看他,他后脑勺、脖子上还有衣服上的血,完全是一个流动的、血腥的展览馆。他们对他指指点点。指点完他就指点我,他们认定这是个因果关系,他跟得实在太紧了。我后悔没听老婆的话把自行车修一下,否则早把他甩十八里地去了。现在只能硬着头皮就当啥也不知道。他一路跟到了菜场。

那家伙怪异的造型严重影响了我买菜。我跟老板谈了半天价,就差最后一点头了,他半死不活地凑过来,说:"你欠我两百四,一分都不能少。"卖菜的看见他一头脸的血,哪个还敢跟我磨蹭,摆摆手不卖了。逛遍了菜场也没人敢理我,最后只好提了半袋子土豆离开了。幸亏卖土豆的一脸凶相啥都不怕,不然我只能拎回一个空提袋。

出了早市,我说:"你再纠缠,我就报警。"

"给了钱我就走。"

"神经病!一个子儿都不会有!我他妈的还想抢银行呢!"

"那我就跟着你。"他一脸无辜地说,"其实你是个好人。他们都吓跑了。"

我可不是什么好人,主要是一直不能克服心太软的毛病。我老婆就说,人一心软,上帝就找事。她说得真好。我老婆就没这毛病,说不让我到大床上睡就不让,得让自己硬起来。我指着早市旁边的一家大饭店说:"你猜猜在那里吃一顿饭要多少钱?"他摇摇头说猜不着。我让他再猜,我说你看看那招牌,他就歪着头去看。顺峰,北京有很多家连锁店,听说我这样的穷人是不敢进的。等他把头再歪回来,我已经打了辆出租车跑了。从后视镜里我看见他转着脑袋到处找我。小样儿,跟我斗。

出租车带我从前面一条街绕了一圈,来到早市的另外一个门。还得买菜,要不女儿又嚷嚷,说好晚上给她做红烧鱼。我买了鱼、香菜、豆腐、蒜头和花椒,哼着《千里之外》的调调出了早市。眼下这首歌很流行,我只记住了一句歌词,"送你离开,千里之外"。从我老婆那里学来的。我想这词写得不错,送你离开,千里之外。那呆鸟。能把他送千里之外就好了。

快走到小区门口时,有人在后面叫,站住。我回头,耳朵就响了,那家伙站在十米之外,左手捂着后脑勺,右手拎着假古董。他说:"你住这里?"我的耳朵更响了,引狼入室啊。狗日的从哪冒出来的。

"你跟踪我?"

"碰巧看见。我在早市门口卖这个,"他不说假古董,"我想你会回去买菜的。不回去我也得卖这个。你一出门我就看见了。"

狗日的够狠。从早市走到小区步行要二十分钟,他一个屁不放地跟着。看来走路不回头也不是好习惯。

"你到底想怎么样?"

"二百四。我知道你是个好人。"

"去你妈的!"我管不了那么多了,"我就住这里,你看清楚了!我一分钱都不会给你!"我希望他能做出什么有征兆的反应,但他还是一个屁都不放,只是憨厚地笑,说:"你是我在北京遇到的最好的人。我叫魏千万。你呢?"

管你多少万。我没理他,刷过门卡进了楼。

三

　　这事过去了我也就忘了,他顶多也就是个神经病。这年头什么稀奇古怪事都有,和我们办的报纸上的新闻比起来,魏千万基本上还是个正常人。真不知道我们的记者从哪里搞来那么多匪夷所思的东西。可是第三天我又见到了他。

　　当时我心情相当不好。楼下又装修,电钻轰隆隆地直往我脑袋里钻。我要是坚持把手头的稿子看完,那可能得冒死掉的危险,起码也得给噪音整疯掉。我决定下楼随便走走,捏着烟屁股,还没走到公园拐弯处,一抬头,魏千万人五人六地坐在那里,低着头看裤裆。头上看不到任何血迹,完整无缺的脑袋。从外面看,绝对健康,智商都不会低。他面前还是个黑塑料袋,又是一个九转乾坤的宣德炉。没见过这样卖假货的,他们应该打一枪换一个地方。这回他穿的是双黄帮解放鞋,没穿袜子,裤腿卷了两道。真是出门撞见鬼,我立马转身,转完了我又想,妈妈的,凭什么怕他。怕老婆已经够窝囊了。

　　我不是怕老婆,是怕她唠叨,有事没事拉个脸给你看,你受得了?女儿拉拉也就算了,她不懂事。你说你都三十出了好几年头了,整天叨叨个啥呀。她还就叨叨,气势汹汹地叨叨,苦大仇深地叨叨。她说全世界就我这么一个好男人给她撞上了,真是一头栽到牛屎上了。她气我当初没把现在正装修的房子买下来。从昨天一大早她就开始不安生,她看见两居室那条线上的三楼已经运料到了楼下,要装修。

　　两个月前那房子还空着时,老婆要买,二手房,首付得二十五万。这就意味着我得去求亲戚告诉朋友至少借十五万。十五万,离天文数字不远了。我可拉不下那个脸,就是拉下脸,借不来怎么办,那我可得跳楼了。我就安慰老婆,要买也买新的,别人用过的咱不要。你想想,屋里的各个角落人家都走过了,跟租的房子有啥区别。再攒点钱,咱买新的。我意气风发的样子可能感染了老婆,她犹豫再三最后说,好,那就等着买新的。但是昨天早上她下楼买包子,看见三楼的新主人正在指挥工人卸车,水泥、涂料、木材,突然想到,即使旧房子,装修之后也成了新的。当初怎么没想到呢?事就来了。她把责任推到我身上,明摆着我在骗她,气得一口气把女儿吃剩下的包子都吃了,一个也没给我留。

今天早上我们刚起床,楼下就起了动静,老婆的眼神又不对了,又吵又闹。具体我就不说了,反正就那一套。我见识过好多次,差不多习惯了,但它还是闹心啊。一家就三口人,两个人吵闹这日子还怎么过。我忍了,这事说来怪我,不能把责任推到她头上。直忍到老婆上班孩子上学,我坐在阳光充足的袖珍书房里想干点正事,电钻浩浩荡荡地响起来。我觉得就是地球现在也该被它打通了,但它还在响,我就下来了。

我经过他面前,看这家伙还能耍什么花样。他精确地站了起来。

"买菜?"他问。我没吭声,继续走。他拎起假古董跟上来。"两百四,我一分钱不多要。"我放慢速度,冷眼看他,他似乎一点都不胆怯,跟我并肩走。"你是一个好人。"

"别惹我,现在杀人的心我都有!"

"出事了?"

他还挺他妈的烦。我只顾走,想跟你就跟着吧。

"谁过日子不出点事,"他又说,"咬咬牙就过去了。你叫啥名字?哦,不说就算了。"

"魏千万!"

"要给我钱了?"

看他那样儿,真诚地装傻。我突然就不想说话了。顺着公园边上往北走,我觉得很久没有散步了。照说我一周三天班,时间多得应该不知道怎么打发才是。散步的时间都干吗去了?魏千万的影子跟我的贴在一起,这狗日的影子都缠人。

"你真买菜?"魏千万说。

我一看,竟然已经过了万泉河桥,再往前拐个弯就到早市。两条腿也被生活收买了,我气得东张西望,看见"阿尔萨斯"的招牌,一家破旧的小酒店。经常看见民工和早市里卖菜的在里面搭酒伙。"请你喝酒,"我说。

"不喝,"魏千万警惕地摆摆手,"喝完了两百四就没了。"

"不喝也没了。"我走过去,撩起用玉蜀黍做的帘子进了酒店。

魏千万抓着脖子犹豫半天还是进来了,坐下时说:"说好了,我只喝二十块钱的。吃完了你还得给我两百二。"

我懒得理他,要了两瓶小二锅头、四个小菜。打开酒瓶时他抽了一下鼻子说香。我低估了他的酒量,我的那瓶还没喝一半,他的就见底了。索性让他喝个痛快,就让服务员送上来一个大瓶的二锅头,一斤装的。好长时间没跟别人一块儿喝酒了。

"你这假古董生意还不错?"我问。

"凑合吧,别的干什么呢?"魏千万喝酒的时候有种天真的贪婪在里面。他一定好酒,虽然不愿意表现出来,但一低头看见酒,眼神立刻变得深情款款。"在家挣不到钱,整天挨老婆骂,就硬着头皮出来了。开始害怕,怕啊,没来过大城市,还是首都,我还是很小的时候想过要来北京。那时候天天唱,我爱北京天安门,天安门上太阳升。想那天安门得多高啊。你说长大了想不想? 不想,不是不想,是不敢想。哪敢想呢?怕啊,真怕。现在好了,能挣到钱的日子还是蛮好过的。"

"不想老婆?"

"那怎么能不想?再骂我她也是我女人嘛,半夜里醒了更想。呵呵,你别笑话啊。当然,孩子也想,想儿子的小鸡鸡,呵呵。"

挺正常的一个人嘛,怎么头脑突然不好使了,整天缠着我?我又给他倒了一杯酒,用下巴示意他继续喝。

"你是一个好人,"他说,"你会把两百二十块钱给我的。"

又来了。我把酒瓶对着桌子猛地一顿,瓶底掉了,半瓶二锅头流了一桌子。"你他妈的神经病啊!"我说,操起了掉了底的酒瓶子指着他,"你给我出去!"我已经很多年没对别人如此野蛮过了。

魏千万讪讪地站起来,抽着鼻子吸酒香,说:"那我下次再找你。"赶紧跑掉了。

四

再见到魏千万是在两天以后。周末。老婆不上班,孩子不上学,娘儿俩一起看一部动画片,脑袋都要钻进了电视里。为了抗拒楼下装修的噪音,她们把电视的声音开到最大。明摆着不让我活。我只好夹着一摞稿件出门,打算找个小茶馆一边喝茶一边把工作给处理了。刚出小区大门没几步,发现脚底下总踩着一个人的影子,踩在影子的乱糟糟的头上。我停下来,影子继续往前走,我就看到影子手里拎着个东西。尽管只是一个影子,我也能分辨出那是什么东西。一转脸,果然是魏千万。

"两百二,我一分都不多要。"

我突然就笑了,真有他的。锲而不舍地跟到现在,而且一副理所当然的死样子。他见我笑了,也跟着不明就里地笑,这时候我已经转身向前走了。

"你去哪?"他跟在后面终于忍不住了。

"茶馆。"

魏千万突然跑到我前面,一本正经地说:"去酒馆吧,我请你喝酒。北京的茶馆听说很贵,我怕钱不够。"

"什么意思?"

"那天你请我,今天我请你。不会多要你钱,还是两百二。怎么样?"

迟疑一下我就同意了。我不想占他的便宜,只是想,喝点酒也不错,正好有人陪。

喝酒的时候我问魏千万,为什么不能换个别的假货卖,整天就九转乾坤,让我觉得他这些天一个都没卖出去似的。他说卖了,每天都能卖一两个,只是他卖别的古董我没看见而已。原来如此。坑人的成绩很大啊。

"看你说的,哪是坑。"

"那是骗。"

"呵呵,不骗。就挣点辛苦钱,没几个。"

"不是每天都卖一两个吗?"

"一半钱都进老板腰包了。"魏千万说,"真的。老板把我们带来,供给我们货源,当然要捞钱了。就是,他娘的,心太黑了。"

"为什么不单干?"

"我一个人在北京,多走几步就迷路,怎么单干?"魏千万懊丧地喝了一大口酒,然后慢慢地抬起头,眼睛一下子放出光来,"要不,咱俩一块儿干?"

"你没喝多吧?"我说,都笑出了声。这是我见过的头等新鲜事,比报纸上的新闻还好玩。"除非我喝多了。"

"我是诚心诚意的。"魏千万抹了一把嘴,"你是北京人,我就算有了根据地,那还怕个啥!我还跟那狗屎老板混个什么意思。咱俩一块儿干,挣钱对半分!"

这家伙连我姓啥叫啥都不知道就要跟我合伙。疯了。如果我下了班就去卖假古董,那我一定也是疯了。他让我考虑一下,实在不行我就做个托儿,假古董托儿,挣了钱四分之一归我。我说我用不着考虑,喝完酒你就可以走了。事实上他的确是喝完酒就走了,坚持埋了单。本来不打算让他埋单的,后来想想,你也赚了不少黑心钱,花点钱消消灾也好。临走的时候再三嘱咐我再考虑,他等我回话。

你就等着吧。我还是去了茶馆,得把工作做完。周末两天我一直在茶馆,省得回家看老婆脸色。我认识茶馆老板,放了一罐碧螺春在那里,每次只付个茶水钱就行。到周一麻烦就来了,我刚到单位,老婆就打来电话,说,赶紧准备钱,我要买房!她的一个老同事得到单位的福利房,该老同志已经有了两处住房,这个要转手。老同志说,就不按市场价卖给我们了,每平方米低两千,要买赶快,都争着呢。我问她房子结构啥的如何,老婆说,还没开始建好呢。

"没建好就开始卖?"

"建好了还有你的份儿?"老婆说,"你别再跟我强调理由,拿不了这房子,就去拿离婚证!"

看来老婆动真格的了。不怪她,楼下整天叮叮当当,我也烦得想跳楼。可是,钱呢?他妈的钱呢?我把通讯录找出来,翻到那几个有钱人的名字,深呼吸,数到九十九只小绵羊的时候终于拿起了电话。对方是金光闪闪的朋友之一。我们瞎聊了一通,说久违了,说天气,说我很想念你啊哈哈哈。我吞吞吐吐的样子让他好奇,问我到底有什么事。我又吞吞吐吐半天,说没事,昨夜没睡好,头脑有点跟不上。朋友哈哈地笑,说,老兄,悠着点,咱都不年轻了。我不老,但咱都不年轻了。都不年轻了,我他妈的还能开得了口?人家可是要啥有啥,我整一个窝都得东拼西凑。随便又说了几句我就把电话挂了。后悔当初死活赖在北京了,这破地方,房价涨得比鸡犬升天的速度还快。

　　老婆和女儿决定不在家吃了,到处下馆子。她把周围的馆子列了一张清单,一家一家来。借不来钱反正也买不了房子,留着钱干吗,吃完拉倒。老婆用破罐子破摔这一招来刺激我。挺狠。她们下馆子不带我。每次吃完了回来,她就指使女儿向我报菜名,她们吃了啥啥好东西,味道如何如何。而我平常就待在家里,煮点面条对付了。我忍着,不忍没办法啊。不做饭,也就不再去早市。那个周末,她们从外面吃完午饭回来,女儿对我说,她在小区门口看到一个卖古董的,黑塑料袋里的东西和我买的那个一模一样,也是假的吧?

　　老婆说:"用脚指甲想都知道!"

　　我刚吃了一肚子面,正窝在心里难受,就说:"我下去看看。"

　　魏千万坐在离小区越来越近的地方低头看自己的裤裆。我咳嗽一声,他把头从两腿之间拿出来,"总算看到你了!"他站起来。"一直没见你买菜啊。我一天往小区门口靠近一点,等你回话呢。"

　　"不用等了,这就走。我给你做托儿。"

　　这个结果好像完全在魏千万意料之中,他二话没说,拎着脏兮兮的九转乾坤就跟我走。

五

　　我们一鼓作气走到西苑的一个居民区前,魏千万找了个不招眼的地方蹲下来,像我看见过的那样打开他的假古董。我发现我不会做托儿,我也要跟他一块儿溜着墙根蹲着。他说不行,让我到他对面蹲着,装出一脸要买的热情,跟他讨价还价,声音越大越好。我蹲过去,把假九转乾坤翻来覆去地看。时间不长,就有一个和我差不多大的男人凑过来,魏千万对我使眼色,可我不知道说什么,开不了口。魏千万只好自己说:

"两百二,少了。不卖。"

"那你要多少?"我问。我只有就坡下驴的本事。

"你看看这字,"他把假九转乾坤的基座露出来,指着上面的那个假印章。

"大明宣德年制。"我低着头一个字一个字地念出来,"要真是宣德炉,那可是个宝贝。就是太贵了。"

"好东西都贵。"

"从哪弄来的?"

"一个古墓里,开工地挖出来的。"

"真的假的?"那个男人从我手里把九转乾坤抢过去。这时候又来了两个人,抱着胳膊伸头看。一个说:"假的吧?"魏千万不吭声。

"两百三!"我咬牙切齿地说,"我真的没钱了,你看,"我装作要掏钱包,"你不能让我回家去拿吧?"

"大哥,你要真想要,两百五。"

"好吧,你等一会儿,我这就回家拿钱。别卖给别人啊。"

我真的想走了。演不下去了。这样的讨价还价让我觉得很滑稽。我站起来就走。我听见他们在身后叽叽咕咕地说话。走到往承泽园方向拐弯的时候,魏千万喘着粗气追上来,拍了一下我的胳膊,咧着嘴大笑说卖出去了,两百八!

"大哥,你这托儿做得好!"魏千万说,"我就知道你是个好人,能成事。找对人了!"

从我手里抢九转乾坤的那个男人心动了,怕我真的回家取钱回来,就出了两百八的价钱买下了。在我不会做托儿的时候,已经成功地做了一回托儿。相当可笑。但我突然就在这可笑里找到了一点意思。说不清道不明的意思,一点成就感?说不好。

魏千万说:"走,喝酒去,庆祝一下!"

魏千万坚持给了我一百块钱作为分红。他认为这是我应得的,除去一顿饭钱,除去本钱和上交老板的钱,他也能拿到一百。电视上怎么说?端起酒杯碰一下,兄弟,合作愉快。我再次表示我做不来,刚才只是碰巧撞上个冤大头。魏千万说,咱们还会继续碰巧的,这玩意只有冤大头才会买。这世界上到处都有冤大头。他对我抱歉地笑笑,因为我也当过冤大头。他说,换一个地方只要把刚才的话再说一遍就行。因为我是北京人,说一口有点京腔的普通话,他们信。那两百二十块钱也被他郑重地一笔勾销,好像我真欠过他似的。

"怎么样?"他说。

那就再玩一次吧。

那天我们又合作了一把,我赚了一百二十五。不是九转乾坤,是一个佛头。从酒馆里出来,他让我在西苑桥下等他,半个小时后他从一辆公交车里钻出来,手里拎着又一个黑塑料袋。那个佛头看样子是铜的,上面绿锈斑斑,当然少不了泥,弄得像刚从地底下挖出来似的。这东西成本比九转乾坤高不少,自然要价就高。魏千万问我到哪里卖合适,我说太富的地方不行,有钱有地位的没准常玩这个,一识货生意就不好做了,太穷的地方他们想买也拿不出那个钱,最好是找个中不溜秋的地方,蒙一蒙能拿出点钱、做梦还想着发财的人。在北京,随便抓条狗,看见钱都会叫。魏千万说好,全听我的。我们就坐上车从西苑杀到北太平庄,在牡丹园小区附近找了个地方蹲下来。

这次生意有点辛苦,换了三处。半个小时没动静就得换地方,三个地方之间还不能离得太近,否则我这个托儿就可能被识破,那会死得很惨,一人一口唾沫我也扛不住。三个地方就意味着我要表演三次。说实话,我的演技相当拙劣,太没才华了,我自己都看不下去。好在没人知道,也没人挑剔我的表演,他们都把我的生硬和尴尬理解成贪欲加吝啬。这很好。我尽力装出要和他们抢,让不怎么想买的想买,想买的更想买,让他们把腰包打开。

除了表演成一个有兴趣的顾客外,我挖空心思把肚子里的那点墨水都挤出来。我得赋予这个假古董以悠久的历史、丰厚的内涵,编造出它的发端、所有者和漫长的冒险历程。某某年它怎么样,某某年它又怎么样。一句话,我得让别人觉得买了这个东西值,错过了就是对不起自己。如果说表演上我比较差强人意,在这方面我基本可以称得上胜任,好歹也读了不少书。不管那些书有用没用,说出来还是能唬唬人的。听得他们一愣一愣的。有时候甚至说得魏千万都觉得自己的古董分明是真的,抱着翻过来掉过去地看,都舍不得卖了。

不仅对这个佛头如此,对后来的几个佛头也如此。它们是好几个佛头,本质上是一个佛头。就像那些九转乾坤,其实是一个九转乾坤。但对我来说,他们是一个佛头和一个九转乾坤,同时又是很多个佛头和九转乾坤,因为我对那些假古董编造出来的故事越来越离奇、越来越丰满,每一个故事都和前一个有所不同。然后我还把自己的故事加进去,小时候的,现在的。比如说房子问题。佛头为什么流落人间?据说这是明朝一个叫胡小满的传家之宝,佛头一直藏在他们家后山墙的墙肚子里,没人知道。胡小满年纪轻轻不学好,整天在家里抽大烟袋,一不小心把火纸扔到蚊帐上,就把房子烧了。没房子了,也没家了,为了买一处新房子,他从废墟里挖出了佛头卖给了一个富商,从此这个佛头开始了人间的颠沛流离之旅。再后来就失踪了。这个佛头如果真是从古墓里挖出来的,很有可能就是胡家的那个。

胡小满是谁,他们没听说过,我也没听说过。但是因为这个佛头,好像就有了这么一个人。他们将信将疑,我就再加一把劲,我回去拿钱马上回来买。他们就利索地打开了钱包。

魏千万说我应该去说评书。他住的地方没电视,只有一个小收音机,晚上他睡不着就听评书。他认为能讲一个长的好故事就是说评书。我倒是发现自己原来还有点编故事的才华。早发现就好了,就不用这么多年埋着头编别人的稿子,说不定早写出像样的小说了。写不出好小说编编电视剧总还可以吧,没准房子早就买上了,还是三室两厅,起码一百三十平方米。

那天我赚了两百二十五。黄昏时我打老婆手机,她正和女儿在肯德基里吃汉堡,说烦着呢,有事回家说。魏千万说那正好,再喝一顿。这顿酒和前面两顿完全不一样了,我觉得魏千万这人不像当初那么讨人厌,他的那点简陋的小聪明、小手段有时候还挺可爱。说到底他不是一个坏人,虽然有时候有点一根筋。此外,魏千万觉得我这人还行,是兄弟,嘴就放宽了。这家伙开始跟我说,他是老婆赶出来挣钱的,半夜就想儿子的小鸡鸡,都只有一半是真话。他是没办法不出来挣钱。原来有个女儿,小时候生病被医生耽误了,留下后遗症,老犯,最后医生也不知道怎么治,夭折在医院里。为女儿治病差不多把他们那点小家底全掏空了。现在老婆重新挺起大肚子,快生了,去医院做过 B 超,是男孩。他想的是还没出世的那个小鸡鸡。

"我得趁能跑能动多挣几个钱,给儿子建座大房子。"

"还没生你就这么急?"

"早急总比晚急好。以后娶媳妇没个宽敞房子,谁家闺女愿意嫁。"

我没法不笑。我从没见过这样为孩子考虑的爹,比胎教计划还要远大。但魏千万说,他们那儿都这样,只要有儿子就考虑建大房子,免得以后找不到媳妇。早点准备心里踏实。没办法,他们老家实在是太穷了。学校又差,老师连课本上的字都念错,指望孩子能有个出息,还是算了吧。这么说,魏千万和我面临的竟是同一个问题,房子。

好,为他妈的一个窝干杯。

六

不上班的时候我通常和魏千万在一起,当托儿。一周四天。真正决定当托儿,我是承担了巨大的压力的。在北京,我还认识几个人,也算个拿笔杆子的。即使我可以不把自己当回事,别人未必也不在乎。他们不是在乎我干什么,而是在乎他们自己,跟一个卖假古董的家伙做同学、同事和亲戚朋友,多丢份儿。这我心里有数,所以从来不跟别人说,更不敢跟老婆说。她还不把我吃了。

老婆的火气还在持续高涨,一听到装修的声音就上火,楼下不停下来她大概也不打算消停。然后就是她同事卖房子的事,催我借钱。我正好借口出门找钱,一不上班就和魏千万碰头,然后三百两百、百八十地攒,大几百快上千了,就集中一次交给老婆。我从不关心存折上有多少钱。我跟她说,找穷朋友借的,或者说是稿费。我能隔三岔五地上交点钱,老婆觉出了钱来得不易了,也就放弃了下馆子的贵族毛病,老老实实在家吃我的手艺。对我的小数额上交,老婆当然不满,她说:

"这样借法,到死也只能买个卫生间!"

我说:"给我一点时间,借钱得慢慢克服心理障碍啊。"

老婆冷笑几声算作不置可否的回答。

两个人合作,假古董生意起色不少。魏千万就从他老板那里脱离出来,只从他那里拿货,独立经营。事情办妥了,他语重心长地对我说,兄弟,你可不能坑了我,老婆儿子都眼巴巴等着我的钱呢。他希望我们的合作地久天长。我犹豫一下,好吧,先干着再说。我也是没办法,只能用这点小钱维持一下老婆的房子梦。当当托儿比工资挣的多得多。

我对古董知之甚少,对假古董知之更少,托儿当得挺纯粹。开始还觉得好玩,男子汉大丈夫,什么事都得碰一下。前几次是有点好玩,次数一多就不行了,觉得自己道德有问题,而且,总觉得自己是个寄生虫,卖嘴皮子的,又像个拉皮条的。为此我焦虑了好几天。一发现我状态不对,魏千万就说,兄弟,说好了不坑我的,你要房子我也要啊,我儿子都快生了。我就努力摆正心态,宽慰自己,骗人跟受贿没什么区别,既然受贿学不会,骗骗人总可以吧。妈的,就当做了大官开始受贿了。

思想通了,事情就好办。我们的生意蒸蒸日上。我们俩商量,为减少回住处取货的麻烦,魏千万一大早出门多带几件,多余的就近找个地方寄存,卖完了就回来取。这就大大提高了工作效率。两个臭皮匠,抵一个诸葛亮。劳动人民的智慧就是高。

还是出事了。我和魏千万在街头巷尾到处乱转,在一个街角见到个卖烤山芋的,香味诱人,都感到了饿,就买了两个山芋吃,顺手把九转乾坤打开。我在他对面蹲下,迅速进入了古董托儿的状态。开始砍价、争论,搞得很激烈。卖山芋的地方从来都是闲人出没的要道,很快就聚上来一群人,有几个在我旁边蹲下来,听我砍价和虚构眼前假古董的前生今世,脖子逐渐变长,瞳孔慢慢放大。就在一个胖子准备下决心的时候,有人拍我的后背。我扭过头,看见头顶上悬着老婆的脸。

"你怎么在这儿?"我问她。

"我还想问你呢!"

我赶紧站起来向四周看,真是昏了头了,我老婆的单位就在附近。我把这个给忽略了。而老婆向来爱吃烤山芋。"找一个朋友,"我说,"刚巧看看热闹。"

老婆看见魏千万正朝她看,脑袋左歪一下右歪一下,"我怎么觉得这人有点眼熟啊,"老婆说,半天终于想起来,"有几天他经常在我们小区门口转悠。"然后她就不对劲了,一把将我扯到一边,"你,是不是?"

"不是。"我急于争辩。

她就明白了。她的头脑经常这么好使。一点办法都没有。她把我拽到别人看不见的地方,把吃了半截的烤山芋一把摔进垃圾筒。"你就这样借钱的?"她压着嗓子叫起来,"你知不知道你把我的脸都丢尽了!刚才有好几个同事都围在那里,如果知道了我还不得跳楼!"

"我们得买房子。"

老婆突然不说话了,憋了十几秒钟,眼泪下来了:"那你也不能干这种下三烂的事!"

"下三烂吗?"一个突如其来的想法钻进了我的嘴里,"我不觉得。它也是挣钱的方式之一,愿打愿挨,就跟买卖房子一样。为什么房子卖那么贵？值那么多钱吗？那帮浑蛋，他们挣了无数的巨款为什么没有人指责他们下三烂？他们下得七烂八烂都不止！"

我的激愤把我自己都吓了一跳。严重的是，当时我感到了前所未有的坦然，甚至感到了某种庄严的正义。后来想想很滑稽，像以暴制暴，像以毒攻毒，像不明正道破罐子破摔耍无赖。老婆也被我的豪言壮语镇住了，她张张嘴没发出任何声音。在房价问题上她比我体会更深。我们就这样大眼瞪小眼地站着，我递给她一张纸巾。她擦完眼泪，攥着纸巾一个人回单位去了。

老婆没再当面提这事，但意思摆在脸上，这活儿还是下三烂。她不明示我就装糊涂。我停不下来。魏千万收到他老婆拐了十八个弯寄来的信，说儿子快生了，就这半个月的事，让他回家，挣不到钱也回。老婆希望儿子一睁眼就能看见爹。魏千万跟我转述这句话时眼泪汪汪的，他想起了夭折的女儿，被医生耽误的那次他恰好不在女儿身边。魏千万说：

"我要多带点钱回去。我要把儿子养得白白胖胖的！"

我说："好！"

要赚更多的钱，就不能老在这屁股大的地方转悠，要迈开大步走远点，冲出海淀，走向朝阳、宣武、崇文、丰台各区。这也是我从老婆事件上得到的教训，别在窝边吃草。魏千万说，冲是可以冲，别撞着其他同行。这跟收破烂似的，每人都有自己的地盘。没有谁划定区域，但大家心里都有数，差不多是这行的规矩了。我明白，就跟我们约稿似的，别人的固定作者我是不会动的。那是人家的私有财产。不过这还是有点区别，跟着腿走，没个准，有鸟放一枪，没鸟遛一圈就走，惹不起咱躲得起，撞上了赶快走人。魏千万想了想，觉得可行。

七

先去朝阳区。沿三环路一直往东走,然后拐个弯到了东三环。我们在西坝河、静安庄、三元桥附近都转悠过,效果还行,出手了几个。那一块有钱人多,卖了几个就卖不动了。倒发现了一个好现象,偶尔有外国人热情洋溢地凑上来看,甚至还卖了两个给他们。我的外语相当一般,但做这种生意足够了,我就暂时充当一下翻译托儿。他们大部分对假古董懂得绝不比我多,砍价也不知道深浅,我的那点蹩脚的外语就可以大展宏图了。实话实说,那几个的确赚了洋鬼子不少钱。他们对古董没概念,对人民币好像也不是特别明白。真是太好了。我们不要美元,到银行换起来太麻烦。

于是我提议,往长虹桥一带走。那地方是使馆区,随便抓一个就是冤大头。魏千万深表赞同,有钱不赚冤大了。

第一次是在三里屯酒吧街南边蹲点,不错,那个假玩意让我们每人分到了一百五。成本十块钱。那感觉有点像公开抢劫外国人似的。第二次换了个方向,每人赚了两百。尝到了甜头,我把北京地图找来,在使馆区附近开始仔细琢磨,用手点,计划这次去哪条街,下次到哪个小区,再下次又转战到哪里。使馆区里面是万万不能进的,那等于找死。

第三次遇了事。我们在塔园村附近摆出假古董,正做着样子招揽旁边的几个客人,其中有两个蓝眼睛的外国小伙子。旁边走过来一个民工模样的中年男人,穿一件洗得起球的假李宁牌劣质运动服,一个肩膀高,一个肩膀低,衣服的下摆前言不搭后语地错开来,手里拎一个蛇皮口袋,一个沉甸甸的东西坠在里面。魏千万碰了碰我的膝盖,他打眼就知道来了个同行。我往旁边挪了挪,那个人趁势蹲下来。

"没见过你啊,"他不看魏千万,伸手摆动我们的假古董。猛一听以为是没见过那个古董。

"头一次来。"魏千万满脸都是笑。

"头一次?"他的声音不阴不阳,像河南的口音,又像山西的口音,"起码是第二次吧?"

"呵呵,一会儿就走。"魏千万的意思是,这个卖了就走。

那人一口痰吐到旁边的树上,站起来拍拍屁股,摇晃着肩膀走了。以我的观察,他自始至终都没抬头看魏千万。

那桩生意最后做成了。魏千万急着离开,松了口就卖了,少赚六十。他想换个地方。我舍不得离开这块宝地,好容易外语能发挥点作用,我可是刚溜顺了嘴,洋鬼子相对又好蒙。

"要不先到别的地方转转,过几天再回来。"魏千万说。

"怕他个鸟!我们换条街道给他个面子还不行?"

魏千万也拿不定主意。他的确太想再赚点了,再过两天儿子就生了。

"听我的,没错。"

我们取了一件新货,转到另外一条我叫不出名字的街上,在僻静处把一个九转乾坤拿出来。他们的货源里这东西最多。那会儿是半下午,街上人不多不少。第一波聚上来的没人动心,很快散了。白口干舌燥了半天。我去了趟公共厕所,回来后魏千万也要去,我蹲那里守着。然后陆陆续续围上来几个人,这回托儿是做不成了,他们把我当成了卖家。我低头不吭声,不自觉地就开始看自己的裤裆。我还纳闷魏千万总看裤裆,原来是职业病。除了裤裆实在没什么好看的。当然裤裆也不好看,我的裤子在关键部位绽了线,我赶紧把两腿并拢。

一阵跑步声响起来,我抬起头时,两个戴大盖帽的已经冲到了我面前。一个指着我说:"就是他!就是他!"左右夹击,一人抓着我的一只胳膊往身后一折,我的腰弯下来,成了他们俩共同推的一架独轮车。围观的那几个有的远远地躲开,有的干脆吓跑了,他们不知道发生了什么事。我也不知道,难道卖个东西也犯法?我见过城管清理小商小贩,不过就是没收货物,没见过这么隆重地把人给抓起来。所以我大声喊:

"你们要干什么?你们不能随便抓人!"

这时候魏千万提着裤子正往这边跑,嘴里啊啊地叫着。

一个警察问:"这东西你的吗?"

我迟疑一下,魏千万已经跑到了跟前。"是我的,"他说,"跟他没关系!"

"那他是?"警察指着我。

"不认识。过路的,我尿急,让他帮着守一下东西。"

两个警察立马扔下我,转眼就开始推魏千万这架独轮车。那个警察说:"有人举报,说你一直在向大使馆兜售假古董,坑蒙拐骗,严重伤害了国际感情。我们要把你带回所里详细审查。走!"另外一个警察抽出手,拎上九转乾坤。

我说:"千万!"

魏千万转过头说:"谢谢你帮我守这一会儿。没事的。"走几步又停下来,对我说,"能不能麻烦你给我媳妇回封信,就说我很好,正好有点事,过段时间就回去。信在我口袋里。"他扭扭腰。

我从他上衣口袋里掏出他老婆写的信,他就被带走了。他都没怎么抵抗,然后就被两个警察推到另外一条街上,看不见了。我打开他老婆的信。字写得也就小学生水平,很短,其中还有近三分之一的错别字。他老婆在信里说:"你要让儿子一争眼就看见爹。"

"睁"字写错了。我把那封信看了好几遍,折好装进兜里。太阳落到高楼后面,那栋楼的顶端血红血红地镶着金边。我慢慢地走,在水泥马路上看不见影子。

转过那条街,我看见拎蛇皮袋的那家伙,他得意扬扬地坐在路边,正跷起二郎腿抽烟。我浑身的肌肉一下子紧张起来,撒开腿向他跑过去。他愣了一下,立刻连滚带爬地站起来就逃。尽管拎着个假古董,他跑得还是比我快,跑过一条街就没影了。我们跑步时很多人看,不知道这两个人在玩什么花样。在北京的大街上,很少有人如此不要命地狂奔。我也很多年没这样跑过,停下来后胸腔胀闷,有点疼,气管也凉丝丝地难受,胳膊、腿都打软,好像这么多年一直生活在退化的进程中。

八

晚上回到家我就开始翻通讯录,竟然不认识一个公安系统里的朋友。只好兜圈子绕路走,问到一个妹夫在派出所管档案的朋友。第三天他才给我回话,他妹夫帮我打听过了,的确有魏千万这么个人,在里面关着。局子里说,本来卖点假货不算个事,都打算把他放了,有个老外又报了案,一查,又跟魏千万有关。那老外从魏千万那里买了个九转乾坤,摔碎了才发现是假货。假货倒无所谓,关键是九转乾坤掉下来时砸坏了他的大脚趾,气不过,要找卖主算账,就报了案。这事就有点麻烦了。

"最快的解决办法是什么?"我问。

"钱。"朋友在电话里说,"我妹夫说,把老外的医疗费赔了,安抚一下,再到里面打点打点,应该问题不大。"

"要多少?"

"不好说。多准备点总归没错。"

我到哪去弄钱？半夜里我从床上爬起来，光着两条腿在客厅里走来走去，一根接一根地抽烟。烟味从窗户和门缝里钻进卧室，把老婆呛醒了。她迷迷糊糊地拉开门，"神经啊你，半夜三更游什么尸！"她捂着嘴咳嗽，担心惊醒女儿，"成心不让人睡觉。"

我把她拉到客厅，小声说："老婆，能不能先取几万块钱？急用。"

老婆这回彻底清醒了，眼睛里发出动物一样警惕的光："你干吗？"

"有个朋友进去了。"

"朋友？是那个卖假古董的吧？"老婆又不合时宜地聪明了。"去死吧你！自己的屁股都擦不干净，还争抢着给别人擦！"停一下又说，"我同事说，顶多再等我一周。我告诉你，一周后你借不来钱，咱们民政局见！"然后拉开门进了卧室。

我把灯关上，将烟掐掉，光着两条腿在黑暗里继续转圈子，一直转到天亮。我不想替魏千万给他老婆回信，这信应该他自己回，最好是他把自己当成信寄回家。

第二天我两眼通红来到单位，再次把通讯录翻开，把那几个名字用红笔一圈一圈地绕出来。咬牙、跺脚，把脸拉下来，就当自己要做烈士了。开始拨电话。

我开门见山地说："我想借点钱。"

"什么？"对方说。我的语速太快，他的耳朵跟不上。

"我，想，借，点，钱。"

我放大声音一个字一个字地说，字与字间隔了足够让失聪者也听明白的时间长度。这句话如此漫长，憋出了我两眼的泪。

2006 年 12 月 10 日，芙蓉里

逆 时 针

一

周围的人都坐着或蹲着,段总的父母站在电子大屏幕底下,显得很高。段总母亲说,这是为了让儿子好辨认。火车提前二十分钟到站,他们出了站发现广场上人多得像赶集,就找了这人少的地方站着。屏幕上在播新闻,有个国家着了火,半边领土都烧红了。段总的父亲刚抽完烟,丢烟头时对儿子说,地方小就是没办法,一把火都扛不住。说话时左边的嘴角往上拽,好像说句话花了他不少力气。段总跟父母介绍我:"秦端阳,跟你们说过的。"

"嗯嗯,端阳,好名字。"老爷子郑重地要跟我握手。

我放下那只破旧的藤条箱子,伸出手:"伯父好。"

"别,"老爷子摆摆手,左嘴角又往上拽,"叫老段。"

我看看段总,平常我都称他老段。我俩一个系毕业,他是高我四届的师兄,别人都叫他段总,我不习惯,当面从来都是老段。现在来了个更老的老段。段总说:"就老段吧,别跟他争。"路上他就跟我说,他爸拧,得顺着。那就老段吧。

段总又说:"妈,房子就是端阳帮找的。"

我赶在老太太要夸我之前就说:"伯母好。"

老太太没来得及说话,老爷子的左嘴角又扯上去:"叫老庞。姓庞。"

"就老庞,"老太太说,"都这么叫。给你添麻烦了。"

我说哪里,应该的。好啊,一个老段,一个老庞。这老两口。

上了段总的车,老段坚持把藤条箱放座位上,要让它也看看窗外的北京。这是老段第三次来北京,也是藤条箱第三次来。最早是"大串联"的时候,年轻的老段拎着新买的藤条箱挤上火车,转了大半个中国到了北京,看见伟大领袖站在天安门城楼上向半空里挥手,激动得藤条箱跟着一块抖。第二次是送儿子来北京念大学,一心想把藤条箱推销给儿子,革命传统不能丢,但当时的段总不答应,坚决又让他带回去了。那时候已经九十年代中期,不是所有的传统都能让人喜欢的。拿不出手。老段就拎着空荡荡的藤条箱从长安街上走了一趟,怀完旧就回家了。现在是二十一世纪的北京,老段把脑袋伸到车窗外,语重心长地说:

"真他妈大。来三次了它还大。"

老庞让他赶快把车窗关上,马路上的汽油味太重,她犯晕。又让老段别瞎感叹,看什么都要插上一嘴,当老师都当出后遗症了。老段是光荣的人民教师,在小镇上撅着屁股干了三十年,教过的学生数以万计,还培养出了一个在首都念大学又在首都工作的好儿子。在那个小镇上,空前的,至今也还是空前的。老段笑眯眯地接受老伴的批评,多少年了,他早把这批评当成私密的夸奖。谁能教三十年的书又培养出一个好儿子?全镇找不出第二个。再说,北京的确他妈的很大,来三次了照样大。所以老段又重复一遍:"就是大。"

车在四环上都跑不动,堵得不像样。辅路上的车头挨着屁股,慢得像一动不动,这条路如同一个狭长的停车场。老庞有点急,也有点怕,她没见过这么多的车,过两分钟问一句到没到,她要看儿媳妇。段总的老婆快生了,老两口来伺候月子,帮忙带孩子。段总说,再拐两个弯就到。两个弯很漫长。出了四环,我指了一条近道斜插过去,车子又兜了几个圈子停在一片平房前。

老段说:"不是住二十一层吗?"

"这是您和妈住的,"段总关上车门开始拿行李,"租的。"

老庞掐了老段一把,说:"平房好,踏实。住高了害怕,都到天上去了。"

我赶紧跟他们解释,这地方环境其实不错,旁边就是一个小公园,平常可以散散步锻炼身体,周末晚上天要好,还会放两场露天电影。买东西吃饭都方便,离段总的住处也不远。段总那栋楼二十四层,步行过去一刻钟。我得拣好的说,这房子是我帮着租的。段总前些日子说,爸妈要过来,有合适的房子帮他留意一下。正好院子里有一对小两口要搬走,简单的一居,我伸着脑袋瞅了一圈,还不错,起码比我住的要好。段总说,你说好就好,拿下,多少钱都拿下。就拿下了。和我一个院子,我租的房子在柿子树右边,左边的就是这个。段总的心思我明白,老两口人生地不熟,靠我近,他照应不过来还有我呢。

铺盖和日用品都是新买的,整齐地码在床上,人到了就能开始生活。放下行李老庞又急了,要看儿媳妇。来这里不是为了过日子的,天底下没有比看儿媳妇更大的事。

段总只好说:"她在医院呢。"

老庞以为生了,眼都大了。这可是早产哪。这么大的事竟不早说,这孩子。要是胳肢窝里长出翅膀,她现在就要往医院飞。"娘儿俩都好?"老庞问。

"还有半个月,保胎呢。"

老庞把翅膀收起来,出了一口气,然后觉得现在就在医院保,有点早了。最主要的,在那个地方保,她使不上劲儿,那地方医生说了算。来之前她让老段把能搜集到所有针对孕妇的方子都写下来,煲汤的,进补的,当然还有保胎的。十六开大白纸整整六张。白折腾了。

"他们家人要求的,反正也花不了几个钱。"

段总的老丈人和老丈母娘在澳大利亚,帮定居在那里的儿子看孩子。段总说,他大舅子生了个大鼻子、深眼睛、黑头发的"小杂种",长得还不让人讨厌。岳父岳母顾不上女儿了,但是坚决要把爱心遥控过来,电话里通知女婿,今天该干啥啥啥,明天该干啥啥啥,后天又该干啥啥啥。日程在南半球已经定好了,去医院保胎即为其中之一。

既然是人家要求的,他们就没法多嘴了。老庞看见老段正在点烟,一把将香烟从他嘴上揪下来,说:"就知道烧你的白纸棍!把鸡蛋拿出来!"老段把嘴角往上拽拽,从包里拎出一塑料袋挤扁了的煮鸡蛋,起码有十个,屋子里一下子充满了刚刚变质的煮熟的鸡蛋黄味。

二

老段戴着老花眼镜歪着头在院子里到处看。没住过这种大杂院的人都会觉得新鲜,屁大点地方竟然能住七家。户主其实只有两家,他们尽量把自家人都塞在一两间屋里,空出来的房间租出去。这还不算,我租的那家还在旁边自己动手盖了一间,单砖跑到顶,压两块楼板,再苫上石棉瓦,就算房子了。一样能租出去。在北京,你把猪圈弄敞亮了也能租个不错的价钱。不过老段、老庞住的房子还是好的,几十年前正正规规盖起来的,青砖黑碎瓦,敦厚结实,屋子里空间也大。段总有钱,让老子住太差他没面子。贴着墙房东又盖了一间小屋,分成两个格子,一个做厨房,另一个做洗手间,有电热水器,可以冲澡。所以是按一居室的价钱租给段总的。我租的没这些,只是一间光秃秃的屋子,十三平方米,和房东共用一个露天的水龙头,要洗澡得自己找澡堂,上厕所只能去巷头的公共厕所。夏天还好,到了冬天,半夜里北风跟逛大街似的没遮没拦地吹,撒泡尿都需要相当大的勇气,所以我养成了坚决不起夜的好习惯。

老段歪着头一直看到我屋里。我跷着脚丫子在看小说,我老婆占据了我们唯一的一张桌子在校对一本书。她刚在一家出版社找到工作,编辑兼校对。有好选题就编书,没好选题就校对,这样她就能保证没活干的时候也能赚到钱。那张可以折叠的方桌既是书桌也是饭桌。在十三平方米的空间里,我们要最大限度地把生活化繁为简。

"忙呢,"老段说,"我就过来看看。"

"别啊,您进来坐,"我把屁股底下那张像样的椅子腾出来递给他,我从床底下拿出个小马扎。我指着我老婆,"我媳妇,文小米。"

我老婆站起来说:"段伯伯好,我给您沏茶。"

"小——米,"老段把两个字中间的距离拉得很大,右手食指像教鞭一样漫长地点一下,长辈的意思就出来了,"端阳说你很听话,好。叫我老段。"

后来我老婆说,这老段,说我"听话"是啥意思?是不是觉得我傻,一心一意跟你到北京来混,苦日子也过得下去?我说你可不能这么想,他们那地方夸女孩子都这么夸,那意思是乖、贤惠、可爱、吃苦耐劳。我老婆哼了一声,又给我灌迷魂汤,我也就剩这点美德了。我就继续安抚她说,我老婆觉悟高,听话。不管这"听话"作何解,放在我老婆身上基本不算离谱。本来我们俩在苏北的一个小城里过得还不赖,有固定工作,前年我头脑一热,辞了工作来北京,把她也给鼓动来了。只能租这种小房子了。有半年的时间我们俩都找不到工作,眼看口袋越来越瘪,手中没粮,我心里发慌,肠子慢慢就青了,有点后悔来这鬼地方。真他妈没事找抽型的。我老婆倒镇定了,既来之,则安之,就不信还能饿死在首都。后来我做了记者,正好碰上师兄段总当头儿,日子才稍稍安定下来。

那天老段来串门,坚持让我老婆叫他老段。我老婆也不客气,就给老段沏茶,然后问他和老庞住这里是否习惯。老段说得相当艺术,"北京太大,这里太小","睡着了都不敢大声磨牙",还有,"老庞说了,没事别往人家门口站"。老段说,没法不往人家门口站啊,出了自己门就到别人门前了。这么说时他笑了,他不但站过了我们家门口,还坐进了屋里。老段说:"跟我说说,公园在哪?"他有点憋得慌。

我决定带他过去看看,问要不要叫上老庞一起去。他说不用了,他找到了老庞也就找到了,她还收拾呢。我就让小米去老庞那里认认门,看能否帮上点忙,然后去了公园。

那公园不要门票,附近的居民都喜欢去那里散步和锻炼,尤其老头老太太。空气好,有树木和草坪,方圆几里,只有那里才能看到规模大一点的绿色。老段抽了一下鼻子,说应该让老庞来,她对北京的空气过敏,觉得到处都在泄漏汽油。又说,再好的公园也没法跟他家比。他家的小镇是山城,漫山遍野都绿,野草深得都能埋人,像个巨大的氧气罐。家在半山腰的一块平地上,栽什么长什么,种什么结什么,退休了他没事干,在屋檐底下养了三十六盆花。"不知道现在怎么样了。"他惆怅地说,"屋后是片竹林,天没亮鸟就叫,比闹钟还准时。风吹竹林,你听过没有?像弹琵琶,《十面埋伏》。"

我记不起来《十面埋伏》是什么样的声音。"医院去了?"

"去了,帮不上忙。人家都弄好了,吃的喝的都记在本子上,叫营养配餐。医生护士一会儿一趟,一会儿一趟,晃得我眼晕。我跟老庞老碍人家的事,只好往墙角躲。晾那儿也招人烦。"

老段很失落。没事干,又人生地不熟的。儿子忙,他不在医院他们俩也没法去,儿媳妇的确是自己的,可不熟,来北京之前也就见过两次,跟见北京次数一样。人家跟你亲不起来,叫你爸妈也亲不起来,一句话嫌少,两句话嫌多,大眼瞪小眼最后都不会说话了。都难受。还有儿媳妇的朋友、同事来探视,嘻嘻哈哈说私房话,听也不是不听也不是,只好在一边看着人家笑,因为总是微笑,脸上的肉都僵硬板结了,像两个头脑出问题的老傻子。老段还好点儿,可以隔三岔五躲进洗手间抽根烟缓口气,老庞连这点爱好都没有,只能守在那里干挨。

"多见几次就熟了,"我宽慰老段,"有了孙子就更熟了,那跟爷爷奶奶生来就亲的。"

听到"孙子",老段立马眉开眼笑了,幸福从心底里往上泛,哗地就铺满了一脸。就冲这小东西来的。老段说:"孙子好啊。这个小狗日的!"

老段其实不算老,才六十,除了左嘴角说话会往上歪斜地拽,整个人都是直的,状态好时眉毛都打算立起来,一看就是好身板。时值黄昏,公园里的人多起来。狗也多起来,跟人一块遛弯。你想象不出竟有那么多的狗,而且一个比一个长得不像狗,有像猫的,有像熊的,有像熊猫的,有像狐狸的,还有像耗子的。正儿八经长一张狗脸的很稀罕。有只狗蹭着老段的腿要挨着他撒尿,吓老段一跳。他不是被突如其来的狗吓着了,而是被它那副尊容吓着了,又黑又瘦,肋巴骨一根根摆着,真不比耗子大多少,一把捏死问题应该不大。长得跟耗子还有点距离,具体像什么我看了半天也没看出门道。老段跳一下,让狗主人有点不好意思,大叫:"三郎,往哪撒呢!"是个四十岁左右的女人,也穿一身黑衣服,说句话浑身的肉都颤颤巍巍地抖,肚子上起码堆了三个救生圈。我怀疑她克扣了小狗的口粮。那狗接受了批评,立刻把后腿夹紧了,不尿了,却兜着圈子开始咬自己的尾巴。我头一次见到如此短的狗尾巴,几乎可以忽略不计,在尾骨那地方幅度极小地跳一下,又跳一下,像扑扇一只小耳朵。小狗够不着尾巴。它越够不着越要够,整个身子就在原地转圈,像个推磨虫。老段一定也没见过,比我兴趣还大,脖子越伸越长。主人说:"三郎,还咬!"三郎翻了一下小眼,意犹未尽地正常走路了。

"狗也变了,"老段说,"原来不是这样的。我在北京住了好几天,要么狗,要么狼狗,顶多是哈巴狗。"

他可能又想起大串联了。我说:"这些年不是日子好过了吗?进化得快了。"

"那也不能往耗子方向进化啊,"老段十分不理解,半天了又嘟囔一句,"长变样了你说。"

经过居民健身器材那一块,我问他要不要动一动。老头老太太都爱往那里集中,慢悠悠地聊天、运动、过日子,玩什么器材都像在打太极。老段看看表,说还是先回去吧,老庞该等急了。他退休以后,老两口从来没有哪次分开超过两个小时的。我们就往回走,刚出公园大门,看见小米领着老庞正往这边走。人家说多年的夫妻成兄妹,他们俩是多年的夫妻成一个人。

老庞递给老段一粒含片,说:"怕你咽炎又犯了,就送过来了。"够含蓄啊。

老段幸福又诡秘地对我笑笑:"我有慢性咽炎呢。老毛病。"然后对老庞说,"还是公园空气好,你要不要去吸两口?"

"还母园呢,"老庞说,"哪来那闲情！我倒是惦记了我那两只老母鸡。"

回到院子里,我们各做各的饭。段总提前把炊具都给老两口配置齐了。

小米炒菜,我打下手。没有厨房,到做饭时就把电炒锅端到门外做,阴天下雨就在屋里凑合着糊弄一下。小米倒上油,小声跟我说,你猜段总他妈过去是干什么的？我哪知道,家庭妇女？业余接生婆！小米说得很隆重,跟说希拉里要竞选美国总统似的。他们镇上医院的妇产科忙不过来,经常把她请去。我还看见她收拾那套家伙了呢,大刀子小刀子,还有剪刀,磨得明晃晃的亮,一点锈都没有。真的。她说了,带过来就为了应急,怕来不及到医院。她还说,别看东西土,使起来顺手,接生自己孙子,她心里有数。

这老庞,真敢想啊。那剪刀还不知道是不是做裁缝用的。这要让段总老婆听见了,没怀上孩子也吓得跑医院去了。

"你听见她说那俩母鸡了没？"小米说,"就刚才。老庞特地给儿媳妇准备的,单喂。要么到山上捉虫子给它们吃,要么在饲料里拌中药喂,老中医配好的方子。大补,既能保胎,又能下奶。"

"那怎么不带来？"

"火车上哪让你带两只大活鸡呀？段总担心他们坐车累,托过去的同学提前给他们定了卧铺票。没办法。老庞本来想坐大巴来的,私人承包的车,想带什么带什么,赶头猪上去都行,只要你付足够的钱。"

"扔家里不是白喂了？"

"邻居给照顾着。等着想办法弄过来。来之前老庞把药饲料都调好了。"

我扭头往他们那边看,老庞正端着一锅东西从厨房出来,矮小、精悍的一个老太太。老段背着一只手站在门外抽烟,两眼望天。

小米抱怨说:"你妈要能像老庞那样对我就好了。"

"我妈要是也那样,不是她抽风就是你抽风。你不怕我还怕呢。"

三

老段老庞去过三次医院,连着三天。第四天,正硬着头皮收拾要去,段总来了,让他们今天就别去了,在家歇着吧,医院里挺好的。老两口当然知道这不是儿子的意思,"医院里"的,儿子只是替人家绕了弯子。这就是说,"医院里"也不喜欢来来往往的。可是,"来"就为了"往"的,不"往"谁没事千里迢迢"来"北京?儿子建议,要不去圆明园、颐和园转转,离这不远,好不容易来一趟。老庞说,当我们旅游呢。

段总说:"要不,帮我把家里收拾收拾?自从她进了医院,就乱着。"

老庞说:"好。"总算找到事做了。这是给儿子打扫房间呢。

那天老两口在儿子的房子里一直干到了天黑。看上去哪个地方都清清亮亮,一抹布下去还是脏。都说北京风沙大,一点儿都没错,大到一定程度门窗都挡不住,该怎么进来还怎么进来。都收拾好,老两口子坐在沙发里相互看看对方,迅速达成了两个共识:

1. 这是个好家;
2. 看样子儿子的确闹大了。

如果说他们还有第三个共识,那就是:好,真他妈好。"他妈的"是老段加上的。段总的家我去过几次。一百六十平方米,卫生间就两个。有时我里里外外看我十三平方米的小屋,想如果再大十二倍会是啥样。想不出来。我念书时数学就不好,平面几何、立体几何都差。没概念。回到家我从来没跟小米说过。这是朋友们传授的经验,在北京,千万别拿大房子刺激老婆,要出人命的。

段总的房子不仅大,还豪华。这其实根本都不用想。不豪华要那么大干吗?段总这几年发了,虽说只是报社的部门老总,那也是老总,我们报社的薪水从来不相互公开的。段总老婆也有钱,家底子好,陪过来的嫁妆差不多就是一套房子。这没办法,先天的。现在她还在一家休闲的媒体上班。据段总的玩笑,她上班也就是个聚在一起聊天的由头。从去年开始,上班不只为了聊天,还为了炒股,一办公室的人都盯着电脑屏幕,不管哪个数字蹦一下,都会有人大呼小叫。然后大家相互讨论,论证之后再决定是继续攥着还是出手,或者是再进别的。段总的老婆在弄钱上很有一手,直觉好,别人赔了她赚,别人赚了她继续赚。因为遵从父母的越洋之命,提前住进医院,依然不忘炒股,一闲下来就用手机上网,看又涨了多少。

我东拉西扯这些的意思是,段总有钱是正常的,房子弄得豪华也是正常的。

那天傍晚老两口干完了活,要出门的时候才发现一直没换鞋,赶紧换上拖鞋把木地板又重擦了一遍。然后相互提醒对方,以后记着换鞋,人家不叫换也得想着换。

第二天下大雨,从早到晚就没停下。气温一下子就降下来,穿长袖T恤在外面走都有点冷。我在郊区折腾了一天,冒雨采访一个新闻。昨天傍晚报社得到消息,该地一小领导升官,更小的领导们集体为他送行,在饭店门口放了一挂三万头的鞭炮,响了一半突然停下了,半天没动静,一个看热闹的小孩跑上去看,鞭炮又开始炸了,那孩子大叫一声,左眼没了。这事在当地影响相当大,但是见到记者他们什么都不肯说,要么是没看见,要么是不清楚。我在医院见到了那孩子,除了鼻孔和嘴,整张脸都裹在纱布里。孩子问我:"叔叔,我还能看见吗?"我说:"能。"搞得我很难受。出了医院重新去找拒绝接受采访的主要当事人,要升官的领导,他手下的小领导,以及饭店的老板,总算从其中两个人的嘴里撬到了一点东西。采访完了才感觉到冷,回到市区已经晚上八点多了,正在一家拉面馆里边吃热乎的拉面边写报道,段总打我电话。

"跟我爸妈说一声,"段总的声音很急,他在医院,"可能要生了,已经进手术室了。"

我想不对啊,没到日子啊。我收拾笔记本就往家赶。老段和老庞正坐在我屋里说雨。因为儿子在北京,他们习惯了每天晚上看北京的天气预报,对北京气候跟气象局局长一样有发言权。老段说,两年了北京没下过这么大的雨。老庞看见我湿漉漉地回来,心疼地说,大城市活人就是不容易,你看端阳才回来,也不知道林子回来没有。林子是段总的小名。他们老两口刚刚去过段总的楼,站在雨地里数到二十一层的窗户,是黑的。他们坐在我的小屋里,加上小米,满满当当的,我进了屋转个身都困难。看老两口情绪还不错,我才说:

"段总在医院,可能要生了。"

老庞噌地站起来:"这么早?"老段还茫然地看着我,被老庞一把拽起来,"快,把我东西拿着,去医院!"

老庞到底是见过世面的,这时候还不忘把她的那套家伙带上。只是她没想到这里的妇产科跟他们镇上不一样,来多少产妇医生都够用。除此之外,还让老段从藤条箱子里拿出一个包,那里面有她在家时一针一线缝出来的几件小衣服。我们四个打一辆车,都去了。雨小了一点,马路上的水排不掉,车跑起来像船。老两口一个劲儿地催司机,快,快。司机说,那我也不能飞啊。

段总正在走廊里这头转到那头,手里捏着根烟捻来捻去,这地方禁止抽烟。请的二十四小时护工看雇主站着,也不好意思坐,半倚在墙上。她一点都不紧张,尽管只有十九岁,但生孩子的事她见多了。她跟段总说,没事,生出来就好了。说得像"肚子疼时,上趟厕所就好了"一样清淡。段总的一颗心哪放得下来,自己的老婆和孩子呢?我们四个人并排冲进走廊,段总也没觉得有多隆重,只是心不在焉地说一句:

"都来了?"

我说:"过来陪你抽根烟。"

老庞说:"人呢?"

段总指指里面。肃静。医院这种环境,看起来白得像一无所有,其实重得压死人,哪个想在这地方大声喧哗。老庞习惯性地要冲进手术室,被老段拦住了。这是北京的妇产科,别跑顺腿了。段总说:"妈,别担心,主刀的大夫是这里最好的。"

老庞掂量掂量手里的家伙,好像对"最好的"大夫也不是很放心。她问:"怎么会这样?"

"下午她到医院门口去,淋了点雨,受了凉。"

老庞立马严厉了,指着护工:"你怎么让她往雨里跑?这都几了!"

"我是不让的,"小护工打着手势辩解,"可她非要去网吧。我去个厕所她就下楼了。"

"什么网吧?"老庞不懂。

"就是上网的地方,"老段说,"用电脑上网查东西。是吧,端阳?"

我说是。我正背着笔记本,做好了持久战的准备,如果段总的老婆迟迟生不出来,我可能得陪他们一夜,我得赶在天亮之前把稿子写出来。

段总说,跟护工没关系,是他老婆自己的问题。不仅是淋雨着了凉,还有个原因是受了刺激,股票今天大跌,掉下去的速度有点惨不忍睹。他老婆买的两只股都赶上了。本来她午饭后躺床上迷迷糊糊要睡着了,一个同事给她电话,说完了,跌了;跌了,完了。跌之后的数字让她从头一直凉到脚心。她赶紧打开手机上网查,刚拨溜几下手机没电了。关键时候掉链子,她一定要出去找个网吧亲自看两眼。怎么可能跌成这样,简直没天理。小护工不让去,那也不行,一分一秒都是钱呢。钱是什么?他妈的血和汗,还有过日子的信心和平衡感。换了衣服就出去了,雨下得正酣。肚子挺出去太多,一把伞管不了全身,再加上风吹过来再吹过去,除了头发还算干的,其他地方都湿了。这问题还不大,关键是电脑上显示的股票曲线,一点儿弧度都没有,完全是九十度垂直往下掉,跟谁照着直尺画的悬崖似的,血淋淋的绿,能听到咣当一声掼峡谷底的声音。当时她身边上网的人就听到有人惨叫一声,而她自己则是听见肚子里有人惨叫一声。她抱着肚子就不行了。

老庞不明白:"炒什么股?股怎么炒?"

老段继续充当解说:"就是把钱放到电脑上给人花,再下小钱。"

"自家的钱为什么给人花?还能下小钱?"

"人家花你的,你也花人家的嘛。你多花点不就赚了?"

老庞更糊涂了。老段因果关系也连不上去,干脆说:"不说了,说了你也不懂。"左嘴角拽得更厉害了。

335

老庞也就不再问。她安慰儿子说:"林子你放心,不会有问题的,妈在这里。"

小米在身后掐了我一把,我知道她想笑,于是我回掐了她一把。不该笑的别乱笑。

六个人突然都没声音了,安静得有点怪异,都伸头蹑脚往手术室里看,看来看去还是那扇门。段总走到我面前,在我耳边小声说:

"其实也就十来万。女人哪,就是扛不住事。"

我不知道他这话是啥意思,也许是因为紧张,所以我建议一块儿去洗手间抽根烟。这是眼下放松神经的唯一方法。

段总的老婆在手术室里折腾一夜,想生,感觉总是不能完整地找到。要是剖腹产早就完事了,但她不,提前跟段总商量过了,不到万不得已不切一刀,怕肚皮上留道疤。她看见过女同事小肚子上的那道生命之门,打开容易,关上也容易,但你想关得不留门缝不容易。后来医生累了,她也累了,只好切了。那会儿天都亮了。

在这之前,我跟段总和老段去了洗手间好几次,抽烟。三个男人躲在厕所里抽烟还是挺有意思的,像三个黑手党。都为了等孩子,但对孩子其实知之甚少。老段也是外行,有老庞那样能干的老婆,我不用猜都知道老段在家就是个甩手掌柜。他只是半天问儿子一句:"男孩? 说定了?"段总只好一再重复:"B超说的。"除此之外,说得最多的就是股票。也就是涨涨落落的事。段总不炒股,不是他不关心这事,而是没时间,报社的事情实在太多。到了凌晨,他们爷儿俩出了洗手间,我留下来,坐在马桶盖上打开笔记本,得把报道写完。

小米和护工陪着老庞坐在椅子上,到了后半夜两个年轻人蔫了,下巴开始往下挂,过几分钟就要点两次头。老庞依然精神抖

撒,一直握着她的那套家伙跃跃欲试,一脸革命前的表情。直到护士面无表情地推开门说:

"女孩。五斤四两。大人小孩都正常。"

老段、老庞和段总几乎同时跳起来。

老段绝望地说:"三代单传哪!"然后小声咕哝一句,"完了!"

老庞狐疑地看着护士的背影:"没生错吧?"她的意思是,是不是产妇多了,给弄错了。可是今夜分明只有儿媳妇一个人在生。

段总一直希望要女孩,我怀疑他说男孩是骗父母的。现在他显然很高兴,胳膊一挥,大喊:"五四,耶!"跟当年参加新文化运动的大学生一样兴奋。

我们进了病房看段总老婆。伟大的母亲现在很虚弱,麻药还没有退干净,只扑扇两下眼对大家表示:看见你们了。除了段总,其他人都不敢太靠前。段总握着她的手,耳语了一句。后来,他让我猜当时他在说啥,我说你们两口子的耳边风我哪知道。段总就义正词严地交代了:

"我对老婆说:你是我们段家历史的终结者。"

四

生完孩子两天,我和小米去看段总的老婆和孩子,当然段总和他爸妈都在。小家伙小脸还没舒展开,眼睛拼命地闭,整个世界就在眼前,她不看。我找了一些常用又保险的词句赞美了一下,只能这样,当时我实在看不出小老头似的有什么好。我老婆煞有介事地说,额头、耳朵和下巴像爸,鼻子、嘴巴和眼睛像妈,所以长大了一定很漂亮,把段总老婆乐坏了。不知道她从哪里看出来的,反正我是没看出来,都没长开呢。要我说,只像她自己。

段总老婆好受多了,刚喝完老庞在家熬的萝卜丝鸽子汤,脸明显大了一圈。剖腹产之后要把肚子里的气排掉,萝卜和鸽子汤都是治这个的。段总老婆躺着跟我们聊天,小米不懂事,冒冒失失地问她有奶了没有。段总老婆赶紧摇头说:

"我才不要有呢!"

"没奶孩子吃啥?"

"奶粉啊。"段总老婆说,"朋友们早告诫我了,千万别母乳喂养,不好断;最重要的,"她顺手拍了一下小米的乳房,"喂完孩子就不成个样子,难看死了。以后你可得小心啊。"

我老婆脸唰地就红了,结结巴巴地说:"那不都浪费了?"

"农民想法!肉烂在锅里,慢慢就没了。"段总老婆说,然后转脸对段总说,"说好了啊,喂奶粉。你订了没有?"

段总说:"还真订啊?都说母乳对孩子好。"

"还有都说不好的呢!"段总老婆撒娇了,听声音我就知道撒得不小,"你说话不算数!我就要你订!"

段总眼看着就软了:"好,订订订,过会儿我就打电话。就按大夫说的?好,没问题。"

老庞不同意,她也算半个妇科专家:"还是母乳好,孩子聪明。奶粉里面你知道他们塞了啥东西,没准吃出毛病来。吃奶粉的小孩都黑。"

段总老婆没说话,只是对段总递了一下下巴。看来他们分工很明确。果然段总说话了:"妈,你说的是那些国产的劣质奶粉,我们要订的是进口的,按配方生产,缺什么补什么,比母乳营养还全面。"

"也是营养配餐?"老段说。

老庞用脚后跟磕了他一下,老段不吭声了。这种事老公公插嘴不合适。老庞不死心,说:"再好的奶粉也是奶粉,我就不相信,牛身上出来的能比自己亲妈身上出来的好?"

段总老婆只好亲自出马了。她说:"一袋奶粉上千呢,人家更科学。"

段总也说:"越科学越好。"

老庞就不好再说了。不是被庞大的"科学"吓着了。人家做爹娘的都共识了,做奶奶的这一杠子不能插得太过头,远了一辈呢。但她明显不乐意。晚上回到住处,在院子里转了好几圈最后还是进了我们的小屋,扯完半天咸淡,终于忍不住了。

"你们年轻人到底都是怎么想的?"她忧心忡忡地说,"还科学,牛能比人更科学?祖祖辈辈都是吃娘奶长大的,有点钱倒变天了,改随畜生了。"开了头老庞有点打不住,也不避讳了,"女人不喂奶,长那两个大泡泡袋子干吗?留着看?叽里咕噜乱晃荡,干活都碍事,有什么好看的!"我老婆脖子都红了,老庞视若无睹,继续发牢骚,"林子当年要不是吃我的奶,哪能长成这样?我们邻居,建军他妈,生下孩子就没奶,建军吃奶粉你看给吃的,黑不溜秋跟从小煤窑里爬出来的,学习也不好。没办法好啊,头脑跟不上。跟林子一个班念的,林子考来北京念大学。建军呢,给人家开大卡车,还三天两头出事,今天压死只鸡,明天碰断棵树。他妈天天在家给菩萨烧香,求老天爷保佑他别撞上人。你说糟不糟心?"

小米看这架势三两分钟是解决不了的,索性放下手里的校稿,向她请教点育儿经验。我们俩眼看着就三十了,提前学学没坏处。你没看见段总他老婆,自从决定要孩子,又是逛书店又是上网搜索,还去听专家讲座,床头一摞书,《育儿宝典》《新妈妈手册》《健康宝宝快乐妈》《你想做天才儿童的父母吗?》等等,每晚睡觉前都要钻研半小时。

小米问:"母乳喂养到孩子几岁合适?"

"只要孩子爱吃,多大都行。"

"那段总,吃到几岁?"我问的时候完全是一脸坏笑。

"三岁啊,"老庞自豪地说,"那段时间我老生病,怕传染林子,就一咬牙一狠心,决定掐掉。林子不习惯,还要吃,奶水好吃啊。我就在上面抹鱼胆。"

三岁的段总一试味道不对,苦啊,撒嘴了,再试,又撒嘴了。就说:有东西。问是什么?年轻的老庞为了速战速决,干脆恶心恶心儿子,说:屎。三岁的段总果然就不再吃了。在这之前,段总想起来就往老庞怀里钻,哪怕正在和伙伴们玩,想起奶味也会撒腿就往家里跑。

"就那会儿断了,"老庞说,"过些天我又问林子,还吃不吃?这孩子说,不吃,有喜。他小时候说话不清楚,把屎都说成喜。"

把我和老婆给笑歪了。我心想,不是母乳好吗?段总三岁了还说不清楚一个"屎"字。

老庞也就对我们发发牢骚,段总两口子最后还是决定给孩子喂进口奶粉。又过了两天,段总老婆有奶了,涨得难受,老庞企图趁机再游说一下,段总老婆根本不搭茬,让大夫开了药水,几针下去乳汁又回去了。

段总老婆在医院住了半个月才回家。这段时间老庞和老段尽心照料,只要能做的都做,只要能想起来觉得有必要的,也做。虽然是个孙女,终结了段家漫长的男丁时代,但她还是姓段,还是自己儿子的骨肉,来不得半点马虎。儿媳妇虽说也不怎么太听话,总有让老两口参不透的仙点子,但还是儿媳妇,该怎么好还是怎么好,这点道理老两口还是明白的。人家不听你的也正常,你是来帮忙干活的,不是来替人拿主张的。

但是,该拿的主张不拿也不对。比如孙女的名字,爷爷那是理所当然要拿主张的。不拿是不对的。不能总宝宝、贝贝、宝贝贝地叫。孩子刚生出来老段就焦虑了,跟我借《汉语大字典》《唐诗宋词选》和《古文观止》。本来以为生男孩是板上钉钉的事,突然改生丫头了,老段在家琢磨了大半年的一堆名字都没用了,只好连夜翻书。起码翻了三夜,老段眼珠子红得不行,把一堆书还给我了,说齐了。不仅找到了名字,而且还用他业余研习的阴阳八卦推算了一番,那是相当好的名字。跟我们不能透露,要见到孩子再说。

老两口颠儿颠儿地把名字送到医院,段总告诉他们,名字已经取好了,叫段郑悉尼。老段当时就叫了,怎么成日本人了?听起来也不对味啊,段郑悉尼,猛一听像"端住稀泥",这哪是个名字啊,不行。老庞见儿媳妇躺在病床上不吭声,本能地觉得有猫腻。她又问儿子一遍:"叫什么?"

"段郑悉尼。"

老庞反应过来了。刚才懵懂是因为不懂地理。她早听说亲家现在在澳大利亚的一个啥地方,悉尼,就是这儿。明摆着,这专利亲家已经提前申请了。她跟老段说,挺好,就悉尼吧。她把两个字咬得相当重,老段只要不是突然老年痴呆不可能听不懂。老段嘴张开一半,果然不说话了。儿媳妇笑眯眯地说:"爸,妈,别站着,坐啊。段,给爸妈拿葡萄吃。"老段和老庞坐下来,一颗葡萄吃了好几分钟。儿媳妇又说:"爸,妈,你们别生气,名字不就一个代号嘛,跟阿猫阿狗没区别。我爸妈就是想,我哥不是在澳大利亚吗,生个孩子叫北京;我和段在国内,孩子叫悉尼,又有咱俩的姓,不是一家人亲上加亲嘛。"

"是啊,是啊,"老庞说,"应该的,有纪念意义。"

"纪念意义"这样文绉绉的词在老庞平常是绝对说不出口的,

尽管舌头打结她还是坚持给说出来了。她觉得鸡皮疙瘩也跟着出来了。没办法。跟亲家不高兴就是跟媳妇不高兴,跟媳妇不高兴就是跟儿子不高兴。咱们是为了高兴来的。

老段却在心里嘀咕,何止纪念,等于上了保险,一个北京,一个悉尼,丢了都好找,直接进大使馆要人就行了。大名人家占了,小名总该能轮上吧。"这样一说,倒也有点意思,"老段站起来,一讲重要的事他就不爱坐着,职业病,"我和她奶奶就给取个小名吧。咱俩合计了一下,觉得还是土点好,就叫臭臭吧。要是男孩,就叫臭蛋了。"

儿媳妇的两只大眼慢慢变小了,鼻子、眼都往一块挤,吃了辣椒似的。"爸,是不是,太土了点吧?"

"不土,一点都不土。大俗大雅。贱名好养活,一准大富大贵。"

"爸,要不再想想?"儿子打圆场,"叫牛顿怎么样?"

"嗯,叫牛顿好,"儿媳妇在床上拍手,"咱俩理科都不行,让闺女好好学,当院士去!"

老段刚想说,女孩子家叫牛顿,太不着调了!儿子及时总结发言:"爸,妈,那就叫牛顿吧。听说名字对性格和能力的塑造有很大影响,不能让悉尼跟我们一样偏科了。"老段几乎要挥起拳头抗议了,老庞踢了他一脚。肯定是人家两个专利一块申请了。一把年纪了怎么还那么不懂事呢?怪不得退了休也没熬成个副校长。该!

老庞倒无所谓,老段放不下,好歹几十年的知识分子,不仅是面子问题。怎么说丫头的"段"也在"郑"前头。老段就跟我嘀咕。我跟老庞想法一样,一定是澳大利亚那边有统一部署。上班时见到段总,我就说我们段郑悉尼的小名取得好啊。段总说,好什么,硬邦邦的,我倒是喜欢她哥家那小杂种的小名,歌德。听得我一愣一愣的,靠,那个是学文科的,叫莎士比亚不是更酷?

"没办法,"段总说,"有孩子你就知道了,烦着哪。我爸妈是不是不高兴了?"

"段伯很生气,后果很严重。"

"抽空替我说说,我也不容易啊。想把两头都摆平,怎么就他妈这么难呢?"

"比当老总还难?"

"难太多了。哪天你能把三个家都摆平,你做我老总。你看,她生孩子,非常时期,你让她一天不高兴,她可能就像慈禧似的,让你一辈子不高兴。再说,别扭起来对身体也不好,也搞得大家更生分。只好委屈自己爸妈了。你说是不是?"

五

段总老婆出院那天我没去,陪小米去另一家医院复查了。前几天她们单位体检,查出她卵巢有问题,片子上有两个阴影,是囊肿还是囊腺瘤,医生也不敢肯定,而且有结节。建议换家医院再查。我对瘤这个东西一直很敏感,总在想象里认为那是阴险邪恶的花朵要盛开,所以赶紧托人找北京最好的几家医院去查。在北京,像样点的医院就跟火车站一样挤,挂个号队伍要绕好几圈一直排到露天地里。我从别人手里买了个号。很多人靠这个吃饭,跟倒黄牛票一样,排上了就卖,再排。靠山吃山,靠医院吃医院。去了两家医院,大夫说法不同,一个认为是巧克力囊肿,一个认为是囊腺瘤。但结论相同:剥离掉。理由是,我们结婚不久,阴影妨碍我们要孩子。那当然得剥离。

为确保万无一失,我带老婆去了第三家医院。大夫说,要想要孩子,还是尽早做了好。不管囊肿还是囊腺瘤,问题都不大,这病发病率挺高。腹腔镜,小手术,就在肚子上打几个眼,仪器钻进肚子里,电脑上操作。

"不过,也不好说,"大夫说,"究竟病情如何,还得手术的时候才能看清楚。"

"不过"很要命。我都结巴了,问:"可能出现哪些情况?"

"最坏的可能是,切除卵巢。"

就是没法要孩子了。我的手脚唰地就凉了,跟静脉注射了冰块一样。小米的脸也白了,两只手死死地掐住我胳膊,眼泪哗哗地流。我们俩都喜欢孩子,活蹦乱跳的那么个小东西,肉滚滚的。前些天小米看见段总的女儿,回家路上就跟我叨叨,我们是不是也来一个?我说不来,生出来扔大路上养啊。我的意思是,再混两年,等有了房子,从从容容地再来。看来还是盲目乐观了。

"大夫,"我说,都要声泪俱下了,"大夫。"

"年轻人,想开点,"大夫边往外走边说,"没孩子不照样过!人家丁克,追着赶着都不要。要做,我们尽量帮你保住卵巢。"

我还想再咨询,人已经没影了。我突然觉得这大夫挺可恨,女的,五十岁左右,戴冰凉的银白色金属边眼镜,薄嘴唇,嘴角下垂,不会笑。朋友说,她是这家医院里该领域最牛的大夫。我照样恨她。

"怎么办?"小米说。

"回家。"

"我是说,没孩子怎么办?"

"回家。"

我握着小米的手,软软的,还凉。老婆,我们回家。

小米没心思做晚饭,我们就在外面随便吃了点。我尽力开通她,没孩子掺和正好,咱好好过二人世界,郎情妾意,举案齐眉,听着都诗情画意,人家想多过几天还没机会呢。再说也未必就没有,当医生的从来都是相对主义者,就喜欢这也可能那也可能,主要是用来逃脱责任。小米说,能生不要是一回事,生不了又是一回事。到时候我们还是喜欢孩子怎么办?

"领养一个。还有挑拣的余地,五官不标准的不要,智商低于一百三的不要。"

"要是领养的孩子跟咱们不亲怎么办?"

"咱们对他好,就亲了。"

"要是孩子长大了找到亲生父母了怎么办?"

如果这问题我还能回答,小米会永无止境地问下去。她受的刺激的确不小,头脑已经不会拐弯了。我说你看那是谁,在我们院门口转来转去。那时候天已经黑透了。其实我已经看出来了,是老段,背着手跟看学生晚自修似的。见到我们,像亲人一样迎上来。

"复查怎么样?"老段问。

哪壶不开提哪壶。"没大事。"我说,"段总那边挺好的?"

"挺好,"老段搓着手说,"院出得很成功。老庞在那照顾。"

"哦,是应该照顾一下。"走进院子,我开了门。

"今晚不回来了。"老段跟着我们进了屋,"闲着没事,有闲书我看一本。"

我指指书架让他自己挑。小米情绪还没缓过来,头有点疼,我让她收拾一下早点睡,睡一觉啥事都没了。老段挑了一本章回小说、一本政治八卦,犹豫该看哪本。我让他都拿着,一块去他屋里抽根烟。出了门我就开始点烟。老段从老花镜上面看我:

"端阳,你有事,瞒不了我。复查有问题?"

进了他的屋我才说:"小问题。可能对生孩子有点影响。"

"你是说,可能生不了?"

"也没那么严重,大夫就是猜测,有那么一说。"

老段一屁股坐到床上。"我就说嘛,年头坏了。"他忧心忡忡地说,"看看你们大城市,年轻人跑过来,好好的生孩子都有问题了。没问题的,B超说好是男孩,临生了变样了!"他还在为没抱成孙子遗憾,随即声音小下来,"这样看,有个孙女已经不错了。"然后嗓门又抬起来,"我就说嘛,你看公园里到处走的,狗都赶上人多了!刚刚我还去了趟公园,你猜我看见什么了?一条狗,坐在婴儿车里,一个女人推着。那狗一只前腿搭在栏杆上,另一只举在耳朵边,过几秒叫一声,跟领导检阅部队似的,说同志们,辛苦了。"老段手也跟着比画,学那只长毛的京巴敬礼,乐得我差点给烟呛着。

"说正经的,"老段也点上烟,"大城市问题大到天上去了,当年我来北京的时候,五更头大马路上没几个人,更别说汽车,拖拉机都没有。现在好了,车挤人,人挤车,一个个忙得像抢银行。大街上哪还有个氧气,都是他妈的二郎八蛋,就是二氧化碳啊。"

老段到底是个老语文教师,懂得修辞。他严肃地认为,一定有问题。要说好,还是他们那地方好,山清水秀,草木丰茂,随便抓一把都是氧气。年轻人啥毛病也没有,只会担心生多了国家罚款,那家伙,一黑灯就一个,一黑灯就一个。"你猜猜我们家老庞生完林子之后,又怀了几次?"老段把嘴凑过来,神秘兮兮地问我。

我哪猜得出来,也没啥意义。我敷衍地晃了晃右手。

"五个?"老段得意地笑了,"再加一半,还多。八个!"他做出一个"八"的手势。然后神情黯淡下来,"八个啊。"都流掉了。

居然没把老庞折腾垮,真是奇迹,现在还这么利索能干。可是,他跟我说这些有什么用?我觉得挺烦,大夫的话没法像烟一样,说吐掉就吐掉,吸进去了就出不来。我的烦躁体现在我一根接一根地抽烟上,不用打火机,直接续着了。老段也看出我的心不在焉了,就叹口气说:

"其实我就想让你放松放松,事再大装心里也不能解决问题。我也是。老庞突然不回来了,我还真有点不习惯,就想找人说会儿话。人老了,比你们年轻人还怕事。"

他把老花镜拿下来,我看见了他的两个沉重的眼袋。然后是夹着香烟的手,手背显出光亮泛黄的老人的痕迹。从眼袋和两只手,你一定看不出老段年轻时如何风华正茂、如何意气风发,但是,你一定能看见他现在老了,在这个晚上没着没落,孤单一人。我突然就想通了,该怎么样就怎么样,担心和猜测都是多余的,既然大夫都不能确切知道,我们知道什么?

手术了再说。

六

那一夜没睡好,一直说话到下半夜。我开导她。女人此刻的心情你要理解。多余的东西长在她身上,直接关系到有无下一代的问题,她有相当的压力。最后小米咬牙切齿地说,好,明天手术。

去了医院才发现手不手术我们说了不算,要大夫和病房拍板。首先是主刀大夫有没有时间。那位不会笑的大夫姓陆,在医学院兼教授,博士生导师,只能没课的时候上手术台,还得把之前已经挂过号的病人先解决了才行。然后是病房。病床跟火车座位一样紧俏,也得排队。护士长说,今天满员,回家等着吧,空下来就通知你们。小米积蓄了半夜的勇气一下子散了,说要不就算了吧,怕挨那一刀。我说不是刀,几个小洞而已。都站了队了。其实我也怕,想想在肚子上钻几个洞,那也够瘆人的。

那两天碰巧我不忙,很多小新闻我在一两个小时内基本都能搞定,待在家的时间比较多。白天陪小米,晚上陪老段。老段很孤单。

段总老婆一个人照顾不了牛顿,尤其是半夜,喂孩子、换尿不湿。她就忙了前爪,老庞得坐镇。白天再帮着做饭、洗洗衣服,中间照看下牛顿,一天就很充实。老庞忙得开心,来就是干这个的,说明自己还有用,不是吃闲饭添累赘的。相比之下老段用处就小了,只能帮着买买菜,然后擦家具。这两项工作花的时间都不多,待在二十一楼上他又不好意思干坐着,只好拿起抹布再擦一遍。因为里里外外都得照顾到,那段时间就看到他一个人的影子四处闪现,老庞实在不好意思再不开口了,就说:"老段啊,家具擦坏了。你能不能坐在沙发上不动呢?看看书也行。晃得我眼晕。"儿媳妇也说:"爸,没事您看看电视。"老段哪好意思?因为儿媳妇在说这话时,顺手把自己的房门关上了。她忙自己的事。一是坐月子;二是继续研究育儿宝典,原来只是理论,现在实践也跟进了,得重新认识;三是想起来就到电脑上看看基金。炒股导致牛顿提前来到这个世界上,为此她后悔得都想给别人几个耳光。在她看来这相当于早产,所以时刻担心牛顿会留下什么后遗症,谁都知道早产容易出问题。她请教了很多医生和朋友,各说各的理。有的说才提前十天,没问题,人家拿破仑是七个月的早产儿,照样做皇帝打到俄罗斯;有的说那不行,有一天算一天,要是没影响谁还愿意足月子再生?拿破仑,你看他那个头,明显吃了早产的亏。最贴心的朋友说,木已成舟,眼下最可行的是,好好养活,各方面齐头并进,增加营养、增强体质,把亏牛顿的都给补回来。她想,就这意思。为了专心致志补偿牛顿,她把股票都抛了,买基金,赚一点算一点。大多数基金都善解人意,只涨不跌,不过涨得慢了点。过去她嫌基金赚得不过瘾、不刺激,不屑去玩。

别人都在忙,他一个大闲人坐在客厅里神仙似的看电视,老段干不来。所以他觉得很难受,宁愿早早回到平房里来,孤单是没错,那也是自由的孤单。除了看书,他把大部分时间都耗在公园里,看看风景,在健身器材上活动几下,然后回来告诉我又看到几条稀奇古怪的狗。有一条他远看认为是小绵羊,近看还认为是小绵羊:头和尾巴长了一团蓬松的小卷毛,两只垂下来的肥厚大耳朵上毛最长,四只小蹄子上方各留着一圈长毛,像女孩子穿的低筒矮靴靴筒上的一圈人造毛。这还不算,不知道是天生的还是人工染发,两只耳朵是粉红,尾巴是黄的。这完全是只楚楚动人的小绵羊,主人却说那是狗,还报了一个怪异的名字,他没记住。

老段不厌其烦地跟我讲这些,希望我也能对那条莫名其妙的狗感兴趣。然后又跟我说,他发现公园里有圈鹅卵石小道,很多人穿着薄底鞋或者袜子或者干脆光脚在上面走,按摩脚底穴位。旁边还竖了一块大牌子,画了两只大脚掌,标明穴位在哪里。好玩的在于,所有在小道上按脚的人都是逆时针倒着走。后脑勺上没长眼,一个个走得小心谨慎,不免跌跌撞撞。为什么不正着走?为什么不顺时针?老段问我。

我也不明白。但这事我知道,当初我也纳闷。还问过几个正在走的老人,他们也不知道。他们说,他们开始走的时候,大家已经这样走了,就成了不成文的规矩。开始不习惯,慢慢就习惯了,感觉还挺好。你只能理解为,这样走对身体更有好处。所以我跟老段说:"多走几次,您就习惯了。"

老段夜晚的孤单没有持续几天,老庞回来了。儿子请了一个年轻的保姆,就把老庞解放出来了。但是老庞被"解放"得很不舒服。开始儿子啥都没说,突然带回来一个三十岁左右的女人。那女人到了家里,儿媳妇把她带到房间里秘谈,不到四十分钟,那女人就灰着脸离开了。儿媳妇对儿子说:"这哪行!文化水平太低,意识也跟不上,土了。"老庞不知道他们在干吗,又不便多嘴,只管闷头干活。第二天又来了一个,更年轻,长得也不错,时髦的衣服一穿,完全是个大城市里的小少妇。秘谈完了,儿媳妇陪着她笑眯眯地出了房间。

"定了吧,"儿媳妇说,"今晚就住这儿。"

老庞没弄懂,问儿子:"来亲戚了?"

段总说:"请的保姆。我和小郑怕您累着。"

老庞当然知道保姆是干什么的,但她还是纳闷,难道自己不是保姆?难道自己还做不好保姆?"不就这点活儿吗?我一人也干得了,"老庞说,"你妈还没老成那样。"

段总说:"您来之前我们也请的,是钟点工,做做饭、打扫卫生什么的。"

"过去我不管,现在不是我来了吗?"老庞的第一反应是,小两口觉得自己不尽心。

新来的保姆赶紧去了厨房,开始擦洗煤气灶。刚动手,牛顿醒了,张开嘴就哭。老庞往围裙上抹着手上的肥皂泡就要跑过去,嘴里嘀咕小乖乖这才睡多会儿,保姆已经冲到牛顿旁边了。儿媳妇站在客厅走道里说:"妈,让小王来吧。她女儿刚五岁,她懂。书上说,年轻人带孩子对婴儿有好处。"儿媳妇说完就进屋继续研究育儿宝典了,牛顿被保姆摆弄两下果然不哭了。老庞愣了。她知道儿媳妇说这话不是有意的,但她还是心里一沉,那也就相当于书上说:老年人带孩子对婴儿不利。大概是暮气太重,不能让孩子活

350

泼。那个新来的小王正咿咿呀呀地逗牛顿,声音欢快悦耳,情绪高昂,如果牛顿现在就会笑,一定笑得咯咯的。老庞一下子觉得自己老了,习惯性地摸一下脸,无数道皱纹汹涌而至。

段总发现母亲一直站在原地,问:"妈,您不舒服?"

"舒服,"她说,"小王歌唱得真好听。"

"小郑就想找个能说会唱的保姆,"段总说,"她现在都不让我在家唱歌,怕弄坏了咱们牛顿的审美感受力。"

平心而论,段总的确喜欢唱歌;平心而论,段总的歌唱得实在很不咋地,跑调不说,声音还像铁钉划过玻璃,一首歌听下来,你感觉到的就是一颗喝醉酒的钉子没头没脑地在一块巨大的玻璃上乱窜。老庞对"审美感受力"这个术语有点陌生,但意思她肯定自己已经听懂了。

"妈,您怎么了?"

"墙上那幅画歪了,"老庞说,"你脚上的袜子要不要洗?"

"下午洗完澡刚换的,您忘了?"

想起来了。儿子出差刚回来,然后洗澡换衣服,脏袜子现在在洗衣盆里。老庞回到洗衣盆前坐下,听儿子搬动椅子去调整歪掉的油画。本来家里挂了很多奇怪的油画,人不像人,树不像树,老段跟她说那叫抽象画。抽成那样当然不像了,老庞不喜欢。前天段总又买了几幅新的换上,人是人,山是山,水是水,比照相机照出来的还要好看。牛顿妈让换的,要让牛顿睁眼就能看见优美的图画。这也是育儿宝典上说的,对孩子好。凡是对孩子好的,都是对的;凡是对孩子成长有利的,都要去做。老庞有一搭没一搭地搓袜子。儿媳妇从屋里出来说:

"段,过两天我还得去美容。书上说了,母亲的形象对孩子影响最大。"

老庞伸长脖子看洗手池上方的镜子,看见一张衰老的脸。老庞想,怎么就没想到自己早已经抽象了呢? 真是越老越不自知了。

晚饭时老庞说:"林子,我想回去住。"

"为什么? 在这边不是好好的吗?"段总不明白。

"我怕你爸一个人睡不好,孤魂野鬼似的。再说,有小王在,丫头也省心。"她总是不愿意说"牛顿"两个字,觉得难为情,像外语。

段总老婆用筷子捅一下段总的胳膊,意味深长地说:"笨死了! 妈不是怕爸爸孤单嘛。"

老段连忙摆手说:"我不孤单。我真的不孤单。"

"我在这儿也没什么事,"老庞说,"明天做早饭我再来。"

"妈,您就别着急过来,"段总老婆说,"有小王呢。她饭烧得也挺好。"

老庞就回来了。她知道儿媳妇没有恶意,也不是那号小肚鸡肠的人,但她还是觉得儿媳妇的大大咧咧其实也挺伤人的。老庞回到平房老段很开心,重新找到组织了。他把左嘴角一个劲儿地往上拽,跟我说:

"还是平房好啊,平房好。林子想得就是周到。"

七

午饭后我在报社正开会,小米打我手机,说医院通知她,今晚就住院,病床腾出来了。我说,这么急? 一点儿准备都没有。小米说,护士说了,过这村就没这店,那就不知道什么时候才能轮上了。那就住,你先收拾一下,我马上回。跟段总请了假,挤上公交车就往家跑。

带了几样简单的日常用品去了医院。小米紧张,说怕。我说还没做呢。手续不复杂。主要是交钱。押金一万。幸亏我把银行卡都带来了，三张卡才凑出一万来。病房在十二楼，8床。刚把东西放好，护士在门外喊："8床，检查。"

病房里有三张床。6床，7床，8床。6床是个清瘦的姑娘，马上出院，她妈正帮她收拾。7床四十多岁，密云人，一家小私营企业的老板，昨天刚手术，正躺着，床的右侧垂着一个塑料袋，里面有半袋血水，塑料袋上的导流管一直插到她的肚子里。为的是把手术后的废血排出体外。她也是腹腔镜，肚子上钻了几个洞。

半个小时，小米缩着脖子回来了，说："大夫说，明天上午手术。"她怕，看到7床渗出来的半袋子血更怕了，抓着我的手要回家。她的手冰凉又哆嗦。

7床笑了，让她老公把帘子拉上，别让渗血袋露出来。"没事，就看着吓人，"她说，"麻药一打你啥都不知道了，想疼都疼不了。"然后6床母女跟我们告别，7床说，"回去好好养几天，消停了给我报告啊。"

6床一挥手："没问题。"

"知道她什么病吗？"6床走后，7床对我们说，"子宫癌。切了。刚化完疗。你看人家那精气神。三十岁。知道自己是绝症，好不了。就是一个状态好，没辙。"

"那她，"小米说，"不怕啊？"

"开始怕。要死的事，谁不怕？刚进来绝望啊，拒绝治，还没结婚呢，年轻、漂亮，多好的时候啊。晚上也不睡觉，就埋头哭，护士换了三个枕头还湿。"

"后来怎么这样的？"这种事在故事和传说中常见，觉得没啥，真人站跟前就好奇了。

"8床，"7床指指小米的病床，"你之前的8床，刚走。也是癌。

化疗九次了。五年前就说晚期,不行了,自己坚持要治,她说她不能死,要等儿子考上大学再死。"

"考上了?"

"明年考。她很乐观,觉得等到明年没问题。6床,小顾,活活被感动回来了,整个人一下子变了。你们看见了,哪像个癌症病人。"

7床的老公给我们两个苹果:"多大的事,别怕。我公司前年赔了两百万,一滴眼泪没掉。吃苹果。"

真是看不出来。6床收拾东西时还唱着"让我们荡起双桨,小船儿推开波浪"。

晚饭之前,6床来了新人,一个超级大胖子,胳膊根子赶上小米腰粗,上床一个人上不去,得她妈和她姐又搀又搬才弄上去。刚二十三岁。后来我们一直叫她胖丫。急诊,腹痛。大夫检查之后说,住吧,明天手术。也是腹腔镜,比小米的严重多了。上了床就哼哼,要吃肯德基。她妈气呼呼地说,肯德鸭你吃不吃?胖丫就说,不给吃我就哭。她姐说,你哭啊,哭就把你扔床上,自己下来。胖丫噘着嘴说,那好吧,不哭了。大家都乐了。

出了医院大门,我还是紧张,不由人。这地方是医院,不是游乐场。这么想越发佩服前8床和前6床,两个患绝症的女人。今晚不让病人家属陪床,手术后才行。大夫嘱咐我,明天早点到,要家属签署手术协议。这是我头一次被赋予"家属"的身份,因为一个手术,我是家属。大夫说,他们尽量帮我保住卵巢。我们的孩子。

回到家我坐在床上发呆,抽烟,说不清楚,心里乱糟糟的,觉得拥挤的十三平方米的小屋很荒凉。来北京以后,除了出差,我和小米还没有分开过,现在她住院了。我掐掉烟,开始洗衣服,平常都是小米洗,生活琐事突然落到了我的肩膀上。在这之前,我还真没

有仔细琢磨过"生活"这两个字。洗了一半,老段和老庞过来了。老庞说:

"怎么你洗了?小米呢?"

"在医院。"

"定下来手术?"老段问。

"明天上午。"

"走,"老段拍拍我肩膀,"进屋抽根烟,说说话。"

我们到屋里坐下来。他开始安慰我,问题不大,首都的医生我们还是应该充分信任的。我跟老庞交换过意见,她认为没问题,小米这么年轻,该有的孩子一个都不会少,放心。来,再抽一根,抽我的。我觉得老段突然不啰唆了。过一会儿老庞拿着空盆进来,说,衣服已经晾了。让我很过意不去,竟然让她老人家帮我洗衣服。

"洗件衣服有什么,这孩子。"老庞说,"我给儿子儿媳妇天天洗呢。"

可我不是她儿子。只好说谢谢。继续说手术。他们提出明天陪我一起去,我说不用,忙得过来。

"想忙也没得忙,医生在张罗。"老庞说,"你们都大了,再大也是孩子,这种事头一回碰上,父母又不在身边。信姨一句话,多个人多份精神,陪你们说说话也好。"

我坚持说不用。他们还得去段总那边。

"端阳,别争,"老段说,"听老庞的,她懂。"

我还是不想惊动他们。

第二天早上六点我就出门,他们的门还没开。我想早点去陪陪小米,这一夜不知道她睡得好不好。刚进住院楼就看见老段和老庞坐在门边的椅子上,他们竟然早到了。我说:"这,你们怎么来了?"

老段颇为得意,说:"我跟老庞走来的。走了一个半钟头。"

"人老了,觉少,赶点早汽油味也小。"老庞说,"就当锻炼身体了,一路问到这里。"

当时我感动坏了。从住处到医院,拐了十八道弯也不止。老庞一直不愿意到处溜达的,北京太大,车水马龙的,还有环线和立交桥,想起来她都头晕,何况还有晕车的毛病。

"那起得也太早了。"我实在过意不去。

"早点车少,汽油味小。"老段说。

进病房的入口有值班人员守着,必须拿到通行证才能上楼。我去窗口要证,工作人员说探望家属每次只能去两个人,只给我两个证。我说我们三个人,我老婆今天做手术。

"大夫,不能通融一下?"

"都是病人至亲?"窗口里面问。

"都是。"

"什么关系?"

我一下子愣了,什么关系呢?

"我是他爸,"老段拍自己的胸口说,又拍拍老庞的肩膀,"这孩子他妈。我们是病人的公婆。"

窗口里面伸出个圆圆的胖脑袋,四十多岁的女人,看了看我们三个。"不像啊,"她说。

老庞说:"我儿子随他舅,单眼皮,头大。"

胖脑袋说:"头是不小。"给了三个通行证。

老段乐呵呵地说:"端阳,可不是老头老太要占你的便宜啊。"

病房里都起了,没进门就听见6床的胖丫在哼哼,今天她也手术。小米赤着脚坐在床上,松松垮垮的病号服显得她小而清瘦。她没想到老段和老庞会来,赶紧跳下床。

"小米,还说爸妈不来,这不来了?"7床性格外向,跟谁都能说上话,让他老公给"叔叔阿姨"搬椅子,她说,"叔叔阿姨,你们坐了一夜的火车吧?我就说呢,爸妈知道了现长翅膀也会飞过来的。"

老段说:"是啊,这么大的事,能不来吗?"

老庞也顺着说:"这俩孩子,还不让来呢!"

上了十二层楼,他们就从我父母变成我岳父岳母了。我和小米也不好挑明,虽然不叫爸妈,但那排场完全是爸妈的排场。7床一个劲儿地跟老段和老庞夸小米,您女儿很勇敢,不怕了,昨晚还抖呢。老庞说,这孩子胆小,给你们添麻烦了。

陆大夫的助手让我去签字。她说手术不大,接着又把可能出现的最坏情况详细地跟我说明,不只是卵巢能否保住,还有,基本上大家都能想到,最坏的可能。然后问,签不签?小米被推进手术室之前,麻醉师也来这一套,全麻,可能会休克、昏厥,甚至停止呼吸,签不签?明知道我不得不签,还拼命地刺激你,简直折磨人。

小米和6床一起推出病房。我们去楼下家属等候区待命。大夫嘱咐我不要随便乱走,一旦手术出现意外,比如腹腔镜搞不定,得动刀子,或者卵巢必须切除,在这些重大决定之前都得和我交换意见。这栋楼上有好多间手术室,很多种手术同时都在做,所以家属等候区坐满了人。旁边有个小喇叭和几部电话,手术室有事需要通知家属,电话就来了,然后值班人员对着小喇叭叫:某某某的家属在吗?速来几楼手术室;或者,手术已经结束,病人已进病房;等等。我和很多家属一样,眼睛和耳朵都盯着那个小喇叭。

我不想坐,椅子冰凉。那天有点阴,温度明显低下来,我有点冷,手脚都在出冷汗。我在大厅和楼门前之间走来走去。我担心喇叭里突然喊"文小米的家属"。时间走得很慢。老段和老庞也站着,偶尔跟在我身后。他们只是默默地跟着我走,老段想起来会按一下我的肩膀。喇叭过一会儿打开一次,每次开关一响我就停下来竖起耳朵,心跳往脖子上跑。不是找我。不是找我。还不是找我。老庞攥了一下我的手说:"相信姨,没问题的。"我说"嗯"。后来老段不见了,我也没在意,十分钟后他回来,买了豆浆、油条和包子,他们知道我一定没吃早饭。等我磨磨蹭蹭地吃完,那个时间上手术应该已经完成了一半。老庞说:

"一切顺利,不会再有事了,跟老段出去抽根烟吧。我盯着。"

然后她找了张椅子坐下。这段时间里她和我一样心里没底,但她不说。我的一颗心咯噔落了地,跟着眼泪哗地就出来了。内心里充满了感激,我穿着旧T恤,身无长物,真想把手机和手表一起送给他们。好像是因为他们在这里,手术才没有出现异常一样。我到口袋里找烟,忘带了。老段说:

"走,抽我的。"

连抽了三根烟。老段说,昨晚回去老庞就说,一定要来。这人遭事了,都脆弱,身边就是有个哑巴,也能跟你说说话。我直点头。我说手术结束了你们就回去吧,段总那里还等着呢,来之前也没打声招呼。

"没事,多陪一会儿,"老段说,"你和小米跟林子不一样,你们俩更不容易。"

在北京两年多,很多人对我说过你们不容易,我都一笑置之,没啥感觉。老段这句话让我有了感觉。我爸妈,小米的爸妈,他们不知道小米现在正在手术室里,很可能永远也不会知道。对两头父母,我们俩向来报喜不报忧,不想让他们担心,担心也使不上劲儿,反倒把他们的生活弄得一团糟;此外,也是虚荣吧,不想让他们知道我们"不容易",很多时候我们也并没有觉得有多不容易,很多年轻人在北京都这么过,甚至还不如我们。我和小米一次次与父母说,不错,挺好,一切都好,很好,相当好,你们就别操心了。我一直认为,我们应该有能力过上一种不需要父母操心的生活。

"对我们做父母的来说,"老段吐一口烟,忧伤地说,"帮不上忙更操心。等你们做了爹娘就明白了。"

外面开始下雨,我和老段进楼。喇叭里在叫胖丫的家属,手术已经结束。接着叫我。老庞对着我松开她的左手,满手心的汗。老庞长出了一口气,说:

"你们男人不知道,女人要生不了孩子有多要命。"

刚做完手术的小米很虚弱,嘴唇焦干,病床的一侧垂着渗血袋,另一侧挂着导尿管。她尽力睁开眼睛对我们笑。护士说,都认识吗?小米点点头。护士又说,病人的麻药还没彻底消散,别让睡着了,十二个小时之内不能饮食。陆大夫此刻正在进行下一个手术,护士转述她的话:手术很成功,卵巢几乎完好地保存下来。她们说话像白大褂一样简洁干净。

7床说:"全麻劲儿大,跟小米说说话,让她醒着。按摩一下腿脚,恢复得快。"

小米的手脚冰凉,我帮她按摩。老庞坐在床头跟她说话,说她这么多年里对女人的经验,还有孩子,以及补养身体的方法。对术后女人的休养,老庞很有一套。可惜段总老婆不听她的,只认白纸黑字,认为那才是科学。老段帮不上忙,坐在一边,不时替老庞补充几句。

三个小时之后麻药才逐渐散掉,已经是下午,小米感到了伤口的疼。能忍受。段总打我手机,说他爸妈不见了,我说在医院呢,正帮我照看小米。段总上班早,新来的保姆小王把家里收拾得也妥帖,小郑就把公婆的事忘了,午饭后才发现不对,老两口今天没过来,赶紧给段总打电话。段总开车就往平房跑,没找到才找我。

老段接的电话,说:

"小米刚做手术,你妈说,看完了就回去。"

我让他们现在就回去,老庞不答应,要看小米打完这两瓶点滴再说,回去也没啥事。一直拖到傍晚,段总带了些水果、营养品和一个花篮来到病房。他抱怨父母不和他通个气,也怪我不跟他说手术的事。昨天请假我只简单地说去医院。段总给老段带来一部新手机,让老段以后随身带着,免得找不到人。他跟小米说了会话,就开车把老段和老庞接走了。

7床说:"咦,不是小米爹妈吗?我怎么看不明白了?"

"看不明白就对了,"我说,"小米爸妈在老家呢。"

"你们这邻居倒好,跟亲爹亲妈似的。"

"比亲爹亲妈还好,"胖丫恢复了精神,饿得肚子咕噜咕噜直叫唤,"我要吃肯德基。"

她妈不理她:"那你就哭吧。大夫说了,坚决不能让你吃。"

胖丫说:"那我要听摇滚,我要上网跟朋友聊天。"

"你就作吧你。"

八

小王做饭也是一把好手。她在北京待久了,饭菜的口味跟段总老婆很对路子。因此,如果不是特殊情况,老庞只能降为替补,需要的时候也可以打打下手。她的口味离北京太远。这样一来,老庞的活动范围就小了。她在二十一楼的工作主要是:买菜(一般和老段合作),打扫卫生(一般与老段合作),洗衣服,做饭和带孩子那要视小王的情况而定。此外,这是后来才慢慢争取到的工作,洗尿布。老庞绝非为了抢工作才坚持让牛顿用尿布,她不喜欢像大三角裤衩一样的尿不湿,任何加工过的东西在她看来都不可能有棉布来得舒服,自然、吸水、透气,保护牛顿的小屁屁。至于环保,老庞是不关心的。

开始段总老婆不同意,尿不湿是科学的产物,理应是最好的,而且他们的确也是买得最贵的尿不湿。后来她在一篇文章里偶然看到,科学认为,尿布还是棉布的好,才勉强同意,而且只答应白天给牛顿用。做尿布也费了不少事,先买来最好的棉布,然后裁剪成大小合宜的十来块,老庞担心自己的针线活儿做出来糙,不好看,就找裁缝来做,每一块尿布编上号才开始用。

尿布由老庞洗,老段认为这是她自作自受。但老庞很乐意,只要是为孙女好,她甘愿一天到晚洗尿布。为了让儿媳妇早点把身子养好,老庞把搜集好的食补方子私下里交给小王,让她按照方子上的说明来。小王当然没问题,她的确也想不出如此多的好方子。段总老婆每次喝完小王炖的汤,都要夸赞一番。小王也坦然地替老庞领受了。

这样老庞和老段其实并不忙,一大早步行去早市买菜,挑最新鲜的,很快就能回来。然后老庞开始洗衣服,老段开始打扫卫生,拖地、擦家具。也很快。如果想离开就可以离开,老段可以一天不再过来,老庞也只需要在傍晚来一趟,把积累一天的尿布洗干净。

开始干完活儿就离开,是因为闲下来实在没事做,只能像两个老白痴一样坐在沙发上看电视,或者远远地看着孙女的小脸,仔细地体会做爷爷奶奶的美好感觉。老两口都觉得这样不好,咱们不是来养老的。牛顿贪睡,哭两声蠕动两下又睡着了。老庞对小王带孩子的水平还是由衷佩服的。小王在段总老婆的监督下,很快就养成了极其良好的习惯,能够根据牛顿的面部表情和发出的各种细小的声音判断出她可能要干什么。比如说,牛顿正睡着突然哭了,那一定是需要奶嘴伺候;如果躺在那里不安分,乱动,那一定是该换尿布了。牛顿很小,生活简单,只需要几个动作就能把自己表达清楚。掌握了规律,小王也不忙了,她没有平房,所以必须待在那里;老庞和老段不行,赖着不走就有点乐不思蜀的嫌疑了,尽管房子很大,足够好几个闲人相互对视一直坐下去。他们能回平房就回平房。

有一天老段问我:"你看,我和老庞是不是像你们城里人说的钟点工?"

"可千万不能这么说,"我说,"您是段总的爹,老庞是段总的妈。钟点工怎么能跟你们比呢?太开玩笑了。"

老段幽怨地说:"其实钟点工也挺好。"

要说段总老婆不孝顺,那也是冤枉,她跟公婆的理解完全弄拧了。她觉得把老两口解放出来多好啊,闲着比累着强。他们没事了就离开,随他们去,来一趟不容易,在我们首都的土地上走一走、看一看,也算没白来。至于饭菜,她的确是更习惯小王的手艺,她是个直肠子,喜欢啥说啥而已。在自己公婆面前说真话是罪过吗?她是为老两口考虑过的,给老段配手机就是她的主意,租平房也是,她担心老人住半空里不习惯。电梯速度也快,上天入地的,心脏不好的年轻人一般都不敢坐,何况老人。她一说段总就觉得对,的确没错,你挑不出毛病。段总在工作上挺认真,也敬业,生活上多少有点马虎,自己亲爹亲妈还能有什么,随便他们就是了。

有一天老婆跟他说,爸妈来好多天了,故宫都没去过,抽空带他们去看看吧。段总觉得可行,硬是说服老两口,开车把他们送到天安门附近。老庞是不愿意去的,没兴趣,另外觉得不干活儿还让儿子花钱带着游山玩水到处看景,不合适。刚停好车准备下去,报社有急事找他回去,他就硬塞给老段五百块钱,让他们自己买票进去,下了班他过来接。老两口在广场上转了一圈,穿过天安门来到故宫前。老庞一看门票太贵,不要看了,不就几间屋吗,电视上看得多了。老段倒是好奇,男人心底里多少都有个皇帝的梦,做不上看看也好。但一个人进去也没意思,干脆都不进。就在城外护城河边坐下来,喝了两瓶水,吃了两个煮玉米,一直等到傍晚段总的车来,屁股都坐麻了。

我劝过老段和老庞,没用。他们啥都知道,就是心里头别扭。来了不干活儿,走了又不对,多难受人。他们就来看小米,从段总家出来就往医院走。我一般只能晚上陪床,从护士那里借个躺椅,放在小米床边睡。夜里她要翻身、喝水或者睡不着,叫我一声就行。白天我要跑新闻去单位,只好请了个护工,我不在的时候帮着照看。老段和老庞一来,护工小袁就轻松多了,有时候把午饭都省了。老庞常常在平房里做好午饭、熬好汤带过来,呼啦啦一起吃。她的食补艺术在儿媳妇那里施展不了,全用到小米身上了。他们俩买菜都两份,一份给二十一楼,一份做好了送十二楼。

小米住了四天就出院了。伤口差不多了,我们也没那么多钱。出院那天,我从单位赶过去,老段和老庞已经帮着把所有东西都收拾好了,就等着我去结账走人。胖丫恢复得慢一点,和7床都是明天才能出院。分别时还颇动了一番感情,胖丫让小米一定记住她的QQ号,她可以陪小米一天聊二十四小时的天。7床说,只要小米不嫌弃,想跳槽就往她的槽里跳,绝对高薪聘请。病友相当于战友,也算同生共死过的。相互说了一大堆体己话。

上了出租车,老段得意地跟我说,他和老庞去找陆大夫了,详细地咨询了小米的情况,大夫说,不会有任何问题,只要你们不怕违反计划生育,完全可以生出一支足球队来。然后他说:"你猜陆大夫为什么不笑?牙大。一张嘴就亮出一大排石碑。"

有点损。但我们没有批评他。小米出院了。照陆大夫说的,比进去时更好。

九

小米出院之后不能剧烈运动,也不能躺着不动,要慢慢走,小范围活动,以免产生新的结节。洗衣服、打扫卫生我没问题,但我不在家她的吃饭成了问题。老庞说,她包了。我要付伙食费,老两口死活不要,我只好隔三岔五去菜场,一次多买些菜回来,连他们老两口的一起。还买了乌鸡、黄芩、红枣、枸杞,麻烦老庞帮着煲汤。老庞很高兴,每次都做出不一样的味道来。我也跟着沾光,心想这口味多好啊,不知道段总老婆的味蕾是怎么长的。

因为我要照顾小米,段总那段时间不再给我安排出差,傍晚我基本上都能按时回家。吃过饭,我就搀着小米和老段、老庞一起去公园散步。老两口看人家在鹅卵石小路上倒退着走好玩,也跟上去走。开始不习惯,老要往后张望,怕跌倒,走两次就慢慢习惯了,也说好,按着脚底下舒坦。干脆去早市买了两双薄底的运动鞋,每天晚上都要逆时针倒退上几十圈。老段就是玩个新鲜,他让我帮他到图书大厦买本有关足疗的书,没事就戴着老花镜盯着看,看看书上的脚板示意图,再看看自己和老庞的脚底,指指戳戳说下次再走得如何用力,使了劲儿会对身体哪个相应的部位有好处。

逆时针倒走一定程度上改变了老段的某些想法。除了天伦之乐,他在北京终于找到了另外的一点乐趣,无所事事的感觉让他很难受。在医院的时候,我和7床的老公聊起"京漂"。老段小声问我:"端阳,你说我算不算'京漂'?"我想都没想,当然不算。老段自言自语:"我看算。"过一会儿又嘀咕,"我他妈比漂还漂。"现在,傍晚的几十圈倒退让他有了点奔头,他又跟我说:"其实北京也是不错的,过日子嘛,静下来哪都一样。"

不到一周又变了。因为老庞的情绪不对了。

首先是"珍宝蟹事件"。

段总老婆突发奇想,要吃珍宝蟹。珍宝蟹是什么蟹,说实话之前我没见过,只知道这东西很贵。老庞和老段都没听说过。既然想吃老庞就得去买,兜里装着儿媳妇刚给的一千块钱菜金。到早市老两口直奔海鲜棚,问了好几家才问到珍宝蟹。的确是够贵的,一只就要他妈的几百块钱,简直是明火执仗地打劫。老两口倒吸一口凉气。

"便宜点呢?"老庞心虚地问。

老板打眼就知道这不像吃珍宝蟹的人。外地口音,老头老太太,买菜的小包都捂得严严实实。他随口说:"一个子儿都不能少。新鲜的活蟹,没有低过这价的。"

老庞听出来了,老板的意思是,死蟹才能便宜。她巡视一圈大盆里张牙舞爪的珍宝蟹,眼睛突然亮起来,有只蟹正轻飘飘地伸直它的很多条腿,动作相当苍白。凭经验,老庞知道它快了。她碰碰老段的手,小声说:"看见没?就那只。"老段半天才找到,点头。老庞说:"走。"老段稀里糊涂就被拽走了。

出了海鲜棚,老段问:"啥意思?"

老庞说:"等它死。"

别的菜都买完了,老庞说:"去看看,死了没?"

老段回来说:"还动着。"

"先抽根烟,"老庞说。她看着老段把烟抽完,"再去看看。"

老段跑过去又跑回来:"好像还没死透。"

"那你再抽一根。"

这根烟抽完了,老庞说:"走。"

那只蟹依然没死透。老庞伸手把它抓起来,说:"跟死了没两样。挺不了一个钟头,我知道的。"

老板也知道。与其一个钟头之后当成死的卖,不如现在卖。讨价还价之后,六十成交。

"就买一只?"老段问。

"你还想开养殖场啊?"老庞说,"就你那胃,吃这么贵的东西消化得了?"

"人家给你可是一千块钱啊。"

"你头脑坏了?哪有拿一千块钱来买菜的!你当咱们儿子开银行啊。再说,小郑月子还没出彻底,这东西吃多了伤人。"

老段想也对,这东西寒气大。回到二十一楼才发现把儿媳妇的精神领会错了。儿媳妇说,怎么就一只?老庞说,太贵了。不是给你们钱了吗?那也不够买几只的。能买几只买几只啊。不是想给你们省点钱嘛。那也不能从嘴里省啊。

"哎呀,"儿媳妇突然叫道,"怎么还是只死的?"

老庞说:"买的时候还活着,不信问你爸。"

儿媳妇说:"这帮奸商,我打电话给工商局,举报他们!"伸手就要摁手机。

老庞赶紧拦住了,这事不怪人家卖蟹的。"是我,想便宜点,"老庞难堪坏了,半辈子活过来还从来没这么丢过人,"买了只半死的。"

"死了还有什么好吃的!"儿媳妇哭笑不得,又觉得不能伤老人的面子,赶紧往回拉,"没事了,妈。我也就心里馋,也想让您和爸爸尝尝,真蒸出来可能又不想吃了。"

儿媳妇留面子了,老庞懂,但她还是窝心。当爹娘的谁不想替孩子省一点呢？省错了。要是儿子，她大可以发一通牢骚接着再教育一顿，关键人家是儿媳妇，生活在大城市，从小过的跟你就不是一样的日子。老庞有点灰心和无所适从，为自己的农民气、小家子气。老庞不高兴老段也没法一个人单独高兴，老庞垂下头，他的头只会垂得更低。晚上散步时，他吞吞吐吐地问我：

"北京的父母都是怎么过的？"

"不知道。"

"那，像我和老庞这样，子女在北京，父母过来了，是怎么过的？"

我依然不知道。其实这不是外不外地、父不父母的问题，而是生活观念的问题，然后是交流沟通的问题。当然，骨子里的东西可能一辈子也沟不通，那就没办法了。我现在就没办法，跟老段、老庞说不清楚。再说了，我他妈的算哪根葱啊。

过了些日子，"珍宝蟹事件"差不多了，"两只鸡事件"又来了。就是老庞在家兢兢业业养了大半年的两只母鸡，老家有人来北京走亲戚，帮着捎来了。坐长途大巴，两只鸡往蛇皮口袋里一塞，扎上口一路带到北京。老段跟邻居打电话，操心他的花花草草和老庞的两只鸡，顺便表达一下思乡之情。邻居说正好有邻居去北京，带上不？老庞在一边说，带，当然带。两只鸡到北京，正赶上段总出差，老段麻烦我带他们俩去莲花池汽车站。他们想见见邻居。

那真是邻居相见，分外眼红，老庞眼泪吧嗒吧嗒往下掉。邻居是和老庞年纪差不多的老太太，多少年都在一起聊天，她为老庞的激动感到难为情。"哭什么？"她说，"好像儿子儿媳让你受多大委屈似的！"老庞心里嘀咕，委屈大了，但嘴上硬气得很，自己儿媳妇，没得说，对她和老段那个好啊，比儿子都贴心。这个面子得要。老段着急问他的几十盆花草，邻居说，大部分都活着吧，谁有你那些闲心去伺候这东西？老段心疼得左嘴角直往上拽。那花花草草这些年耗了他多少精力。老段忍不住踢了一脚蛇皮袋，两只鸡清清嗓子在北京各叫了两声。

这两只鸡的用途很明确。在院子里先杀一只，按照最精妙的配方煲出了一锅鸡汤，象征性地盛了一碗给小米，余下的老庞用砂锅端到了二十一楼。进了房间老庞就喊小郑，快喝掉，还热着呢。因为珍宝蟹的事，小郑这些天发现公婆有点不对劲儿，就想刻意表现得好一点，听见名字就热情回应，捏着一张表格出了房间。她正按照网上提供的最新资料，在给女儿设计两个月后的营养配餐，哪一天该加苹果汁，哪一天该补充西瓜汁，哪一天该增添胡萝卜素。清清楚楚的一笔账。

"香，"老庞打开砂锅盖，热气冒出来，"真香。刚做好的。"

小郑抽了抽鼻子，说："妈，什么味？感觉不对。"

"我用药材煨了大半年，味道当然跟一般的鸡不一样。"

"妈，是鸡汤？"

"是啊，邻居帮我从老家带过来的。"

"妈，"小郑无奈地说，"您知道的，我从不吃鸡。"

老庞慢慢抬起头，看着儿媳妇无辜的脸，可是我比她还无辜啊："你不吃鸡？我不知道啊。"

"哦，忘了跟您说了。"小郑歪着头想了一下，的确没跟婆婆声明过，可是，"您该知道的，您看我从来没让您买过鸡。"

老庞感觉脸上的皱纹在一根根往下挂，如果对面有镜子，她相信镜子里一定会出现一张难看的苦瓜脸。老庞在那一刻绝望极了，儿媳妇没有错，毛病都出在自己身上。

小郑发现情况不妙，赶紧补救，说："妈，我的意思是，您喝吧。"

老庞从众多的皱纹里挤出两个嘴角的笑，说："我喝。我喝。"

当然她不可能一个人喝,段总不在家,她和老段、小王把鸡汤喝了,把鸡肉吃了。看着老段和小王大口喝汤,吃得虎虎生风,老庞眼泪都快出来了,自己一口都吃不下。大半年哪。

那天老两口早早就回了平房。我嫌屋里闷,坐在院子里写一个新闻稿,看见老庞蹲在门口看剩下的那只鸡,足有一个钟头。那只鸡腿上拴着红布条,系在一块砖头上,围着砖头像拉磨的驴一样转圈子,眼睛始终也不离老庞。它没想到从蛇皮袋里再露出脑袋,就到了如此陌生的地方,它对这里充满好奇和恐惧。它不知道自己还认不认识对面的老太太。

第二天清早,我迷迷糊糊地听见梦里有只鸡在凄厉地叫喊。就几声,消失了,我继续睡。我和小米起床时已经上午八点。不赶着上班我们通常都睡懒觉。脸对脸发一阵呆,刷牙洗脸,坐到桌子边想早饭到底该吃点什么。老段端着砂锅进来了,身后跟着老庞。

老段说:"来,小米,快喝,刚出锅。"

他打开砂锅盖,一股很多年都没闻到过的香味直往我鼻子里钻。我最先做的不是推让,也不是感谢,而是跑到门外找那块砖头。还在。红布条也在,但是像一条射线,另外一头空空荡荡。我说梦里的鸡叫怎么如此逼真。

"喝!"老庞简直像一个可怕的监工,指着砂锅声色俱厉地对小米说,"都把它喝了!"

小米看看我,胆怯地往碗里盛汤,被迫喝毒药似的。烫,小米喝得很慢,老庞就站在一边看着。等她喝完那一碗,老庞慢慢坐到床沿上,两行眼泪掉下来。

她和老段让小米把鸡汤都喝了,一顿喝不了两顿,两顿喝不了三顿。反正是她的活儿了。小米说,她伤口都愈合了,恢复得挺好。老庞说:

"喝！恢复好了也要喝！"

老两口等于花了大半年时间替陌生人煨了一只鸡，我十分过意不去。老段一挥手，把我的歉意抹掉了。"老庞心里难受，"他说，声音平静而又忧伤，仿佛在说他的慢性咽炎，"你们别在意。"

我们只有感激和不安。

"我想回去了，"老段又说，眯缝着眼看天上的太阳，"北京的太阳让人犯晕。"他把我递过去的中南海牌香烟叼在嘴上，点上，说话的时候烟卷上上下下地抖，"更要命的是，落下去还会再升起来。"

其实那会儿北京的太阳已经是大而无当，看起来挺亮，早就不热了。

老段不是随口说说。他的确想回去了。可能与花草有关；可能与帮不上忙有关，现在偶尔抱抱牛顿都有心理障碍；也可能与老庞有关。老庞心情不好，他也好不了。此外，他觉得自己无所事事也就罢了，还拖累了老庞分一份心来照顾自己，二十一楼的活儿也不能全身心投入，越这样越容易出问题。有个晚上他拎着一瓶二锅头来找我喝酒，下得有点猛，舌头很快就大了。小米担心他喝醉，让我带他去公园醒一醒。在假山旁边遇到一条雄壮的德国黑背，老段蹲下来向狗招手，拽着舌头说："你过来，咱俩说说话。"我赶紧把他拉起来，那东西您也敢惹。

十

在北大附近采访，结束后直接回家，大约下午两点半。老庞慌慌张张跑到我们小屋，说老段不见了。上午他们都在二十一楼，十点多他说出去走走，午饭时回来。饭都吃完了也没回，打手机关机。老庞以为他在平房睡着了，回来找，不在。又去公园找，还是没有。老庞担心出事,她记得老段出门之前还去看了牛顿。牛顿睡着了,看不见他的老脸。房间里播放轻柔的曲子,为了陶冶牛顿的情操。老段还碰了碰牛顿的小脸。老庞回过头想,怎么想怎么觉得那像告别。我一听也紧张,骑上我的破自行车就往外跑。老段的活动范围我基本清楚,公园、小酒馆、旧书店,最远可能去图书大厦。

后三个地方我都找过了,没有。图书大厦人多,我让服务台用喇叭广告了三遍,还给他们留了联系方式。一圈下来跑了一身汗。回来经过公园,死马当活马医又进去。我骑着车子边边角角都转了一遍。那会儿人少,只有风吹草木和阳光播撒的声音。东南角背阴处有人叫一声,我骑过去,一群老头围在那里下象棋。没有老段。我掉转车头要走,看见树荫里有个人蹲在地上逗一只小狗,竟是老段。我骑过去,小狗看见一个大家伙冲过来,吓得尾巴夹到肚子底下扭头就跑。

老段招手喊:"别跑!你跑什么!"回头看见我,"就这条还像个狗样,你又把它吓跑了。"

那条狗的确长得最像狗,有点脏。已经跑出了公园。下棋的老头里没人上去追。我经常在附近见到流浪猫,流浪狗倒是头一回见。我说老段同志,您快把老庞急出心脏病了,还有闲情逸致跟小狗玩。老段看看手表,哦,都下午了。然后他摸肚子,是有点饿了。

"手机呢?"

他从口袋里摸出手机,摁了几下说:"他妈的,没电了也不跟我说一声。"

看来老段的状态还不错,我们虚惊了一场。

但是当天傍晚就出事了。

一起去公园散步。我和小米在平坦水泥路上慢慢走,老两口去逆时针倒退。分手也就十分钟,小米歪着头说,好像有人叫你。我找了找,没听见。小米又说,好像有,你再听。我竖直耳朵,果然有。"端——阳!端阳!"老庞的声音,都不像了,尖细,惊恐。我想一定出事了,撒腿就往鹅卵石小道上跑。老远就看见一团人围在那里,我扒开人群,老段像只大虾似的躺在路边一动不动。老庞抓着老段的手,脑袋转来转去在喊我。老庞说,走着走着突然就摔倒了。我背起老段就往医院跑。最近的一家医院离公园跑起来也就十分钟。有叫120的工夫我都到了。

老段看起来不胖,背上身才发现并不轻,一百四绝对打不住。到急诊室把他放下,我都快瘫了。老庞竟然也跟上了我的速度。她跟大夫重复了刚才的情况,倒退时,可能被绊着了,也可能是一脚踩虚了,反正就倒了。她没拉住。

"头着地了吗?"大夫一边听心脏一边问。

"没有吧,"老庞一脸的汗,"歪倒在地的。好像也碰了一下。"

手机响了,我到外面接电话,是小米。她回家把我们所剩无几的现金和银行卡都拿来了,正在半道上,问我老段怎么样了。我说不清楚,大夫正诊断。挂了电话我突然想起得把这事告诉段总,他是老段的儿子。段总刚下飞机,在轮盘前拿托运的行李,接到电话声音也有点变,说马上就来。

段总从机场直接打车到医院。那会儿老段已经没事了,正躺在病床上输液。诊断结果是短暂休克。这是老年人常会有的现象。有人咳嗽一声都会短暂休克。我也短暂休克过。工作时跟一班人去黄山玩,回来时车翻了。当时晚上十一点左右,刚下过雨,正经过一个小县城。那地方在修路,路面和旁边的深沟落差足有一米五,路面落满碎石子。我们的金龙中巴为追赶前面那辆同来

372

的大巴,司机一个劲儿地加速,后轮碾着碎石子猛地一滑,车屁股甩出了路面。屁股下坠,车头就往上扬,落到沟底后车头才跟着落下来。我睡得迷迷糊糊,感觉自己突然飞了起来,然后什么都不知道了。等睁开眼时,发现自己倒在车里,坐我旁边的女导游蜷在我身边。我对她说,你怎么睡成这样了?我要拉她起来,拉了两次她都没反应,然后我听见身后有人开始哭叫,意识到出事了。我抱着导游往车外走,发现车门突然变大了,相当宽敞,我从容地走了出去。清醒了才知道,车前巨大的挡风玻璃碎了,我从那里走出来的。出来了导游也醒了。后来大夫说,我和导游的情况都属短暂休克。

段总担心不仅短暂休克这么简单,想让老段在医院里多观察几天。老段不答应,现在就想拔掉点滴离开。他想回家。

"那也得打完了再回。"段总说。

"你爸是说回咱们自己家。"老庞说。

段总半天才反应过来老段的"自己家"和北京的自己家不是一回事。段总不让走,一家人在一块儿这才待上几天啊。他打算忙过这阵子,等小郑也方便了,一家人出去玩玩,让爸妈把北京好好看看。再说,老庞在这里,老段一个人回去他不放心。老段不说话,翻了个身背对着儿子。

老庞说:"就让他回吧,家里没个人你爸也操心。"

段总说:"妈,是不是我和小郑哪个地方做得不对?"

"没有没有,你们做得都很好,"老庞搜搜老段的衣角,"你爸就是想家了。"

老段得到提示,扭过头来说:"林子,爸就是有点想家了。"然后又把脸转回去,眼圈就红了。

段总坐在椅子上抓了一会儿头发,说:"这样,要回您和妈一块儿回。"

"我就回去看看,"老段这回没扭头,鼻音出来了,"过两天说不定又回来了。你妈在这儿总还能帮你们点忙。"

老庞也说:"我不能走,小王一个人忙不过来。我还想多看看咱们牛顿呢。"

那天晚上一家三口一直商量到点滴打完。段总妥协了。老段铁了心要回。段总说好吧,我帮您订车票,过几天可得回来啊。老段说好,尽快回。

十一

两天以后的车票,老段早早就收拾好了。要回去他其实也高兴不起来,老庞也是。这些年可能从来没分开过这么久。也许一个月,也许两个月,也许好几个月。那两天我和小米常常看到老两口坐在院子里,不说话,也不干别的。有时候太阳很好也会去公园,随便找个地方,还是坐着,他们不会像城里的老头老太太那样亲昵地拉手,甚至坐着的时候身体都不接触。就坐着,在大太阳底下,身后两个一定不动的圆影子。

分别的前夜,他们依然什么都没说。后来老庞跟我说,那夜里她老是醒,说不出来由。醒来了她就用手指去碰老段的额头,一点一点地碰,当她把手指变为手心时,老段在黑暗里睁开了明亮的眼。

第二天早上老庞按时醒来,老段还在睡。她和往常一样,给老段冲一杯鸡蛋花生奶。具体做法是,把鸡蛋打碎搅匀,用少量开水冲熟,然后倒入一杯已经冲好的花生奶。多少年都这样。区别在于,过去用的麦乳精,这东西逐渐稀少了之后,改用花生奶了。老段不喜欢喝纯牛奶,只有加了花生味才喝。冲好后,她把杯子放进热水里炖着,等老段起来喝。然后找来一张纸,把做法和用量写清楚,折好了放进藤条箱的夹层里。她希望自己不在的时候,老段每天早上也能喝到鸡蛋花生奶。

早饭也做好了,老段还没起。老庞想,男人就是男人,心再重也就那么回事,该怎么睡还怎么睡。她想叫醒他,又想老段接下来要坐十几个小时的火车,肯定睡不好,就让他多睡会儿。于是搬了凳子坐到门口。这感觉像在家里一样,多少年了她都习惯于没事的时候坐在院子里,看看山,看看树和草,听鸟在看不见的地方叫。老庞鼻子一酸,然后听见屋里有玻璃被摔碎的声音。

老庞急忙跑进屋,看见老段拼命地对她挥动右手,右腿也在动。左侧睡姿,左胳膊左腿都压在身底下。老段的表情和动作都有点怪异,枕头上流了一摊口水。他碰掉了床头柜上的玻璃杯。不太像老两口之间的撒娇,也不像开玩笑。老庞问,怎么了你?老段喔喔喔地说:

"我,动,不,了。"

老庞头脑里闪过一个黑色的词。她赶紧过去扶老段,果然是半个身子不利索了。老段被扶起来坐在床沿上,右手搭上老庞的肩膀,左胳膊只能弯,左手像僵硬的鸡爪一样毫无规律地乱抖。老段的右嘴角开始往上拽,舌头也不灵光了,他说:"我,的,左,脸,是,不,是,没,了?"一串口水掉下来。老庞看着他的脸,左半边基本上像木瓜一样板着,偶尔逃跑似的哆嗦一下,相比之下右半边脸上的动作和表情就显得极其夸张。老段的脸上仿佛藏着两个人。

老庞又想起那个黑色的词:中风。然后在屋子里就凄厉地喊我的名字。当时我在做一个分成两半的莫名其妙的梦:一半的梦中出现一条小路,越走越窄,让人担忧;另一半梦里,很多人像瓶塞一样挤在电梯口要进去,电梯门却迟迟不开。我就醒了。

段总联系的是北京治疗这方面疾病最牛的一家医院。老段住进去了。问题不是很大,但家肯定是没法回了。火车票作废。老段还是不死心,哆哆嗦嗦地说,他想回家治。

"都这样了您还回?"段总说,然后转向老庞,"妈,全中国最好的大夫在这里。"

老庞一声不吭,只是抹眼泪。她不知道该听谁的。

一直忙到下午三点才吃午饭。我和段总坐在医院门口的小饭馆里,段总无奈地说,人老了,你弄不清他在想什么。待得好好的,你说你回什么家嘛,你看出事了。一点办法都没有。

2007年9月11日,海淀南路

浮 世 绘

　　这样喧闹招摇的一群人我们已经习以为常,就是个拍影视剧的现场,很多人围着一台机子转圈,更多人听从某一个或者某几个人的命令,在北京一条临时清空行人的胡同里走来走去。区别在于,这时候正下大雨,街道两边的四合院安静下来了。不是人工的,是实实在在地从天上落下来的,导演觉得好,天时地利人和今天都来了,所有人都不能走,随时准备加戏。大牌明星演员坐在临时撑起来的大阳伞的中心位置,二郎腿跷起来不知道在骂谁,这我们也很熟悉。不熟悉的可能是,看上去站在了伞下,其实只溜了个边儿,站不如不站,因为雨水正好从伞边流进他的脖子里,好像他站在这里就是为了用衣服与身体之间的空隙作为容器来接水的。挤不进去又不甘心从伞底下跑掉的这个倒霉蛋,我们可能不熟悉。他的表情很复杂,这个复杂很难看,五味杂陈,如果用在戏里,一定是个天才和大牌的料儿,但现在轮不到他上场,雨毫无戏剧性,实实在在地从他的脖子往下,经过前胸、后背、肩膀、腰、屁股、大腿、膝盖、小腿,一直流到鞋子里。如果雨水的感觉比较完整,那它一定会知道,经过的这是个年轻女人的身体,有的地方适时地挺起来,有的地方恰当地凹进去,而且四肢修长,皮肤细腻,手感甚好,他是个她。这个女人叫王绮瑶,一年前从上海来。因为她比其他跑龙套的群众演员身份稍微高一点,才有资格站在伞底下,碰巧被雨水看见了细长的白脖子。

　　导演说,演什么都要敬业,哪怕你没有一句台词。王绮瑶聊可安慰,她还可以偶尔张一张嘴,在这个古装戏里,她作为被老爷冷落的三姨太的替补贴身丫头,平均每两到三集有一句台词。比如今天,如果这一段拍得顺当,接下来她就会在四合院的一个拐角处慌慌张张出现,浑身湿漉漉地撞见眼袋坠到鼻子两边的老爷,说:"啊,老爷!"这时候片场一片惊呼,老爷突然摔了一跤,这是剧本里没有的动作。导演以为是该明星在自由发挥,在监视器面前犹豫了几秒钟,打算弄清楚这一跤的深意。老爷对着一群人发了火,都瞎了啊,没看见我摔了!导演才叫停,抓着脑袋对大伙儿说:

"今天就到这儿了,都回吧。"

王绮瑶湿了个透,卸完妆,换过衣服,打了个车就往家跑,熬姜汤还来得及。打车很麻烦,只要下一点儿雨北京就乱,满街都是惊慌失措的人。等车的时候,王绮瑶站在银行楼底下避雨,感觉身体里的雨水继续像蚯蚓一样往脚上爬。记着,一定要放可乐,姜要切成细丝,越细越好。她在超市门口下车,买了瓶可乐出来时,雨停了。雨后的北京更显脏,下得不彻底,雨腥味里夹杂了刺鼻的化学味。过天桥再走十分钟就到家。当然也可以打车,她在犹豫是不是再奢侈一把。一辆车停在她身边。她扭头先看见的是车标,宝马,傻不拉叽的一个圆圈,那蓝色也傻,然后看见一个爆米花脑袋从车窗伸出来:"小姐,要车吗?"

王绮瑶看见一张被夸张地修饰过的尖下巴陌生小脸,顶着一头假发套似的头发,但她还是根据黑色唇膏认出来了对方是谁。她为什么就不能换一种颜色呢?难道男人只认为黑色才性感吗?

"没错,Anny,我是 Coco!"Coco 从车上下来,一只脚矜持地迈上人行道,接着另一只颤颤巍巍地踏上来。秋天过半了,Coco 还赤脚穿着高跟凉鞋,每个脚指甲涂一种颜色,让人生出一种把它们全擦干净的冲动。她亲热地抱住王绮瑶。"你怎么会在这里?"然后对从车里走出来的大肚子男人说,"老潘,这就是我总跟你说的Anny,我的大学同学,铁哥们。她可是才女呀,全校男生都跟在后头追。"

王绮瑶把Coco推开,可乐瓶子夹在两人中间,硌得慌。她对老潘笑笑,打眼就知道这个四十来岁的男人除了有钱之外还缺了点儿东西,不过如果钱足够多,缺的那点儿基本能够补上。

"真是我大学同学,咱俩上下铺呢。"Coco又说。每个声音都散发出燕莎化妆品专柜里的浓酽香味。

这是她的惯用伎俩。只有没念过正经大学的人才会不厌其烦地强调。王绮瑶决定满足她,说:"咱能真诚点儿吗?念书那会儿你后头可是跟着一个加强连哪,一堆男生要对你唱《我的太阳》。"

Coco谦虚地说:"老皇历了,还提。老潘在呢。要不我们一起吃个饭?"

老潘会意,躬身做邀请状:"如蒙赏光,不胜荣幸。"

搞得都跟真的一样。王绮瑶说:"改日吧,家里还有点儿事。谢谢。"她也搞得跟真的似的。她倒是很想来一顿大餐安慰一下自己,这些天在剧组都是盒饭,回家也是随便凑合一下,觉得很多年都没吃上一顿像样的红烧肉了。几年前,那会儿还在上海,没现在这么潦倒,她跟朋友说,女孩子要是想吃红烧肉了,那一定是馋得眼都绿了。为什么就不能好好吃顿红烧肉呢?王绮瑶决定,如果可乐姜汤能阻止这场感冒,她就一个人找个湖南馆子,结结实实来一碗"毛氏红烧肉",吃他个嘴角流油,脑满肠肥,直到把自己恶心死。她们相互交换了电话号码。

得承认,她还是受了点儿刺激。这个Coco,本名李红娟,听这名字就知道不是市区的,但是郊区也是北京的郊区,她大可自称老北京。谁能说在平谷山区长大的就不算北京人?至少她那河北腔比王绮瑶的上海咬舌头普通话离正儿八经的京腔更近。在她们那个圈子里,如果真有那么个圈子的话,京片子的确比普通话好使。在宿舍大家都努力让舌头打卷,卷儿越多越好,是个字都要追加上一个儿化音。没有儿化音,发音的时候舌尖的力量跟不上,那你离北京就远了。

在她们宿舍里,四个人,真是很惭愧,王绮瑶离北京最远。这符合她们的地理现状,李红娟最近,"老北京"嘛,次之是唐山人,再次地从山东德州来,张嘴就一口扒鸡味。上海距离北京跟王绮瑶的口音与京腔的距离一样远,远得一个在北中国,一个在南中国,中间既隔了黄河又隔了长江。但是这不妨碍她们和其他同学从祖国的四面八方聚到这里,准备吃语言和艺术这碗饭。一切都可以改变,不就点儿舌头上的事儿嘛。比如现在,王绮瑶的普通话,包括京腔,显然比一般人都好。她对着镜子苦练几个月,最后累得舌头都卷不起来,照镜子时刚看见牙齿就开始犯恶心。有时候她都不能想象,祖上竟然是清廷的王爷,可以在北京城里吆五喝六,是提笼架鸟养一堆小妾嫖一群女人的主儿。这么顺下来她就是格格,难道语言的天赋就一点儿都不遗传吗?关于她是格格这件事,至少他们家里认为是千真万确,如果不是因为某种特殊原因,她的名字应该是爱新觉罗·绮瑶。可是造化弄人,说来话就长了。总之一句话,来之前父母交代了,去北京发展,好,这还是一次伟大的寻根之旅。

她们学校的名字很好听,中国艺术学院。中国的,在九百六十万平方公里的土地上,没办法有比这更大的名头了。王绮瑶就是冲这个国字号来的,在上海时,辅导她的老师说,中央戏剧学院、北京电影学院也很好,你考不进去,那就它了。她就进了广播影视艺术编导班。有一场入学考试,她考试结束的时候计算了一下,所有答出来的都算对,也只能考五十三分,但最后得到的成绩是九十二分。两者如何换算,她一直没搞懂。分到一个宿舍后,听她们三个谈论,个个都是九十二分,轮到她交底,她理直气壮地说:我,九十五分。因为在她看来,一口歪歪扭扭唐山味的大屁股妞肯定考不到五十三分。

她们都是一个学校的,没毕业很多人就散伙了,原因是,中国艺术学院迟迟不发毕业证,以各种借口延长学制,比如,你们早就知道,这个班并非全国统招,所以很多手续没能及时到位,等等。但是每个学期都要缴纳一大笔费用,费用之高,念完三五个北大都没问题。与其待在学校里昂贵地等着遥遥无期的明天,不如咬牙跺脚离开了去发展,干影视这一行,又是女人,靠的是如花似玉的青春,晚了别抱怨没赶上。可是为什么同样没拿到毕业证,她Coco,李红娟,就能在下雨天坐在宝马车里,黑嘴唇一点儿都不受风吹雨打;而她王绮瑶,被灌了一脖子水后,还得屁颠屁颠自己去超市买可乐煮姜汤呢?她凭什么?想当年,我王绮瑶也是上海电视选美大赛的第十三名,如果不是有猫腻,有人暗箱操作,我就是梦游时上场,也能打进前十名。这他妈什么世道啊。

说来真要话长,王绮瑶在来北京之前的确是风光过一阵子的。虽然说现在选美大赛眼看就要像卡拉OK大赛一样普及,但你得承认,能够在全上海,一轮轮过关斩将,还是有点儿道行的。你要知道参赛的都是哪些人,你就明白就算在一个城市参赛,也是相当不容易的。有上海的很多所名牌大学的女生,甚至有几个已经念到了研究生,而王绮瑶仅仅是个中专毕业的。当然,最后中专生也成了她落败的原因,学历不够,难道学历不够等同于素质跟不上?反正她在电视、报纸和上海以及全国人民的嘴上高频率地出现了几个月后,学历成了她的软肋。还有一个是普通话,某些被潜规则了的评委认为,她的普通话说得有点儿惊险,时刻让人担心会咬了舌头。这就是现在的选美大赛,连舌头摆放的位置都要管。只能理解为,欲加之罪,何患无辞。

在她最后停滞在第十三名之前,媒体还是相当看好她的,好几家企业、影视公司和好几个老总包括某几个政府官员,都通过各种途径向她示好,希望大赛一旦结束就签协议,代言广告或者出演女一号,或者是出任老总的一号秘书和局长、部长们的红颜知己。行情的确很好,不仅王绮瑶本人和她的指导老师,就是走在夜里也要戴墨镜的知名策划人马先生,对其前途也看好,就是她父母,也颇为乐观。老两口没事就坐在电视前嘀咕,这下好了,终于可以光宗耀祖了。大清朝虽然亡国有年,咱们家绮瑶照样能够重振家威。不过如上所述,她停在了一个很不吉利的名次上,这也直接导致所有协议和意向迅速流产。

"就这么功利,就这么残酷。"马先生摘下墨镜跟爱徒说,语重心长感人至深,"你没有败,是这个荒唐的世道败了。它让那些鸡鸣狗盗之徒胜利,就说明它败了,烂透了的那种败。你要去北京,一切都会好起来的,老师相信你。你要记住,有一种胜利就叫撤退。"

父母说的是另外一番话,同样催人泪下:"瑶瑶,我们生下你的时候,就知道你是爱新觉罗氏的光荣。对爱新觉罗家来说,没有什么不可能,你要代表我们打回北京城!"

别的就不多说了,面容姣好、身材秀拔的王绮瑶来到北京城,她和本名叫李红娟的 Coco 同学还上下铺,经常在半夜醒来时看见 Coco 的一条白腿垂下来,发现李红娟虽然瘦,大腿上还是有橘皮现象。现在,李红娟把大腿包在显然是老潘付了钱的裙子里,坐在一辆宝马 320 里,她穿着裙子和凉鞋,但是坐在车里不会觉得冷。

所以王绮瑶忍不住要生气。发泄愤怒的最好方式是花钱,打车的钱当然有,上了天桥又下来,老子打车回家。坐上车刚走二十米就开始堵,喘不过气来地堵,一溜车都在摁喇叭。司机本来想说一段中南海里的大事显摆一下,也被堵得没心情了,摁一声喇叭骂一句娘。王绮瑶的心情更差,没挪几步,计价器的数字跳得好像比平常快,弄得她也心惊肉跳的,跳一下就是两个鸡蛋。但她得忍着,这点体面要讲。为此她安慰自己,也许不该怪罪Coco,她还是不错的,如果说她在北京还算有个朋友,那也就是Coco了。作为老北京,在所有同学里,Coco能看上的也就是她王绮瑶;虽然也是因为她从上海来,但向来都是上海看不起外地人。还有,这是她私下揣测,也因为她曾是选美大赛第十三名,可恶的第十三名,以及她的格格身份。不过凭直觉,她觉得Coco并不相信她是清朝皇族后裔,要是我我也不信,没什么原因,这年头装神弄鬼的人太多了。

上楼的时候王绮瑶调整了步态,坚决不能让冤枉的三十一块钱打车费在脸上显现出来。楼梯道黑灯瞎火,所有的灯都被有意无意地打碎了。五楼的楼梯向左的这个两居室房子,她和一个叫万紫的女孩合租,每人每月付一千五,共用厨房和卫生间,煤气、水、电费平摊。她的钥匙刚插进锁孔里,房门就开了,万紫穿着睡裙拉着门里的把手,领子很低,露出一大片暖洋洋的丰白胸部,脸上有种成功结束处女生涯的羞涩和幸福。但是以王绮瑶的经验和见识,她在至少三年前该结束的就全结束了。

"瑶瑶,回来啦?"万紫问,"累吗?"

"还行,"王绮瑶说,漫不经心地按了一下鼻子,"可能昨晚睡觉着了凉。"

"那得多喝开水。我刚买了酸奶,带芒果和猕猴桃果粒的,要不要尝尝?"万紫拉开冰箱就要拿。王绮瑶注意到她的两只拖鞋穿反了,她的房门半关着,传来另一双更加沉重的脚谨慎的走动声,然后瞬间,她觉得闻到复杂的荷尔蒙气息,若有若无,但一定在,或者她认为一定在。这个场景她不是没撞见过,但觉得今天有些不同。万紫又说:"瑶瑶,尝尝吧,味道真的非常好。"盒装酸奶往她手里塞。

王绮瑶就明白了,她的热情非同寻常。万紫不是这样的人,虽然她从南京来,江南富庶之地,却一贯抠门。这也可以理解,江南人未必都有钱,而在北京混得不好的必定都抠门,不会生活也逼着你学会了,大手大脚你活不下去。她在附近一个服装批发城当店员,卖丝巾、袜子和内裤等小东西,过手的钱都不大。看小的东西久了,人也跟着小气,以前买了鸡蛋,放进冰箱之前都要在上面用笔编上号,理由是,她是个糊涂虫,吃错了王绮瑶的鸡蛋那多不好意思。王绮瑶一生气,第二天就去买了"咯咯哒"金装,微笑着说:"咱俩买的牌子不一样,不用区分啦。"搞得万紫一脸花红柳绿。

现在一定是有求于她了。王绮瑶用鼻息笑了一下,把酸奶放回冰箱,有点儿感冒,不宜吃凉的。

万紫又说:"你有姜吗?我有的,要不要帮你切一下?"

"谢谢,你不知道我要切成什么样的。"王绮瑶开门进了自己的房间。

万紫也跟着进来了,磨磨叽叽半天,终于说:"瑶瑶,跟你商量个事儿啊。"

"说呗。"

"我男朋友刚换了工作,离这不远,没找到合适房子,想来我这里住几天。"

王绮瑶的耳朵动了一下,果然。她条件反射似的做出反应:"不方便吧?也不合适啊。"

"我也知道,这不是应个急嘛。水、电、煤气费我们承担三分之二,行吗?"

王绮瑶心里冷笑,挺会算账啊,为什么不把房租也算进去呢?一生气,态度就有点儿硬,但声音倒软下来了:"不是这么回事。其实吧,从钱的角度,我倒是合算的。不说那些生活费用,房租原本咱一人一半,多一个人我还只交三分之一呢。就是多个男人,上厕所啊,洗澡啊,换衣服都不方便。"

万紫的胖下巴就挂下来了。原本想借此省点房租的,又让王绮瑶给逮着了,只好讪讪地笑,说:"那我们再找找看吧。"搓着两只手回了自己房间。

王绮瑶听到响亮的关门声。此刻窗外暗下来,北京的夜晚降临。马路上照样车马喧嚣,这个世界缺了谁都照样繁华热闹,而她的小屋里凄清简陋,即使她把床头灯都打开,即使她买了那么多廉价的女孩子喜欢的温暖可爱的小玩具、小摆设来装饰,这个闺房依然像她身上一样冰凉。在这样的屋子里跟万紫这样的女孩子还得钩心斗角,真是没意思透了。她觉得一点儿力气都没有,衣服没换就躺倒在床上。她明白万紫在北京的不容易,可是谁又容易呢?她再不容易,如果男朋友进住这里,总还有个人为自己撑腰啊,她有谁呢?煮碗姜汤还得亲自动手。

等她起来去厨房煮姜汤,经过万紫房间时,还听见万紫在和她男朋友说:"别着急,我再和她商量商量……"她还没死心。王绮瑶只装作没听见。

两大碗姜汤和三袋同仁堂感冒清热颗粒,总算把刚露头的感冒给压回去了。坚决不能生病,耽误戏是一个原因,还有个原因是看病太贵,如果你不备点儿常用药,感个冒进医院没一两百块钱出不来。王绮瑶每天都去片场,到了那里有戏没戏都得化装,导演在现场经常冒出新想法,她这样的小角色必须随叫随到。这一天化完装她正闲在阴凉地里,免得太阳把粉底后面的面油给晒出来,手机响了。

万紫在电话里说:"哎呀,Anny。"

王绮瑶一愣,半天才回过神来,叫自己呢。

"这名字真好听,怎么不告诉我?刚有人打电话找你,我还以为打错了呢!我让她打你手机了。"

王绮瑶懒懒地谢了她。这需要通报吗?看来对男朋友住进来还不死心。这个"Anny"是Coco的专利,也只有她这么叫。那会儿她们刚进学校,有个晚上她跟Coco一起去三里屯钓老外,见了几个大胡子的洋鬼子,Coco一副清纯相,介绍王绮瑶时,顺嘴说了个"Anny",一晚上几个老外就Anny长Anny短,叫了一晚上最终也没钓上,打车钱都没帮忙付上。王绮瑶不喜欢这名字,什么Anny,全世界用得最多的英文名就是这个,亏她想得出来。Coco给自己倒是取了个挺大气的名字,还搭了香奈儿的车。顺嘴一个名字也要压她一头。不过王绮瑶也没太在乎,毕竟Coco还带自己出来,想起来这场合给她个洋名装点门面。

她对万紫说:"以后别叫什么Anny!"

刚挂电话,又响了,这回是Coco,上来就问:"忙啥呢?"

"能忙啥,拍戏呗。"

"行啊大明星,咱们见一面呗。我去找你?"

"免啦,说个地儿,收工我去找你。"

她可不想让Coco看见这一身简陋的丫头装。

晚上在亚运村见面,Coco打车带上她,去中关村附近的一家店吃正宗的重庆烤鱼。车过四环,巨大的鸟巢正建着,很多人在灯火

辉煌的钢铁架上忙活。王绮瑶想起刚来北京时,她就跑过来看鸟巢,那时候钢架子就搭起来了,过了这么久,还在搭,就说:

"我怎么觉得奥运会远在天边呢?"

Coco 说:"不该操心的别瞎操心。"

王绮瑶就说:"不操心。我就是觉得所有事情都遥遥无期。"

"你着急了?没个盼头?"

"不知道。这些天我突然发现北京很大。"

"Anny,"Coco 把手放到她肩头,"咱俩一样,我们需要成功。再拖下去我们就老了。"

王绮瑶眼泪唰地就满了眼眶:"你认为,我们还没老吗?"

这一天,她们二十六岁。出租车司机自顾自吹起口哨,齐秦的一首老歌——《大约在冬季》。这个秋天的傍晚其实很漂亮,四环上出奇地不堵车。

烤鱼要的是麻辣味。如果说王绮瑶来北京后有大的改变,开始吃辣算一个,而且是麻辣。这在上海时是不可想象的。她喜欢花椒的麻味在舌尖上突然绽放的那一瞬间的感觉,所以你能看见她不时夹两粒花椒放进嘴里。她们聊艺术学院的同学。

"小米现在是职业小三,过得还蛮滋润的。"

"早早跟一制片人混着拍电视电影,也就温饱水平。"

"知道吗,那个丁丁最惨,一头子劲儿要当明星,又没后台,剧务都敢占她便宜。"

还有那个秦莎莎、胡晴、范可心、发面馒头、娇滴滴、顾丽娜,大同小异,不管离校的还是在读的,都是一笔糊涂账,一本不折不扣的烂账。王绮瑶觉得再这么聊下去,想死的心都有了。

店里的人越来越多,人声嘈杂。这家店仗着味道好,坚决不开分店,也不扩大经营,一共十六张桌子,爱来不来,来晚了门口排队去。像王绮瑶在上海时跟大老板去吃的居民楼里的私房菜,门脸小,就三五张桌子,红烧肉一盘卖一百,嫌贵腾地方让别人坐。Anny和Coco,两个取了洋名的中国姑娘,必须提高声音才能让对方听清楚,为了防止嗓子哑掉,她们不停地喝啤酒。先来一扎,又来一扎,忍不住说到了自己。Coco说,她想开一家服装店,钱不够,想找人投资,那个老潘目前就是统战对象。钱为什么就那么重要呢?她喝干杯里的啤酒,斜着眼问王绮瑶。王绮瑶想,我他妈的还想问你呢!要不是因为几个臭钱,我搬出去找房子自己住了,省得一回去就看见万紫那双心怀叵测的小眼睛。她有时候觉得万紫男朋友看她的眼神有点儿不对,某一瞬间突然就冒出嗖嗖的凉气,瞅着挺瘆人的。

"要不搬过来和我一起住?"Coco两眼立马放了光,"我租的那房子还空一间,咱俩做伴。"

"合适吗?"王绮瑶的意思是,会不会妨碍Coco的私生活。

Coco立马会意,白了她一眼:"想哪去了你!我就那么乱吗?再说,咱俩又不住一个屋。"

王绮瑶想,好吧,再乱也是乱在人家自己屋里,自己只要睁一只眼闭一只眼就行了,顶多不该听的声音大了,把耳朵给塞上。她总比万紫和她那个眼冒凉气的男朋友可靠。就这么定了。

Coco很高兴。"来,祝贺同居成功!"举起杯子和王绮瑶的碰在一起,"别担心,房租还是一人一半。就不信咱俩双剑合璧,不能成点儿什么事儿!"

王绮瑶明白了,这个Coco混得也不像表面上那么光鲜啊。同病相怜的温暖立马出来了,对服务员挥挥手,再来一扎。

两人喝得都有点儿大。出了门夜已深,街上清冷了一些,路灯更亮了,各种霓虹灯转着圈闪动。Coco脚底下发飘,嘴上倒坚强,对着中关村大街突然就喊：

"你等着，我李红娟，要开一家他妈的最牛×的店！"

吓王绮瑶一跳。王绮瑶抓住她胳膊："干吗呢？找警察叔叔批评啊？"

"怕他个屁！"Coco双手拍着王绮瑶的两个肩膀，"你以为谁会在乎你？"

"咱自己在乎自己，好不好？"王绮瑶用她悲伤的双手把Coco的双手放回该在的位置，"走，回家去。"

到Coco那里看了房子，王绮瑶决定搬。房子不错，比现在的地段繁华，用Coco的话说，社交比较方便。打车三十块钱，既能到国贸和三里屯，也能到什刹海。回到住处，跟万紫说，觉得他们俩挺不容易，她就在外面新找了房子，这就搬，趁热找房东把手续办了吧。万紫高兴坏了，北京的房价喝了鸡血似的往上跑，这么便宜的房子再也不可能租到了。看万紫乐得屁颠屁颠给男朋友打电话，王绮瑶还是有点儿难过，心想哪一天混成万紫这样，不如死了算了。

但一时半会儿也看不到能混好的迹象，眼前的这个戏结结巴巴拍完了，她的身价并没有涨上去，没人去注意一个好几天才吭一声的丫头演技如何。她也得承认，她并不比别人演得更好，当她想擅自加一句台词时，导演就会大声喊停，然后质问她，没睡醒？没睡醒别来片场！现在王绮瑶在等下一个戏，那个更像包工头的经纪人说，一有消息就通知她，先回去休息。王绮瑶只好在家待着，没事就跟Coco闲扯。

和王绮瑶虚幻的明星梦相比，Coco更务实，因为她的努力可以看得见。比如，她想找人投资服装店，钱到位就能开张。慢慢挣了钱,就去捯饬一个美容会所,自己当老板,做大后搞连锁,美容美发美体按摩一条龙,那时候名叫 Coco 美容会所的连锁店将遍布全北京,一直到平谷去。她要做的就是在家里数钱。听起来相当诱人,关键是老潘貌似真的愿意为她放血,这从最近他们的行踪可以看出来。半个月内,老潘来 Coco 的房间三次,进了门就从里面反锁,很快 Coco 快活的哼唧声就传到隔壁王绮瑶的耳朵里,听得她脸红心跳,上下半身像被猫爪子挠了一样。老潘的态度很好,从房间里出来就顺带把王绮瑶也请到馆子里。未必多豪华,总是请了。Coco 哼唧一次,王绮瑶就觉得她离她的服装店就近了一步。这让她备感压力,老闲着不是个事儿。人家有男人傍,她却坐吃山空。

经纪人总是同一句话,再等等。空等人容易变老,得动起来。那就寻根问祖,这是她北京之行的又一重大任务。找到了,她还去跑什么龙套,一下子富贵登天,想干吗干吗,演什么样的女一号那得看她心情好不好。抽空再嫁个好老公,做回阿拉的格格去。

关于她的祖父,据说是清朝最后的皇族,还没生下来就成了平民。那时候兵荒马乱,王爷家也早早遇了变故,她祖父跟着她曾祖母娘儿俩相依为命,怀里面应该没揣银子。她曾祖母是侧室,侧到什么程度她也不知道,想必她父亲也不知道,知道了也不会说,因为她父亲说,他们家根正苗红,绝对是嫡出。就算是,孤儿寡母也不敢声张,所以她祖父改了姓,对他们来说,姓什么都比姓爱新觉罗更安全。后来寡母早亡,改了姓的小王自己把自己拉扯大,新中国成立后结婚生子,就是王绮瑶她爸。尽管改了姓,做了父亲的小王遗传的贵族气没改掉,一不小心在革命中露了馅,一帮人围上来讨伐批斗,听说被打成了瘸子。为了避免连累妻儿,他们离了婚,老婆把儿子带到了上海,先是天各一方,后来音讯隔绝,再也没有联系上。

很多年里瘸子小王,现在应该叫老王,一直被认为已经死掉了,那时候大家的革命积极性很高,把活人斗死不算稀奇。据王绮瑶奶奶回忆,她离京时老王已经虚弱得走五步就得歇一歇,否则气不够喘。这种身体吃人参都活不下来,何况根本没人参。当然王绮瑶奶奶现在也死了。可是,突然前两年王绮瑶的父亲,现在也被人称为老王了,从自北京出差回来的朋友那里听说一个消息,该朋友在一个王府井百货大楼里见到一个老头,长相酷似王绮瑶她爸,看那气派,应该是某家大公司年迈的老总。老王开始不信,以为是朋友的恭维话,第二天早上起来照镜子刮胡子时,看着镜子里五十多岁的脸,一下子呆掉了。以他的长相,别人不要说长得相似,就是照着他的脸化装都化不来。王绮瑶是他亲生女儿,也没能把他独特的长相遗传过去。所以,老王捏着刮胡刀就在镜子前走神了,一直到他老婆过来叫他吃早饭。

"我爸可能没死。"他在镜子里对老婆说。

"你说什么?"

"我爸可能还活着!"

他的眼神让王绮瑶她妈觉得大白天见了鬼。从她认识老王的那天起,她就被告知从没见过面的公公死去多年了,现在丈夫突然说,他爸可能还活着,真是大白天见到鬼。老王很认真,胡子刮了一半停下来,坐在饭桌前专心致志给老婆讲道理,为什么说他爸可能还活着,而且很可能是个大富翁。可能性绝对是有的,老老王当年虽然身体不行了,但未必就一定会死。王绮瑶她妈点点头。她不怎么相信公公会突然活过来,还变成个大富翁,虽然"大富翁"三个字听了让人心潮澎湃,但她绝对相信老王的这张脸天下找不出第二张,不管你到哪里找。她当年认识他,就是因为在黄浦江边散步时,发现对面走过来的小伙子竟然长了那么一张奇怪的脸,忍不住走过去又扭回头看了一眼,正好老王此刻也回头,目光撞一块儿去了。老王有了一个搭讪的理由,接着就拿下了。结婚以后,老王问老婆为什么喜欢他,她说,主要是觉得他那张脸好认,走到哪里都丢不了。这是玩笑也不是玩笑,找一个跟别人不一样的老公是每一个年轻姑娘的志向。

至于老王的脸独特到什么程度,他老婆也说不好,绝对不是丑,当然也算不上多漂亮,就是有特点,太有特点了。她描述不出来,但一见到肯定能在第一时间里认出来;就像王绮瑶学英语,让她说桌子怎么拼,她总也想不起"desk",但一看见"desk",她立马知道这是桌子。所以,王绮瑶她妈坐在饭桌前,找不到反驳丈夫的理由。

"你想,如果我爸还活着,一是我就有父亲了;二是如果真是个富翁,那我们日子就好过了;三是我跟你说过很多次了,咱们家是皇族,我是正宗的爱新觉罗氏,找到父亲我要证明给所有人看:阿拉跟他们不一样!"

王绮瑶跟家里打了个电话,说:"从明天开始,走街串巷我也要把爷爷找到!"

可是北京何其之大,过千万的人口,一个人随便往哪一蹲,那就是水在水里、油在油中。好在她爷爷不是个平头百姓,至少在王府井百货大楼里时看起来像大公司的老总,气质和风度是最好的身份证。王绮瑶在网上搜"王世宁"三个字,这个人成百上千,就在北京也有两位数。她一条条打开看,符合年龄的只有两个,一个在居委会工作,是女的,一个半年前已经去世。没准改名字了,她就搜"王世"和"公司",搜"王世"和"老总",搜出来的也没一个靠谱的。这说明,虚拟世界也靠不住,还得实实在在到现实中来找。

有两个方法:一是往各个公安局派出所跑,请人家帮忙;二是自己像货郎一样走街串巷,走到哪算到哪,直到某一天为了拍打一只讨厌的蚊子一扭头,看见了,那个比她爸老好几号的人赫然就站在旁边,很有气派地背着手,然后他开始走动,左腿微微有点跛,但他掩饰得非常好。

可是第一条在这里行不通,王绮瑶去了最近的派出所,被人家拒了,你谁啊?就是国家公务员来也得带着盖公章的证明。她又不愿随便托个不熟悉的人来帮,万一找到的是一个只会在大冬天溜墙根晒太阳的半死穷老头,她脸往哪儿搁?她必须确信了祖父是个人物以后,才允许别人跑过来瞻仰。否则,她宁愿他作为一个抽象的祖宗存在于朋友们的记忆里。现在只能使用第二种方法。笨是笨了点儿,安全。

开始的几天里,她把北京最好的几个社区和别墅区都跑了一遍。照正常理解,她祖父这个年龄应该待在家里颐养天年了。她能想象她祖父在离开妻儿之后,一定重组了家庭。现在,他必将儿孙满堂,他会在早上或者傍晚在小区和附近的公园里散步,牵着老伴或孙子辈的手。这个场景如此美好,每当王绮瑶在高尚社区的门口看见天伦之乐,都把自己感动哭了。那些有钱的老头,如果有一个真是她爷爷,如果他牵着的是她的手,那该有多好。那些体面的老头长得跟她爸一点儿都不像。

然后跑北京的各个重要的商业区,出入各种写字楼。她希望祖父能够以视察公司的名义重新出现在繁华的地方。一旦出现,她肯定一看就能认出来。她的爱新觉罗家族骄傲的爷爷从豪华轿车里出来时,必定有人开门,有人搀扶,有人在雨天提前把伞撑好,迈进公司大楼时,身边围了一圈人,可能会挡住他残疾过的左腿,但挡不住他的脸。父亲说,祖父的个头甚至比他还高。她记得他的脸,绝不会看错。出入写字楼的老先生很多,被前呼后拥地进去的也很多,为什么偏偏没有她祖父呢?

还可能在各种购物中心,她爸的朋友不是说在王府井百货大楼里见到的吗?那好,去王府井。那里没有再去燕莎友谊商城,亮马桥的燕莎和远大路上的金源购物中心的燕莎,然后去当代商城、双安商场、西单购物中心、国贸商城、东方新天地、寰宇新天地、美美时代百货、天空大道,等等。反正豪华高档的购物场所都得走一遍。以她祖父的身份,差一点儿的地方去了掉价。这些金光闪闪的地方花去了王绮瑶绝大部分时间,却也是她最开心,同时也最痛苦的时光。那么多好东西,那个精致和品位,即使不来找人只是闲逛,也如此之养眼,女孩子逛商场,那个精神享受不必多说;但这个富丽繁华的过程也常常揪心,好东西都是人家的,她只能看,口水和绝望的泪水一起往肚子里咽。原来都说,不到北京不知道自己官小,不到深圳不知道自己钱少,纯属屁话,你现在要是到了北京,你会发现你钱更少。

王绮瑶忧伤地出了天空大道的门,来到凡间,一阵大风差点把她送了回去。她剧烈地哆嗦了几下,浑身皮肤骤然间收紧,她本能地一手捂住衣服下摆,一手抱住胳膊。冷,北京的深秋带着更大的忧伤降临了。旁边经过一个贵妇人,穿裙子和黑带子凉鞋,脚指甲血一样红,裙子外面是雪白的貂绒披肩和貂毛围脖,仅这一套制作精良的动物皮毛,价钱至少在五位数以上。王绮瑶觉得身体有点儿空,感到了累,摇摇晃晃地站不住,她不想没品位地坐下来,但还是在台阶上坐下了。花岗岩的台阶比这个秋天还凉,王绮瑶的眼泪哗哗地就出来了,她委屈。她对着浩浩荡荡的北京大风张大了嘴:

"王世宁,你这个老不死的,给我滚出来!"

经纪人来电话,一个新戏,刚谈好的第二天又黄了,制片人突然抽风,非得要科班出身的女演员。只能说那家伙脑子坏了,科不科班有啥关系呢?不过这个时代依然如此,凡事讲究出身,中戏和北影的演员就是市场好,好像只要拿了一张他们那里的毕业证,就等于是猪肉身上盖了一个免检的蓝戳,可以放心地卖个好价钱了。经纪人说,只能继续等了。

该死的中国艺术学院!吞了那么多钱也没能给她个毕业证。王绮瑶又郁闷了,半夜里敲开Coco的房门,拎着一瓶普通的长城干红,非让她陪着一起喝。

"你还没搞到证?"Coco从被窝里爬起来,对此好像很吃惊。

"你拿到了?"王绮瑶更吃惊。

"我是说,假的。"Coco一口干掉了半杯红酒。她的心情比王绮瑶好不到哪里去,老潘想睡就来了,提上裤子就开始磨叽,血也不是不放,可每回都是被逼急了才仨瓜俩枣地往外掏,这么个节奏往下掏,Coco在四十岁之前能把理想中的服装店开起来就算是乐观估计了。"随便哪个学校,整一个。几百块钱的事儿。"她从抽屉里摸出一个绿面子的硬皮本,翻开来,李红娟同学,毕业于首都师范大学艺术系,本科。

"这成吗?"

"有什么不成?你去看看那些混得人模狗样的,有几个真材实料?别逗了我亲爱的Anny,你以为咱那个啥艺术学院不野鸡啊?说白了不就是个拿钱买个证吗?都是花钱买的,真的假的有啥区别?"

王绮瑶把Coco的毕业证翻来覆去地看,心里还是没底。别人给个假的跟自己去弄个假的,在她看来是不一样的;前者别人是小偷,后者自己是小偷。

"别傻了,格格小姐。别人偷你,你偷别人,还不都是通奸?洗洗睡吧。"

"那你说,我要办,该办哪个学校的?"

"就想在演艺界干下去,等着那金鸡百花奖?"

"想。"

"我想想。中戏和北影我看就算了吧,太招眼,传媒大学吧,专业也对口。"

"不会出问题吧?"

"出了问题会死人啊?你是不是格格啊你?"

王绮瑶不吭声了,喝了一杯壮胆酒,回房间睡了。

大街上办假证的很多,王绮瑶经常看见人行道和公交车站牌上贴满了小广告,只是从未认真看过。有了这个心,再见到她就留意了,竟然有那么多抱孩子的年轻女人坐在街边,见人就问:"办证吗?"但这样的女人一走到她面前,王绮瑶总是赶快躲开,仿佛对方是瘟疫。倒不是恐惧,而是没法正视那些可能与她同龄但显得比她大很多的女人的脸。她们的脸上只有最朴素的干涩的交易的欲望,除此之外一片空白,尽管怀里抱着几个月大的孩子,却找不到新鲜的妻子和母亲的表情。她不能容忍一个年轻的女人和母亲用这样的脸面对她,她觉得莫名地难过。她不知道自己什么时候是否也会长出这样一张脸。

好了,现在她在街边的麦当劳里坐下来,慢慢地喝一杯咖啡来压惊。世界凉风四起但很热闹,王绮瑶透过玻璃墙往外看,想如何才能和办假证的安全、坦然地接上头。

到傍晚,她看见一个八九岁模样的男孩从天桥上走下来,走一步弯一下腰。近了,才看见他是在往地上贴小广告,动作极为娴熟。他的手里有很厚的一沓,撕掉扑克牌大小的小广告的背胶,弯腰贴到路上,跟着踩上一脚。然后重复这一系列动作,贴下一张。他走过后,一条小广告拼成白线条歪歪扭扭地伸向远方。王绮瑶抓起小包就往外跑,顺着小广告追上小男孩。她说:"小朋友?"

那男孩警醒地扭过头,目光里有冷飕飕的敌意。

"能请你,帮个忙吗?"王绮瑶谨慎地对他微笑。

小男孩穿一条裤腿短缺了一截的运动裤,如果不是布料缩水,就是最近他突然长高了。他光着脚穿着回力牌旧球鞋,光溜溜的干脚脖子有点黑。"✕你妈!"小男孩的确就是这么说的,然后转身就跑。如同离开之前匆忙间说的一句祝福语。

王绮瑶直起腰,觉得秋风吹出了她的眼泪。她把两个拳头攥紧,慢慢地转身,这时候回家还来得及做一顿可口的晚饭。

最终的结果是,她买了一张新的手机卡,照路边一个小广告上的电话打过去,对电话那头的一个普通话走样的男声说:"我要办一个假证!"她把"假证"两个字咬得很重,这两个字的发音,她自信比京片子还要标准。

他们约好在翠微大厦门口见面,下午五点。王绮瑶必须提供自己的两寸免冠照片,谈好了价,一个本科毕业证加一个学位证,一千块钱整。Coco觉得贵了,她的两个证才八百。但对方在电话里说,一分钱一分货,如果谁能辨出来他们的证是假的,白送。王绮瑶说好,谁都是为了真才去办假的。那个三十来岁的男人给王绮瑶的感觉不是很好,普通话土也就罢了,那张脸长得就让人不放心,鼻子嫌短,嘴过大,整个五官一副操之过急的样儿。但是他隆重地重复了之前的许诺:请放心,一分钱一分货。定金五百,一周后此时此地交货。

那天大风,尘土漫天像要来沙尘暴。王绮瑶站在翠微大厦的玻璃门里面,心里有点儿打鼓,脑子里老出现电影里毒贩子接头的画面。她在想短鼻子出现之后,他们怎样才能把货交得神不知鬼不觉。手机响了。

"王小姐你好,到了吗?"一个陌生的男声,普通话比短鼻子标准多了,"我在翠微外面。"

"你是?"

"送货啊。"对方说完竟然发出了放松的笑声。

王绮瑶从翠微走出来,大风吹走了所有人。"你在哪?"

"风大,在车里。"

王绮瑶站在翠微门前的广场往前看,一辆银灰色的宝马车停在路边上,一个男人从车窗里伸出手对着她挥动。她走过去。那人说:"上车。"王绮瑶犹豫了,陌生人的车,但证在他那里,一手交钱一手交货。那人说:"要不你先进翠微,停好车我就过去。兰蔻专柜见。"就是这句话让王绮瑶放了心,这是个懂女人的男人,做不了歹徒。她拉开车门,坐到副驾驶座上。

没有意外。很干脆。两个证和真的一模一样。

"小吴有点事儿,我代他。满意吗?"那人说,伸出手,"宁长安,认识一下?"

王绮瑶看见他把手表戴在右手,卡地亚山度士系列,商场标价应该在四万左右。王绮瑶没伸出手去被握,开宝马车,戴卡地亚表,一点儿都不符合她对办假证人的想象。

"对不起,挣钱的手都不太干净。"宁长安把手收回来,自嘲地笑笑,"要是请王小姐留个电话,可能更没希望了。"

"你不是有吗?"

"咱们都不笨,你这号恐怕一会儿就该扔了吧?为表诚意,我把自己的号先给你。交个朋友呗。来北京混饭吃,都不容易是不?"

"你还不容易?瞅这装备。"

"我这就是驴屎蛋子,外面光。不值几个钱。"

这个人不讨厌。不会超过三十八岁,要不就是毛寸的发型替他加了分,长得不错,有点黑但比较清爽。没有啤酒肚,这非常好。

"还防着呢?"他又说。

"记吧。"

记号码的时候,宁长安说:"是不是以后就可以经常请你吃个便饭?"

"那要看我心情好不好。"

"今天晚上呢?"

"风大,心情不好。"

"没问题。总有好的时候。"

五天后宁长安打来了电话,王绮瑶突然有种惊喜,这感觉让她有点儿瞧不上自己。但惊喜是实在的,她就一边恨自己一边答应了宁长安的邀请。事实上这几天她一直隐隐地希望他找上门来,虽然这希望比较渺茫,她知道对很多男人来说,顺便跟女人勾搭一下完全是习惯性动作,转眼自己都忘了。宁长安说:"给个地儿,去接你。"

第一顿饭一定要隆重,这是宁长安的观点,所以要去万龙洲吃海鲜。王绮瑶对海鲜其实不感冒,吃完了皮肤过敏,不过她没吭声。海鲜可以不吃,但不能不点,这是身价问题。所以宁长安点了澳洲龙虾,王绮瑶也没有吭声。她把张牙舞爪的大龙虾摆在面前三个小时,一下都没碰,饭局结束时,她对宁长安说,嗯,这只龙虾很漂亮。

宁长安口才不错,车轱辘话说得都好听。他说这几天他一直在犹豫,是不是该打这个电话,打了怕别人烦,不打自己又烦,最后决定打,已经过得这么不容易了,宁可烦别人也不能烦自己。说得王绮瑶忍不住乐了。接着他又说,从现在开始他已经再为下一个电话焦虑了:打,怕别人更烦,因为是第二次了;不打,自己显然更烦,也是因为第二次了。事情总是会越发的麻烦。所以他问王绮瑶:

"你说我下次打还是不打?"

"你该问的是手机。"

"我要是打呢?"

"你应该继续问你的手机。"

"我猜,后天晚上你心情一定很不错。"

"你就这么见不得我心情好一点儿?"

宁长安笑了,王绮瑶矜持了半天还是被绕进去了。宁长安说:"就这么定了。"

两天后,他们去厉家菜馆吃宫廷私房菜。又隔一天,去了全聚德。然后宁长安突然没了消息。王绮瑶以为他没耐心了。在全聚德,他给王绮瑶夹烤鸭时顺势抓住了她的手,被她推开了,王绮瑶说:"请你尊重我。"她也就是做做样子,人家只是碰碰她手,又不是上来就扒裤子,犯不着。但她的脸阴得厉害。剩下的半顿饭时间,宁长安的话明显少了,一副自责和深刻反省的样子。足足过了十天,才来了电话:"我已经在巨鲸肚的黑暗餐厅定了位子,请务必赏光。"那天下午他五点就到了王绮瑶楼下,天有点儿冷,王绮瑶坐进车里时打了个哆嗦。宁长安打开暖气。去巨鲸肚的路上,车绕了一个弯,先在一家商场门前停了下来。宁长安说,你该添件大衣了。

售货员对所有顾客都说好:那件大衣简直就是为王绮瑶量身

定做的,边边角角都妥帖。六千六,绝对物美价廉,过了这个村就没这个店了。王绮瑶知道这行情,这样的大衣她算捡着了,但价钱还是让她抽了口凉气,要脱下来。宁长安手一挥,制止她,对售货员说:

"标牌拿掉。就它了。"

在车上,王绮瑶说:"回去我还你钱。"

"一谈钱人就远,就不能让我靠你近点儿?当礼物了。今天是什么节?哦,周六,周末也算节假日嘛,就当周末礼物了,不嫌弃就行。"

巨鲸肚黑暗餐厅王绮瑶头一次去。竟然有人想出来弄个黑灯瞎火的地方给人吃饭,这歪歪点子有点意思。一进去王绮瑶就明白了,什么人会最喜欢到这里来吃饭,心里也有了准备,所以饭吃到一半,宁长安的手伸到她腿上时,她没有大惊小怪,更没有大呼小叫。她知道,迟早的事。宁长安的脸在黑暗里只是个模糊的轮廓,侧影挺好看,很男人。王绮瑶把眼睛闭上,看见了他明亮的右手慢慢伸进了自己的衣服里,她的身体连着抖了几下。这个餐厅真是安静。

睡到一块儿是下一次的事。不能让人家觉得拿一件大衣就端不住了。下一次他们从格格府出来,王绮瑶的情绪不太好。格格府是家时髦的馆子,服务小姐穿着清宫服,袅袅娜娜地伺候你,花了钱坐到这里,你就是格格。这勾起了王绮瑶了无头绪的寻根梦,她可是真格格啊。宁长安敏锐地察觉到了,软磨硬泡知道了原委,立马拍胸脯许诺:"哥哥我干这一行,三教九流都有交道,从现在起哥哥我上心了。今儿咱俩吃的是二人小宴,哪天一准叫你吃上格格府的团圆宴!"然后心疼地把王绮瑶抱进怀里,再没撒手,一直抱到了酒店里。在床上忙活时,宁长安说,瑶瑶,你何止是格格啊,你是皇后,是皇太后,你是我的心肝宝贝老佛爷。

　　第二天早上王绮瑶醒来,歪头看见身边躺着一个睡相痴傻的男人,嘴张大,皱着眉头好像梦里正在跟人打架,王绮瑶心里半有悲哀半是温情。就这么靠上了一个男人,她好像听见了开天辟地的哐啷一声。她知道他多少?不过话又说回来,知道那么多干吗?有意义吗?在这个大海一样的北京城,有个人是不是给你靠一下,总比一个人跑累了没地方停下来要好。

　　好歹是个体面人。拍戏的时候宁长安开着宝马接她送她,在一帮小演员里,也算有了风光。给她拉车门时,宁长安站在其他护花使者里有款有型,你不能说他赖到哪里去。她接了新戏,民国的,她演一个资本家的四姨太,也是个花瓶,深居简出在资本家的一处私密小洋房里,台词依旧不多。有时候王绮瑶觉得,导演设置这样一个人物,纯粹是为了给房地产公司做广告。镜头转到洋房的时候,谁都知道,有房没人是不合适的,所以一到这个点儿,导演就大喊一声,王绮瑶,窗边站着去。王绮瑶就走到窗边,拉开绣花窗帘,幽怨地向资本家可能出现的街道上望去。那个方向在傍晚,宁长安的车就会开过来。

　　她从不多嘴,这是 Coco 给她的忠告,别轻易把男人往绝路上逼。Coco 和老潘交往的心得有不少,这是其中之一。王绮瑶也不会多问,大家都是聪明人。只要不是太掉价的场合,方便的时候她就跟宁长安一起去,包括他的朋友圈子。如他所说,这家伙的确三教九流都有往来,他的朋友里有教授、老总、警察、法官、个体户、IT精英、小学校长、火车站售票员、政府官员、作家、记者,甚至有夜总会里的小姐和妈咪。大部分都曾是他的顾客,他擅长把顾客弄成回头客。他们回头,除了还需要别的证件,比如停车证、出入证、假发票和各种卡,更多的是帮亲朋好友牵线搭桥,不断地往宁长安这里输送新的客人。王绮瑶跟着宁长安见得比较多的人是罗河。

他们是哥们儿,至少两个人当王绮瑶的面都这么说。工商局的注册单上,罗河开的是一家文化公司,承接文印、策划、宣传、包装等业务,在海淀有自己的公司门脸,三间办公室,看得见的员工就有十二个。很多大型晚会和旅游项目都是他公司搞的。但他从不去公司上班,由他老婆全权代理,用宁长安的话说,小钱咱罗哥看不上。他另有一摊事,在五环外的一座居民楼里,一整层房间都是他的,干活的人不下十个。他在这里承接地下业务,宁长安就是他多年的老客户。

他第一次见到宁长安带了一个陌生女人来,很是谨慎,稍微涉及一点儿业务活动,他就兜个圈子绕过去,只是寒暄打哈哈。弄得宁长安很不好意思,只好先把王绮瑶支开,再跟罗河交代:请罗哥放心,这绝对是个放心女人。罗河问,放心到啥程度?宁长安说,浑身上下,每一个角落都是我的,不是多嘴的人。罗河才略略放了些心。等王绮瑶从洗手间出来,罗河对这个漂亮的上海女人笑了笑,说:

"长安夸你呢。"

"我有那么好吗?"

"当然有,"宁长安说,"比好还好。"

"我看出来了,"罗河说,"长安管着三十一人,你管三十二个。"

王绮瑶很奇怪,他怎么会管着三十一个人?他不是整天就一个人乱跑吗?

罗河彻底放心了,这女人不仅不多嘴,连好奇心都没有,有这美德的女人不多。都睡了那么多次,她对宁长安知道得还如此之少。"你可真是天生做领导的命,权力大到天上去了,竟然还蒙在鼓里。"罗河说,"我跟你说,瑶瑶,我这长安老弟可是咱北京城的假证大鳄,半个北京的事儿都归他管。别看大街上贴那么多号,像样点儿的活儿都得找他。"

王绮瑶做天真状:"罗哥的话不要太深奥噢,不明白。"

"老弟,"罗河对宁长安说,"我可就替你给瑶瑶小姐做点儿启蒙工作啦。这么说吧,"他转向王绮瑶,"北京办假证的,实实在在的人,就有三十一个是长安的手下。大街上的小广告知道吧?你照广告去联系这三十一个人中的任何一个,他接到活儿都要送到我老弟的总部去做,大大小小证件、公章,一概搞定。"

这回王绮瑶听懂了,那个小吴大概就是三十一分之一。他们是一伙儿的。

宁长安说:"罗哥就别寒碜我了,我那点事儿,最后还不是得去求你?"

罗河很谦虚:"兄弟,术业有专攻。你们才是我的衣食父母啊。"

罗河在五环外的居民楼里干的是高科技,宁长安搞不定的业务只能找他。比如有的证件需要某特种纸,这种纸市面上根本找不到,只有官方机构在某些证书里使用,宁长安和其他假证头目就把样品送给罗河,罗河让他高薪聘请的专业人员作相关的高科技分析,最终按照样品材质和比例合成出与样品相同的纸张。这还仅仅是纸张,任何稀罕东西到了罗河的地下公司,转身就弄出可以乱真的赝品。

"就是说,假钞也可以造?"王绮瑶说。

"这话可不能乱说,"罗河摆摆手,装模作样地四顾。他们坐在长安街边上的一个酒吧里,客人们都在谈自己的事情,根本没人注意他们,"这活儿坚决不干,要杀头的,小姐。"

王绮瑶突然咯咯地笑起来:"原来男人也怕死。"

这话其实没头没脑,甚至根本就没头脑,难道男人就该不怕死?但此时此刻,王绮瑶不合时宜的天真让罗河备感可爱,还有几分风情。关于男人和死,她没头没脑说出了这样的话。所以他凑到宁长安耳边说:

"你小子眼光不错啊。"

"那当然。"宁长安也不客气,"哥,我得告诉你,瑶瑶她还是个格格!"

"啥?"

"格格!就是大清朝的公主,还珠格格那格格。"

"你不会连人都喜欢整假的吧?"

"假了包换。"

"哦,"罗河撤回身子把自己整个放进沙发里,摸着下巴说,"这么说还真有那么点儿意思。我得好好看看。"

"嘀咕什么呢,你们俩?"王绮瑶问。

"格格!"罗河甩甩袖子做清朝官员行礼状,"格格吉祥!"

王绮瑶撇撇嘴,说:"既不吉也不祥。过气啦!"

罗河恭维说:"瞎说,格格就是格格!"

此后他们再约见面,不管是日常往来还是业务上的事,罗河总会附一句:"把格格也带来吧,我请你们吃饭。"他们一起泡吧、吃饭、看演出,也经常出去玩,罗河自我标榜是个"野外主义者"。这个"主义者"王绮瑶闻所未闻,也许是罗河自己的发明,只要大把的时间,他就要跑到荒郊野外看看。通常都是罗河自己开车。三个人坐在罗河的越野车里,去北京周边好玩的地方,比如司马台古长城、爨底下、十渡、十三陵等。罗河跟王绮瑶说,他已经请朋友打探了,一旦找到王世宁老先生,第一时间通报。人家好心,推掉好像不合适,但王绮瑶还是担心万一找了个溜墙根的,就说:

"要是找错了怎么办?"

"这还不简单?找错了就说明他不是王爷!"

王绮瑶觉得这个罗河真不错,想得周到,同时也为自己的顾忌被他轻易窥破感到难为情,把脸转向了车窗。冬天的北京郊外凄凉萧索,树木只剩下光溜溜的枝干,荒草被大风吹走,她看见低矮的民房里走出来的男人女人都缩着脖子,他们仰脸看天,等着一场大雪降临。"光阴似箭,日月如梭",王绮瑶想起小时候写作文最喜欢用的表示时间飞逝的成语,就是这么回事,与上海完全不同的冬天,她又看见了一个。

关于王绮瑶的寻根,宁长安也下了不少力气,私下里托了不少朋友。当然,他把王世宁严格地定义为有钱、有身份的老头,王爷嘛。他甚至提出了一个更简便的方法,就是把寻人启事印在办假证的小广告上,这样起码能被半个北京看见。提议被王绮瑶迅速否决,如此寻找祖父实属大不敬,她想到那个贴广告的小男孩,撕下来,弯腰,贴到地上,再踩一脚。祖父的名字一次次被脚踩,她爸知道了得疯掉。而且,放到办假证的小广告上,创意好是好,可也太掉价了吧。

昨天晚上北京开始飘雪,不知道一夜是否马不停蹄,早上起来但见天地皆白。这是王绮瑶喜欢的景象,雪天里的北京让她觉得安静,少了喧嚣和戾气;若是雪再大点,似乎能听见雪地里隐隐升起歌声,漂流着喜气却又苍凉的调子。这调子是用二胡拉的《步步高》?她说不清楚。反正四时的北京,雪天是她最喜欢它的时候。为了到雪地里走走,她跟尚在热被窝做梦的 Coco 说,今天早上她下楼买早点。这样的早上,只有纯正的北京豆腐脑和油条才配得上。

对一个习惯了上海的南中国生活的女孩来说,日常的北京不免粗粝、随意,有点儿硬,但是雪花蓬松,给整个世界都敷了一层厚厚的柔和的粉。王绮瑶下楼,顺着马路往前走,雪已经开始化掉,要在平常,她是极不喜欢化雪的,因为当它成了水,世界变得更脏。但今天不一样,化过雪的路面腾起缥缈的蒸汽,路就显得更黑,油亮亮地黑,而路两边的树和建筑上积雪隆重,是那种贴心贴肺的白,黑和白突然就建立出了巨大的层次感,北京变得立体了,像换了一个城市。王绮瑶很兴奋,顺着马路边走边看,一直走到了天桥上。

从高处看,又是另外一番的壮观。北京的大地从这条路开始陡然黑起来,黑夜和石头一般的沉稳凝重;白雪覆盖的一排排高楼竖起来,像仪仗队那样都站直了。白和黑因为单纯而有了气势和力量,北京的浮泛、浅薄和轻佻不见了,她觉得眼前的城市如同影像里的圣彼得堡、耶路撒冷或者伊斯坦布尔。王绮瑶习惯性地去口袋里摸手机,想找个人说说此刻的感受,这个人显然会是宁长安。没找到,手机放在床头忘了带出来。

买完豆腐脑和油条,在楼下看见了宁长安的车,打眼她就认出那个车牌号。这家伙今天起这么早?跑过来要带她出去看雪?好的雪景当然在公园和野外。大门虚掩,王绮瑶在门外就听见Coco说:"她真的出去了,不知道什么时候回来。要不你下午再来吧。"她推开门,看见Coco睡衣外面裹着一件长羽绒服,正在和一个面色黑黄的女人说话。那女人穿着一件呢子大衣,脖子上围了一圈咖啡色的某种动物的皮毛,眉笔画出来的细长眉毛惊险地盘踞在额头上。王绮瑶听见那女人说:"没问题,我等。"普通话里夹着浓重的河南腔,王绮瑶心里咣地响了一声,余音袅袅,像谁为她敲了一记锣。

"长得的确不错啊,"那女人抱起胳膊说,两个大乳房立刻把大衣和动物的皮毛顶起来,"知道我是谁吗?"

王绮瑶把早点放下,都没看她一眼,换鞋的时候给Coco说:"你拎回房间先吃。"换了棉拖鞋直接进了房间,说,"想说什么进来说吧。"

那女人跟进来,大大咧咧地在床对面的沙发上坐下来,声音相当盛气凌人:"我来你不紧张?"

"你会吃人吗?"王绮瑶坐到床上,隐隐担心的事情这么快就来了。她告诉自己要顶住,她想抽根烟,抽屉拉了半截子又推回去。抽烟会让她觉得自己已经怯了,"说吧。"

"有烟给我一根。"那女人说,"我十九岁出道,干这行十几年了,进去过两次。"

这个开场白让王绮瑶心惊。她说,她不是来打架的,只是想告诉王绮瑶,长安的发家史。

"长安和我一个村儿,高考没考上,我回家过年时我们俩好上了。他会吃、会玩,也会说,人长得也顺眼,就是不爱干活。我俩算是绝配,我把他惯得是没样子了,我是挣钱的,他是花钱的,只当多养个儿子。我估摸着他花钱把你哄得很高兴——那是我的钱。宝马你坐得也挺舒坦吧?我买的。生意有时候我懒得打理,我要管儿子念书,才把三十几号人转给他使唤——那三十一个人也是我的。"

王绮瑶盯着对面墙上的一个点,是上一任房客揳进去的钉子。宁长安来的时候,喜欢把一大串钥匙挂到上面。他还说过,等天气暖和能开窗户了,他要买一串风铃挂上去。

"他还好色,见着长得像样点儿的就爱上去勾搭。我要没猜错,他是看了你的照片才想和你玩玩的。"

王绮瑶暗骂自己愚蠢。做毕业证是要照片的,自己倒把这茬给忘了。她竟然听信宁长安,只是帮小吴一个忙。他完全是有备而来。

但事情已经发生,她也从未有过奢侈的幻想,现在需要的只是自卫:"我不知道他结婚了。没跟我说过。"王绮瑶顺手把宁长安买给她的白金手链拿起来,往手指头上缠,她希望这东西能给她点儿底气。恰恰这个手链惹恼了宁长安老婆,她早在王绮瑶之前两年就有这样一条一模一样的手链。她的火噌地上来了。

"放屁!"她站起来,指着王绮瑶,"装什么装?以为你十八啊?我告诉你,从今天开始,他就只能在家闭门思过!我也告诉你,老实点儿!我能从局子里出来,我就不怕再进去!不想混你早点儿跟我说!"

王绮瑶当时的感觉就是那句老话:秀才遇到兵。她又不能就这么俯首低眉任人宰割,也跟着站起来:"你别欺人太甚,这可是我的家!"因为着急,声音变得更尖细,上海话都出来了。

宁长安老婆忽然笑了:"小腔调还挺尖,怪不得长安喜欢。他可说了,就你那叫床的声音,怎么听都像个鸡!对了,听说你还是个什么格格?我估计啊,你那八竿子打不着的女祖宗,不得了了也就是王爷府里的通房大丫头!"

"你,无耻!"王绮瑶曾在一部肥皂剧里演过一个受了侮辱的女孩,她表示反抗的方式就是这三个字:你,无耻!她觉得这三个字过于程式化,没分量更没创造力,建议导演改,导演没听,她还挺委屈。现在,一着急,脑子一片空白,脱口而出的竟然也是这三个字。

"我无耻?"宁长安老婆说,"脱了衣服往别人老公身上爬,你还有脸说我无耻?"

王绮瑶彻底垮掉了,她哪里经过这阵势?!一时间心乱如麻,仿佛五脏俱焚,胳膊、腿都不听使唤了。她想双手支在梳妆台上,做出的却是两手狂乱扫荡的动作,各类化妆品和小饰物噼里啪啦全滚到了地板上。然后放声大哭。

Coco 听到动静,以为在肉搏,那王绮瑶肯定吃亏,攥了把菜刀就闯进门来:"Anny,没伤着你吧?"

"别拿刀瞎比画。"宁长安老婆说,"我可没碰她,怕脏了手呢!让她哭,哭完了就知道小三也不好当。你们忙,我先走了。"真的转身就走了,神情步态都正常。好像她就是来串个门,拉完家常现在可以走了。

Coco 的菜刀也就做做样子,举起来她也落不下去,不过这已经让王绮瑶很感动了:还没有被这个世界完全抛弃。她也不管光不光彩,抱着 Coco 的就哭起来,孤独、恐惧、羞耻和绝望一起来了,是真的伤心。Coco 开始只是安慰,说来说去把自己也说进去了,她们俩的情况基本上一样,同是天涯沦落人,老潘的老婆打上门来也是迟早的事。这么一想,Coco 也伤心,抱得比王绮瑶还紧,哭得更响,也是真的伤心。她们就这么断断续续抱头痛哭了半个上午,豆腐脑结了冰,油条冻得硬邦邦的,抡起来可以当凶器使。哭累了停下来,心情虽然没能彻底扭转过来,但也神清气爽,仿佛获得了新生,早上那天崩地裂的事件也变得虚幻遥远了。

"不能让宁长安就这么拉倒了!"Coco 洗了脸,用完化妆品,红肿的眼泡让她觉得如果不了了之都对不起自己,就跟王绮瑶说,"Anny,给他打电话,就说你怀孕了,看狗日的怎么办!"

"怀孕?你怎么能这么说!"

"有什么?就兴他们由着性子糟践咱们?他不是闭门思过吗,让他好好思思!"

经不起 Coco 的怂恿,王绮瑶真就给宁长安打了电话,她也想借此发发怨恨,此外也是不能彻底断绝,心底里还存了一点儿渺茫的

410

希望。她对这电话说:"长安,我怀孕了! 你这浑蛋,现在必须过来见我! 你要不来,有你好受的!"

对方一声没吭。也许对方并没什么不好受。

Coco 幸灾乐祸地说:"信不? 他老婆一定逼着他用免提,今晚有得他受了。"

王绮瑶挂了电话,失神地倒在床上,身体里空空荡荡。她不知道宁长安究竟会不会来。她无暇顾及 Coco 突然而至的快乐,也没意识到,Coco 只是想让她帮忙预演一下,没准哪天这招自己用得上。对 Coco 来说,似乎也想不出更好的办法了。

这场雪刚停大半天,傍晚又下起来。副导演电话通知,戏往后推,天好了再说。宁长安没来;再拨,关机;又拨,是个空号。到此结束了。王绮瑶想,男人就这德行,真他妈快啊,比提上裤子就跑还快。她在浴缸里狠狠地泡了一个热水澡,一遍遍擦身体,那股劲儿是要把被宁长安碰过的皮肤脱掉一层才罢休。然后收拾停当,下楼买了两瓶红酒和几样熟食,在床上支起一张小桌子,招呼 Coco 来,两人盘腿对坐,咬牙切齿地发誓,喝到睡着为止。窗外大雪纷飞,有种深埋与沉沦的安宁。世界已然不存在,就剩一间屋,两个女孩相对饮,你好我好大家不好,来,喝。喝,喝。到了夜半,两瓶酒都见了底,两个脑袋抵在一起,歪倒在床上,小呼噜响起来。雪继续下,不知今夕何夕。

北京这些年很少如此大雪。全球变暖,据说年年暖冬,越来越暖,雪总也下不大。所以,早间新闻里播音员在说雪的时候很是兴奋,镜头里闪过一些著名地标,故宫、颐和园、长城、天坛、北京大学、未完工的"鸟巢"、中央电视台的"大裤衩"和即将完工的国家大剧院"蛋壳",个个顶着积雪像怪异的大白头翁。播音员说,北京气象台预告,今天雪后初晴,宜赏雪景,不过外出务必注意安全。要在平常,王绮瑶肯定坐不住,但现在好心情一点儿找不到,宿醉的头疼还在,出了门也看不动。Coco去和老潘约会了,她打算就躺床上,等午后再说。

九点钟罗河打来电话。"格格吉祥,干啥呢?"他像早间新闻播音员一样兴奋,"长安换号了?我打他手机,一个劲儿说空号,玩失踪啊?"

"他失踪关我什么事?"

"你是他领导嘛。"

王绮瑶用鼻子笑了一声,管三十一个人的哪是我,我他妈连自己都领导不了自己。

"吵架了?"

"这么好的天气,懒得吵架。"

"我就说嘛,这大好的天儿。想找你们去颐和园看雪,他找不着影儿,要不咱俩先去?"

"颐和园我不去,圆明园可以考虑。"

"那就圆明园。"

其实王绮瑶哪都不想去,随口冒出来个圆明园,纯粹是个修辞,因为它比颐和园寂寞荒凉,契合现在的心境。那颐和园的饱满和富贵对她不合时宜。十点,罗河的车到了楼下。

除了管理人员,整个圆明园那上午就他们俩。所谓赏雪景,就是在雪地里走。那些零乱的石头两人看过很多遍,你让他们按照大水法原始的模样把石头堆积起来,恐怕也八九不离十。王绮瑶又没心思说话,赏雪景就成了沉默的雪地里赶路。罗河很想知道究竟出了什么事,王绮瑶就是不说,抓了一把雪攥在手心里,越团越圆,越圆越凉,直钻到心里去,整个人里外都冰透了。罗河觉得这么走下去要出人命,王绮瑶的嘴唇都紫了,看看表,下午一点一刻,该吃午饭了。于是出了园,到"东来顺"点了个鸳鸯火锅,在靠窗的位置坐下来。

这样的天适合吃火锅,王绮瑶这样的人今天更应该吃火锅。锅底沸腾,羊肉下锅,热气一点点进到她的身体里,冻得发紫的两只手慢慢泛红,血液开始狂飙突进地运行,王绮瑶第一筷子羊肉热辣辣地进嘴时,终于绷不住了,一口肉全喷在了小料碗里,眼泪瞬间就挂满了一脸。罗河赶紧递上纸巾。

"我就知道出了事,"他说,"长安进去了?"

王绮瑶摇摇头。

"你们,分了?"

王绮瑶不说话,擦了嘴,把盛小料的碗推到一边,又夹了一大筷子羊肉塞进嘴里。浓烈的辛辣味冲得她想咳嗽,她使劲儿憋着,夸张地嚼出了声,囫囵下咽的时候,她觉得进肚子里的不仅是涮羊肉,还有一大把眼泪。

罗河绕过火锅握住她的手,说:"没过不去的坎儿,有我在。"

王绮瑶慢慢抽回手,用纸巾细心地擦掉眼泪,掏出化妆包补了一下妆,说:"我想吃蘑菇。"

罗河对着服务员打了个响指,吩咐:"所有的蘑菇,每样来两份。"

服务员说:"金针菇也算吗?"

"只要带个'菇'字,全上来!"

那顿饭吃得舒心。王绮瑶记不得在什么书上读过一句话:饱餐一顿可口的饭菜,世界观都能变。这话说得好,她的心情就像雪后初霁,新生活似乎可以开始了。宁长安就那么重要?爱情有那么伤痛人心?何况他们根本算不了什么爱情,从开始两人就都知道,这是合作,各取所需。合作最好的状态是双赢,赢不了散伙。就像Coco说的,三条腿的蛤蟆难找,两条腿的男人遍地都是。不就是个男人嘛。

他们上了车,越野车跑在雪地上如履平地。王绮瑶问:"有摇滚的碟吗?"

罗河翻了翻,找出一张崔健的专辑:"喜欢哪首?"

"《快让我在这雪地上撒点儿野》!"

罗河把CD放进播放器里,激烈的音乐把车都振动了。王绮瑶的左手放到操纵杆旁边的平台上,跟着节奏敲鼓点。她的手放在那里以后,罗河的右手基本上就停留在操纵杆上,五个指头如同在沉思,终于,它们像螃蟹一样爬到了王绮瑶的左手上。两个人手握在一起时,身体都僵直了,像两尊静止的蜡像,只有车、音乐和崔健的声音在动。

王绮瑶想,我学会勾引男人了。一阵悲怆的感觉席卷了全身,她再次把手一寸寸抽回来,说:"我想回家。"

太快了说不过去,想来罗河也这么认为。但作为一个男人,他希望现在就把车开到床上去。这不好。他尊重王绮瑶的想法,人家刚刚受过伤害,虽然这世界伤害无处不在,所有人都得在伤害中逐渐成长,她的手毕竟缩回去了。他把她送到楼下,回去的路上经过"宏状元"粥店,脑袋里闪过一道光,头一回觉得自己在生活中来了灵感,进店帮王绮瑶叫了一份外卖,六点半送到。他在电话里说,晚上喝绿豆粥,可以调剂一下中午的火锅,就别下楼了。他们还开了个玩笑,王绮瑶说,哟,挺周到啊;罗河说,我也是个要求进步的男人嘛。

此后一周,罗河给王绮瑶打过的两次电话里,只说找人的事。照她提供的年龄和长相,帮忙的朋友查过了,这样的头面人物朝阳区没有。照她提供的年龄和长相,帮忙的朋友又查过了,这样的头面人物海淀区也没有。"别着急,"末了他都会宽慰一下,"只要人在,一定能找到。等着做格格吧。"

第三次电话打来时,王绮瑶正在片场,天上落着冷雨。室外的戏没法拍,室内的戏拍完了,今天到此结束。大小明星们有车开车,没开车的等人来接,啥都没有的,可以坐剧组的车回去,那要两小时以后。王绮瑶躲在远离人群的地方,犹豫是等下去还是打车回。被宁长安的宝马接惯了,突然没了那风光还真有点不适应。更关键的是,接和不接、用什么车接关涉身价问题,上去了就不容易下来,尤其在大小明星云集的剧组里,暗地里大家较着劲儿地比。她怕别人问起。怕什么来什么,一个平常和王绮瑶就不对付的女演员走过来,阴阳怪气地问王绮瑶:

"人呢?"

"谁?"

"宝马王子啊。想起来了,宝马325,耶!"

显然是盯上自己了,这一周宁长安的确没来。王绮瑶深知她的敌意,她们是同一个经纪人介绍进来的,自认是个演技派,但长得欠了点儿火候,姨太太的角色没拿到,只能演姨太太的远房表姐,台词倒不是很少,但谁会注意到一个偏远的姨太太的偏远的亲戚?所以她很不爽。私下里面对王绮瑶时,她完全忘了自己是个演技派,幽怨和失衡全挂在脸上。角色争不过也罢了,车更没法比,她来回只有剧组的班车可坐。

"他在换车。"

"够有钱的啊。"对方将信将疑,"可以透露一下什么车吗?"

"宝马越野。"

那女演员不依不饶:"是换车啊还是现造车?够久的嘛。"

王绮瑶没理她,当着她的面拨了罗河的电话:"什么时候到?我收工了。"

罗河正在和朋友谈生意,一下子没摸着头脑,不过很快会意。"现在?"他说,"我手头有点儿事。"

"就现在!你马上来!"

四十分钟以后,罗河的车在不远处停下来。王绮瑶指着宝马越野对那女演员说:"要不要验验货?"

女演员哼一声,起身坐到了另外一张帆布椅上。

东西总是越收拾越多。王绮瑶把家当都堆到地板上以便统一打包,发现小东西源源不断地冒出来,这其中有一半是宁长安送的。她坐到沙发上盯着它们看,考虑哪些东西必须扔掉,免得罗河见到了不高兴。他在回龙观给王绮瑶租了个独立的两居,那地方靠他的地下公司近,可以借口去干活儿,随时开车过去。这时候离搬家只有两天,早上Coco出门的时候还哼着小调,回来就板出了一副棺材脸。刚刚,一个小时前,老潘和她散伙了。

事情来得很突然,前几天还好好的。Coco告诉他王绮瑶要搬,老潘说那好啊,广阔天地,大有可为,一副猴急要往床上爬的样子。他还说,以后就可以从容地留下来过夜了。今天下午突然约了Coco去后海的星巴克,哼哧半天才说:"散了吧。"

Coco说:"为什么?"

"你就别问了。"

"我的事,我为什么不能问?"

"那也是我的事。没什么,我就是觉得该散了。"

Coco抓起包就走,多说一句话她都觉得丢不起那个人。当然,从和老潘在一起的第一天开始,她就已经在丢人了。现在只是不想更丢人。她在路边拦了一辆出租车,老潘跟上来,摸出一张百元大钞递给司机,说:"师傅,一定要安全送到家。"

"还给他!"Coco对师傅说,"听见没有?还给他!"师傅把钞票像炸药那样举着,左右为难,Coco抓住钞票扔出了窗外,"开车!"

进了门,王绮瑶看见Coco的脸前所未有地长,完全是情感懈怠导致的皮肉松弛。凭直觉,她知道室友出事了。Coco不说话,准备换鞋,最先看见的不是自己的棉拖鞋,而是一直放在鞋架上给老潘准备的那双大号鞋,每只鞋面上都绣着一颗火红的心。她特地在双安商场挑的情侣鞋,她的鞋面上也各有一个小一号的红心。她就站在鞋架前捂住脸哭起来,嘴里嘟囔着:

"我就是喜欢钱,我也是爱他的呀!"

相同的悲剧上演了。王绮瑶走过来抱住她,大家都一样。

"他凭什么呀?"Coco盯着那双鞋问。

王绮瑶想了想,说:"可能是被你吓着了。"

"我怎么吓着他了?他不是一直想什么时候住这里就住这里吗?"

"想是一回事,做是另一回事。"

"他一直说要和我过一辈子。"

王绮瑶突然蹿了火,推开她给了她一个耳光。"你十八啊?"说完了才想起来这是宁长安老婆骂她的话,更气了,对着Coco又捶了两拳,"这话你也信!宁长安你就没看见?"

暴力此刻奏了效,Coco好像被打明白了。她改直直地盯着王绮瑶了。"Anny,你说得对,可我还是想哭一场,"说着就要往王绮瑶房间里走,"你就让我哭一个小时吧。"

王绮瑶拦住她:"要哭回你自己屋里哭!"她在地板上蹲下来,决定把宁长安送的所有礼物全扔掉。Coco的房门没关,哭声痛快地传过来。她哭得的确有点儿伤心,听得王绮瑶都难过了,两眼慢慢地就蓄满了泪。她在扔掉的礼物里,还是挑了两件留下来:一个是块元宝形的小石头,一个是蹲着一只小猴子的白金工艺戒指。

前者留下来是因为惊险,宁长安为了捡这块石头差点遭了车祸。他们俩从平谷回来,开着慢车一路说笑,王绮瑶一扫眼看见高速路上有块石头,大叫:元宝元宝。的确酷似元宝,宁长安停车下去捡。那地方是个弯道,后面的车没想到竟然有人会停下来,车直直地冲过来,好在一阵急刹车,杵到宁长安屁股时谢天谢地停下来,车主、宁长安和王绮瑶三张脸都白了,汗珠子直往下掉。如果冲上来的帕萨特刹车烂一点儿,宁长安现在可能就只会出气不会进气了。相互发了脾气又相互道了歉,车继续走,王绮瑶抱住宁长安开始自责。宁长安说,这不没事儿嘛,只要你喜欢。后者留下来是因为戒指上有王绮瑶的属相。那属相有典故。宁长安说,有个走乡串户给人算命的瞎子大师,在他二十岁时看过他的生辰八字,结论是他命定的女人属猴。宁长安送她戒指时,以罕见的严肃表示:瑶瑶,你就是我命定的女人。这个戒指和这句话,让王绮瑶在当时突然有了新娘子的幸福感和沉醉感。她留下它,因为这样的幸福与沉醉在她的北京生活中仅此一次,即便放到人生漫长的二十余年里,也屈指可数。作为女人,她需要这感觉,挺不住时温习一下,可以让她对生活再一次充满希望。

Coco 哭完了,仿佛精神上洗了个澡,想问题有能力拐弯了。她看见王绮瑶坐在一堆小东西里,上去就开始帮她往门外扔。"要扔就彻底,别藕断丝连,"她说,"男人就是他妈的口香糖,嚼嚼可以,不是给你咽下去的。"

"你以为我们不是?"王绮瑶说,"人家把甜味嚼没了,吐得比你还利索。"

"所以,咱们不能再犯傻,要吐也得吐在别人前头！Anny,别一高兴又忘了啊！"

王绮瑶想,用得着你提醒吗？她确信罗河不会比宁长安更义气,这也让她在处理两人关系时更为洒脱。哪那么多爱情啊？她认为一个人的爱情是定量的,你用出去多少就空掉多少,现在她空了一大块。即使她躺在罗河身底下的时候,都觉得使不上劲儿,没力气真正地爱这个男人。那好,她也不打算从他那里索取爱情,她只要更好的生活,要那些可以把一种好生活支撑起来的非常琐碎、具体但又极其重要的东西。口香糖的那个甜味和韧劲儿。

房子很好,精装修,房东是个卖药的。王绮瑶开始真没瞧得上,卖得再好又能咋地？见了面才知道卖药也可以卖成个大牛人,跟捡破烂捡成百万富翁、北大毕业生卖猪肉卖出大名一个道理。那个貌不出奇的房东有个好名字,董乐天,他向王绮瑶介绍自己的房子：楼梯两边的房子全是我的,本来最近想打通,罗总急着想用,朋友嘛,能帮上忙当然好；有什么不满意的尽管说,我住对面,有事敲门、打电话都行。

在罗河的鼓动下,接着他们参观了董乐天这一边的房子。实话实说,单层房子这么大,王绮瑶在北京前所未见。怎么会这么大呢？拐了个弯绕过去,又拐了个弯才到头。家具装饰更是一流,不少东西都是进口货,商标上的字母绕来绕去。王绮瑶不认识,但分得清绝对超过四种语言。

"这房子有多大?"她用手比画着这让想象力失效的巨大空间。

"五百六。两套房子打通的。如果你不租那套,我还想继续打通。"

王绮瑶抽了口凉气,瘆得慌。没见过这么买房子的,他把本单元的这一层全拿下了。问题是他一个人住,离婚了,老婆孩子住在东城区。这么大的房子单个人跑来跑去,也不怕闹鬼。

"我是个土人,不像罗总会玩股票。我信老祖宗的,买房置地。这年头,钱存银行也不保险。"

回到房间,罗河帮着王绮瑶把东西简单归置好,拉着王绮瑶就往床上拽。搬进来的第一天做这种事,意义重大,是另一种意义上的加冕典礼。但王绮瑶不在状态,即使在她哼哼唧唧时也忍不住留出半个脑袋来走神,五百六十平方米的房子和诸多豪华的进口设备严重地刺激了她。从与万紫的合租房搬到与 Coco 的合租房,她感叹过生活在进步;从与 Coco 的合租房搬到这里,她也感叹过;现在,见识了董乐天的"五百六",她觉得气短,肺活量低到了没有,悠长的感叹总也出不来,她不知道说什么好。卖药卖成这样,他卖的是什么药?王绮瑶突然抓住罗河光溜溜的屁股,说:

"先别动!他是不是个贩毒的?"

罗河就笑了。这一笑后果很严重,坚硬的身体漏了气,一下子泄掉了。"怎么会是个贩毒的?"他说,想再把身体绷紧,怎么也不听使唤。罗河很生气,"好好的扯什么贩毒啊你!败兴!"

"对不起啊。"王绮瑶也觉得问得不是时候,而且显得自己很不敬业,于是蜷在被子里直道歉,"亲爱的,我就是在想,除了毒品,什么药能让他赚这么多钱。"

"三两句话跟你解释不清。以后慢慢说。"现在他没心思干别的。两人努力了半天,他还是绷不住,懊丧地去了卫生间。冲澡的时候罗河说:"一会儿我回去。剩下的你慢慢收拾。"

王绮瑶收拾起来的确很慢,老想着把东西安排得跟对门的董乐天那样,弄不像。没办法,这房子当初是董乐天买给岳父岳母住的,装修也算相当好,但跟自己住的还是差了不少。装完了,老两口在老家过得也挺舒坦,磨磨叽叽不愿来,然后赶上女儿离婚,彻底不用来了。王绮瑶自认为不是贪图富贵的人,但住在对门,你真不能视而不见;尤其是董乐天没事就喜欢邀请朋友去整个Party,敲敲门她或者她和罗河就得到,你不能把两只眼放家里,所以看着啥都受刺激。她把这种刺激说给Coco听,Coco想了想,说,如果你不是贪财,那就是你想有个正儿八经的家了,生小孩过日子,女人对房子和家具最敏感。王绮瑶反对,她可不想早早地被捆在家里,壮志未酬呢。

"我知道了,那就是世界观和人生观变了。"Coco兴奋地说,"是你跟我说过的吧?吃顿好饭世界观都能变。"

王绮瑶想,难道真是这样?她好像是有了些变化,比如对挣钱、对物质享受、对生活空间的大小等等的认识。在过去,奢华的生活对她只是传说,即便是逛大大小小的商场她也眼红过,但它们其实不具备日常性,还是失之抽象,所以她也并不太上心;现在看见了活生生的样板,近在咫尺,完全是日常生活的一部分,无所不在的细节证明了一种可以实现的巨大可能性——别人可以有,她未必就没希望。

——他究竟卖的是什么药?怎么卖才发了这样的财?

"就是我们平常吃的药啊,你从医院里买的那些。"罗河被她问急了,反问道,"你就没听说医药行业在中国是暴利?"

"听说过。也就听说过而已。"

"那就好了。老董就是靠卖药发起来的,暴利嘛,有些药利润百分之几百,甚至上千。"

"这么贵的药,谁要买?"

"咱们买的都是这么贵的药。"罗河说,"医生跟你说,这药好,你得吃。你敢不吃?这行当的知识看来真得给你启启蒙。"

整天喊着医药降价,看个病依然贵得要死。这王绮瑶是知道的,上次她感冒,就是头痛、鼻塞,医生听她说担心坏了嗓子影响拍戏,逮着她软肋,强烈建议用特效药,加上打点滴,五天花了一千块钱。被 Coco 狠狠笑话了一通,用药七天好,不用药一周痊愈,感冒历来如此,祝贺你赚了。

董乐天他们卖药,就是从医院下手。医生的话最好使。当然,同类的药有很多制药厂,标好了差不多统一的价钱后,你要利润大,就得销路更好。这个是买方市场,卖方你要烧香磕头往人家门上送。进医院有很多道坎,首先要让医生同意用你的药,然后得让药事会认可,他们认可后,还需要药库答应你的药进去,接着是门诊药局和病房药局是否愿意把你的药摆到药架上。这一系列流程哪个地方都不能出岔子,一个口堵上,事情就黄。所以你得打点,每个神仙的香都得烧到,而且要烧得比别人好。差不多的药,人家凭什么就非得用你的?你必须搞好所有的关系,该给甜头给甜头,该送回扣送回扣。过这个坎,别人给你五百,我给你一千。处方上开出去一瓶药,别人给你三十,我给你五十,干不干?好,五十五就五十五,成交!没有谁的关系是与生俱来的,亲兄弟也未必好使,你就是得用钱砸,一个个砸服帖了,事儿就搞定了。

"那得要砸进去多少钱?"

砸完了剩下的钱还是很多,很可能更多。不过你要是聪明,也可以既省钱又省心。老董就有这一手,别看他个头不高,长得不叫好也不叫座,就是能迅速把医院里最大的头儿拿下。别人从下往上搞革命,千辛万险未必管用,老董是从上往下来,拿下了一个人基本上就拿下了整个医院。所以他胖,不必像其他卖药的那样整天上上下下地跑,腿都跑细了。还有,砸倒一个大头儿看上去代价高昂,但可以一劳永逸,只要他还认你,医院就是你们家的;从小喽啰开始砸起,每个花销的确不大,多了就不好说,而且那帮盯着小毛小利的家伙,见了钱大的就叫爹,你不知道什么时候他就撂挑子了,你就得一直跟在屁股后头忙活儿。手里香火不断,烦也把你烦死了。

这还只是大道理,罗河就哇啦哇啦讲了一堆,如果再把他有一搭没一搭透露出来的细节和案例都摆出来,那得一本大书才装得下。罗河一个搞文化公司兼营地下产业的,照理说跟这行完全不搭界,却能如此边边角角地娓娓道来,让王绮瑶开了眼。她开玩笑地说:

"你到底是干哪一行的?"

"现在我就想干这一行。"

"卖药?"

"不好吗?"

"可你这是跨行作业。"

"有董乐天在。"

王绮瑶明白了:"所以你来租他的房子。"

"朋友嘛。"

"所以你把我弄过来跟他住对门?"

"没这事儿。只能我罗河碰别人的女人,我罗河的女人别人不能碰!"

"碰来碰去的,把女人当什么了你们这帮臭男人!"

"当宝贝宠着啊。"罗河乐呵呵地说,拍一下王绮瑶的屁股,"乖,听话,洗洗去。"

这一次他们相当和谐,感觉和节奏把握得恰到好处。罗河在她身上甚至还游刃有余地展望了一下药品经销大鳄的美好生活,那是一个人建立起来的帝国,把药变成黄金。王绮瑶也很快活,头脑里也有一幅好日子的美丽画卷,间或耳边会邈远地响起"碰,碰,碰"的声音。这个"碰"让她莫名其妙地兴奋。最后结束时,她喊出的最后一个音也是"碰"。然后两个疲惫的人很快进入了短暂的睡眠。王绮瑶做了个梦,在豪华的梦境里董乐天"碰"了她,先是用胖胖的带肉坑的小手,接着是胖胖的大脸,最后上场的当然是胖胖的身体。这些都不可怕,可怕的是末了董乐天道歉时,王绮瑶说:"客气啥,谁碰不是碰。"她被自己的这句话吓醒了。居然说出了这样的话,太不要脸了,就算在梦里也不行。她把罗河推醒,说:

"我不想住在这里。我要有自己的房子!"

罗河迷迷糊糊地说:"别闹了,我的格格,要是有办法拿出这个钱,我怎么舍得让你寄人篱下呢?再忍忍,等我从老董那里得了真传,要多大的房子我都给你买。让我再睡一会儿。"

王绮瑶生气地又推了他一把:"这可是你把我放在这个地方的!"

罗河哼了一声,呼噜又起来了。

王绮瑶告诫自己,没事别往对门跑,那么大的房子,出了事喊救命都没人能听见。但又不得不去。通常是罗河带她一块儿去,她知道自己只是个具备了日常色彩的交际工具,他在和老董套近乎。其他时间是聚会,一帮有头有脸的人来了,罗河不在董乐天也会给她打电话,反正没事,一起喝喝茶。董乐天从来不敲门,只打电话,担心被人看见了招闲话。王绮瑶明白自己只是去做花瓶,还是有请必到,她希望从董乐天的那帮朋友里找到个贵人。在演艺圈子里,要想往上走,得有贵人推一把。这个道理王绮瑶懂。所以王绮瑶虽然纠结,能往对门跑的机会也一次没落下。

两种到对门的途径中,王绮瑶更喜欢后者。

罗河在,两个男人基本都在聊正事,要么是政治,要么是经济,要么是药品营销。罗河总要绕一个大圈子,最后把话题转到这上来。王绮瑶只能做个干巴巴的听众,不停地喝茶,除此之外就是欣赏董乐天的房子和家具;与其被房子和家具刺激,还不如喝茶。这又导致另外一个难以启齿的问题,她中途必须用一下董乐天的卫生间。每次坐到董乐天的马桶上,她就想到老董那个肥胖的屁股每天都曾临幸此物。马桶是进口的美国货,福马牌,但老董的肥屁股是国产的。她甚至能想象当一个低劣的国产屁股从进口名牌上抬起来时的丑陋情形。老董的屁股抬起来后,她坐上去。这是个显而易见的逻辑关系。一想及此,她就不由自主地抬起屁股,于是她在对门上厕所的程序是这样的:因为难以控制地球引力和汹涌而出的欲望,她只能用纸巾擦一下马桶垫圈然后坐上去,等事情过半,她的控制力逐渐加强时,她开始身体上升,脱离垫圈,撅着屁股把事情做完。

如果只是一个人去,那情形就好得多。她是年轻女人,长得又好,正经不正经的男人都会凑过来。她基本上是政治、经济之外最重要的话题,世界中心的感觉相当好。男人们当然会有所放肆,开一点儿不那么素净的玩笑。即使罗河在场时都对她目不斜视的董乐天,此刻两只小眼睛里也会闪烁一些暧昧的光。不管以何种方式,她确实被关注了。他们争相献媚,许诺有机会一定提供帮助。他们的话你不能当真,但哪一天某个人的神经突然搭错了,事情没准也会成。王绮瑶只是在找偶然性,撞上一次就够。

因为常去,慢慢也就失去了戒心,董乐天的确没有对她进行过明显的骚扰。他在生意场上遇到不顺心的事,偶尔也会给王绮瑶打电话,有空过来喝一杯?罗河在更好,一起过来。有礼有节有据,起码外表上你挑不出毛病。他从没有乱过,一旦喝多了,都会提前跟她说:"趁我还清醒,你赶快走。"所以那天晚上接到 Coco 的电话后,她先给罗河打了电话,罗河不方便,她放下电话就去了对门。

那天晚上九点,王绮瑶正躺在床上做面膜,耳朵里听着影片里伊丽莎白·泰勒在说汉语台词。她是伊丽莎白·泰勒的忠实粉丝。Coco 打来电话,说:"Anny,长安在我这里。"

"谁?"

"宁长安。"

"在就在,关我屁事!"她想一定是宁长安旧情未了,托 Coco 搭个台子,然后他再来说话。

"这段时间他经常来。他很难过。"

"他有什么好难过的!"

"开始他天天在你房间里等你。"

"开始?那后来呢?"

"后来,"Coco 突然就期期艾艾了,"后来他还来。"

王绮瑶一下子警觉了。"你们——"她不得不停顿,以免猜错了对方反应激烈,"在一起?"

"对不起,Anny,我也没想到。当时他真是很痛苦,我也不知道怎么跟你说。但我觉得,还是应该跟你说一下。"

想什么就来什么。王绮瑶抱着电话,不放下也不说话。两人中间隔了一截长达两分半钟的空白。最后 Coco 扛不住了,说:"Anny,你说话呀,我们还是朋友。你别难过好吗?"

王绮瑶对着电话笑了,面膜跟着皱起来,看上去像一张诡异又恐怖的脸。"有什么好难过的?我扔下的破烂被人当宝贝捡了,我有什么好难过的!"说完啪地挂了电话。挂了以后又觉得这么说太伤人,人家做的只是后续工作,又不是从你手中横刀夺爱,犯不着。

她又拿起电话拨过去,想道个歉。没想到刚接通,就听见那头 Coco 哭着喊:"谁是被人扔掉的破烂谁心里清楚!"然后电话断了。

野鸡大学的同窗情,共处一室的同居情,对男人同仇敌忾的姐妹情,到此显然结束了。为了一个男人。那个男人为了谁呢? 平心而论,王绮瑶知道宁长安对她好,也明白 Coco 和他搞到一起后,对她心怀愧疚。都还是有点儿心肺的人。也正因为如此,她才愤怒和难过,她心犹不甘,她也是对他动了情的,而他偏偏又睡上了自己的好朋友。无论如何她觉得自己受到了伤害。她揭下面膜开始给罗河打电话,让他来。此刻她必须用一个男人把自己从另一个男人那里解救出来,用自暴自弃的,甚至下三烂的方式:你和别的女人睡,我也和别的男人睡! 其实这赌气完全无谓,都散了伙了,赌气给谁看呢? 但她火上来后智商就下去了,非把这气赌到底。偏偏罗河那晚上被老婆看得很紧,找不到任何溜出来的机会。王绮瑶更生气,关键时候被两个男人同时抛弃,没法活了! 她拎着一瓶洋酒敲开了董乐天的门。

"陪我喝一杯,"王绮瑶说,衣服都忘了换,一件棉睡衣,里面除了身体别无其他,"今晚我不高兴。"

董乐天说:"好啊,那我就负责把你喝高兴。"

"不醉不归!"

"醉了可别怪我,"喝到一半,董乐天斜着眼睛看她,笑着说,"是你自己送上门的。"

"今晚我就是把自己送出来了!"

"好,我就喜欢送上门的。"

这句话后来董乐天重复了两遍。一遍是把王绮瑶扔上床时。王绮瑶的衣服脱起来十分容易,解开睡带,不呼即出,挡都挡不住。董乐天个头不高,力气还行,拉下睡衣一把将王绮瑶扔到了英国的邓禄普乳胶床垫上,说:"好,我就喜欢送上门的。"第二遍是在运动中。王绮瑶觉得自己像个苹果要被董乐天穿透了。而董乐天认为自己正在和一只八爪鱼搏斗,王绮瑶的四肢仿佛长出了吸盘,紧紧地盘住他。他喜欢女人把这种活动搞得像复仇,而且是找上门来寻仇,他高兴地对王绮瑶耳语:"好,我就喜欢送上门的。"

王绮瑶的确是复仇,报男人们和自己的仇。她尝到了报仇的快感,身体和心理上的双重堕落的快意,竟然和这个从外观上一直没瞧上的小个子的胖男人。她也得到了复仇之后彻骨的虚无和悲哀,这个胖男人,现在像头垂死的猪,脸朝下趴在这个名牌床垫上。她想到了马桶垫圈,下意识地慢慢抬高了屁股。只是很快又被按下去,董乐天五指张开在她屁股上用力。说话的时候根本没看她。

"听说你是格格,"他说,"挺新鲜。以后常来。"

王绮瑶分不清让她常来的原因,究竟是"格格"还是"新鲜"。

"让罗河明天来找我。他不是想做药吗?"

王绮瑶甩掉他的手,坐起来从床下捞起睡衣穿上。"那我呢?"

"你的另算。"

不知道罗河怎么想,反正王绮瑶觉得他其实是从她身上捞到了一笔钱,因为董乐天先在她身上捞了一把,而且还将继续捞下去。董乐天给了罗河密云和石景山两个区的三种药品的代理权,只要像样的医院和药店都拿下,绝对比炒股票的日子好过,他会财源滚滚。为了在这两个区拿到最大利润,罗河很多天都在郊区跑,为了便于开展工作,也为了免去城内交通拥挤之苦,他干脆住到了那边。他和董乐天不同,老董经营多年,到哪儿都是一堆熟脸,从上到下就可以革命;罗河刚进这一行,还是得从基层往上做起,大小菩萨都得去拜,事情也就更多。王绮瑶不知道是不是罗河故意把床腾出来给老董睡,她管不了那么多,谁让他不在家。缺席就得付出缺席的代价,不能什么都占着。

当然,老董从来都坚持在自己的床上,自己的床,心里踏实,便于发挥,还有,他睡惯了邓禄普乳胶床垫。老董还有一个坏毛病,做完了两人都小憩一阵子,醒来后王绮瑶必须回到自己房间去。旁边有个人,他睡不好;即使是凌晨三点,也不例外。据他说,这也是他和老婆离婚的原因之一。有时候王绮瑶某根弦松了,做出了柔情蜜意想在一起完整地过上一夜,那也不行。搞得她下床回屋的时候总觉得自己是个妓女。但她也没吃多大的亏,老董的原则是:夜里欠的白天补,床上欠的床下补。

有机会他就带着王绮瑶出入聚会,在西装革履和晚礼服的公共场合和休闲运动的私人场合,把她介绍给达官巨贾。介绍王绮瑶的时候从来都是斩钉截铁地说:"这是格格。"不说"可能是";更不会跟人家说,她在寻根。她就是。"就是"才货真价实。他不主张王绮瑶继续去找什么王世宁,他从没在北京的上流社会听说这名字,罗河又下了功夫一个个区掘地三尺地打探过,这基本上可以说明没这号人。"假如有,呵呵,"他对王绮瑶暧昧地笑了笑,"找到了可能还不如找不到。"意思很明显。最保险的:认为自己是,就是。

在那些光芒四射的场合,董乐天成了大家羡慕的对象,有美人为伴,名副其实的年轻美人。尤其江河日下的老男人,第一次见面总要猥琐地附到老董耳边问:"女朋友?"老董说:"女性朋友。"老男人便一脸坏笑:"哦,女,性朋友。"老董就笑,说:"俗。老兄,带着女性朋友参加聚会,尤其家庭聚会,是对同志们的尊重。洋鬼子都这么干。不像咱们,到哪去都光杆一个,老婆还全扔在家里。"老男人就是一个人跑来的,于是讪讪地说:"好吧,看你跟国际接轨了。"

大家羡慕董乐天,王绮瑶刚开始觉得不舒服。他们的表情显然是一朵鲜花插到了牛粪上。老董比她矮,长相粗俗,让她自然而然就想到,是自己傍上了老董。后来发现,那些带老婆或女朋友来的,几乎千篇一律都是美女丑男配,这至少说明三个问题:第一,就算傍,也不是只有她一个人在傍;第二,既然美女们都这么干,那她绝对是美女,要不也傍不上;第三,老董是个人才,关键时候可以呼风唤雨,否则长成这样哪能有美人在侧。三条数下来,王绮瑶坦然了:挎上老董的胳膊,想看看吧,想说说吧,爱谁谁去。

罗河那边她不必担心,因为罗河本人都不担心,或者说,这也许正合他意。偶尔回到她这里,仿佛也只是礼节性上床,从不逗留过久,晚上十一点前一定离开。他知道董乐天如果没有活动,通常十一点半就要往床上爬。他得给董乐天留下半个小时,以决定是否在床上从事其他活动。这也是老董喜欢罗河的一个原因,善解人意。多好的美德,男人已经很少有了。所以事情就完全调了个个儿,本来和董乐天的礼节性上床现在变成了常态,而罗河倒成了偶尔来蹭一次。他用"蹭"来向老董表态:人你可以用,但你得明白,所有权在我,别觉得分出去一点儿蛋糕就吃亏了。

好事总不会长久,罗河赚了,接着又赚,然后被抓了。事情很突然,而且不是因为卖药的事,但是电话打到了董乐天家里。当时晚上十二点零五分,董乐天和王绮瑶刚结束活动不久,正处在动荡后的安宁和小睡的幸福里。在此之前,活动刚刚结束时,累得像摊腐肉的董乐天用仅存的一点儿余力把胳膊搭到王绮瑶身上,说:"今天晚上真好,要不你就在这睡吧。"王绮瑶没来得及体味这个惊喜就滑进了梦里。电话惊惊乍乍地响了很久,两个人才睁开眼,精神都很恍惚,完整地看清对方以后才意识到自己还活在这世上。睡得可真他妈香啊。罗河的老婆打来的。她的嗓音很不错,普通

话说得也好,即使情况紧急也没有影响她的发音。她说:

"董先生吗? 非常抱歉这么晚打扰您,罗河被抓了。我想不到更合适的人能帮他,就给您打了电话。我老公对您一直非常景仰,经常跟我说起您,请您一定帮帮忙,拜托了! 谢谢!"

事情的确很突然,罗河在晚上十点半开车到他的地下工厂,其实是在四楼,这个不吉利的数字。有三个高科技人员还在加班,他们要搞出来一种合成难度极高的证件用纸,人家付了加急费用,一天三个电话催着要。罗河是个好老板,懂得体恤下情,过来的路上在一家川菜馆叫了外卖,一会儿就送过来给员工们当夜宵。对了,他确实很喜欢顺路叫外卖。十一点一刻左右,门铃响了,他让大家停一下,吃完了麻辣夜宵再精精神神地干活儿。他从猫眼看见送外卖的师傅的一张大肥脸,打开门,先进来的却是另外六个壮汉。走在最前头的一个从口袋里摸出个证,那种证件罗河的地下工厂里做过,不用说他也知道他是干什么的,但那个头儿还是说了:"警察! 据举报,你们涉嫌非法生产,要检查一下。"这句话把屋里的三个员工吓坏了,全都不饿了。罗河被退到墙根站着,闪出宽阔的走道来。送外卖的师傅小声问:

"还吃吗?"

"吃,"罗河说,"先欠着,回头付你。"

把在门边的便衣对着胖师傅瞪一眼,胖师傅的大粗腰立马软了下来,对罗河说:"您吃着,这次不要钱了。"转身就往楼下跑,像个肉球在台阶上一级级往下弹动,坐电梯他嫌慢。

人赃俱获,没什么好说的。说了也没用。便衣里有两个兼做技术,能耐可能不如罗河的技术人员高精尖,但没吃过猪肉见过猪跑,东西和流程看一眼还是明白的。三个员工要解释,便衣让他们住嘴,鼓励他们学学罗河,你看,老板就是老板,人家遇事就不叫唤。罗河的确没叫唤,他知道喊破嗓子也没用,都是有头脑的体面人,谁会声嘶力竭地在现场解决问题?要徐图后计。等他们搜得差不多,该拍的拍完了,他征求领头的便衣,可不可以给家里打个电话?说好了一会儿回去的,谁都有妻儿老小。领头的点点头。

罗河在警察跟前说:"我在四楼。今晚不回去了。留了张条儿在书桌左边第三个抽屉里。"

三句话。老婆立马明白了,彩排过多次的接头暗号终于派上了用场。常在河边走,难免要湿脚,两口子懂,总是有备无患。老婆直奔书房,从第三个抽屉里找出应急之用的"重要人物通讯录"。她根据名单上的头衔、关系亲疏和可能的权力范围,挑着电话打,大部分人这时候都关了手机,等打到董乐天,已经半夜十二点零五分了。

王绮瑶一骨碌坐起来,说:"怎么办?"

"还能怎么办?捞人哪。"董乐天从床头柜上摸根烟,王绮瑶赶快给他点上。董乐天吐出个滚圆的烟圈,说,"让我先想想。"

过一会儿,他也从床头柜的抽屉里摸出一个电话本,翻着找,最后圈定五个号码。只打了两个,一个没打通。打通的那个人语气似乎不是很好,三两句话就挂了。董乐天放下电话看了看手表,说:"难怪人家态度不好,子夜一点了。那三个谱更大,还是明天打为妙。你别着急,也不急在这三更半夜。"

王绮瑶说:"我没急。"

"那就好,"董乐天揉搓了几下脸,重新点上一根烟,"你先回去吧。我再想想。"

王绮瑶只好回去。不回去不合适,人家赶了;再说,罗河怎么说也是自己的"男人",自己"男人"进去了,她还赖在别人的床上,像什么样子。虽然她很想提醒老董,他说过今晚可以留下的。

第二天董乐天告诉王绮瑶,该打的电话都打了,谋事在人成事在天,等着吧。王绮瑶很想知道捞出来的可能性有多大,董乐天说,任何事情都有一半可能,罗河的老婆肯定不止找了他一个人,只要有一个关系搭对了,就没问题,中国的事情历来如此,关键是找对人。他找的最靠谱的一个是北京某区公安局的某领导,相当于副局级,他要是能开个口,捞个把人不在话下。不过,他觉得有点玄,该领导在电话里不利索,只顾打哈哈,据说他半年内就要升职,敏感时候,多一事不如少一事。果然,两天以后那领导给董乐天回了话,鉴于罗河造假情节严重,影响极坏,他可能使不上劲儿。

"您都使不上劲儿,那没人能捞了。"

"不能这么说,通天的人多的是。老兄,我就是个小喽啰。对不住啦。"

董乐天向王绮瑶转达了该领导的话。完了也对她说:"我连小喽啰都算不上。对不住了。"

"这话对我说干吗?"王绮瑶看着别处,"要说你对他老婆说去!"

当时王绮瑶刚从对门来到董乐天的豪宅里,已经提前洗得干干净净,准备过来做半个女主人的,这话让她对自己的身份产生了瞬间的迷离。反正关系是乱了。董乐天把她往怀里拽,算道歉了,口头上一个"对不起"都没有。这又让王绮瑶不舒服,挣脱他的胳膊,说:

"我想去看看他。"

"没问题,"董乐天说,"捞不出来还不给看看吗?"

几天不见罗河就老了,胡子疯长。之前王绮瑶一度认为他没胡子,因为他一天要刮两次,如果一天都在外面,包里必然装着飞利浦牌电动剃须刀。现在他的脸被包围在胡子里，像另外一个长得和他相似的人，比如他父亲，如果老人家还健在的话。当着董乐天的面，王绮瑶还是抓住了罗河的手，不握一下她觉得说不过去，这是否就是传说中的牢狱之灾？老董严格地站在一边，就当自己是个陪同的。等到他们俩说到没话了——的确很快就没话了，怎么样、还好吗、休息如何、挨没挨打这类话撑不住说几句——他才说：

"老罗，我尽力了。"

"谢谢。明白。"

"别着急，好事多磨，"董乐天说，"没准很快就有转机。有什么事情需要我帮忙，只管说。"

"如果真进去了，密云和石景山那边，老兄替我照应一下，一声不吭就消失，我罗河不干那种事儿。"从他的脸上看不到过度悲伤和恐惧，那口气就像只是出趟远门，时刻能回来，"还有一事相求，如果方便，帮我打听一下，谁下的黑手？没别的意思，纯粹是好奇。"

"没问题。"

"还有，帮我照顾好瑶瑶。"

"放心。你的事就是我的事。"

时间还没用完，罗河就主动要求警察把他带回去。没话说，大眼瞪小眼都难受。临走时他跟王绮瑶单独说了一句话，他说："我后悔卖药了。"说完转身离开。这话让王绮瑶很有些费解，他被抓完全跟卖药没关系啊。回去的一路上她都在想，难道还有难言之隐？董乐天的劳斯莱斯开得十分稳当，没有出现任何影响王绮瑶思路的颠簸。进了小区，下车的时候王绮瑶问董乐天：

"老董，我对你重要吗？"

"男人和女人,有什么重要不重要的。"董乐天笑笑,"下车吧,一会儿咱们去喝羊肉汤。"

董乐天城府远在罗河之上,猜不透。王绮瑶要把他弄清楚完全是痴心妄想。可能的举报人一定有很多,因为罗河的生意伙伴和朋友很多,王绮瑶认识的没几个,能够理清头绪的一个也没有,整天睡一块儿也不行。如果把老董彻底撇清,不现实,罗河进去董乐天至少有捞到两个好处:一个是密云和石景山的营销市场,这两三个月里罗河开拓的市场已经初具规模,他接过手等于直接补上去捡钱;另一个是她王绮瑶,如果人家真的在乎的话,可是在不在乎老董从不表态,所以王绮瑶对这一好处并不自信。单要把罗河送进去,头一个理由足够了,白花花的银子那是能听到响的。

王绮瑶的小心思一动,董乐天立马明白了。他说得相当节制,完全像在对一碗特色羊肉汤说话:"想多了不好。管好你自己的事就行了。"

"管不好怎么办?"

"不在帮你嘛。"

王绮瑶半生气半撒娇:"那也没见有多少效果!"

"老罗在,管多了不太好。"

"那现在呢?"

"'现在'不是才刚刚开始嘛。"

他不能保证什么,谁也不能保证。即使你有一兜子本事,你也不敢说明天、后天就铁板钉钉。董乐天想什么她一点儿都不知道,城府深就罢了,嘴还紧。如果要单靠董乐天,途径不外乎两种:要么在邓禄普床垫上取得永久地位,升格为董夫人,一劳永逸,当然前提是结了不会那么快地离;要么继续靠下去,靠到哪天算哪天,或者是,直靠到不必再靠他为止。两条路做法相同,就是靠,从"现在"开始。不管哪一条路,风向标都是那张邓禄普床垫,晚上她能留下来就有戏,完事后走人,就很难说。

看过罗河后,他们的第一次邓禄普活动结束,身体死亡一般宁和,王绮瑶把娇弱无力之态做得更足,如同在剧组里演床戏。她的手缓慢地爬到董乐天的将军肚上,抠着他的肚脐眼儿说:"乐乐,我一动都不想动。"

"还是叫老董吧。"

"人家就是不想动嘛。"

"不着急,"董乐天说,"歇过来再回去。"

王绮瑶的心一下子凉了半截。这至少说明,如果真是他把罗河送进去,也绝不是因为她王绮瑶。失落感油然而生。她把全身的力气都拿出来,坐起来穿好衣服,招呼没打就回了出租屋里。董乐天毫无内容地咕哝了一声,听上去更像是即将熟睡的前奏。王绮瑶咬牙切齿地恨董乐天,能踹他两脚就好了;她更想踹自己,很多年前她还是小姑娘,见到母亲在吵过架之后对父亲谄媚,十分生气,发誓以后决不看男人脸色过日子,更不会跑男人那里争宠,没那么贱。

下一次,董乐天电话一响,她又过来了。没法不过来,她需要他,床上马马虎虎,床下更需要。现在他是她可能通往广阔世界的唯一一扇门。他已经通过关系找到她下一部戏的制片人,如果可能,最好能进女角的前三号。他向王绮瑶原样复述了最重要的一句话:"钱不是问题。"制片人回答,商量着来。听上去把握不小。王绮瑶满怀希望地等经纪人哪一天给她个惊喜。

先等到的却是宁长安的电话。那会儿罗河已经进去快两个多月了,照目前的情况看,短期内出来的可能性不大。他们找不到通天的人。也正是通过这件事,王绮瑶第一次真正意识到,罗河与董乐天在北京其实并不怎么样,伸出根小手指就比他们腰粗的牛人多的是。宁长安因为感冒嗓音有点儿变,加上是陌生号码,王绮瑶开始没听出来。

宁长安上来就说:"是我。你还好吗?"

王绮瑶说:"你谁呀?"

"是我。"

"知道是你。你是谁呀?"

宁长安清了清嗓子:"我,宁长安。"

清嗓子的时候王绮瑶就听出来了。可能世界上没有第二个人像宁长安那样清嗓子,先一声,接着连续三声;再一声,又连续三声;第一声慢、长,接下来三声简短迅速,有点像顽皮小孩走路,先迈出一步,紧接着连跳三步。

"有事吗?"王绮瑶说。

"没事就不能给你电话?"

"不能。"

"对不起,瑶瑶。"

王绮瑶脑子里闪过一个念头,立刻又否决了。不可能。他都把自己抛弃了,有什么理由为了她去举报罗河呢?跟罗河有业务关系的假证贩子很多。此外,作为一个假证贩子,更没有理由举报,他们也要靠罗河来赚钱。

"没什么对不起的。"

"瑶瑶,我是诚心道歉,"宁长安在电话那头吞吞吐吐地说,"一直想你。"

恶心!床上那点事儿都能向老婆兜出来的男人,这话也说得出口!王绮瑶啪地合上手机盖。宁长安又打来,摁掉。再打,索性关机。半小时后开机,跳出来宁长安的一条短信:"瑶瑶,你永远都是我的格格。"王绮瑶都想把手机给摔了,她在回复上写:"如果你还是个男人,最好别把李红娟的叫床声说给你老婆听!"要发送的瞬间又删掉了,爱说说去,关自己屁事,为什么要多花这一毛钱短信费呢。

董乐天做得很绝,除夕夜也没把王绮瑶留在邓禄普床垫上。当然那晚他们什么事都没干,就是吃饺子、看春节晚会,吃完了每人端一杯法国香槟坐在沙发上继续看春晚。看完了已经子夜一点多,董乐天打了一串哈欠说:"收拾一下,睡吧。"王绮瑶以为今晚要破个例,除夕夜嘛,爆竹声声辞旧岁,梅花朵朵庆新年,大小是个团圆的历史时刻,而且,她是为了陪他才留在北京过年的。父母进了腊月二十以后就在电话里一遍遍问她,什么时候回上海过年。她借口赶戏,一天天往后推,最后说回不去了。就因为董乐天说,没事儿就陪他一块儿过年吧。她收拾好,董乐天已经躺到床上了,背对着她说:"回去时帮我把门带上。"王绮瑶差点没背过气去。没见过这么做事的,你就客气一下会死啊!

你可以想象这个年王绮瑶过得多么纠结,若是不担心父母看出破绽,她真想明天一早就飞回上海。好在从大年初四开始,王绮瑶逐渐缓过来了,董乐天没事就带她出去吃饭,到昌黎海鲜吃了木瓜雪蛤,到大董烤鸭吃芥末鸭掌,到福楼吃招牌鹅肝,到苏浙汇吃清蒸鲥鱼,到萨拉伯尔吃烤牛舌头,转着圈吃。有聚会也带她出双入对地与朋友们见面,这其中又有了一拨新的高官和巨商,包括各地来的土财主。

有一个山西来的煤老板,要买 LV 包,请王绮瑶帮忙长长眼,四万多块钱一个的限量版包一口气拿了四个。一个结完账直接送给王绮瑶,剩下三个,一个送前妻,一个送现在的老婆,还有一个送给

438

手头包养的小三。这么贵的东西,宁长安、罗河跟董乐天都没送过她。"别客气,"他对王绮瑶一挥手,"两铲煤的事儿!"还一个浙江的房地产老板,过来打通关节,想把儿子送进北京一所著名的中学念书,顺便和董乐天见个面。据说和学校领导谈了,只要能进,他可以一次性捐三百万给学校搞建设。王绮瑶吓了一跳,三百万就为进中学,疯了。该老板笑笑,格格小姐有所不知,我把儿子送来不为念书,是来交朋友。学校好,头面人物的子弟多,考上名牌大学的也多,这些都是我儿子的同学,一辈同学三辈亲,将来都是资源啊。这资源,别说三百万,你扛几个亿也未必好使;现喂鸡它哪能下蛋?咱得把眼光往长里拉。

不知道是不是因为过年,大家花钱花顺了越发大手大脚,这段时间王绮瑶的确是被巨富和排场吓着了。钱在新年伊始似乎突然变得不值钱了。她把这个疑问告诉了董乐天,老董笑得大肚子乱颤,说:"少见多怪,他们从来都是这么挥霍的,只是过去你没见到真正的有钱人。世界观又变了吧?有你变的时候。过两天要见个朋友,带你去瞻仰一下'人间天堂'。"

这传说中的"人间天堂"是北京一处著名的娱乐场所,上流社会的人际关系集散地。王绮瑶只是坐车时经过它门口,没敢进。如果传说确切,王绮瑶的确是没资格进,在里面转一圈随便喝点啥吃点啥见点啥,没五位数下不来;如果你还想整得有声有色,那价码就更高了。据说有种酒,标十二万,单位是美金。在过去,她一个女孩子想进也不能进,没人陪着替你付钱,多丢份儿。所以她在艺术学院念书时,和Coco她们几个还商量,是不是每人拿出一千块钱凑在一起,一块儿去那里见识一下?不搞奢侈的,就每人一杯矿泉水外加一个集体果盘,找个地方坐一晚上,如果没有时间限制的话;果盘坚决只要一个,听说很贵,全是进口水果;还得考虑到服务生和经理的小费,每人最低小费标准五百,如果伺候你的人多,那就一人五百,所以她们商定,坚决只要一个服务生,来多了让他们走。但最后没能成行。德州来的那个突然怕了,她有进七十六号魔窟的感觉;大家随即纷纷撤退,其实都怕,没这么糟蹋过钱。

传闻还很多,比如里面的声色服务,比如小姐里有著名的"十三钗",花魁谁谁谁,都有说道。在北京,"人间天堂"成全了大部分平民和下层社会对奢华生活的想象,谁都没去过,但谁都能说出一大堆典故和逸事来。所以去之前,王绮瑶着实兴奋了一阵子。

这一天风和日丽,春风远道而来,王绮瑶把自己打扮得很像样子,穿出了最好的旗袍,保暖靠外面董乐天送的貂皮大衣,打折的时候买的。因为是娱乐场所,她更要穿旗袍,端正、雍容、得体,免得跟坐台的小姐混了。请客的是北京某房地产商,请了五个人:某信贷办主任,建委某领导,一个国有企业的老总,外加董乐天和王绮瑶。没有一个人对所有到场的都熟,都是各自穿针引线联络到一起的;之前认不认识不重要,关键是现在认识了。在包间里坐定,国有企业的老总调侃地说:"今天的聚会好啊,各方面的人都到了,爱新觉罗氏皇族也派来了代表。"他还特地和董乐天握了一下手,说,"老董,祝贺啊。"老董谦虚,同喜同喜。半天王绮瑶回过神来,原来老董是用她的"格格"之名给自己撑门面来了。怪不得逢到重要人物来,老董都积极要求她也参加。"格格"是有用的。

想清楚这一条,王绮瑶更加生气,她如此重要,也没见他有更好的表示。可是该表示什么,她也不知道,难道就是让她永久性地留在邓禄普床垫上? 好像也不是她希望的最佳结果。如果要傍非富即贵者,在座的任何一个都比董乐天更有前途;她知道以她的姿色,递一递眼神,用旗袍外面的光胳膊随便往谁身上蹭一下,凭她对经历过的三任男人(不包括之前的暗恋、初恋和分手过的历任)

的心得,她有足够的把握在第二次见面时就拿下。不过那又有什么意义呢?顶多也就是又一个宁长安、罗河和董乐天,甚至连他们都不如。做人家的附庸,要看人家的脸色,赏不赏你,赏多少,人家说了算,你做不了自己的主——从你傍上别人的那一刻起,这种格局已然确定下来。是个问题。

男人之间的谈话她真不喜欢听。房地产商明明是想请别人开绿灯、帮个忙,却绝口不提正事,一个劲儿地劝大家喝天价的XO;几个人更像随机撞到了一块儿,上天入地东拉西扯,从中南海说到白宫,从中东局势说到华尔街,从迪拜的建筑说到不日将要到来的北京奥运会。当然,缺不了女人,男人在一起不说女人那还叫男人吗?他们谈起女人时没打算收敛,即使王绮瑶在座,百无禁忌惯了,何况还是在香艳的"人间天堂"。王绮瑶站起来,想出去走走。

建委的领导说:"出门可要小心啊,别走成了'花魁'。"

"如果能走成'花魁',"国企老总说,"亲爱的格格,我绝对支持你!"

房地产商说:"要是我,宁愿在'人间天堂'当个头牌,也不去当那什么格格。不过咱们老董就不乐意了。"

老董哈哈地笑,说:"我有什么不愿意?我太愿意了!"

王绮瑶说:"好啊,看来是众望所归。我争取不让大家失望。"

如果他们从中听出了幽默感,可以理解为过度阐释,或者误读,王绮瑶一点儿不想幽默,只想撒气。她看出来了,这帮臭男人,没一个愿意设身处地为女人考虑的,不过是用钱和权力做钓饵,找个女人玩玩。听那口气,他们更希望一个"格格"变成妓女,那才够劲儿。她从众多包厢间穿过,在大厅的椅子上坐下,眼前花花绿绿的男女来来往往。这么贵的地方这么多人来,谁说中国人穷?坐了两分钟不到,来了个年轻漂亮的女孩,穿着优雅素净的连衣裙,像个大学生。她坐到王绮瑶旁边的椅子上接电话。她在电话里说：

"对不起，我真的没法开车，麻烦你转告一下高师傅，务必在深夜两点过来接我。对，如果不出去，那会儿我准点下班。"

挂上电话，就抬头看见王绮瑶，说："你的旗袍好漂亮，是秀观唐的吗？"

"你很识货。你的裙子也很漂亮。"

"就是个职业装，不工作的时候我才不穿这个。"

"你是——可以问一下吗？"

"当然，"那女孩说，"我陪客人喝酒、聊天。主要是外国客人。"

王绮瑶想，哦，小姐。真是一点儿都不像，在她的想象里，小姐都是袒胸露背的，这里的当然衣服、长相和皮肤比站街的那些要好一些。

那女孩知道王绮瑶想到哪儿去了，言语便有了些刺："难道你不是？"

王绮瑶忙说："对不起，我没其他意思。你的工作我很羡慕，还会说外语。"

女孩语气和缓了，而且有了些骄傲："还行吧。我本科硕士念的都是英语专业，法语和西班牙语聊天也没问题。"

都说"人间天堂"的小姐素质很高，厅堂、厨房和卧室样样来得，看来此言不虚。"你们所有人都会外语？"

"当然不是，但都有一两样拿手戏。要么你就天生丽质，客人们喜欢。"

王绮瑶点点头。长得难看只能去站街。"听说你们收入很高。"

"还行吧。"女孩说，站起来要走，临时加了一句，"未必比傍大款做小三挣得少。"

王绮瑶笑笑,跟着脸就红了。"好啊,自食其力,以后还要多向你学习。"

"没问题,"女孩胜利了,临走时给了王绮瑶一张名片,"可以随时给我打电话。"

王绮瑶继续坐在椅子上,她的确有点儿羡慕那女孩,名片上的名字是林思嘉,自力更生也能过上好日子。她从众多传闻里知道,"人间天堂"的名角哪个手里都有上千万,住豪宅,开跑车,休假时全世界转着圈玩,上班时如果陪酒,有专用司机接送。林思嘉的那个电话,应该就是打给专用司机的。她几乎要感叹行行出状元了,手机响了。经纪人低沉地通报了制片方的决定,她还是上不了前三号,导演看了她试镜,觉得不合适,坚持不用。经纪人鬼鬼祟祟地问:"是不是董总打点得不到位?"

她就给董乐天打电话。老董出了包厢接,上来就跟她说:"刚老邢电话,一个不太好的消息,女三号黄了。导演不给面子。"

"是你没到位吧?"

"那个数到不到位你都看见了。"老董说,"既然人家不满意,咱非得演那什么劳什子戏?你跟我跑药得了,挣得只会比演戏多,不会比它少!"

王绮瑶合上电话。辛辛苦苦这么久,最后人家说,进错行了,你不适合干这个。撞墙的心她都有了。她呆呆地坐在大厅里,每一个走过的人都看她一眼。有个领导模样的年轻女人走过来,犹犹豫豫地说:"你不是在这里上班吧?"

"我像吗?"

"蛮像的。"那女的说,"开个玩笑。你看上去一脸福相。"

王绮瑶空荡荡地笑一下,没倒霉相就谢天谢地了。一直坐到男人们聊天结束,董乐天过来找她。她先看见董乐天的肚子从拐角处露出来,然后才是脚和肥嘟嘟的肉头。她想,我怎么就赖上了这么一个男人?

　　三天之后是周末,她又去了一次"人间天堂"。董乐天强迫她去的,约了一个大客户,对方带了太太,他必须有女伴才合适。她不愿去是因为两人刚刚吵了架,为她的演艺事业。董乐天的意思是,与其搭进那么多钱半生不熟、半红不紫地在影视圈里混,不如快刀斩乱麻,跳出来,随便卖点儿眼药水都比在片场挣得多。王绮瑶坚持认为,演不了女三号完全是砸钱的力度不够。她的偏执把董乐天惹火了,头一次对她发了脾气。他说:"你真想听那狗屁导演怎么说的吗?好,我告诉你。导演说,你以后见片场最好绕着走!"王绮瑶哇地就哭起来,难道就没有更人道一点儿的修辞吗?她觉得这一定是董乐天杜撰出来的,以她对那导演的了解,他的才华不足以说出这样有杀伤力的话来。因为要她当花瓶,老董只好拐回头再说好话,好说歹说把王绮瑶弄到"人间天堂"。
　　她去了,温柔端庄地坐在他身边,就像大客户的太太贤淑地坐在大客户身边一样。不过很快,大客户的太太就早退了,她要去燕莎友谊商场买多少年来一直用的一个法国牌子的化妆品。她们俩互为镜像的格局消失了,她也就没有必要再坚贞地坐下去,借口打电话就出去了,又坐到三天前的同一把椅子上。她把手机拿出来,却想不起来有谁可以说说话。她就在地址簿里从第一个字母往下翻,一直翻到"林思嘉",心里头咕咚响了一声,脑袋里空前敞亮。她坐到这里也许就是为了打这个电话,而她那天顺手把对方的电话存到手机里,似乎就是为了这一刻去拨它。一切都为她准备好了,只等她摁下一个键。

林思嘉今天在家休息。"你想试试？好啊，"她的声音里充满了姐妹情谊，"你就坐在椅子上别动，我给值班经理打电话，她会过去找你的。"

王绮瑶就坐在椅子上等。她想，一切就绪。长相，身材，演艺经历，首都师范大学的本科毕业证，还有，还有"格格"；也许其他人什么都有，但除了她，不会再有第二个人有"格格"。她看见一个和上次穿同样衣服的值班经理走过来，面带微笑，她也提前把微笑准备好。

非常好，等董乐天叫她时，事情已经结束。一切顺利。从出生到现在，她终于干净、利落、胜利地做了一件大事。

回去的车上，几乎一路无话。王绮瑶什么都不想说，身边的这个男人此刻对她来说前所未有地远，远到了陌生。她不想和陌生人说话。劳斯莱斯封闭性非常好，马路上的噪音钻不进来，两个人只能听见王绮瑶手机电量不足的提示音，过一会儿嘀一声，过一会儿又嘀一声。快到家时，手机突然响了，一看号码她就知道是另一个远到了陌生的男人。在一瞬间她还想到了又一个远到了陌生的男人，此刻他还在里面，短期内几无出来的可能。不知道他怎么样了。

接通电话，王绮瑶上来就说："罗河进去你知道吗？"

宁长安说："知道。"

"跟你有关系吗？"

"什么意思？"

"我问跟你有没有关系！"

"你为什么要这样问我？"

"那该怎么问？"

"我给你电话是想说别的事，我的一个弟兄——"

"我不想听任何别的事!"

"我觉得你应该知道,我的一个弟兄——"

"我不想知道!"

"我的一个弟兄——"

王绮瑶的手机连续嘀了几声,电量耗尽,自动关机。

宁长安还在那边说:"刚才说的你听见了吗?喂,喂,你在听吗?"如果电池还能再坚持半分钟,如果王绮瑶在听,她会听见宁长安说,"我的一个兄弟,在城南的一条胡同里,找到一个叫'王世宁'的老头,不知道是不是你爷爷。两条腿都不行了,常年卧床,没钱看病。我那弟兄找到他时,他刚被从床上抱到墙根,说晒完太阳就能把感冒治好。瑶瑶,你爷爷的胡子又白又长。"

2010 年 9 月 20 日, Iowa House Hotel